KB116443

조지 오웰 산문선

조지 오웰 산문선

Selected Essays

조지 오웰 지음　허진 옮김

SELECTED ESSAYS
by GEORGE ORWELL (1948)

이 책은 실로 꿰매어 제본하는 정통적인 사철 방식으로 만들어졌습니다.
사철 방식으로 제본된 책은 오랫동안 보관해도 손상되지 않습니다.

나는 왜 쓰는가

나는 아주 어린 나이에, 아마도 대여섯 살 때부터 내가 자라서 작가가 되리라는 것을 알았다. 열일곱 살부터 스물네 살 때까지는 작가가 되겠다는 생각을 버리려고 애썼지만, 그때에도 진정한 본성을 거스른다는 인식이 있었고, 조만간 마음을 가라앉히고 책을 써야 한다는 사실도 알았다.

나는 삼남매 중 둘째로 위아래 모두 다섯 살씩 터울이 졌으며, 여덟 살 때까지 아버지를 거의 보지 못했다. 이를 비롯한 몇 가지 이유로 나는 약간 외로웠고, 곧 사람들을 불쾌하게 만들 만큼 부자연스러운 분위기가 생겨서 학창 시절 내내 인기가 없었다. 나는 외로운 아이답게 이야기를 꾸며 내고 상상 속의 인물들과 대화하는 버릇이 있었으므로, 나의 문학적 야망은 처음부터 고립되고 제대로 평가받지 못한다는 느낌과 뒤섞였던 것 같다. 나는 스스로 언어에 재능이 있고 불쾌한 사실을 직면하는 힘이 있음을 알았으며, 이것이 나만의 세상 같은 것을 만들어 일상생활의 실패에 보복해 주는 느낌이었다. 그렇지만 내가 어린 시절과 청소년기에 쓴 진지한 — 즉 진지한 의도로 쓴 — 글은 여섯 쪽도 되지 않는다. 나는 네다섯 살 때 처음으로 시를 지었는데, 어머니가 받아 적어 주었다. 호랑이에 대한 시였다는 것과, 호랑이가 〈의자 같은 이빨〉을 가지고 있었다는 표현밖에 기억나지 않는데, 좋은 구절이지만 블레이크의 시 「호랑이, 호랑이」의 표절이 아니었나 싶다. 1914~1918년 전쟁[1] 중이었던 열한 살 때는 내가 쓴 애국적인 시가 지역 신문에 실렸고, 2년 뒤 키치너[2]에 대해서 쓴 시 역시 신문에 실렸다. 조금 더 나이가 들어서는 가끔 조지 왕조 시대 문체의 시시한 〈자연시〉를 썼지만 보통 미완성이었다. 또 두 번인가 단편소설을 써보려 했지만 멋지게 실패했다. 그 시절에 내가 실제로 종이에 쓴 진지한 글은 이것이 전부이다.

그러나 그 시절 내내 나는 어떤 의미에서 문학적인 활동을 했다. 우선 주문에 따라 재빨리, 쉽게, 스스로는 별로 즐기지 않으며 쓰는 글이 있었다. 나는 학교 숙제 외에도 베르도 카시옹[3]을, 지금 생각해 보면 놀라운 속도로 — 열네 살 때는 아리스토파네스를 흉내 내서 전체에 압운이 들어간 희곡을 일주일 만에 쓴 적도 있었다 — 써 내려갔던 약간 익살

1 제1차 세계 대전을 말한다. 이하 〈원주〉라고 표시하지 않은 모든 주는 옮긴이의 주이다.

2 Horatio H. Kitchener(1850~1916). 영국의 육군 원수. 경력의 대부분을 아프리카와 아시아의 식민지에서 보냈고, 보어 전쟁과 제1차 세계 대전에서 활약했으나 러시아로 협상하러 가는 길에 독일군의 기뢰에 배가 폭파하여 익사했다.

3 *vers d'occasion*. 특별 행사를 위해 짓는 가벼운 시를 뜻한다.

스러운 시를 지었고, 교지 원고와 인쇄본의 편집도 도왔다. 교지에 실린 글은 더없이 한심하고 익살스러웠는데, 지금 제일 싸구려 신문에 보낼 원고를 쓸 때보다 훨씬 대충 썼다. 나는 이런 글을 쓰는 동시에 15년 넘게 전혀 다른 유형의 습작도 했다. 바로 나 자신에 대한 연속적인 〈소설〉, 말하자면 내 머릿속에만 존재하는 일기였다. 아마 어린이와 청소년 사이에서는 흔한 습관일 것이다. 아주 어렸을 때는 내가 로빈 후드라고 상상하면서 영웅이 되어 신나는 모험을 하는 내 모습을 그려 보았지만, 곧 나의 〈소설〉은 허술한 나르시시즘에서 벗어나 내가 실제로 했던 일이나 봤던 것들에 대한 단순한 묘사에 점차 가까워졌다. 한번 시작하면 몇 분씩 머릿속에서 이런 글이 흘러갔다. 〈그는 문을 밀어서 열고 방으로 들어갔다. 모슬린 커튼을 통과한 노란 햇빛이 비스듬히 비추는 탁자 위에는 잉크병 옆에 반쯤 열린 성냥갑이 놓여 있었다. 그는 오른손을 주머니에 집어넣은 채 방을 가로질러 창가로 갔다. 저 아래 거리에서 얼룩 고양이가 낙엽을 쫓고 있었다.〉 내가 문학적인 글을 쓰지 않았던 시기에도 이 버릇은 여전했고, 스물다섯 살 무렵까지 이어졌다. 나는 딱 맞는 단어를 찾으려 노력해야 했고 실제로도 그렇게 했지만, 내가 이렇게까지 묘사하려고 애를 쓰는 것은 내 의지와는 다른 외부로부터의 압박 때문이라는 느낌도 들었다. 내 〈소설〉에는 분명 그 나이 때 존경했던 여러 작가의 문체가 반영되었겠지만, 내가 기억하는 한 정확한 묘사는 내 글의 한결같은 특징이었다.

열여섯 살 무렵 나는 단어 자체가 주는, 즉 단어의 소리와 연상 작용이 주는 기쁨을 갑자기 발견했다. 다음은 『실낙원』의 한 구절이다.

> 그래서 그는 힘들고 어렵게
> 계속 나아갔고, 힘들고 어렵게 그는,
> *So hee with difficulty and labour hard*
> *Moved on: with difficulty and labour hee,*

지금의 내가 보기에는 별로 대단할 것 없지만, 그때에는 등줄기에 전율이 흘렀다. 게다가 *he* 대신 *hee*라고 썼기 때문에 더욱 즐거웠다. 묘사의 필요성이라면 나는 이미 다 알고 있었다. 그러므로 당시 내가 글을 쓰고 싶었다고 말할 수 있다면 어떤 책을 쓰고 싶었는지 분명하다. 나는 결말이 불행하고, 자세한 묘사와 한눈에 들어오는 직유가 가득하며, 부분적으로는 소리 때문에 선택한 단어들로 쓴 화려한 문단이 넘치는 어마어마한 자연주의 소설을 쓰고 싶었다. 사실 서른 살에 썼지만 훨씬 전부터 계획했던 내 첫 번째 완성 소설 『버마 시절*Burmese Days*』이 바로 그런 작품이다.

내가 이런 배경을 전부 설명하는 것은, 작가의 초기 성장을 어느 정도 알지 못하면 그의 동기를 평가할 수 없다고 생각하기 때문이다. 주제는 작가가 사는 시대에 의해 결정되겠지만 — 적어도 지금처럼 요란하고 혁명적인 시대에는 정말 그렇다 — 작가는 글을 쓰기 시작하기 전에 이미 어떤 감정적 태도를 갖게 되고, 결코 여기에서 완벽하게 벗어날 수 없다. 물론 자기의 기질을 단련하고 미숙한 단계나 비뚤어진 분위기에 고착되지 않도록 노력하는 것이 작가가 해야 할 일이다. 그러나 작가가 어린 시절의 영향에서 완전히 벗어난다면 글을 쓰고 싶다는 충동 자체를 잃게 될 것이다. 나는 글을 쓰는 데에는, 어쨌든 산문을 쓰는 데에는 생계 수단의 필요성을 제외하고 네 가지 주요 동기가 있다고 생각한다. 각각의 동기를 어느 정도 가지고 있는지는 작가마다 다르고, 같은 작가라고 해도 그가 살고 있는 상황에 따라 그 비율이 때때로 달라질 것이다.

1. **순전한 자기만족**. 똑똑해 보이거나, 사람들의 입에 회자되거나, 죽은 뒤에도 기억되거나, 어린 시절 나를 무시했던 어른들에게 앙갚음을 하고 싶다 등등의 바람. 이러한 동기가 없는 척한다면 속임수, 그것도 큰 속임수다. 작가는 과학자나 예술가, 정치가, 변호사, 군인, 성공한 사업가와 마찬가지로, 즉 최상위층 전체와 마찬가지로 이러한 특성을 갖는다. 인간 대부분이 극도로 이기적인 것은 아니다. 사람은 서른 언저리를 지나면 개인적 야심을 버리고 — 많은 경우 개인이라는 의식 자체를 거의 버리고 — 주로 타인을 위해 살거나 고역에 깔려 질식한다. 그러나 끝까지 자기 삶을 살겠다고 결심하는 완고하고 재능이 뛰어난 소수가 존재하는데, 작가도 그 부류에 속한다. 진지한 작가는 대체로 기자보다 허영심이 많고 자기중심적이지만, 돈에 대한 관심은 덜하다고 할 것이다.

2. **미학적 열정**. 외부 세계의 미에 대한 인식, 혹은 올바르

게 배열된 단어의 아름다움에 대한 인식. 하나의 소리가 다른 소리에 미치는 영향, 좋은 산문의 단단함이나 좋은 단편 소설의 리듬에서 느끼는 즐거움. 소중하고 놓쳐서는 안 된다 싶은 경험을 함께 나누려는 욕망. 미학적 동기가 약한 작가도 많지만 소책자나 교과서를 쓰는 작가라고 해도 실용적이지 않은 이유로 매력을 느끼는 소중한 단어나 구절이 있을 것이다. 또는 서체나 여백의 너비 등등에 대한 느낌이 강할 수도 있다. 철도 안내 책자 수준만 넘으면 그 어떤 책도 미학적 생각에서 자유롭지 않다.

3. 역사적 충동. 모든 일을 있는 그대로 보고 진짜 사실을 찾아서 나중을 위해 저장하려는 욕구.

4. 정치적 목적. 여기서 〈정치적〉이라는 단어는 가장 넓은 의미를 갖는다. 세상을 특정한 방향으로 추진하고, 우리가 어떤 사회를 추구해야 하는지에 대한 사람들의 생각을 바꾸고자 하는 욕구. 역시 그 어떤 책도 정치적 편견으로부터 진정 자유롭지 않다. 예술은 정치와 상관이 없어야 한다는 생각 자체도 정치적 태도이다.

이처럼 다양한 충동이 서로 어떻게 싸우는지, 또 사람이나 시대에 따라서 어떻게 다른지 살펴볼 수 있다. 나는 본성적으로 — 처음 성인이 되었을 때의 상태를 〈본성〉이라고 한다면 — 처음 세 가지 동기가 네 번째 동기보다 훨씬 큰 사람이다. 평화로운 시대였다면 나는 아주 수사적인 책이나 묘사밖에 없는 책을 썼을 것이고, 나의 정치적 성향을 거의 인식하지 못했을 것이다. 사실 나는 어쩔 수 없이 소책자 작가 비슷한 것이 되었다. 나는 맨 처음 5년 동안 나와 맞지 않는 일(버마에서 인도 제국 경찰로 일했다)을 했고, 그 뒤에는 가난하고 실패했다는 느낌이 들었다. 그래서 권위에 대한 타고난 증오가 더욱 커지고 처음으로 노동 계급의 존재를 완전히 인식하게 되었으며, 버마에서 겪은 일을 통해 제국주의의 본질을 어느 정도 이해하게 되었다. 그러나 이러한 경험만으로는 확실한 정치적 지향점을 가질 수 없었다. 바로 그때 히틀러가 등장했고, 스페인 내전 등의 사건이 발생했다. 1935년 말경에도 나는 확실한 결정을 내리지 못했다. 그 당시 나의 딜레마를 표현한 내 짧은 시가 생각난다.

2백 년 전이었다면
나는 행복한 사제가 되어
영원한 멸망에 대해 설교하고
호두나무가 자라는 것을 보았으리.

아아, 그러나 사악한 시대에 태어난 나는
기분 좋은 안식처를 놓쳐 버렸다.
내 입술 위에서는 수염이 자랐으나
성직자는 모두 깨끗이 면도했으므로.

그러나 아직 좋았던 시절에
우리는 쉽게 유쾌해졌고
나무의 품에 안겨서

불안한 생각을 잠재웠다.

그때 우리는 아무것도 모른 채
지금은 숨기는 즐거움을 감히 누렸다.
사과나무 가지에 앉은 방울새가
내 적을 벌벌 떨게 할 수 있었다.

그러나 여자들의 배와 살구,
그늘진 시냇물 속 잉어,
새벽에 날아가는 오리와 말,
이 모두 꿈이어라.

다시 꿈꾸지 못하리라.
우리는 기쁨을 잘라 내거나 숨긴다.
크롬강으로 말을 만들고
땅딸막한 남자들이 올라타리.

나는 꼼짝도 하지 않는 벌레,
하렘을 갖지 못한 환관이다.
사제와 인민 위원 사이에서
나는 유진 아람[4]처럼 걷는다.

라디오가 흘러나오는 동안

4 Eugene Aram(1704~1759). 영국의 문헌학자.

인민 위원이 내 운세를 말하지만
더기[5]는 배당금을 떼먹지 않으므로
사제는 오스틴 세븐[6]을 약속했다.

꿈에서 나는 대리석 저택에 살았는데
깨어나 보니 정말 그랬다.
나는 이 시대를 위해 태어나지 않았다.
스미스는 어떤가? 존스는? 아니면 당신은?[7]

스페인 내전과 1936~1937년의 사건들 때문에 저울이 반대쪽으로 기울었고, 그때 나는 내가 어디에 서 있는지 깨달았다. 1936년 이후 내가 쓴 진지한 작품은 한 줄 한 줄 모두 직접적이든 간접적이든 내가 아는 전체주의에 〈반대〉하고 민주 사회주의에 〈찬성〉하기 위해서 쓴 것이다. 내가 봤을 때 지금과 같은 시대에 이 주제를 피해서 글을 쓸 수 있다는 생각은 말도 안 되는 소리다. 다들 어떤 구실로든 전체주의에 대해서 쓴다. 우리가 어느 쪽을 편드는지, 어떤 접근법을 따르는지는 간단하다. 자신의 정치적 성향을 잘 인식할수록 미학적·지적 진정성을 희생시키지 않으면서 정치적으로 행동할 기회가 더 많다.

지난 10년간 내가 가장 하고 싶었던 것은 정치적 글을 예

5 경마 마권업체 더글러스 스튜어트사Douglas Stuart. Ltd.의 별칭이며, 위의 시구절은 이 업체의 광고 프레이즈이다.

6 영국의 스위프트 자동차 회사에서 1909년부터 출시된 인기 자동차.

7 이 시는 1936년 12월 『아델피*Adelphi*』에 처음 실렸다.

술로 승화하는 일이었다. 내 출발점은 항상 당파성을, 불의를 감지하는 것이다. 나는 〈예술 작품을 만들어 내겠어〉라고 말하면서 자리에 앉아 책을 쓰는 것이 아니다. 내가 글을 쓰는 것은 폭로하고 싶은 거짓말, 사람들의 주의를 끌고 싶은 어떤 사실이 있기 때문이며, 나의 가장 최우선적 관심사는 사람들이 귀를 기울이게 만드는 것이다. 그러나 나는 또한 미학적 경험과 무관한 것이었다면 책을, 또는 장문의 잡지 기사조차도 쓰지 못했을 것이다. 내 작품을 신경 써서 읽은 사람이라면 노골적인 선전문이라고 해도 전업 정치인이 본다면 엉뚱하다고 여길 만한 내용이 많이 담겨 있음을 알아차릴 것이다. 나는 어린 시절에 습득한 세계관을 완전히 버릴 수 없으며, 버리고 싶지도 않다. 나는 건강하게 살아 있는 한 산문 형식에 계속 매력을 느끼고, 이 세상을 계속 사랑하며, 확고한 대상과 쓸모없는 정보 부스러기에서 계속 즐거움을 찾을 것이다. 나의 이런 면을 억누르려 해도 소용없다. 문제는 내 안에 깊이 새겨진 호오(好惡)를 이 시대가 우리 모두에게 강요하고 있는 공적이고 비개인적인 활동과 조화시키는 것이다.

그것이 쉬운 일은 아니다. 구성과 언어라는 문제가 생기고, 진실성이라는 문제가 새롭게 제기된다. 이 일의 더욱 노골적인 어려움을 예로 들어 보자. 내가 스페인 내전에 관해서 쓴 『카탈루냐 찬가*Homage to Catalonia*』는 물론 공공연하게 정치적인 책이지만, 나는 주로 약간 거리를 두고 바라보면서 형식에 신경을 썼다. 또 나의 문학적 본성에 거스르지 않으면서 모든 진실을 말하려고 무척 노력했다. 그런데 그 책에는 신문 등을 많이 인용하면서 프랑코와 공모했다고 비난받던 트로츠키주의자들을 옹호하는 긴 장(章)이 하나 있다. 1~2년만 지나면 일반 독자 누구도 관심을 갖지 않을 이 부분이 책을 망치는 것은 분명하다. 내가 존경하는 어느 비평가는 이 부분에 대해서 나에게 설교를 늘어놓았다. 〈왜 그런 내용을 넣었습니까? 좋은 책이 될 수 있었는데, 신문 기사가 돼버렸어요.〉 그의 말은 사실이었지만 나는 그렇게 할 수밖에 없었다. 나는 영국에 사는 사람들이 거의 알지 못했던 사실을, 무고한 사람들이 잘못된 비난을 받고 있다는 사실을 우연히 알게 되었던 것이다. 내가 그 일 때문에 화가 나지 않았다면 그 책 자체를 쓰지 않았을 것이다.

이런 문제는 어떤 형태로든 다시 등장한다. 언어 문제는 더 미묘하므로 여기서 언급하기에는 너무 길다. 최근 몇 년 동안 내가 그림같이 아름다운 글보다는 정확한 글을 쓰려고 노력해 왔다는 말만 해두기로 하자. 아무튼 나는 어떤 글쓰기 양식을 완전히 익힐 때쯤이면 항상 그 양식을 벗어날 만큼 성장한다는 사실을 깨달았다. 『동물농장*Animal Farm*』은 내가 무엇을 하고 있는지 완전히 의식하면서 정치적 목적과 예술적 목적을 하나로 통일하려고 시도한 첫 번째 책이다. 이제 내가 소설을 쓰지 않은 지 7년이 지났지만, 조만간 다시 쓰고 싶다. 내가 쓸 소설은 실패할 수밖에 없고, 모든 책은 실패작이지만, 나는 내가 어떤 책을 쓰고 싶은지 정확하게 알고 있다.

한두 페이지를 다시 들춰 읽어 보니 내가 글을 쓰는 동기가 공공심(公共心)밖에 없다는 듯이 말한 것 같다. 나는 그것을 마지막 인상으로 남기고 싶지 않다. 모든 작가는 허영심이 강하고, 이기적이며, 게으르고, 가장 밑바닥에 깔린 동기는 수수께끼로 남아 있다. 책을 쓰는 것은 고통스럽고 기나긴 병치레와 같아서 끔찍하고 기진맥진한 싸움이다. 저항할 수도 이해할 수도 없는 악마에게 사로잡히지 않는다면 우리는 절대 그런 일을 시작하지 않을 것이다. 우리가 아는 한 이 악마는 아기가 관심을 끌려고 울부짖는 것과 똑같은 본능이다. 그러나 작가가 자신의 존재를 지우려고 끊임없이 싸우지 않는 한 읽을 만한 글을 쓸 수 없다는 것 역시 사실이다. 좋은 산문은 창유리와 같다. 나는 어떤 동기가 가장 강한지 단언할 수 없지만 어느 동기를 따라야 하는지는 안다. 내 작품들을 돌이켜 보면 항상 〈정치적〉 목적이 없을 때는 생명력 없는 글을 썼고 화려한 문단, 의미 없는 문장, 장식적인 형용사에 현혹되어 전체적으로 실없는 글이 되었다.

1946년

교수형

버마에서 우기의 어느 축축한 아침이었다. 누런 양철 포일처럼 희미한 빛이 높은 담장 너머와 감옥 마당을 비스듬히 비추고 있었다. 우리는 짐승 우리처럼 앞쪽에 이중 철창을 친 헛간이 일렬로 늘어서 있는, 사형수 독방들 앞에서 기다리고 있었다. 독방은 가로세로 3미터 정도였고, 널빤지 침대와 마실 물 한 주전자를 빼면 아무것도 없었다. 몇몇 방에는 말 없는 갈색 피부의 남자들이 담요를 두르고 안쪽 철창 너머에 웅크리고 앉아 있었다. 이들은 사형수로, 1~2주 내에 교수형을 당할 예정이었다.

죄수 한 명이 독방에서 불려 나왔다. 그는 연약하고 왜소한 힌두인 남자로, 머리를 짧게 깎았고 흐릿한 눈에 눈물을 글썽이고 있었다. 남자의 코밑에는 두꺼운 수염이 자라고 있었는데, 체구에 비해 터무니없이 무성한 수염은 우스꽝스러운 영화배우의 코밑수염과 비슷했다. 키 큰 인도인 간수 여섯 명이 그를 감시하면서 교수대로 데려갈 채비를 했다. 간수 두 명이 총검을 장착한 라이플총을 들고 서 있는 동안, 나머지는 사형수에게 수갑을 채우고 사슬을 연결해서 자기들의 허리띠에 고정시킨 다음, 죄수가 팔을 옆구리에 붙이게 하고 단단히 묶었다. 간수들 모두 사형수에게 바짝 다가붙어서 그가 옆에 있는지 확인이라도 하는 것처럼 조심스럽게 어루만지는 손길로 항상 그를 붙잡고 있었다. 마치 언제 물속으로 뛰어들지 모르는 살아 있는 물고기 한 마리를 다루는 것 같았다. 그러나 사형수는 아무런 저항도 없이 가만히 서서 무슨 일이 벌어지고 있는지 모르는 것처럼 팔을 힘없이 밧줄에 내맡겼다.

8시가 되자 멀리 떨어진 막사에서 축축한 허공을 울리는 고적하고 가느다란 나팔 소리가 들려왔다. 우리와 떨어져 서서 곤봉으로 자갈을 울적하게 찌르던 형무소장이 나팔 소리에 고개를 들었다. 형무소장은 네모지게 자른 회색 콧수염과 걸걸한 목소리를 가진 군의관이었다. 「제발 좀 서둘러, 프랜시스.」 그가 짜증을 내며 말했다. 「지금쯤 저 사람은 벌써 죽었어야지. 아직도 준비가 안 됐나?」

흰색 훈련복 차림에 금테 안경을 쓴 뚱뚱한 드라비다인 간수장 프랜시스가 검은 손을 흔들었다. 「네, 네, 소장님.」 그가 걸걸한 목소리로 말했다. 「모든 준비가 훌륭하게 끝났습니다. 교수형 집행인이 기다리고 있지요. 이제 가면 됩니다.」

「음, 그럼 빨리 가라고. 이 일이 끝나야 죄수들이 아침 식사를 하지.」

우리는 교수대를 향해 출발했다. 간수 두 명이 죄수 양옆에서 라이플총을 비스듬히 들고 걸었다. 나머지 두 명은 죄수에게 바짝 붙어서 그를 떠미는 동시에 부축하는 것처럼 팔과 어깨를 잡고 걸었다. 치안 판사들을 비롯한 나머지 우리 일행이 뒤를 따랐다. 우리가 9미터쯤 갔을 때 아무 명령도 경고도 없이 행렬이 갑자기 멈췄다. 끔찍한 일이 일어났다. 어디에서 왔는지 모를 개 한 마리가 감옥 마당에 나타난 것이다. 개는 큰 소리로 계속 짖으며 우리를 향해 뛰어오더니, 사람들이 많이 모여 있어서 기쁜지 온몸을 흔들며 정신없이 우리 사이를 펄쩍펄쩍 뛰어다녔다. 에어데일테리어와 들개가 섞인 크고 북실북실한 개였다. 개는 잠시 우리 주변을 뛰어다니다가 누가 막아서기도 전에 사형수를 향해 돌진하더니, 그의 얼굴을 핥으려고 펄쩍펄쩍 뛰었다. 다들 너무 놀라 아연실색해서 가만히 선 채 개를 잡으려 하지도 않았다.

「어떤 놈이 이 빌어먹을 짐승을 안으로 들인 거야?」 소장이 화내며 말했다. 「누가 좀 잡아!」

호송대와 떨어져 서 있던 간수가 개를 향해 서툴게 돌진했지만, 개는 그것도 전부 놀이인 줄 알고 장난치듯 펄쩍펄쩍 뛰면서 그의 손을 피했다. 젊은 유라시아 혼혈 간수가 자갈을 한 줌 집어 들고 돌을 던져서 개를 쫓으려 했지만, 개는 돌을 피한 다음 우리를 다시 쫓아왔다. 개 짖는 소리가 감옥 담장에 부딪쳐 울렸다. 두 간수에게 붙들린 죄수는 아무 관심도 없이 이 역시 교수형 의식의 일부라는 듯 지켜보았다. 몇 분 뒤에야 누가 겨우 개를 잡았다. 우리는 개 목줄에 내 손수건을 묶은 다음 다시 출발했고, 개는 여전히 줄을 잡아당기며 낑낑거렸다.

교수대까지 35미터 정도 남았다. 나는 앞서 걸어가는 죄수의 헐벗은 갈색 등을 쳐다보았다. 그는 팔을 묶인 채 무릎을 절대 펴지 않는 인도인 특유의 걸음걸이로 어설프지만 착실하게 걸었다. 한 발짝 내디딜 때마다 근육이 깔끔하게 제자리를 찾아갔고, 짧게 깎은 머리카락이 위아래로 흔들리며 춤을 추었으며, 발이 젖은 자갈에 자기 형체를 새겼다. 한 번은 간수들에게 양쪽 어깨를 잡힌 채 옆으로 살짝 걸음을 옮겨 웅덩이를 피하기도 했다.

이상하게도 나는 그 순간까지 건강하고 의식이 있는 사람을 죽인다는 것이 어떤 의미인지 깨닫지 못했다. 나는 죄수가 웅덩이를 피하려고 걸음을 살짝 옮기는 모습을 보고서야 한창때인 생명을 끊는다는 것의 수수께끼를, 이것이 말로 표현할 수 없을 만큼 잘못된 일임을 깨달았다. 이 남자는 죽어가는 것이 아니라 우리와 똑같이 살아 있었다. 신체의 모든 장기가 잘 작동했고 — 창자는 음식물을 소화하고, 피부가 재생되고, 손톱이 자라고, 조직이 형성되고 있었다 — 전부 어리석을 만큼 장엄하고 악착같이 움직였다. 그가 교수대에 섰을 때에도, 허공에 매달린 채 목숨이 10분의 1초밖에 남지 않았을 때에도 그의 손톱은 여전히 자라고 있을 것이다. 그의 눈은 노란 자갈과 회색 벽을 바라보았고, 그의 뇌는 여전히 기억하고, 예측하며, 논리적으로 생각했다. 웅덩이의 위치까지 논리적으로 생각해서 피했다. 그와 우리는 함께 걸어가면서 같은 세상을 보고, 듣고, 느끼고, 이해하는 한 무리의 사람들이었다. 그러나 2분 뒤면 갑작스러운 소리와 함께 우리 중 한 명이 사라질 것이다. 하나의 마음이, 하나의 세상이 줄어든다.

교수대는 형무소 운동장과 떨어진, 키 크고 따끔거리는 잡초가 웃자란 작은 마당에 세워져 있었다. 벽이 세 개인 헛간처럼 생긴 벽돌 구조물 위에 판자가 놓여 있고, 그 위로 두 기둥 사이에 밧줄이 달랑거리는 들보가 놓여 있었다. 교수형 집행자인 회색 머리에 흰 죄수복 차림을 한 다른 죄수가 이 장치 옆에서 기다리고 있었다. 우리가 다가가자 그가 몸을 굽혀 굽실굽실 인사했다. 프랜시스가 뭐라고 한마디 하자, 죄수를 더욱 단단히 잡고 있던 두 간수가 그를 반쯤은 끌고 반쯤은 밀며 교수대로 다가가서, 서툴게 사다리를 오르는 죄수를 부축했다. 그런 다음 교수형 집행자가 교수대로 올라가 죄수의 목에 밧줄을 고정했다.

우리는 5미터쯤 떨어져 서서 기다렸다. 간수들이 교수대 주변에 대충 원형에 가까운 대형을 만들었다. 그런 다음 매듭을 묶자 사형수가 그의 신을 부르기 시작했다. 높은 목소리로 〈람! 람! 람! 람!〉이라고 반복해서 외쳤는데, 기도를 드리거나 도움을 청할 때처럼 다급하거나 두려움 넘치는 소리가 아니라 마치 종소리처럼 일정하고 규칙적인 소리였다. 개가 낑낑거리며 그의 외침에 대답했다. 아직 교수대에 서 있던 집행자가 밀가루 포대처럼 생긴 작은 면 주머니를 꺼내서 죄수의 얼굴에 씌웠다. 소리가 천에 가로막혔지만 사형수는 계속 끈질기게 외쳤다.「람! 람! 람! 람! 람!」

집행자가 밑으로 내려와 레버를 잡고 준비 자세로 섰다.

몇 분이 지난 것 같았다. 천에 가로막힌 죄수의 일정한 외침은 계속 이어졌고, 〈람! 람! 람!〉이라는 소리는 단 한순간도 흔들리지 않았다. 소장은 고개를 푹 숙인 채 곤봉으로 천천히 땅을 찌르고 있었다. 죄수의 비명을 정해진 횟수 — 50번, 어쩌면 1백 번 — 만큼만 허락하려고 그 횟수를 세고 있는지도 몰랐다. 다들 얼굴색이 바뀌었다. 인도인들의 얼굴은 맛없는 커피 같은 회색빛으로 변했고, 총검을 든 간수 한두 명이 비틀거렸다. 우리는 밧줄에 묶인 채 주머니를 뒤집어쓰고 교수대에 서 있는 남자를 바라보았고, 그의 고함 소리를 들었다. 한 번 고함을 칠 때마다 목숨이 1초 연장되었다. 우리 모두 같은 생각을 하고 있었다. 〈아, 빨리 좀 죽여, 해치우라고, 저 견딜 수 없는 소리를 멈춰 줘!〉

갑자기 소장이 결심을 했다. 그가 고개를 들고 곤봉을 재빨리 휘둘렀다. 「찰로!」[1] 소장이 화를 내듯 소리쳤다.

덜컹 소리가 나더니 죽은 것처럼 고요해졌다. 죄수는 사라지고 밧줄만 몸부림쳤다. 내가 개를 놓아주자 개가 곧장 교수대 뒤쪽을 향해 펄쩍펄쩍 뛰어갔다. 그러나 그곳에 도착한 개가 갑자기 멈춰 서며 짖어 대더니, 마당 구석으로 도망쳐 잡초 사이에 서서 우리를 소심하게 바라보았다. 우리는 죄수의 시체를 확인하기 위해 교수대 뒤쪽으로 돌아갔다. 그는 발가락을 쭉 뻗고 대롱대롱 매달린 채 돌처럼 생명이 없는 상태로 아주 천천히 회전했다.

소장이 곤봉을 뻗어 헐벗은 시체를 쿡쿡 찔렀다. 시체가

1 인도어로 〈가자!〉라는 뜻이다.

좌우로 약간 흔들리자 그가 〈됐군〉이라고 말했다. 소장이 교수대 밑에서 물러나 깊은 한숨을 내쉬었다. 그의 얼굴에서 침울한 표정이 갑자기 사라졌다. 그가 손목시계를 흘깃 보았다. 「8시 8분. 음, 오늘 아침은 이걸로 끝이군, 다행이야.」

간수들이 총검을 해체한 뒤 걸어갔다. 정신을 차리고 잘못했음을 깨달은 개가 간수들을 따라 빠져나갔다. 우리는 교수대 마당을 빠져나와 사형수들이 대기 중인 감방을 지나서 감옥 중앙의 넓은 마당으로 갔다. 나무 곤봉을 든 간수들의 명령에 따라 죄수들이 이미 아침 식사를 받고 있었다. 죄수들은 각자 양철 그릇을 들고 길게 줄을 지어 쭈그리고 앉아 있었고, 간수 두 명이 양동이를 들고 돌아다니면서 밥을 퍼주었다. 교수형이 끝난 뒤라서 그런지 가정적이고 즐거워 보였다. 이제 할 일을 끝낸 우리는 모두 큰 시름을 덜었다. 노래를 부르고, 별안간 달리고, 킬킬 웃고 싶은 충동을 느꼈다. 갑자기 다들 즐겁게 잡담을 나누기 시작했다.

유라시아 혼혈 청년이 내 옆에서 나란히 걸으며 고갯짓으로 우리가 온 방향을 가리키면서 다 안다는 듯이 미소를 지었다. 「그거 아세요, 나리, 저 친구(죽은 사람을 말했다)가 말입니다, 항소가 기각됐다는 소식을 듣고 감방 바닥에 오줌을 쌌지 뭡니까. 무서워서요. 자, 담배 한 개비 받으시죠. 새로 산 은제 담배 케이스가 참 멋지지 않습니까, 나리? 행상한테 2루피 8안나[2]를 주고 샀지요. 고급스러운 유럽 양식이에요.」

2 인도의 옛 화폐 단위.

여럿이 웃음을 터뜨렸지만, 왜 웃는지 아무도 모르는 것 같았다.

프랜시스가 소장 옆에서 장황한 이야기를 늘어놓으며 걷고 있었다. 「소장님, 모든 게 다 만족스럽게 됐지 뭡니까. 다 끝났어요, 휙! 끝났지요. 늘 이런 건 아니거든요. 아, 절대 아닙니다! 의사가 교수대 밑으로 들어가서 다리를 잡아당겨 확실히 죽인 적도 몇 번 있어요. 정말 기분 나쁘지요!」

「몸부림을 치겠군, 응? 그것 참 고약하군.」 소장이 말했다.

「아, 소장님, 말을 안 들으면 더 고약해요! 우리가 데리러 갔더니 감방 창살에 매달려서 떨어지지 않으려는 사람도 있었지 뭡니까. 믿지 못하실 거예요, 간수 여섯 명이 달려들어서 떼 내야 했지요, 다리 한 짝에 세 명씩 매달려서 말입니다. 우리가 설득을 했어요. 〈이봐 친구, 자네가 우리를 얼마나 힘들고 고통스럽게 만들고 있는지 생각 좀 해보라고!〉 하지만 전혀 안 듣더라고요! 아, 진짜 성가셨지 뭡니까!」

나는 어느새 꽤 큰 소리로 웃고 있었다. 다들 웃었다. 소장조차도 너그럽게 싱긋 웃었다. 「다들 나가서 한잔하지.」 그가 상냥하게 말했다. 「내 차에 위스키가 한 병 있어. 그걸 마시면 되겠군.」

우리는 감옥의 커다란 대문을 지나 길가로 나갔다. 「다리를 잡아당기다니!」 버마인 치안 판사가 갑자기 소리치더니 큰 소리로 껄껄 웃었다. 우리 모두 다시 웃기 시작했다. 그 순간에는 프랜시스의 이야기가 유난히 재미있게 느껴졌다. 우리 모두 원주민, 유럽인 할 것 없이 우호적인 분위기에서

다 같이 술을 마셨다. 죽은 이는 90미터쯤 멀리 떨어져 있었다.

1931년

코끼리를 쏘다

나는 버마의 서해안 모울메인에서 많은 사람들의 미움을 받았다. 내 평생 미움을 받을 정도로 중요한 사람이었던 적은 그때밖에 없다. 나는 마을의 작은 구획을 담당하던 경찰이었고, 반(反)유럽 정서는 막연하고 사소하지만 무척 혹독했다. 폭동을 일으킬 만큼 배짱이 두둑한 사람은 없었지만, 유럽 여성이 혼자 시장을 돌아다니면 누군가가 그녀의 원피스에 씹던 베텔[1]을 뱉을 가능성이 높았다. 나는 경찰이므로 당연히 표적이었고, 사람들은 그래도 안전하겠다고 느껴질 때면 언제든지 나를 괴롭혔다. 축구장에서 날렵한 버마인이 나에게 발을 걸어 넘어뜨리면 (역시 버마 사람인) 심판은 딴청을 피웠고, 군중은 얄밉게 웃으며 야유를 보냈다. 그런 적이 한두 번이 아니었다. 어디를 가나 나를 비웃는 청년들의 노란 얼굴과 안전하다 싶을 만큼 떨어져 있을 때 쏟아지는 야유가 내 신경을 지독하게 건드렸다. 젊은 승려가 최악이었다.

1 후춧과의 식물로 주로 아시아 일부 지역에서 요리에 넣거나, 담배나 베텔 야자를 베텔 잎에 싸서 씹는다.

마을에 승려가 수천 명은 되었는데, 다들 길모퉁이에 서서 유럽인을 놀리는 것 말고는 할 일이 하나도 없는 것 같았다.

이 모든 일이 난처하고 기분 나빴다. 당시 나는 제국주의가 사악하다고, 내가 이 일을 빨리 그만두고 벗어날수록 좋다고 이미 결심을 굳혔기 때문이었다. 나는 이론적으로 — 물론 비밀리에 — 전적으로 버마인 편이었고, 그들의 압제자 영국에 반대했다. 그리고 내 직업을 설명할 수 없을 만큼 격렬하게 증오했다. 경찰 같은 일을 하면 제국의 더러운 행태를 가까이에서 볼 수밖에 없다. 악취 고약한 짐승 우리 같은 유치장에 우글거리는 비참한 죄수들, 장기수들의 겁먹은 회색 얼굴, 대나무로 매질 당한 남자들의 흉터 가득한 엉덩이. 이 모든 것들이 참을 수 없는 죄책감으로 나를 짓눌렀다. 그러나 나는 전체적으로 이해하지 못했다. 나이도 어린 데다 많이 배우지도 못했던 나는 동양에 있는 모든 영국인에게 강요되는 완벽한 침묵 속에서 내 문제들에 대해 생각해야만 했다. 나는 대영 제국이 무너지고 있다는 사실도 몰랐고, 영국이 그것을 대체할 신생 제국들보다는 그래도 훨씬 낫다는 사실은 더더욱 알지 못했다. 내가 아는 것이라고는 나 스스로 섬기는 제국에 대한 증오와, 내 일을 방해하려고 애쓰는 작고 사악한 짐승들에 대한 분노 사이에서 꼼짝도 할 수 없다는 사실밖에 없었다. 나는 마음 한구석으로 영국령 인도 제국이 무너뜨릴 수 없는 독재자라고, 피폐한 민족의 의지를 영원히 옭아맸다고 생각했다. 그리고 또 한구석으로는 세상에서 가장 큰 기쁨은 승려의 배에 총검을 쑤셔 넣는 것이리라고 생각했다. 이러한 감정은 제국주의의 흔한 부산물이다. 인도에 거주하는 영국 관리 누구라도 비번일 때 만날 수 있다면 한번 물어보라.

어느 날 우회적이기는 하지만 눈이 번쩍 뜨이는 일이 일어났다. 그 자체는 대수롭지 않은 사건이었지만, 나는 그 일을 통해서 제국주의의 진정한 본질을 — 전제 정부가 움직이는 진짜 동기를 — 예전보다 더욱 확실하게 엿볼 수 있었다. 어느 날 이른 아침에 나는 시 반대편 경찰서의 순경으로부터 코끼리 한 마리가 시장에서 난동을 피우고 있다는 전화를 받았다. 나더러 시장으로 가서 어떻게든 해주지 않겠냐는 것이었다. 나는 무엇을 할 수 있을지 몰랐지만, 상황을 보고 싶어서 조랑말을 타고 출발했다. 낡은 44구경 윈체스터 소총도 챙겼는데, 코끼리를 죽이기에는 너무 작았지만 총소리로 위협할 수도 있겠다고 생각했기 때문이다. 시장으로 가는 길에 버마인들이 몇 번이나 나를 불러 세우고 코끼리가 어쩌고 있는지 말해 주었다. 물론 야생 코끼리가 아니라 길들여진 코끼리였는데 〈발정〉이 났다. 길들인 코끼리는 〈발정〉이 다가오면 늘 사슬로 묶어 두는데, 이 코끼리는 지난밤에 사슬을 끊고 달아났다. 발정 상태의 코끼리를 다룰 수 있는 사람은 코끼리 주인밖에 없는데, 그가 달아난 코끼리를 추적하다가 방향을 잘못 잡는 바람에 열두 시간이나 떨어진 곳까지 가버렸고, 아침이 되자 그 코끼리가 갑자기 마을에 다시 나타났다. 무기도 없는 버마인들은 속수무책이었다. 코끼리는 이미 대나무 집을 한 채 부수고 암소 한 마리를 죽였으며, 가

판대를 습격하여 과일을 먹어 치웠다. 그런 다음 시영 쓰레기차와 맞닥뜨렸는데, 운전기사가 뛰어내려 도망가는 순간 코끼리는 차를 뒤집고 날뛰어 댔다.

버마 순경과 인도 치안 공무원 몇 명이 코끼리가 목격된 곳에서 나를 기다리고 있었다. 무척 가난한 동네로, 가파른 언덕 비탈에 야자잎으로 지붕을 인 누추한 대나무 오두막들이 구불구불 미로처럼 얽혀 있었다. 이제 막 우기가 시작되어 흐리고 갑갑한 아침이었던 기억이 난다. 우리는 사람들에게 코끼리가 어디로 갔는지 탐문했지만, 늘 그렇듯 확실한 정보는 하나도 얻지 못했다. 동양에서는 예외 없이 그랬다. 어떤 이야기를 멀리서 들을 땐 확실한 것 같지만, 사건 현장에 가까이 갈수록 모호해진다. 어떤 사람들이 코끼리가 이쪽으로 갔다고 하면 또 어떤 사람들은 저쪽으로 갔다고 했고, 또 다른 사람들은 코끼리 소리를 듣지도 못했다고 털어놓았다. 내가 모든 목격담이 다 거짓이라는 결론에 다다랐을 때, 조금 떨어진 곳에서 고함 소리가 들렸다. 「저리 가, 애야! 당장 저리 가!」 누군가 깜짝 놀라 큰 소리로 외치는 소리가 들리더니, 나뭇가지를 든 노파가 벌거벗은 아이들을 난폭하게 쫓으면서 오두막을 돌아 나왔다. 더 많은 여자들이 혀를 차고 소리를 지르며 그 뒤를 따랐다. 저쪽에 아이들이 보면 안 되는 무언가가 있는 것이 틀림없었다. 내가 오두막을 돌아가보니 진흙에 대자로 뻗은 남자의 시체가 보였다. 인도인 중 피부가 검은 드라비다인 쿨리[2]였는데, 거의 알몸이었고

2 인도, 중국 등지의 미숙련 하층 노동자를 가리키는 말이다.

죽은 지 얼마 안 된 듯했다. 사람들의 말에 따르면, 갑자기 오두막 모퉁이를 돌아 나타난 코끼리가 남자에게 달려들어 코로 그를 붙잡더니 등을 밟아 진창에 뭉개 버렸다고 했다. 우기라 땅이 부드러워 남자의 얼굴이 땅에 끌리면서 깊이 30센티미터, 길이 몇 미터 정도의 도랑이 패였다. 남자는 팔다리를 십자로 뻗은 채 엎드린 자세였고, 고개가 한쪽으로 심하게 꺾여 있었다. 얼굴은 진흙으로 뒤덮였지만, 눈을 크게 뜨고 참을 수 없는 고뇌를 나타내듯 이를 드러낸 채 씩 웃는 표정이었다(참, 나에게 죽은 자가 평화로워 보인다는 말은 절대 하지 마시기 바란다. 내가 본 시체는 대부분 악마 같았다). 거대한 짐승 발의 마찰력 때문에 남자의 등가죽이 토끼 가죽처럼 깔끔하게 벗겨져 있었다. 나는 남자의 시체를 보자마자 코끼리용 라이플을 빌리기 위해 근처 친구 집으로 심부름꾼을 보냈다. 조랑말은 코끼리 냄새를 맡으면 무서운 나머지 정신이 나가서 나를 내팽개칠까 봐 벌써 돌려보냈다.

심부름꾼이 몇 분 만에 라이플과 탄약통 다섯 개를 가지고 돌아왔고, 그사이에 버마인들이 와서 코끼리가 저 밑에, 겨우 몇백 미터 떨어진 논에 있다고 알려 주었다. 내가 움직이기 시작하자 온 동네 사람들이 몰려나와 나를 따랐다. 그들은 라이플을 보고 내가 코끼리를 쏘아 죽일 것이라고 신나게 소리쳤다. 코끼리가 집을 부수고 다닐 때는 이 정도까지 흥미를 보이지 않았지만, 이제 코끼리를 쏜다고 하니 완전히 달라졌다. 이것은 영국인에게도 그랬겠지만 버마인에게도 재미있는 일이었고, 게다가 이들은 고기를 원했다. 그래서 나는 약간 거북해졌다. 사실 나는 코끼리를 쏠 생각이 없었고 — 필요할 경우 방어하려고 라이플을 빌린 것뿐이었다 — 뒤에서 사람들이 따라오면 항상 초조한 법이다. 나는 바보 같은 표정과 기분으로 어깨에 라이플을 멘 채 언덕을 따라 내려갔고, 내 뒤를 따르는 군중은 점점 불어났다. 언덕 아래 다다라 오두막 동네를 벗어나니 포장도로가 나왔고, 길 건너에 아무것도 심지 않은 진창 밭이 1킬로미터 정도 펼쳐져 있었다. 아직 일구지도 않은 논은 첫비에 흠뻑 젖었고, 군데군데 잡초가 돋아 있었다. 코끼리는 도로에서 70미터쯤 떨어져 몸의 왼쪽 부분을 우리 쪽으로 향한 채 서 있었다. 코끼리는 사람들이 다가오는 것을 전혀 알아채지 못한 채 잡초를 뜯어 무릎에 쳐서 흙을 털어 낸 다음 입에 넣고 있었다.

나는 도로에 멈춰 섰다. 코끼리를 보자마자 쏘면 안 된다는 사실이 빤히 보였다. 일에 쓰이는 코끼리를 쏘는 것은 심각한 문제 — 거대하고 값비싼 기계를 쏘는 것이나 마찬가지이다 — 였고, 피할 수 있다면 절대 해서는 안 되는 일이었다. 게다가 저 멀리서 평화롭게 풀을 뜯는 코끼리는 암소만큼도 위험해 보이지 않았다. 그때 나는 코끼리의 〈발정〉이 이미 지나갔다고 생각했고, 지금도 그 생각에는 변함이 없다. 정말 그렇다면 코끼리는 주인이 돌아와서 잡을 때까지 아무런 해를 끼치지 않고 돌아다니기만 할 것이다. 게다가 나는 코끼리를 쏘고 싶은 생각이 전혀 없었다. 그래서 코끼리가 다시 날뛰지 않는지 조금 더 지켜본 다음 집으로 돌아가기로 했다.

그러나 그 순간 나는 뒤따라온 사람들을 흘깃 돌아보았다. 적어도 2천 명은 될 듯한 엄청난 군중이었고, 1분마다 더 늘어나는 듯했다. 사람들이 도로 양쪽으로 길게 늘어서서 길을 막고 있었다. 나는 요란한 옷 위에 붙은 노란 얼굴들의 물결을 바라보았다. 이 신나는 소동 때문에 더없이 행복하고 흥분된 표정, 코끼리가 총에 맞으리라 굳게 믿는 얼굴들이었다. 그들은 이제부터 재주를 부릴 마술사를 보듯 나를 쳐다보고 있었다. 이 사람들은 나를 좋아하지 않았지만, 내 손에 마법 같은 라이플이 들려 있었기 때문에 나는 잠시나마 지켜볼 만한 대상이 된 듯했다. 그때 불현듯 깨달았다. 결국 나는 코끼리를 쏘아야 한다는 것을. 사람들이 그것을 기대했으므로 나는 그렇게 해야만 했다. 저항할 수 없도록 등을 떠미는 2천 명의 의지가 느껴졌다. 나는 라이플을 손에 들고 거기 서 있던 바로 그 순간, 동양에서 백인의 지배가 얼마나 부질없고 공허한 것인지 처음으로 깨달았다. 여기 내가, 총을 든 백인이 무장하지 않은 원주민 무리 앞에 서 있다. 겉으로는 주연처럼 보일 것이다. 그러나 사실 나는 뒤쪽의 저 노란 얼굴들의 뜻에 따라 이리저리 떠밀리는 어리석은 꼭두각시에 지나지 않았다. 그 순간, 나는 백인이 독재자로 변할 때 그가 파괴하는 것은 자신의 자유밖에 없음을 깨달았다. 백인 독재자는 말하자면 속이 텅 빈 채 포즈를 취하는 마네킹, 사힙[3]이라는 상투적인 인물이 된다. 이것이 백인 통치의 조건이므로

3 〈친구〉라는 뜻의 아랍어에서 나온 말로, 영국이 통치하던 인도에서 공손한 호칭으로 쓰였다.

백인 독재자는 〈원주민〉에게 깊은 인상을 남기려고 애쓰면서 평생을 허비할 것이고, 따라서 위기가 생길 때마다 〈원주민〉의 기대에 따라야만 한다. 그는 가면을 쓰고, 그의 얼굴은 점차 가면에 딱 맞게 변한다. 나는 코끼리를 쏘아야 했다. 내가 라이플을 가지러 사람을 보내면서 코끼리를 쏘겠다고 약속한 셈이었다. 사힙은 사힙처럼 행동해야 한다. 단호하고, 자기 마음을 잘 알며, 확신에 찬 일을 하는 것처럼 보여야 한다. 라이플을 들고 2천 명을 이끌어 여기까지 와서 아무것도 하지 않은 채 무기력하게 돌아가다니 — 아니, 그것은 불가능했다. 사람들이 나를 비웃을 것이다. 그리고 내 모든 삶은, 동양에 있는 모든 백인의 삶은 비웃음을 당하지 않기 위한 기나긴 투쟁이었다.

그러나 나는 코끼리를 쏘고 싶지 않았다. 나는 코끼리가 뭔가에 열중한 할머니 같은 특유의 분위기로 풀을 뽑아 무릎에 터는 모습을 지켜보았다. 내가 보기에 지금 코끼리를 쏘는 것은 살인 행위 같았다. 그 나이 때 나는 동물을 죽이는 것에 양심의 가책을 느끼지 않았지만, 코끼리를 쏜 적도, 쏘고 싶은 적도 없었다(왠지 〈큰〉 동물을 죽이는 것이 항상 더 나쁘게 느껴졌다). 게다가 이 짐승의 주인도 생각해야 했다. 살아 있는 코끼리의 가치는 최소 1백 파운드지만 죽으면 엄니 값, 아마 5파운드밖에 되지 않을 것이다. 그러나 나는 얼른 행동을 취해야 했다. 우리가 도착했을 때 그 자리에 있던 노련해 보이는 몇몇 버마인들에게 나는 코끼리의 행동이 어떠했는지 물었다. 그들은 코끼리를 가만히 내버려 두면 내 존재조차 모르겠지만, 너무 가까이 다가가면 달려들 것이라고 입을 모아 대답했다.

내가 무엇을 해야 할지 아주 분명해졌다. 나는 코끼리로부터 20미터 정도 떨어진 곳까지 걸어가서 어떻게 되는지 봐야 했다. 코끼리가 달려들면 총을 쏴야 하고, 내 기척을 알아차리지 못하면 주인이 돌아올 때까지 놔두어도 안전할 것이다. 그러나 나는 내가 그렇게 하지 않으리라는 사실도 알았다. 나는 라이플 사격에 서툴렀고, 땅이 너무 질어서 한 걸음 한 걸음 내디딜 때마다 발이 깊이 빠질 것이다. 코끼리가 달려들어서 총을 쏘았는데 빗나간다면 내 운명은 스팀롤러에 깔린 두꺼비나 마찬가지일 것이다. 그러나 그 순간에도 나는 내 입장이 아니라 뒤에서 지켜보는 노란 얼굴들을 생각했다. 사람들이 지켜보는 그 순간, 나는 혼자일 때와 달리 일반적인 의미의 두려움이 없었기 때문이다. 백인은 〈원주민〉 앞에서 겁을 먹어선 안 된다. 따라서 대체로 백인은 겁을 먹지 않는다. 내 마음속 유일한 생각은 까딱 잘못하면 코끼리한테 쫓기다가 잡혀서 결국 짓밟힐 것이고, 그러면 언덕 위에서 본 인도인처럼 웃음 짓는 시체로 전락하는 꼴을 저 2천명의 버마인에게 보이게 된다는 생각뿐이었다. 그럴 경우 적어도 몇몇은 분명히 웃을 것이다. 절대 안 될 일이다. 대안은 하나밖에 없었다. 나는 탄창에 탄약통을 밀어 넣고 과녁을 잘 맞히기 위해 도로에 엎드렸다.

사람들은 아주 조용해졌고, 마침내 극장의 커튼이 올라갈 때처럼 수많은 사람들의 목구멍에서 깊고 낮고 행복한 한숨

소리가 새어 나왔다. 이들은 결국 자기 몫을 즐길 것이다. 라이플은 십자선 조준기가 달린 멋진 독일제 물건이었다. 당시 나는 코끼리를 쏠 때 귓구멍과 귓구멍을 잇는 가상의 선을 따라 쏴야 한다는 사실을 알지 못했다. 코끼리가 옆으로 서 있었기 때문에 바로 귓구멍을 겨냥해야 했는데, 사실 나는 뇌가 더 앞쪽이라고 생각해서 귓구멍의 몇 센티미터 앞을 조준했다.

방아쇠를 당긴 나는 탕 소리를 듣지도, 반동을 느끼지도 못했지만 — 총알이 급소에 맞으면 그렇다 — 사람들 사이에서 솟아오르는 사악한 기쁨의 환호성은 들었다. 그 순간, 총알이 닿기도 전 너무나 짧은 그사이에, 코끼리를 지켜보던 사람이라면 이 동물에게 불가사의하고 끔찍한 변화가 덮쳤다고 생각했을 것이다. 코끼리는 움직이지도 쓰러지지도 않았지만 몸을 이루는 모든 선이 변했다. 마치 총알의 무시무시한 충격이 이 짐승을 쓰러뜨리지도 않은 채 마비시킨 것처럼 코끼리는 갑자기 상처 입고, 쪼그라들고, 어마어마하게 늙어 버린 것처럼 보였다. 무척 길게 느껴지는 시간이 흐른 뒤 — 감히 말하자면 5초 정도였을 것이다 — 마침내 코끼리가 힘없이 무릎을 꿇었다. 입에서 침이 흘렀다. 코끼리는 갑자기 엄청나게 노쇠해 보였다. 천 살은 먹은 것 같았다. 나는 같은 부위에 다시 총을 쏘았다. 두 번째 총알을 맞은 코끼리는 쓰러지는 것이 아니라 절박할 정도로 느릿느릿 일어서서 힘없이 똑바로 섰지만, 다리가 풀리고 고개가 자꾸 떨어졌다. 나는 세 번째로 총을 쏘았다. 그것이 코끼리를 끝장냈다. 마지막 총알의 고통이 코끼리의 전신을 뒤흔들고 다리에 남은 마지막 힘마저 빼앗는 것이 보였다. 그러나 코끼리는 쓰러지다가 잠시 다시 일어서는 듯했다. 뒷다리가 무너지면서 코를 나무처럼 하늘로 뻗는 코끼리의 모습이 마치 거대한 바위가 우뚝 솟는 듯했다. 그런 다음 배를 내 쪽으로 향한 채 쿵 하고 쓰러졌고, 그 소리는 내가 엎드려 있는 땅까지 뒤흔드는 듯했다.

나는 일어섰다. 버마인들은 이미 나를 지나쳐서 진창을 가로질러 맹렬히 달리고 있었다. 코끼리는 다시 일어서지 못할 것이 분명했지만 아직 죽지는 않았다. 코끼리가 규칙적으로 길고 빠르게 헐떡이자 거대한 둔덕 같은 옆구리가 고통스럽게 오르내렸다. 입을 크게 벌리고 있었기에 동굴 같은 연분홍색 목구멍 안쪽이 보였다. 나는 코끼리가 죽기를 한참 동안 기다렸지만 호흡은 약해지지 않았다. 결국 나는 코끼리의 심장이 있다고 짐작되는 곳에 남은 총알 두 발을 쏘았다. 붉은 벨벳처럼 걸쭉한 피가 흘렀지만 코끼리는 여전히 숨을 거두지 않았다. 총알이 박힐 때 몸이 들썩이지도 않았고, 고통스러운 숨소리는 멈추는 법 없이 계속되었다. 코끼리는 크나큰 고통 속에서 아주 천천히 죽어 갔지만 총알도 더 이상 상처 입힐 수 없는, 나와는 멀리 떨어진 세계에 있었다. 나는 그 끔찍한 소리를 끝내야 한다는 느낌이 들었다. 움직일 힘도 죽을힘도 없이 누워 있는 거대한 짐승을 지켜보면서, 끝장내주지도 못한다는 것이 너무 끔찍하게 느껴졌다. 나는 사람을 보내서 내 소총을 가져오게 했고, 코끼리의 심장과 목구멍에 총알을 마구 쏘았다. 그러나 아무 영향도 없는 듯했다. 고통스러운 호흡은 시계 초침 소리처럼 꾸준히 이어졌다.

결국 나는 더 이상 견딜 수가 없어서 자리를 피했다. 코끼리가 30분이 지나서야 죽었다는 이야기는 나중에 전해 들었다. 버마인들은 내가 자리를 뜨기도 전부터 단검과 바구니를 들고 모여들었고, 오후가 되자 뼈만 남긴 채 거의 다 해체해 갔다고 했다.

물론 그 후 코끼리를 쏜 것에 대한 끝없는 논쟁이 벌어졌다. 코끼리의 주인은 분노했지만 인도인이었기에 아무것도 할 수 없었다. 게다가 내 행동은 법적으로 옳았다. 주인이 통제하지 못하는 미친 코끼리는 미친개처럼 죽여야 했다. 유럽인들은 의견이 갈렸다. 나이 많은 사람들은 내 행동이 옳다고 했고, 젊은 사람들은 쿨리를 한 명 죽였다고 해서 코끼리를 쏘는 것은 정말 부끄러운 짓이라고 했는데, 코린지[4] 쿨리 한 명보다 코끼리 한 마리가 더 비싸기 때문이었다. 나중에 나는 그때 그 쿨리가 죽어서 정말 다행이라고 생각했다. 그랬기 때문에 나는 법적으로 잘못이 없었고, 코끼리를 쏠 충분한 구실이 되었다. 나는 오로지 바보처럼 보이지 않기 위해서 내가 코끼리를 쏘았다는 사실을 아는 사람이 하나라도 있을까 종종 생각했다.

1936년

4 19~20세기에 생계를 위해 버마로 이주한 인도 남부 사람.

마라케시

시체가 지나가자 식당 테이블에 앉았던 파리 떼가 구름처럼 쫓아가다가 몇 분 뒤에 돌아왔다.

소박한 장례 행렬 — 모두 성인 남자나 소년이고, 여자는 없다 — 이 석류 더미와 택시와 낙타 사이로 시장을 누비며 짤막한 곡소리를 반복했다. 이곳에서는 시체를 관에 넣지 않고 천으로 감싸서 거친 나무 관대에 올려 네 사람이 옮기기 때문에 파리 떼가 좋아하지 않을 수 없다. 운구 행렬이 장지에 도착하면 30~60센티미터 정도 되는 직사각형 구덩이를 파고 시체를 넣은 다음, 부서진 벽돌처럼 마르고 덩어리진 흙을 살짝 덮는다. 비석도, 이름도, 신원을 드러내는 어떤 표시도 없다. 장지는 버려진 집터처럼 황량하고 거대한 흙 언덕에 불과하다. 한두 달만 지나면 자기 친척을 어디에 묻었는지도 정확히 알지 못한다.

이런 도시 — 주민 20만 명 가운데 적어도 2만 명은 몸에 걸친 넝마를 빼면 말 그대로 아무것도 가진 것이 없다 — 를 돌아다니면서 사람들이 어떻게 사는지, 또 얼마나 쉽게 죽는지를 보면 내가 인간들 사이를 걸어가고 있다고 생각하기 힘들다. 모든 식민 제국은 이러한 실상 위에 세워져 있다. 이 사람들은 얼굴이 갈색이고, 게다가 너무나도 많다! 이들이 정말 나와 같은 인간일까? 이들에게 이름이 있을까? 아니면 꿀벌이나 산호충처럼 분화되지 않은 갈색 물질에 불과할까? 이들은 땅에서 태어나 몇 년 동안 땀 흘리며 굶주리다가 다시 스러져서 이름 없는 봉분이 되고, 아무도 이들의 죽음을 깨닫지 못한다. 무덤조차 곧 흙으로 돌아간다. 가끔 산책을 나가서 부채선인장 사이를 걷다 보면 발밑의 땅이 울퉁불퉁하다는 것을 깨닫게 되는데, 당신이 해골들 위를 걷고 있음을 알려 주는 것은 그 굴곡이 규칙적이라는 사실밖에 없다.

나는 공원에서 가젤에게 먹이를 주고 있었다.

가젤은 살아 있을 때에도 먹음직스러워 보이는 유일한 동물인데, 사실 가젤의 뒷다리를 보면서 민트 소스를 떠올리지 않기는 어렵다. 먹이를 받아먹던 가젤은 내 머릿속의 생각을 아는지, 빵 조각을 내밀면 받아먹긴 했지만 나를 좋아하지는 않았다. 가젤은 빵을 재빨리 뜯어먹은 다음 머리를 숙여 나를 들이받으려고 했고, 그런 다음 다시 빵을 뜯어먹고 또 머리로 들이받으려고 했다. 어떻게든 나를 쫓아내면 빵은 허공에 그대로 떠 있으리라 생각하는 듯했다.

근처 도로에서 일하던 아랍인 인부가 무거운 곡괭이를 내려놓고 슬그머니 다가왔다. 그는 말없이 놀라면서 이런 광경을 처음 본다는 듯 가젤과 빵, 빵과 가젤을 번갈아 바라보았다. 마침내 그가 프랑스어로 수줍게 말했다.

「〈저도〉 그 빵 먹을 수 있는데요.」

내가 빵을 한 조각 떼어 주자 그는 고마워하며 걸치고 있던 넝마 밑 비밀 장소에 챙겨 넣었다. 이 남자는 시 당국의 피고용인이다.

유대인 거주 구역에 가면 중세의 유대인 거리가 어떠했을지 어느 정도 짐작할 수 있다. 무어인 지배하에서 유대인은 정해진 지역의 땅만 소유할 수 있었고, 몇 세기 동안이나 이런 취급을 받다 보니 바글거리는 것에 신경 쓰지 않게 되었다. 거리는 대부분 너비가 1.8미터도 안 되고, 집에는 창문이 하나도 없으며, 어디든 눈병 걸린 아이들이 파리 떼처럼 구름같이 모여 있다. 보통 길 한가운데에는 오줌이 작은 강처럼 흐른다.

시장에 가면 긴 검정 로브와 작은 검정 스컬캡[1] 차림의 유대인 대가족이 어둡고 파리가 득시글거리는 동굴 같은 간이 점포에서 일하고 있다. 목수는 선사 시대에 만든 듯한 선반(旋盤) 앞에 다리를 꼬고 앉아서 의자 다리를 번개같이 빠르게 돌린다. 그는 오른손에 든 활로 선반을 돌리고 왼발로 끌을 조종한다. 평생 이 자세로 앉아 있었기 때문에 왼쪽 다리가 굽었다. 그의 옆에서 여섯 살 난 손자가 벌써 간단한 일을 돕고 있다.

내가 구리 세공 가게를 지나면서 담배에 불을 붙이자 누

1 유대인이나 주교 등이 쓰는 챙 없는 베레모.

군가 바로 알아차렸다. 즉시 사방의 검은 굴에서 유대인들이 미친 듯이 몰려나왔다. 대부분 출렁이는 회색 수염을 기른 나이 많은 할아버지들이었는데, 다들 담배 하나만 달라고 시끄럽게 떠들었다. 어느 점포 안쪽에 있던 시각 장애인조차 담배가 있다는 소문을 듣고 기어 나와서 허공을 움켜쥐었다. 1분쯤 지나자 담배 한 갑이 사라졌다. 이들 중에서 하루에 열두 시간 이상 일하지 않는 사람은 아무도 없을 텐데, 하나같이 담배는 도저히 손에 넣을 수 없는 사치품이라고 생각한다.

유대인은 자급자족 공동체 안에서 살면서 농업을 제외하고는 아랍인들과 똑같은 장사를 한다. 과일장수, 옹기장이, 은 세공사, 대장장이, 푸주한, 가죽 장인, 재봉사, 물지게꾼, 거지, 짐꾼 — 어디를 보아도 유대인뿐이다. 1만 3천 명이나 되는 유대인이 몇 에이커의 공간에 다 같이 살고 있다. 여기에 히틀러가 없어서 다행이다. 하지만 오는 중일지도 모른다. 아랍인뿐 아니라 가난한 유럽인들도 유대인들에 대해 좋지 않은 소문을 퍼뜨린다.

「그래요, 세상에. 유대인한테 일자리를 빼앗겼다니까요. 유대인 말입니다! 아시겠지만, 이 나라를 정말로 지배하고 있는 건 유대인들이라니까요. 돈은 전부 유대인들이 갖고 있어요. 은행, 금융, 뭐든 유대인들 손아귀에 있다고요.」

「하지만 말입니다.」 내가 말했다. 「평범한 유대인은 시간당 1페니쯤 받는 인부 아닙니까?」

「아, 그런 척하는 거예요! 사실은 다들 고리대금업자죠. 교활하잖아요, 유대인들은.」

수백 년 전, 마법을 부려서 제대로 된 끼니조차 마련하지 못하는 불쌍한 노파들을 마녀라며 화형에 처했을 때도 똑같은 식이었다.

몸 쓰는 일을 하는 노동자는 다들 눈에 잘 띄지 않고, 중요한 일을 할수록 더 보이지 않는다. 그러나 흰 피부는 항상 눈에 잘 띈다. 당신이 북유럽에서 밭을 가는 노동자를 발견하면 아마 한 번 더 흘깃 쳐다볼 것이다. 그러나 지브롤터 해협 남쪽이든 수에즈 운하 동쪽이든 더운 나라에서는 밭을 가는 사람을 알아차리지 못할 확률이 높다. 나는 그런 광경을 수없이 많이 보았다. 열대 풍경에서 우리의 눈은 인간만 빼고 모든 것을 포착한다. 우리의 눈은 말라 버린 땅, 부채선인장, 야자수와 멀리 서 있는 산까지 모두 포착하지만 밭에서 곡괭이질 하는 농부는 항상 놓친다. 땅과 색깔도 같고, 딱히 흥미로운 구경거리도 아니다.

바로 이런 이유로 굶주림에 시달리는 아시아와 아프리카 국가들이 관광객들의 휴양지로 여겨진다. 아무리 싸도 실업자가 많은 지역에 여행을 가려는 사람은 없을 것이다. 그러나 피부가 갈색인 사람들의 가난은 눈에 들어오지 않는다. 프랑스인에게 모로코는 무엇을 뜻할까? 오렌지 덤불이나 식민지 공무원 자리이다. 영국인에게는 어떨까? 낙타, 성(城), 야자수, 프랑스 외인부대, 황동 쟁반과 산적이다. 여기에서 몇 년이나 살면서도 주민의 9할에게 현실은 발가벗은 땅에서 약간의 먹을 것을 짜내느라 끝없이 고된 노동을 하는 삶임을 전혀 눈치채지 못할 수도 있다.

모로코의 대부분은 산토끼보다 큰 야생 동물은 살지 못할 정도로 황폐하다. 한때 숲으로 뒤덮였던 드넓은 지역은 부서진 벽돌 같은 토양의 나무 한 그루 없는 황무지로 변했다. 그럼에도 불구하고 어마어마한 노동력을 투입하여 상당 부분의 땅을 경작한다. 전부 손으로 해야 한다. 밭에 몇 줄로 길게 늘어선 여인들이 대문자 L을 뒤집어 놓은 모양으로 몸을 숙이고 천천히 나아가면서 가시투성이 잡초를 손으로 뽑고, 농부는 꼴로 쓸 알팔파를 수확할 때 줄기를 몇 센티미터라도 더 확보하기 위해서 낫으로 베는 대신 일일이 뽑는다. 하찮은 나무 쟁기는 어깨에 쉽게 멜 수 있을 정도로 약하고, 여기에 달린 조악한 쇠 쟁기 날을 땅에 꽂아 약 10센티미터 정도 깊이까지 흙을 휘젓는다. 그러려면 짐승의 힘이 필요하다. 보통 소 한 마리와 당나귀 한 마리에게 멍에를 같이 씌워 밭을 간다. 당나귀 두 마리로는 힘이 부족하고, 소 두 마리는 먹이 비용이 조금 더 든다. 농부들은 써레가 없으므로 방향을 바꿔서 땅을 여러 번 갈고 나서 밭고랑을 대충 만든다. 그런 다음 물이 빠지지 않도록 괭이를 이용해서 밭 전체를 작은 직사각형 구획들로 나눈다. 드문 폭우가 내린 직후 하루 이틀만 빼면 물은 항상 부족하다. 하층토에 흐르는 얼마 안 되는 실개천 때문에 밭 가장자리를 따라 깊이 9미터에서 12미터의 물길을 판다.

매일 오후, 나이가 아주 많은 노파들이 장작을 한 짐씩 지고 내 집 앞을 지나간다. 노령에다 햇볕 탓에 다들 미라 같은 모습이고 하나같이 아주 작다. 원시적인 공동체에서는 여인이 특정 나이가 지나면 아이만큼 작아지는 것이 일반적인 듯하다. 어느 날 키가 120센티미터도 안 되는 불쌍한 노파가 커다란 장작 짐을 지고 내 앞을 기어가듯 걸어갔다. 나는 그녀의 발걸음을 멈추게 하고 5수짜리 동전(1파딩이 약간 넘는다)을 손에 쥐여 주었다. 노파는 비명에 가까운 날카로운 울부짖음으로 대답했는데, 고마워서이기도 했지만 놀란 탓이 더 컸다. 아마도 내가 자기 존재를 알아차림으로써 자연 법칙을 거스르기라도 한 느낌이었을 것이다. 그녀는 노파라는 자기 위치를, 즉 짐 나르는 짐승이나 다름없는 위치를 받아들였다. 여기서 길을 가는 가족을 보면 보통 아버지와 다 큰 아들이 당나귀를 타고 가고 노파는 짐을 들고 걸어서 따라간다.

이 사람들의 정말 이상한 점은 눈에 보이지 않는다는 것이다. 몇 주 동안 거의 같은 시간에 노파들이 장작을 지고 집 앞을 절룩절룩 지나갔고, 그들은 분명 내 안구에 비쳤지만 내가 그들을 보았다고 진정으로 말할 수는 없다. 장작이 지나가고 있었다. 나는 그렇게 보았다. 어느 날 우연히 그들 뒤에서 걸어가다가 장작이 신기하게 위아래로 움직이기에 그 밑의 인간에게 시선이 갔을 뿐이다. 나는 그때 흙빛의 늙은 육체를, 압도적인 무게 밑에서 반으로 접히고 뼈와 가죽 같은 피부만 남은 육체를 처음으로 알아차렸다. 그러나 나는 아마 모로코 땅에 착륙한 지 5분도 안 되어 무리하게 짐을 실은 당나귀들을 보고 괴로워했을 것이다. 당나귀가 지독하게 학대당하고 있는 것은 분명하다. 모로코의 당나귀는 몸집이 세인트버나드종과 비슷하지만 영국 육군에서는 키 150센티미터짜리 노새에게도 너무 많다고 할 만한 짐을 지게 하고, 길마를 몇 주씩 벗겨 주지 않을 때도 많다. 특히 안쓰러운 것은 당나귀는 지구상에서 사람을 가장 잘 따르는 짐승이므로 굴레나 고삐가 없어도 개처럼 주인을 따라다닌다는 점이다. 당나귀는 12년쯤 헌신적으로 일을 하다가 픽 쓰러져 죽는다. 그러면 주인이 나귀 사체를 도랑에 던지고, 동네 개들은 사체가 식기도 전에 내장을 찢는다.

이런 일은 우리의 피를 끓어오르게 하지만 — 대체로 — 인간의 역경은 그렇지 않다. 나는 비평을 하는 것이 아니라 단순히 사실을 지적하고 있다. 갈색 피부를 가진 사람들은 거의 보이지 않는다. 등이 다 벗겨진 당나귀는 누구나 불쌍하게 여기지만, 장작을 진 노파는 무슨 사건이라도 있어야 눈에 들어온다.

황새가 북쪽으로 날아갈 때 흑인들은 남쪽으로 내려왔다. 먼지를 뒤집어쓴 보병대, 포병대, 또 보병대가 길게 행렬을 이루었다. 총 4천~5천 명이 장화를 쿵쿵거리고 쇠바퀴를 철컹거리며 구불구불 행진했다.

그들은 아프리카에서 피부색이 가장 검은 세네갈 사람들이었는데, 어찌나 새카만지 목과 머리카락을 구분하기 힘들 때가 많았다. 그들의 근사한 육체는 낡은 카키색 제복 아래 숨겨져 있었고, 발은 나뭇조각 같은 장화 속에 납작해져 있었으며, 철모는 전부 몇 사이즈 작아 보였다. 날씨는 무척 덥고 이들은 긴 거리를 행군한 참이었다. 그들은 무거운 짐 때문에 털썩 주저앉았고, 묘하게 섬세한 검은 얼굴이 땀으로 번들거렸다.

행렬이 지나갈 때 키가 크고 아주 어린 흑인이 고개를 돌리다가 나와 눈이 마주쳤다. 그러나 그의 표정은 당신이 예상하는 친절한 표정이 결코 아니었다. 적대적이거나 경멸하는 표정도, 무뚝뚝한 표정도, 호기심 어린 표정도 아니었다. 그저 수줍어서 눈이 휘둥그레진 흑인의 표정이었는데, 사실은 깊은 존경심을 나타낸 것이다. 나는 왜 그런지 알았다. 이 불쌍한 소년은 프랑스 시민이기 때문에 숲에서 끌려 나와 주둔지에서 바닥이나 문질러 닦고 매독에 걸리겠지만, 사실 흰 피부 앞에서 존경심을 느낀다. 백인이 자기 주인이라고 배웠고, 여전히 그렇게 믿는 것이다.

그러나 행군하는 흑인 군대를 보며 모든 백인이(이 문제에서는 자칭 사회주의자도 전혀 다르지 않다) 떠올리는 생각이 하나 있다. 〈언제까지 저들을 속일 수 있을까? 얼마나 지나면 저들이 총구를 반대로 향할까?〉

정말 신기했다. 모로코의 모든 백인은 머릿속 어딘가에 이런 생각을 담고 있다. 나도 그랬고, 다른 구경꾼들도 그랬으며, 땀 흘리는 군마에 탄 장교들과 열을 지어 행군하는 백인 하사관들도 그랬다. 그것은 우리 모두가 알면서도 교활해서 말하지 않는 비밀이었다. 흑인들만 그 사실을 몰랐다. 2~3킬로미터쯤 되는 무장 군인 행렬이 평화롭게 길을 따라 행군하는 모습은 소 떼를 보는 듯했다. 그들의 머리 위에서 크고 하얀 새들이 종잇조각처럼 반짝거리며 반대 방향으로 날아갔다.

1939년

부랑자 임시 수용소

늦은 오후였다. 남자 마흔여덟 명과 여자 한 명, 총 마흔아홉 명이 풀밭에 누워 부랑자 임시 수용소[1]가 문을 열기를 기다리고 있었다. 다들 너무 피곤해서 말도 별로 없었다. 우리는 지쳐서 널브러졌고, 꺼칠한 얼굴에 직접 만 담배를 비죽 물고 있었다. 머리 위의 밤나무 가지는 꽃으로 뒤덮였고, 그 너머의 맑은 하늘에는 크고 푹신한 구름들이 거의 움직이지도 않은 채 떠 있었다. 풀밭에 흩어진 우리는 더러운 도시의 하층민 같았다. 우리는 해변에 흩어진 정어리 깡통이나 종이 가방처럼 풍경을 더럽히고 있었다.

그나마 오가는 이야기는 임시 수용소의 부랑자 감독관에 대한 것이었다. 모두들 그 사람은 악마이자 폭군, 독재자, 큰 소리로 호통 치며 모욕을 주는 무자비한 놈이라고 입을 모았다. 그가 옆에 있으면 제 영혼을 제 것이라 할 수 없었고, 말대꾸를 한다는 이유로 한밤중에 쫓겨난 부랑자도 적지 않았

1 빈민 강제 노역소*workhouse* 내의 시설로, 집 없이 떠돌아다니는 부랑자들이 잠시 체류하는 수용소이다.

다. 또 몸수색을 할 때는 숫제 사람을 거꾸로 들고 탈탈 털었다. 담배를 소지했다가 걸리면 지옥이 펼쳐졌고, 돈을 가지고 들어가는 사람은(규칙 위반이다) 신의 도움을 바랄 수밖에 없었다.

나는 8페니를 가지고 있었다. 「아이고, 이 친구야.」 나이 많은 노동자가 충고했다. 「가지고 들어가지 말게. 수용소에 8페니를 가지고 들어갔다간 일주일은 구치소행이야!」

그래서 나는 산울타리 아래 구멍에 돈을 숨기고 부싯돌로 표시해 두었다. 그런 다음 우리는 성냥과 담배를 숨겨 들어갈 준비를 했다. 담배와 성냥은 거의 모든 수용소에서 반입금지였으므로 입소할 때 정문에서 다 맡겨야 했다. 우리는 담배를 양말에 숨겼지만 20퍼센트 정도는 양말이 없어서 신발 안에, 심지어는 발가락 밑에 숨겨야 했다. 발목에 밀반입품을 채웠더니 누가 보면 상피병에 걸린 줄 알 정도로 불룩해졌다. 그러나 아무리 엄격한 감독관이라 해도 무릎 밑으로는 수색하지 않는 것이 불문율이었고, 결국 걸린 사람은 한 명밖에 없었다. 스코티라는 사람이었는데, 글래스고와 런던 사투리가 섞인 이상한 말투를 쓰는 덩치가 작고 털이 북슬북슬한 부랑자였다. 엉뚱한 순간에 담배 깡통이 양말에서 떨어지는 바람에 압수당했다.

6시가 되자 정문이 열리고 우리는 안으로 들어갔다. 문 앞에 서 있던 관리가 등록부에 우리의 이름과 몇 가지 사항을 적더니 짐을 가져갔다. 여자는 빈민 강제 노역소로, 남자들은 부랑자 임시 수용소로 보내졌다. 수용소는 석회를 칠한 우울하고 썰렁한 시설로, 욕실 하나와 식당 하나, 돌로 만든 좁은 방 백여 개가 전부였다. 무시무시한 부랑자 감독관이 문 앞에서 우리를 맞이하더니 옷을 벗고 몸수색을 할 욕실로 데려갔다. 감독관은 우락부락하고 군인 같은 마흔 살가량의 남자로, 부랑자를 대하는 태도가 연못가로 몰고 간 양 떼를 대하는 것과 다름이 없었고, 이리저리 밀면서 얼굴에 대고 욕설을 퍼부었다. 그러나 내 앞에 왔을 때는 나를 뚫어져라 쳐다보더니 이렇게 말했다.

「당신은 신사요?」

「그런 것 같습니다.」

그가 다시 나를 한참 동안 바라보았다. 「음, 정말 빌어먹게도 운이 나쁘시군요, 선생님.」 그가 말했다. 「빌어먹게 운이 나빠요, 정말.」 그러더니 그다음부터 잊지 않고 나를 동정적으로, 심지어는 존중하며 대했다.

욕실 광경은 역겨웠다. 우리가 입은 속옷의 온갖 꼴사나운 비밀이 드러났다. 시커먼 때, 찢어지고 기운 흔적, 단추를 대신하는 끈, 자투리 천을 몇 번이나 덧댄 흔적. 어떤 속옷은 때가 하나로 이어 주는 구멍들의 집합체에 지나지 않았다. 욕실은 곧 김이 피어오르는 알몸들이 서로 밀고 밀리는 상태가 되었고, 대변 냄새 비슷한 수용소 특유의 역겨운 냄새에 부랑자들의 땀 냄새까지 더해졌다. 몇몇은 목욕을 거부하고 〈발싸개〉, 즉 부랑자들이 발에 감고 다니는 끔찍하고 기분 나쁘고 번들번들한 천만 씻었다. 각자 목욕할 시간이 3분씩 주어졌다. 번들번들하고 미끄러운 롤러 타월 여섯 장으로 모두가 닦아야 했다.

목욕을 마친 뒤 우리는 옷을 맡기고 강제 노역소 셔츠를 입었다. 잠옷 셔츠와 비슷한 회색 면 셔츠로, 허벅지 중간까지 내려왔다. 그런 다음 식당으로 따라가니 널빤지로 된 식탁에 저녁이 차려져 있었다. 아침이든 점심이든 저녁이든 항상 똑같은 임시 수용소의 식사 — 빵 반 파운드, 마가린 약간, 차라고 부르는 액체 1파인트 — 였다. 우리는 값싸고 몸에 해로운 음식을 5분 만에 해치웠다. 그런 다음 부랑자 감독관이 한 명당 면 모포를 세 장씩 주고 밤을 지낼 작은 방으로 보냈다. 저녁 7시가 되기 직전에 문이 바깥에서 잠겼고, 열두 시간 동안은 열리지 않을 터였다.

방은 가로 2.5미터 세로 1.5미터로, 벽 높이 있는 창살 달린 자그마한 창문과 바깥을 내다보는 문구멍 외에는 조명이 없었다. 벌레는 없고 침대 틀과 짚을 깐 잠자리가 있었는데, 둘 다 보기 드문 사치품이었다. 대부분의 임시 수용소에서는 나무 선반에서 잤고, 맨바닥에서 돌돌 만 외투를 베개 삼아 자는 사람도 있었다. 독방에 침대까지 있었으므로 나는 밤새 푹 쉴 수 있겠다고 기대했다. 하지만 그렇지 않았다. 어떤 임시 수용소든 뭔가 잘못된 부분이 있는데, 내가 곧 깨달았듯이 이곳의 단점은 추위였다. 5월이 시작된 기념으로 — 봄의 신들에게 바치는 작은 희생양으로 삼아 — 수용소 측에서 증기 파이프를 차단했던 것이다. 면 모포는 거의 소용이 없었다. 우리는 밤새 뒤척이면서 10분쯤 곯아떨어졌다가 반쯤 얼어붙은 채 잠에서 깨 새벽을 기다렸다.

임시 수용소에서는 늘 그랬듯이, 나는 일어날 시간이 다 되어서야 겨우 편안하게 잠들었다. 감독관이 묵직한 발걸음으로 복도를 당당히 걸어다니며 잠긴 문을 열고서 일어나라고 소리쳤다. 곧 누추한 셔츠 차림으로 서둘러 욕실로 향하는 형체들이 복도에 와글거렸다. 아침에 욕조 하나 분량의 물로 전체가 씻어야 했는데, 먼저 가는 사람이 먼저 씻을 수 있었기 때문이다. 내가 도착했을 때는 스무 명이 이미 세수를 끝낸 다음이었다. 나는 물에 둥둥 뜬 검은 찌꺼기를 흘깃 보고 오늘은 씻지 않기로 했다.

우리는 서둘러 옷을 입고 식당으로 가서 아침을 허겁지겁 먹었다. 빵은 평소보다 상태가 훨씬 좋지 않았다. 군인 같은 사고방식을 가진 멍청한 감독관이 밤에 빵을 미리 잘라 둔 바람에 배에서 먹는 비스킷처럼 딱딱해졌기 때문이다. 그러나 춥고 불편한 밤을 보낸 뒤에 마시는 차는 반가웠다. 차가 없으면, 아니 차라고 이름을 잘못 붙인 이 액체가 없으면 부랑자들이 어떻게 살 수 있을지 모르겠다. 차는 부랑자의 양식이자 약이며, 모든 문제의 해결책이었다. 차라도 하루에 반 갤런씩 마시지 못하면 부랑자들은 정말로 자기 존재를 견딜 수 없을 것이다.

아침 식사가 끝나자 우리는 천연두 예방을 위해서 다시 옷을 벗고 검진을 받아야 했다. 의사는 45분 후에야 도착했으므로, 우리가 주변을 두리번거리며 어떤 사람이 있는지 살펴볼 시간은 충분했다. 대단한 광경이었다. 우리는 상체를 드러낸 채 복도에 두 줄로 서서 벌벌 떨고 있었다. 한 번 걸러진 푸르고 차가운 빛이 우리를 무자비할 만큼 또렷하게 비추었다. 그 광경을 본 적 없는 사람은 배만 불룩하고 쇠약한 똥개 같은 우리의 모습을 상상도 할 수 없을 것이다. 헝클어진 머리, 수염이 북슬북슬하고 쭈글쭈글한 얼굴, 움푹 꺼진 가슴, 평평한 발, 축 늘어진 근육 등 온갖 기형과 형편없는 외양이 다 모여 있었다. 다들 얼굴이 축 처지고 햇볕에 타서 안색이 변했다. 그곳에서 본 두세 명의 모습은 내 마음에 깊이 새겨졌다. 나이 많은 〈대디〉라는 사람은 일흔네 살의 노인으로, 탈장대를 찼고 벌건 눈에 눈물이 고여 있었다. 가슴이 아플 만큼 마른 데다가 수염은 듬성듬성하고 뺨은 푹 꺼져서, 조잡하게 그린 나사로의 시체 같았다. 또 한 사람은 나지막이 낄낄거리며 돌아다니는 백치였는데, 바지가 자꾸 내려가서 알몸이 드러날 때마다 부끄러워하면서도 즐거운 듯 보였다. 그러나 우리들 중에서 이 두 사람보다 대단히 나은 사람은 거의 없었다. 몸이 성한 사람은 열 명도 되지 않았고, 절반은 입원해야 할 상태였을 것이다.

일요일이었으므로 우리는 주말 내내 수용소에서 지내야 했다. 의사가 돌아가자마자 우리는 다시 식당으로 떼 지어 이동했고, 문이 닫혔다. 식당은 석회를 칠한 벽과 돌바닥으로 되어 있었는데, 널빤지로 만든 가구와 벤치가 있고 감옥 냄새가 났기 때문에 말할 수 없을 만큼 삭막했다. 창문은 너무 높아서 밖을 내다볼 수 없었고, 장식이라고는 누구나 나쁜 짓을 하면 무시무시한 처벌을 받는다고 협박하는 규칙밖에 없었다. 식당에 우리가 너무 빽빽하게 들어찼기 때문에 팔꿈

치를 움직이면 반드시 누군가를 밀치게 되어 있었다. 겨우 아침 8시였는데, 우리는 벌써 감금 상태에 질렸다. 이야깃거리는 길거리에 떠도는 사소한 소문, 괜찮은 임시 수용소와 형편없는 임시 수용소, 관대한 카운티와 매정한 카운티, 경찰과 구세군의 부정부패밖에 없었다. 부랑자들의 대화는 이러한 주제에서 거의 벗어나지 못한다. 사실 그들은 업계 정보만 얘기할 뿐 대화라고 부를 만한 것은 나누지 않는데, 뱃속이 비면 머리에도 아무 생각이 남지 않기 때문이다. 이들에게 세상일은 너무 거창했다. 다음 식사를 언제 할 수 있을지 모르기 때문에 끼니 외에는 아무것도 생각할 수가 없다.

두 시간이 느릿느릿 흘렀다. 나이가 많아서 오락가락하는 올드 대디는 등을 활처럼 구부린 채 조용히 앉아 있었고, 빨갛게 부은 눈에서 눈물이 바닥으로 천천히 떨어졌다. 모자를 쓰고 자는 이상한 버릇으로 악명이 높은, 나이 많고 지저분한 부랑자 조지는 빵 꾸러미를 길에서 잃어버렸다며 자꾸 투덜거렸다. 우리 중에서 몸이 제일 좋은 거지 빌은 헤라클레스처럼 건장했고, 수용소에 들어온 지 열두 시간이 지났는데도 여전히 맥주 냄새를 풍겼으며, 구걸한 이야기, 술집에서 몇 파인트까지 마셨다는 이야기, 경찰에게 설교를 늘어놓다가 일주일 동안 갇혔던 목사의 이야기를 해주었다. 어부였던 노퍽 출신의 두 청년 윌리엄과 프레드는 배신당하고 눈 속에 파묻혀 죽은 불쌍한 벨라에 대한 슬픈 노래를 불렀다. 백치는 자신에게 금화 257파운드를 줬다는 상상 속의 신사에 대해서 어이없는 말을 늘어놓았다. 이렇게 지루한 이야기와 지겨운 음담패설을 하며 시간이 흘러갔다. 스코티만 제외하고 모두 담배를 피웠는데, 담배를 압수당한 스코티가 너무 우울해 보여서 내가 그에게 담배를 말아 피울 종이와 담뱃잎을 주었다. 대충 눈감아 주긴 하지만 공식적으로는 흡연이 금지되었기 때문에, 우리는 담배를 몰래 피우다가 부랑자 감독관의 발소리가 들리면 학생처럼 그것을 숨겼다.

부랑자들은 대부분 이 끔찍한 식당에서 연속으로 열 시간을 보냈다. 어떻게 견디는지 상상하기도 힘들다. 나는 부랑자에게 최대의 적은 지루함이라고 생각하게 되었다. 그것은 굶주림과 불편함보다 나쁘고, 사회적으로 망신을 당했다는 느낌보다 나쁘다고 생각하게 되었다. 할 일도 주지 않고 무식한 사람을 온종일 가두는 것은 정말 멍청하고 잔인한 짓이다. 이는 개를 술통에 매어 두는 것과 마찬가지다. 자기 안에 위안거리를 가지고 있는 유식한 사람만이 감금을 견딜 수 있다. 대부분의 무식한 부랑자들은 아무 재주도 없고 텅 빈 마음으로 자신의 가난을 마주한다. 그들은 불편한 벤치에 열 시간 동안 꼼짝도 않고 앉아 있지만 골똘히 생각에 잠길 줄도 모르고, 생각을 해봤자 기껏 운이 없다는 불평이나 일을 하고 싶다는 갈망이 전부다. 그들은 끔찍한 한가함을 견디는 소질이 없다. 그래서 그들은 평생 아무것도 하지 않으면서 보내는 시간이 너무나 많고, 따분함으로 인해 고통받는다.

나는 다른 사람들보다 훨씬 운이 좋았는데, 10시에 감독관이 나를 불러서 수용소 사람들이 가장 탐내는 일을 시켰기 때문이다. 바로 강제 노역소에서 부엌일을 돕는 것이었다.

사실 부엌에는 할 일이 없었으므로 나는 슬쩍 빠져나와서 감자를 보관하는 창고에 숨었다. 강제 노역소 사람들 몇 명이 일요일 아침 예배를 피해서 그곳에 숨어 있었다. 스토브에 불도 피워져 있었고, 상자에 편하게 앉을 수도 있었으며, 강제 노역소 도서관에서 가져온 소설 『래플스*Raffles*』 한 권과 『패밀리 헤럴드*Family Herald*』 과월 호도 몇 권 있었다. 임시 수용소에 있다가 왔더니 강제 노역소는 천국이었다.

나는 점심도 강제 노역소에서 먹었는데, 그렇게 거창한 식사는 처음이었다. 임시 수용소 안에서든 밖에서든 부랑자는 이런 식사를 1년에 두 번도 먹지 못한다. 강제 노역소의 빈민들은 일요일이면 늘 배가 터지도록 먹고 나머지 엿새는 굶는다고 나에게 말했다. 식사가 끝나자 요리사가 나에게 설거지를 시키더니 남은 음식은 버리라고 했다. 음식 쓰레기가 깜짝 놀랄 만큼 많았다. 엄청난 쇠고기 요리, 양동이 몇 개 분량의 빵과 야채가 쓰레기처럼 내던져져 찻잎과 함께 버려졌다. 멀쩡한 음식이 쓰레기통 다섯 개에 넘칠 지경으로 가득 찼다. 내가 음식 쓰레기를 버리는 동안 동료 부랑자들은 180미터 떨어진 임시 수용소에서 질긴 빵과 차로, 어쩌면 일요일이라고 특별히 나온 차가운 삶은 감자 두 개로 배를 반쯤 채우며 앉아 있을 터였다. 음식을 부랑자에게 주지 않고 버리는 것은 의도적인 정책 같았다.

3시가 되자 나는 강제 노역소 부엌에서 나와 임시 수용소로 돌아갔다. 바글바글하고 삭막한 식당의 따분함은 이제 못 견딜 정도였다. 사람들은 담배조차 피우지 않았다. 부랑자의 담배라고는 길에서 주운 꽁초밖에 없는데, 풀 뜯는 짐승으로 치면 초원이나 마찬가지인 보도에서 멀리 떨어지면 굶는 수밖에 없다. 나는 시간을 보내려고 약간 교만한 부랑자와 대화를 나누었다. 칼라에 타이까지 맨 젊은 목수로, 연장이 없어서 부랑자 생활을 하는 중이라고 했다. 그는 다른 부랑자들과 약간 거리를 두면서 자신은 막노동자가 아니라 자유인이라고 여겼다. 이 남자는 문학도 좋아해서 떠돌아다니는 내내 스콧의 소설을 한 권 들고 다녔다. 그는 관목 밑이나 건초 뒤에서 자는 것이 더 좋다며, 배고픔만 아니었으면 임시 수용소에 오지 않았을 것이라고 말했다. 몇 주 동안 남부 해안 지역을 돌아다니며 낮에는 구걸을 하고 밤에는 이동식 탈의실에서 잤다고도 했다.

우리는 길거리 생활에 대해서 이야기를 나누었다. 그는 부랑자가 열네 시간을 임시 수용소에서 보내고 남은 열 시간은 경찰을 피해 걸어다니게 만드는 체제를 비판했다. 그는 3파운드어치 연장이 없어서 6개월 동안 생활 보호 대상자로 살아야 하는 자신의 처지를 이야기하면서 바보 같은 짓이라고 말했다.

내가 강제 노역소 부엌에서 음식이 얼마나 낭비되는지 이야기한 다음 내 생각을 말했다. 그러자 그의 어조가 당장 바뀌었다. 영국의 모든 노동자 안에 잠들어 있는 특권층을 내가 깨운 것이었다. 그는 다른 부랑자들과 똑같이 굶었지만, 음식을 부랑자에게 주느니 차라리 버려야 하는 이유를 곧바로 파악했다. 그가 나에게 아주 근엄하게 충고했다.

「그럴 수밖에 없어요.」 그가 말했다. 「이런 시설을 너무 좋게 만들면 전국에서 쓰레기 같은 놈들이 몰려들 겁니다. 음식이 변변찮아서 쓰레기 같은 놈들이 안 오는 거예요. 그런 부랑자들은 너무 게을러서 일을 못 하죠. 그게 잘못된 겁니다. 그런 놈들을 부추기면 안 돼요. 다 쓰레기죠.」

나는 그의 말에 반박했지만 그는 들으려 하지 않고 같은 말을 반복할 뿐이었다.

「부랑자를 동정하지 마세요, 진짜 쓰레기예요. 당신이나 나 같은 사람들이랑 똑같은 기준으로 판단하면 안 돼요. 쓰레기예요, 그냥 쓰레기.」

그가 동료 부랑자들과 미묘하게 거리를 두는 것이 무척 흥미로웠다. 그는 6개월 동안 길거리에서 살았지만 하느님이 보시기에 자기는 부랑자가 아니라고 말하려는 듯했다. 그의 몸은 임시 수용소에 있었지만, 그의 영혼은 중산층의 순수한 창공으로 멀리 날아올랐다.

시곗바늘이 견딜 수 없을 만큼 느릿느릿 움직였다. 우리는 너무 따분해서 이제 대화조차 나누지 않았고, 들리는 것이라고는 욕설과 하품 소리밖에 없었다. 시곗바늘에서 억지로 시선을 떼고서 한참 지났다 싶어서 다시 보면 겨우 3분 흘렀을 뿐이었다. 권태가 차가운 양고기 기름처럼 우리의 영혼에 엉겨 붙었다. 어찌나 권태로운지 뼈가 아플 지경이었다. 시곗바늘이 4시를 가리켰지만 저녁 식사는 6시나 되어야 나왔고, 우리를 찾아온 달 아래 놀라운 것은 하나도 없었다.

마침내 6시가 되자 부랑자 감독관과 조수가 저녁 식사를 가지고 왔다. 하품을 하던 부랑자들이 먹이 주는 시간의 사자처럼 활발해졌다. 그러나 식사는 참담할 정도로 실망스러웠다. 빵은 아침에도 맛없었지만 이제 아예 먹을 수가 없었다. 너무 딱딱해서 턱 힘이 아무리 좋은 사람도 잇자국 하나 남기지 못했다. 나이 많은 사람들은 저녁을 거의 먹지 않았고, 다들 배가 고팠지만 자기 몫을 다 먹는 사람은 아무도 없었다. 식사를 마치자 즉시 모포가 지급되었고, 우리는 아무것도 없는 썰렁한 방으로 다시 내몰렸다.

열세 시간이 지났다. 7시가 되어 그들이 깨우자 우리는 욕실의 물을 차지하려고 앞다퉈 몰려갔고, 빵과 차를 허겁지겁 먹었다. 임시 수용소에서 보내야 하는 시간은 이제 끝났지만, 당국은 부랑자들이 천연두를 퍼뜨릴까 봐 걱정했기 때문에 의사에게 다시 검진을 받을 때까지 나갈 수 없었다. 이번에는 의사가 우리를 두 시간이나 기다리게 했고, 우리는 10시가 되어서야 그곳을 벗어날 수 있었다.

시간이 되자 그들이 우리를 마당으로 내보냈다. 음침하고 악취 나는 임시 수용소에서 나오니 모든 것이 얼마나 환했는지, 바람은 얼마나 달콤하게 불었는지! 부랑자 감독관이 맡아 두었던 소지품 꾸러미와 함께 점심 식사로 먹을 빵 한 조각과 치즈를 건넸고, 우리는 거리로 나가서 임시 수용소와 그 규율이 보이지 않는 곳으로 서둘러 달아났다. 짧은 자유였다. 한 번의 낮과 두 번의 밤을 낭비한 우리에게는 이제 기운을 회복하고, 길거리에서 담배꽁초를 찾아서 줍고, 구걸을 하고, 일을 찾아다닐 시간이 여덟 시간 있었다. 또 우리는 다음 임시 수용소까지 16킬로미터, 24킬로미터, 혹은 32킬로미터를 걸어가서 처음부터 다시 시작해야 했다.

나는 숨겨 두었던 8페니를 꺼낸 다음 착실하지만 기운이 빠진 부랑자 노비와 함께 길을 떠났다. 그는 여분의 신발 한 켤레를 가지고 다니면서 공공 직업소개소를 전부 다 찾아다녔다. 우리 동료였던 부랑자들이 매트리스 안의 벌레들처럼 북쪽과 남쪽으로, 동쪽과 서쪽으로 흩어졌다. 백치 혼자 임시 수용소 대문에서 어슬렁거리다가 결국 감독관에게 쫓겨났다.

노비와 나는 크로이던을 향해 출발했다. 조용한 도로였고, 지나가는 차도 없었으며, 꽃들이 거대한 밀랍 초처럼 밤나무를 뒤덮고 있었다. 모든 것이 너무나 조용했고, 너무나 깨끗한 냄새가 났다. 몇 분 전만 해도 하수구와 연성 비누 냄새 속에 죄수들처럼 북적북적 갇혀 있었다고 생각하기 힘들었다. 모두 사라지고 거리에 부랑자는 우리 두 사람밖에 없는 듯했다.

그때 뒤에서 황급한 발소리가 들리더니 누가 내 팔을 툭 쳤다. 헐떡거리며 우리를 뒤쫓아 온 사람은 덩치가 작은 스코티였다. 그가 주머니에서 녹슨 깡통을 꺼내더니 은혜를 갚는 사람처럼 친근한 미소를 지었다.

「여기요, 친구.」 그가 다정하게 말했다. 「내가 담배꽁초를 빚졌잖아요. 어제 당신이 나한테 담배를 줬으니까. 오늘 아침 저기서 나올 때 감독관이 담배꽁초를 돌려줬어요. 도움을 받았으면 갚아야죠. 여기요.」

스코티가 축축하고 더럽고 역겨운 담배꽁초 네 개를 내 손에 올려놓았다.

1931년

가난한 이들은 어떻게 죽는가

1929년에 나는 파리 제15구의 X 병원에서 몇 주를 보냈다. 접수대 직원들은 늘 그렇듯 엄한 심문을 했고, 나는 20분 동안 질문에 대답한 다음에야 입원할 수 있었다. 라틴 국가에서 서식을 작성한 적이 있는 사람이라면 내가 무슨 질문을 말하는지 짐작할 수 있을 것이다. 예전에 나는 열씨를 화씨로 환산하는 데 서툴렀지만, 내 체온이 103도[1] 정도였음은 안다. 질문이 끝나자 나는 두 발로 서 있기도 힘들었다. 내 뒤에는 체념한 환자들이 색색의 손수건으로 싼 짐을 들고 질문을 받을 차례를 기다리고 있었다.

질문 다음은 목욕이었는데, 감옥이나 빈민 강제 노역소에서처럼 새로 들어온 환자라면 누구나 거쳐야 하는 의무적인 과정인 듯했다. 나는 옷을 벗어서 맡기고 13센티미터쯤 되는 따뜻한 물속에 앉아서 몇 분 동안 벌벌 떨다가, 리넨 잠옷 셔츠와 파란색 짧은 플란넬 가운을 받아서 입고 — 슬리퍼는 없었는데, 내가 신을 만큼 큰 사이즈가 없다고 했다 — 바

1 섭씨 약 39.4도.

깥으로 안내받았다. 2월 밤이었고, 나는 폐렴이었다. 우리가 향하는 병동은 180미터 정도 떨어져 있었는데, 거기까지 가려면 병원 마당을 가로질러야 하는 것 같았다. 앞에서 등불을 든 사람이 비틀거렸다. 발밑의 자갈길에는 서리가 내려앉아 있었고, 바람이 불자 셔츠가 장딴지의 맨살을 때렸다. 병동에 들어간 나는 묘하게 익숙한 느낌을 받았지만, 늦은 밤이 되어서야 왜 그런지 정확히 깨달았다. 병동은 길쭉하고 천장이 좀 낮으며 조명이 어두웠는데, 중얼거리는 소리로 가득했고, 세 줄로 늘어선 침대는 서로 놀랄 만큼 가까웠다. 대변 냄새 같으면서도 달달한 악취가 났다. 침대에 누워서 보니 맞은편 침대에 덩치가 작고 등이 구부정한 모래색 머리카락을 가진 남자가 반쯤 벌거벗은 채 앉아 있었고, 의사와 의대생이 묘한 처치를 하는 중이었다. 먼저 의사가 검은색 가방에서 포도주 잔처럼 생긴 작은 잔을 열두 개 꺼내자, 의대생이 유리잔 안에 성냥을 넣고 태워서 진공 상태로 만들었다. 그런 다음 환자의 등이나 가슴에 잔을 붙이자 크고 노란 물집이 잡혔다. 나는 조금 뒤에야 두 사람이 무엇을 하고 있는지 깨달았다. 그것은 옛날 의학 교과서에 나오는 부항이라는 치료법인데, 그때까지 나는 말한테나 하는 처치라고만 생각했다.

바깥에서 찬 공기를 쐰 탓에 열이 좀 내렸는지, 나는 이 야만적인 치료를 멍하니, 심지어 약간 흥미롭게 지켜보았다. 그런데 그다음으로 의사와 의대생이 내 침대로 오더니 한마디 말도 없이 나를 일으켜 앉힌 다음, 소독도 하지 않은 유리

잔을 내 몸에 붙이기 시작했다. 내가 미약한 소리로 항의했지만 짐승이라도 대하는 것처럼 아무 반응도 없었다. 두 사람이 나를 대하는 비인간적인 태도가 무척 인상적이었다. 내가 공공 병동에 들어간 적은 그때가 처음이었고, 말 한마디 없이, 또는 인간으로서 알아보는 기색도 없이 환자를 다루는 의사는 처음 겪었다. 나에게는 유리잔을 여섯 개만 붙였지만, 물집이 잡히자 거기에 상처를 내고 다시 유리잔을 붙였다. 그러자 유리잔마다 검은 피가 디저트 스푼 하나만큼씩 뽑혀 나왔다. 나는 굴욕감과 혐오, 두려움을 느끼며 다시 누웠고, 적어도 이제는 나를 가만히 내버려 두겠지 생각했다. 그러나 아니었다. 전혀 그렇지 않았다. 겨자 습포라는 또 다른 처치가 시작되었는데, 온수 목욕처럼 역시 정해진 과정 같았다. 지저분한 간호사 두 명이 미리 준비해 둔 습포를 내 가슴에 올리더니 구속복처럼 단단히 묶었고, 셔츠와 바지 차림으로 병동을 돌아다니던 남자들이 반쯤은 안됐다는 듯 웃으면서 내 주변으로 모여들기 시작했다. 나중에 알고 보니 겨자 습포 처치를 받는 환자 구경은 병동 사람들이 제일 좋아하는 소일거리였다. 습포 처치는 보통 15분인데, 본인이 당하는 것만 아니라면 확실히 우스운 광경이다. 처음 5분 동안은 통증이 심하지만 견딜 수 있다고 생각한다. 다음 5분 동안은 이 생각이 증발하지만 습포가 뒤로 묶여 있기 때문에 떼어 낼 수가 없다. 구경꾼들이 가장 재미있어하는 것이 이 5분이다. 마지막 5분 동안은 감각이 마비되는 느낌이었다. 습포를 떼자 얼음을 채운 방수 베개가 머리 밑으로 들어오고 나 혼자 남겨졌다. 나는 잠들지 못했다. 내 기억에 — 침대에 누워 있으면서 — 밤새 정말 한숨도 못 잔 것은 이때뿐이었다.

X 병원에 들어가고 처음 한 시간 동안 나는 갖가지 모순된 처치를 받았는데, 이것은 오해를 불러올 수 있었다. 보통 흥미롭거나 교육적 가치가 있는 질병이 아니라면 좋은 처치든 나쁜 처치든 거의 받지 못하기 때문이다. 새벽 5시가 되자 간호사들이 돌아다니면서 환자들을 깨워 체온을 쟀지만 씻기지는 않았다. 몸 상태가 괜찮으면 알아서 씻었고, 그렇지 않으면 걸어다닐 수 있는 환자들의 친절에 기댔다. 소변기와 〈스튜 냄비〉라는 별명이 붙은 역겨운 대변기 역시 보통은 환자들이 치웠다. 8시면 군대에서처럼 〈수프〉라고 부르는 아침 식사가 나왔다. 아침 식사는 실제로 수프였고, 묽은 야채수프에 흐물흐물한 빵 조각이 둥둥 떠 있었다. 낮이 되면 검은 수염을 기른 키 크고 엄숙한 의사가 회진을 돌고, 인턴 한 명과 의대생 한 무리가 그를 따라다녔다. 그러나 우리 병동만 해도 환자가 예순 명 정도였고, 의사는 다른 병동도 돌아야 했다. 매일 의사가 그냥 지나치는 침대가 많았고, 가끔 애원하는 소리도 들렸다. 반대로 학생들이 익히고 싶은 병에 걸린 환자는 많은 관심을 받았다. 나는 기관지에서 나는 소음의 더없이 훌륭한 표본이었기 때문에 가끔은 열두 명이나 되는 학생들이 내 가슴에서 나는 소리를 들으려고 줄을 섰다. 묘한 느낌이었다. 그러니까 자기 일을 배우려는 열의는 무척 대단하지만 환자가 인간이라는 인식이 없어 보여서 묘했다. 이상한 말이지만 가끔 어린 학생이 자기 차례가 되

어 환자를 진찰할 때면, 드디어 비싼 기계 장치를 손에 넣은 소년처럼 흥분해서 정말로 덜덜 떨었다. 학생들 — 젊은 남자, 여자, 흑인 — 이 차례차례 등에 귀를 대고 손가락으로 엄숙하면서도 서툴게 두드렸지만, 말을 걸거나 얼굴을 똑바로 바라보는 사람은 아무도 없었다. 똑같은 잠옷 셔츠를 입은 무료 환자들은 일차적으로 〈표본〉이 되었는데, 나로서는 화가 난다기보다 도무지 익숙해지지 않았다.

며칠 뒤, 몸이 조금 좋아진 나는 침대에 일어나 앉아 주변 환자들을 관찰할 수 있었다. 병실은 공기가 갑갑했고, 좁은 침대들이 어찌나 빽빽하게 늘어서 있는지 옆 환자의 손이 쉽게 닿을 정도였다. 아마 전염성 강한 병균을 제외하면 온갖 병균이 모여 있었을 것이다. 내 오른쪽 환자는 한쪽 다리가 약간 짧고 체구가 작은 빨강머리 구두 수선공으로, 누가 죽으면 나를 보고 휘파람을 불면서 〈43번!〉(혹은 다른 번호)이라 외치며 두 팔을 머리 위로 올려서 알려 주곤 했다(내가 입원해 있는 동안 환자가 여러 명 사망했는데, 항상 내 옆자리 환자가 제일 먼저 알았다). 그는 크게 아픈 곳이 없었지만, 내 시야에 들어오는 다른 침대들에서는 대부분 끔찍한 비극과 순전한 공포가 펼쳐졌다. 내 침대와 발치가 맞닿은 맞은편 침상에는 체구가 작고 얼굴이 쭈글쭈글한 남자가 있었는데, 그는 내가 알지 못하는 병을 앓다가 죽었다(병원 측에서 그의 자리를 옮겼기 때문에 죽는 모습을 보지는 못했다). 그는 알 수 없는 이유 때문에 온몸이 너무나 예민해서 옆으로 조금만 움직여도, 가끔은 순전히 이불의 무게에도 아프다며 비명을 질렀다. 그는 오줌을 눌 때 가장 고통스러워했고, 따라서 아주 힘들게 소변을 봤다. 간호사는 그에게 소변기를 가져다준 다음 침대 옆에 한참 동안 서서 마부가 말에게 하는 것처럼 휘파람을 불었고, 마침내 남자가 〈나온다!〉라고 고통스럽게 외치면서 오줌을 누기 시작했다. 그 옆자리에서는 내가 처음 들어온 날 부항을 떴던 모래색 머리의 남자가 항상 기침을 하다가 피가 섞인 점액을 뱉었다. 내 왼쪽 환자는 키가 크고 무기력해 보이는 청년으로, 주기적으로 등에 관을 꽂고 몸속 어딘가에서 부글부글 거품이 이는 액체를 놀랄 만큼 많이 뽑아냈다. 그 뒤쪽 침대에서 죽어 가던 1870년 보불 전쟁 참전 용사는 황제 수염을 허옇게 기른 잘생긴 노인이었다. 면회 시간이면 항상 나이가 많은 친척 여인 네 명이 검은색 옷차림으로 와서 까마귀처럼 병상에 둘러앉아 있었는데, 얼마 안 되는 유산을 노리는 것이 분명했다. 내 맞은편 뒤쪽 침대의 환자는 축 늘어진 코밑수염을 기른 대머리 노인으로, 얼굴과 몸이 퉁퉁 붓고 끊임없이 소변을 봐야 하는 병이었다. 그의 침대 옆에는 커다란 유리 용기가 항상 놓여 있었다. 어느 날 그의 아내와 딸이 면회를 왔다. 두 사람을 보자 노인의 퉁퉁 부은 얼굴에는 놀라울 만큼 사랑스러운 미소가 떠올랐고, 스무 살쯤 된 예쁜 딸이 침대로 다가가자 그의 손이 이불 밑에서 천천히 움직였다. 나는 어떤 동작이 이어질지 미리 보이는 것만 같았다. 딸이 침대 옆에 무릎을 꿇자, 피 흘리며 죽어 가는 노인이 딸의 머리에 손을 얹는 장면 말이다. 하지만 아니었다. 노인은 딸에게 소변기를 건넸을 뿐이고, 딸이 즉시 그것을 받아 유리 용기에 비웠다.

내 자리에서 침대 12개쯤 떨어진 병상은 간경변증을 앓는 57번 — 그런 숫자였던 것 같다 — 의 자리였다. 가끔 의학 수업에서 그를 다루었기 때문에 우리 병동 환자들은 누구나 그를 알아보았다. 일주일에 두 번, 키 크고 엄숙한 의사가 오후에 병동으로 와서 학생들을 대상으로 수업을 했다. 57번 환자를 이동식 침대에 싣고 병동 한가운데로 옮긴 다음, 의사가 환자의 셔츠를 올리고 불룩 튀어나와 축 처진 거대한 부위 — 병든 간이었을 것이다 — 를 손가락으로 꾹 누르면서 포도주를 마시는 나라에서 흔히 볼 수 있는 알코올 의존증으로 인한 병이라고 엄숙하게 설명한 적도 두 번 이상 있었다. 늘 그렇듯 의사는 환자에게 말을 걸거나 미소를 짓지 않았고, 고개를 끄덕이거나 알은체를 하지도 않았다. 의사는 아주 진지하고 꼿꼿한 태도로 설명하면서 두 손으로 병든 신체를 잡거나, 방망이로 반죽을 미는 여자처럼 가볍게 문질렀다. 57번은 딱히 신경 쓰지 않았다. 그는 오랫동안 입원 생활을 하며 수업에서 종종 전시되었고, 그의 간은 나중에 어느 병리학 박물관에 보내지기로 오래전부터 정해져 있었다. 그는 자신에 대해서 뭐라고 하든 아무 관심 없이 가만히 누워서 흐릿한 눈으로 아무것도 보지 않았고, 의사는 그를 골동품 도자기처럼 학생들에게 보여 주었다. 그는 예순 살 정도 되었는데, 놀랄 만큼 쪼그라들어 있었다. 벨럼 가죽처럼 창백한 얼굴은 완전히 쪼그라들어서 인형 얼굴만 했다.

어느 날 아침, 간호사가 오기도 전에 옆자리의 구두 수선공이 베개를 잡아당기며 나를 깨웠다. 그가 〈57번!〉이라고 외치더니 두 팔을 머리 위로 흔들었다. 병동에 불이 하나 켜져 있어서 주변이 보이기는 했다. 내가 그쪽을 보니 57번이 몸을 구부린 채 모로 누워서 침대 옆으로 비죽 튀어나온 얼굴을 내 쪽으로 향하고 있었다. 밤사이에 죽었는데 언제인지는 아무도 몰랐다. 간호사들이 들어와서 57번이 죽었다는 말을 무심하게 듣더니 각자의 일을 시작했다. 한참 후, 한 시간 좀 넘게 지났을 때 다른 간호사 두 명이 나막신을 쿵쿵거리며 군인처럼 나란히 들어와서 시트로 시체를 꽁꽁 쌌지만, 그러고도 한참 뒤에야 시체를 옮겼다. 그사이 주변이 더 밝아져서 나는 57번을 자세히 볼 수 있었다. 그를 보려고 돌아눕기까지 했다. 신기하게도 내가 죽은 유럽인을 본 것은 그때가 처음이었다. 죽은 사람을 본 적은 있지만 항상 아시아 사람이었고, 대부분 변사체였다. 57번은 아직도 눈을 뜬 채 입을 벌린 상태였고, 작은 얼굴이 고통으로 일그러져 있었다. 그러나 가장 인상적인 것은 새하얀 얼굴이었다. 예전에도 창백했지만 지금은 시트보다 약간 어두운 정도였다. 그 작고 일그러진 얼굴을 보고 있으니, 잠시 후 밖으로 실려 나가 해부실 널빤지에 던져질 이 역겨운 폐기물이 우리가 호칭기도를 드릴 때 청원하는 〈자연사〉의 예라는 생각이 떠올랐다. 나는 생각했다. 〈저거구나. 20년, 30년, 40년 뒤에 우리를 기다리고 있는 것이 바로 저거구나. 이것이 운 좋은 사람의 죽음이라니, 장수한 사람의 죽음이라니.〉 물론 사람은 살고 싶어 하고, 사실 죽음에 대한 공포 덕분에 계속 살아간다.

그러나 그때 나는 너무 늦기 전에 변사하는 게 낫겠다고 생각했고, 지금도 그 생각에는 변함이 없다. 사람들은 전쟁이 끔찍하다고 말하지만, 인간이 만든 무기 중에서 평범한 질병의 잔혹함에 조금이라도 비할 만한 것이 어디 있을까? 〈자연사〉의 정의 자체가 느리고 냄새 나고 고통스러운 죽음을 의미한다. 그렇지만 같은 자연사라도 공공시설이 아니라 자기 집에서 죽을 수 있다면 다르다. 방금 촛불처럼 꺼진 이 불쌍한 노인은 임종을 지켜 줄 사람 하나 없을 정도로 하찮았다. 그는 하나의 번호에 불과했고, 그다음으로는 학생들의 손에 들린 메스의 〈실험 대상〉이 되었다. 게다가 그런 곳에서 공개적으로 죽다니! X 병원은 침대 사이의 간격이 좁고 가림막도 없었다. 예를 들어 내 맞은편에 누워 있던 자그마한 남자처럼, 이불이 닿을 때마다 비명을 지르던 남자처럼 죽는다고 상상해 보라! 그의 마지막 말은 〈오줌 나온다!〉였을 것이다. 보통 죽는 사람은 그런 것에 신경 쓰지 않는다고 대답할 것이다. 그러나 죽기 전에 하루 이틀 정도 정신이 말짱할 때가 많다.

공공 병동에서는 자기 집에서 임종을 맞이하는 사람들에게선 볼 수 없는 끔찍함을 볼 수 있다. 마치 어떤 질병은 소득수준이 낮은 사람들만 공격하는 것 같다. 그러나 내가 X 병원에서 목격한 몇몇 장면은 사실 영국의 어느 병원에서도 볼 수 없을 것이다. 예를 들어 아무도 곁을 지키지 않고 관심도 기울이지 않아, 아침이 되어서야 알아차리게 되는 짐승 같은 죽음 말이다. 그런 일이 두 번 이상 있었다. 확실히 영국에서는 볼 수 없는 일이고, 다른 환자들이 빤히 볼 수 있는 곳에 시신을 방치하는 것은 더욱 그렇다. 내가 영국의 시골 병원에 입원했을 때, 우리가 차를 마시는 동안 어떤 남자가 죽은 적이 있었다. 병실에는 나를 포함하여 환자가 여섯 명밖에 없었지만 간호사들은 아주 노련하게 시체를 옮겼고, 우리는 차를 다 마신 후에야 사망 소식을 들었다. 우리가 영국에 대해 과소평가하는 것 한 가지는 좋은 교육과 엄격한 훈련을 거친 간호사가 많아서 누리는 이점일지도 모른다. 물론 영국 간호사들도 우둔해서 찻잎으로 점을 치고, 영국 국기 배지를 달며, 벽난로 선반에 여왕의 사진을 장식한다. 하지만 적어도 순전히 게으름 때문에 씻지도 않은 환자가 정돈되지 않은 침대에 누워서 변비에 시달리도록 두고 보지는 않는다. X 병원 간호사들은 갬프 부인[2] 같은 면을 아직 가지고 있었고, 나중에 나는 스페인 공화국 육군 병원에서 체온 재는 법을 모르는 간호사들도 본 적이 있다. 또한 영국에서는 X 병원 같은 불결함을 찾아보기 힘들 것이다. 나중에 혼자 씻을 수 있을 만큼 몸이 나아서 욕실에 갔더니, 병실에서 나온 더러운 붕대와 음식 찌꺼기가 커다란 상자에 버려져 있었고, 벽면 패널에는 귀뚜라미가 들끓었다.

나는 옷을 돌려받고 걸어다닐 수 있을 만큼 건강해지자, 퇴원 허가를 기다리지도 않고 입원 기간이 끝나기도 전에

2 찰스 디킨스의 소설 『마틴 처즐위트*Martin Chuzzlewit*』에 등장하는 방종하고 부주의한 간호사. 나이팅게일이 등장하기 전 빅토리아 시대 초기의 미숙하고 무능한 간호사를 대표하는 인물로 여겨진다.

X 병원에서 도망쳤다. 나는 다른 병원에서도 도망친 적이 있지만, X 병원은 그 음침함과 삭막함, 역겨운 악취, 무엇보다도 그 분위기 때문에 유난히 기억에 남는다. 내가 X 병원에 입원한 것은 우리 구에 속한 병원이었기 때문인데, 입원한 다음에야 그곳이 얼마나 악명 높은지 알게 되었다. 그로부터 1~2년 뒤에 유명한 사기꾼인 마담 아노가 재구류 상태에서 병이 나 X 병원에 입원했는데, 며칠 뒤 감시자들을 따돌린 다음 택시를 잡아타고 감옥으로 돌아가서 이곳이 더 편안하다고 말했다고 한다. 나는 X 병원이 그 당시에 프랑스에서도 유별난 병원이었으리라고 확신한다. 그러나 대부분 노동자인 환자들은 놀랄 만큼 체념적이었다. 적어도 극빈자 두 명은 겨울을 나는 좋은 방법이라며 꾀병을 부려 그곳에서 지냈으니, 몇몇은 X 병원을 편안하게 느꼈던 것 같다. 꾀병 환자들이 잡일을 도와주었기 때문에 간호사들도 눈감아 주었다. 그러나 대부분은, 물론 끔찍한 곳은 맞지만 달리 뭘 기대하겠느냐는 태도였다. 그들의 눈에는 환자들을 아침 5시에 깨워 놓고 세 시간 뒤에야 멀건 수프를 주며 하루를 시작하게 하는 것이, 환자가 죽을 때 아무도 곁을 지키지 않는 것이, 지나가는 의사의 눈길을 끌어야만 치료를 받을 확률이 높아지는 것이 이상해 보이지 않았던 모양이다. 그들의 전통에 따르면 병원은 그런 곳이었다. 심각한 병에 걸렸는데 가난한 형편 때문에 집에서 치료받을 수 없으면 병원에 가야 하고, 일단 입원하면 군대에서처럼 가혹함과 불편함을 참아야만 한다. 그러나 무엇보다도 흥미로운 발견은, 영국에서는 거의

기억에서 사라진 옛날이야기들을 아직까지 믿는다는 것이었다. 예를 들어 의사가 순전히 호기심 때문에 환자의 배를 가르거나, 마취가 제대로 되기도 전에 수술을 시작하며 재미있어한다는 이야기들 말이다. 화장실 바로 뒤에 있다는 자그마한 수술실에 대한 음울한 이야기들도 있었다. 끔찍한 비명 소리가 들린다고 했다. 나는 이런 이야기를 뒷받침할 만한 어떤 증거도 보지 못했고, 다 말도 안 되는 소리라고 믿는다. 그러나 두 의대생이 열여섯 살 소년을 대상으로 유료 환자에게는 할 수 없을 장난스러운 실험을 하다가 죽이는 것을, 또는 죽일 뻔한 것(내가 병원을 나올 때는 죽어 가고 있었지만 나중에 회복했을지도 모른다)을 목격했다. 런던의 일부 대형 병원에서 해부용 시체를 얻기 위해 일부러 환자들을 죽인다고 믿었던 시절이 아직 살아 있는 사람들의 기억에 남아 있다. 나는 X 병원에서 그런 소문을 들은 적은 없지만, 몇몇 환자들은 그럴싸한 이야기라고 생각했을 것이다. X 병원은 19세기 방식을 따르지 않을지 몰라도 19세기의 분위기가 남아 있었고, 그래서 무척 흥미로웠다.

지난 50여 년 동안 의사와 환자의 관계는 크게 변했다. 19세기 후반 이전에 나온 문학 작품을 보면 보통 병원을 감옥 같은 곳, 그것도 옛날 지하 감옥 같은 곳으로 그린다. 병원은 불결함과 고문, 죽음의 무대이고 무덤 옆 대기소 같은 곳이다. 극빈자가 아닌 이상 치료를 받으러 병원에 가는 것은 생각도 하지 않았을 것이다. 특히 19세기 초반, 의학이 예전보다 대담해졌지만 딱히 더 성공적이지는 않았던 당시, 평범한 사람들은 의사라는 직업을 무시무시하고 끔찍하다고 여겼다. 수술은 특히 소름 끼치는 일종의 가학 행위일 뿐이라고 생각했고, 시체 도둑의 도움을 받아야만 가능했던 해부는 강령술과 혼동되기도 했다. 19세기부터 의사나 병원과 관련된 공포 문학을 상당히 많이 찾아볼 수 있었다. 가련하고 늙은 조지 3세가 노망이 나서 〈기절할 때까지 피를 뽑으려고〉 다가오는 의사들을 보고 비명을 지르며 자비를 구하는 모습을 생각해 보라! 패러디라고 생각하기 힘든 밥 소여와 벤저민 앨런[3]의 대화를, 에밀 졸라의 『붕괴*La Débâcle*』와 톨스토이의 『전쟁과 평화*War and Peace*』에 등장하는 야전 병원을, 멜빌의 『화이트 재킷*White-jacket*』에 나오는 충격적인 절단 수술을 생각해 보라! 19세기 영국 소설에서 의사들에게 붙이는 슬래셔, 카버, 소여, 필그레이브 등등의 이름과 흔히 쓰이던 〈소본〉이라는 별명도 우스꽝스러운 만큼 섬뜩하다.[4] 수술에 반대하는 전통은 테니슨의 시 「소아 병원The Children's Hospital」에서 가장 잘 드러날 것이다. 이 시는 1880년에 쓴 듯하지만 기본적으로 클로로포름이 없던 시절의 기록이다. 게다가 테니슨이 이 시에서 보여 주는 관점은 무척 그럴듯하다. 마취제가 없던 시절의 수술이 어떠했을지, 그것이 실제로 얼마나 끔찍했을지 생각하면 그런 짓을 한 사람들의 동기

3 찰스 디킨스의 소설 『픽윅 클럽 여행기*The Pickwick Papers*』에 등장하는 의대생들.

4 〈슬래셔*Slasher*〉는 난도질하는 사람, 〈카버*Carver*〉는 고기 써는 사람, 〈소여*Sawyer*〉는 톱으로 자르는 사람, 〈필그레이브*Fillgrave*〉는 무덤을 채우는 사람을 뜻하며, 〈소본*sawbones*〉은 뼈를 자른다는 뜻이다.

를 의심하지 않을 수 없다. 의대생들이 그토록 열렬히 기대하는 끔찍한 피투성이 수술(〈슬래셔가 하면 정말 볼 만할 겁니다!〉)은 인정하건대 거의 쓸모가 없었다. 환자는 쇼크로 죽지 않으면 보통 괴저로 죽었고, 그런 결과를 당연하게 여겼다. 동기가 의심스러운 의사는 지금도 찾아볼 수 있다. 병을 많이 앓았던 사람이나 의대생들의 대화에 귀를 기울여 본 사람이라면 내 말이 무슨 뜻인지 알 것이다. 그러나 마취제는 큰 전환점이었고, 소독제는 또 하나의 전환점이었다. 지금은 세상 어디에서도 악셀 문테[5]가 『산 미켈레 이야기*The Story of San Michele*』에서 묘사하는 장면을 볼 수 없을 것이다. 실크해트에 프록코트 차림의 사악한 외과 의사가 풀 먹인 셔츠에 피와 고름을 묻힌 채 똑같은 칼로 환자들을 차례차례 베고, 절단한 사지를 수술대 옆에 쌓는 장면 말이다. 게다가 건강 보험 덕분에 노동 계급 환자는 신경 쓸 필요 없는 거지라는 생각이 어느 정도 사라졌다. 20세기에 들어와서도 한참 동안은 대형 병원에서 〈공짜〉 환자의 치아를 마취 없이 뽑는 것이 일반적이었다. 돈을 내지 않는데 왜 마취를 해주냐는 태도였다. 하지만 이 역시 바뀌었다.

그러나 어떤 기관이든 과거의 기억을 어느 정도 간직하는 법이다. 막사에는 키플링의 유령이 아직 돌아다니고, 빈민 강제 노역소에 들어가면서 『올리버 트위스트*Oliver Twist*』를 떠올리지 않기는 힘들다. 병원은 나병 환자 같은 사람들이

5 Axel Munthe(1857~1949). 스웨덴 출신의 의사이자 작가. 『산 미켈레 이야기』는 그가 영어로 쓴 자서전이다.

죽으러 들어가는 일종의 부랑자 임시 수용소로 시작했고, 의대생이 가난한 자의 몸을 이용해 기술을 연습하는 곳이었다. 병원 특유의 음산한 건물에 그 역사가 아직 희미하게 남아 있다. 내가 영국 병원에서 받은 치료에 대해 불평하는 것은 절대 아니지만, 병원을, 특히 공공 병동을 최대한 멀리하라는 경고는 올바른 본능이다. 우리가 〈규칙을 받아들이든지 나가든지〉 둘 중 하나를 선택해야 한다면 우리의 법적 지위와 상관없이 치료법에 대한 통제권이 훨씬 작아지고, 우리에게 하찮은 실험을 하지 않으리라는 확신도 훨씬 줄어든다. 자기 침대에서 죽을 수 있다는 것은 아주 좋은 일이다. 비명횡사는 더 좋지만 말이다. 병원이 아무리 친절하고 효율적이라고 해도 병원에서의 죽음에는 잔인하고 지저분한 면이, 이야기하기는 너무 사소하지만 끔찍하게 고통스러운 기억을 남기는 면이 있을 것이다. 인간이 매일 낯선 이들 가운데서 죽는다는 비인간성, 바글바글함, 성급함이라는 문제가 말이다.

극빈자들은 여전히 병원을 무서워할지도 모르고, 우리의 경우에도 최근에서야 그러한 두려움이 사라졌다. 그 두려움은 우리 마음의 표면에서 그리 깊지 않은 곳에 있는 어두운 부분이다. 앞서 나는 X 병원 병동에 들어갔을 때 묘하게 익숙한 느낌을 받았다고 말했다. 물론 내가 그 병동을 보고 떠올린 것은 악취가 지독하고 고통으로 가득한 19세기 병원들이었다. 내가 그 병원들을 직접 본 적은 없지만 그에 대해 전해 들은 지식은 있었다. 그리고 무언가가, 아마도 검고 지저분한 가방을 든 검은 옷차림의 의사가, 아니면 단지 그 지독한 악취가 마술을 부려서 내가 20년 동안 떠올리지도 않았던 테니슨의 시 「소아 병원」을 내 기억에서 발굴해 냈을지도 모른다. 내가 어렸을 때, 테니슨이 「소아 병원」을 썼던 시절부터 일했을 간호사가 그 시를 큰 소리로 읽어 준 적이 있다. 구식 병원의 공포와 고통이 그녀에게는 생생한 기억이었다. 우리는 같이 시를 읽으며 몸서리쳤고, 그런 다음 나는 그 시를 잊은 것 같았다. 아마 시 제목을 들어도 아무런 기억이 떠오르지 않았을 것이다. 그러나 어둑하고 웅성거리는 병실을, 침대 간격이 너무나 좁은 병실을 흘깃 보자마자 관련된 생각이 갑자기 줄줄이 떠올랐고, 다음 날 밤 나는 시의 분위기와 전체 이야기뿐 아니라 수많은 행을 완전히 기억해 냈다.

1946년

두꺼비에 대한 단상

제비보다 먼저, 수선화보다 먼저, 그리고 스노드롭 꽃보다 별로 늦지 않게, 두꺼비는 나름의 방법으로 봄을 환영한다. 지난가을부터 파묻혀 있던 땅속 구멍에서 나와 가장 가깝고 적당한 연못을 향해 최대한 빨리 기어가는 것이다. 무언가 — 땅속의 떨림이나 어쩌면 겨우 몇 도의 기온 상승 — 가 두꺼비에게 잠에서 깰 시간이라고 알려 준 것이다. 가끔 계속 자면서 1년을 통째로 건너뛰는 두꺼비도 있는 듯하지만 말이다. 나는 한여름에 살아 있고 건강해 보이는 두꺼비를 땅에서 파낸 적이 두 번 이상 있었다.

긴 단식을 끝낸 이때의 두꺼비는 사순절 끝 무렵의 엄격한 영국 가톨릭 신자처럼 무척 영적인 모습이다. 움직임은 느릿느릿하지만 확고하고, 몸이 쪼그라든 데 비해 눈은 비정상적으로 크다. 다른 때에는 모르겠지만, 이때만큼은 두꺼비가 그 어떤 생물에게도 뒤지지 않을 만큼 아름다운 눈을 가지고 있음을 우리는 깨닫는다. 두꺼비의 눈은 황금과도 같다. 아니, 더 정확하게는 금록석이라고 하는 인장 반지에서 가끔 보는 금빛 준보석 같다.

연못으로 들어간 두꺼비는 며칠 동안 작은 벌레를 잡아먹으며 힘을 기르는 데 집중한다. 곧 두꺼비는 평소 크기로 부풀어 오르고, 이제 성적 매력이 극렬하게 넘치는 시기에 돌입한다. 두꺼비는, 적어도 수컷이라면 뭔가를 끌어안고 싶다는 생각밖에 없고, 막대기나 손가락을 내밀면 놀랄 정도의 힘으로 달라붙어 있다가 한참이 지난 후에야 암컷 두꺼비가 아님을 알아차린다. 연못 안에서 두꺼비 열 마리나 스무 마리가 암컷 수컷 할 것 없이 달라붙어서 형체도 알아볼 수 없는 덩어리가 되어 구르고 또 구르는 모습을 종종 볼 수 있다. 그러다가 점차 짝을 이루어 수컷이 암컷 등에 당당하게 올라탄다. 이제 수컷과 암컷을 구분할 수 있는데, 수컷이 더 작고 색이 진하며 암컷의 등에 올라타 목에 팔을 단단히 두르고 있다. 하루나 이틀이 지나면 긴 끈 모양의 알이 갈대 사이사이에 얽혀 있다가 곧 눈에 보이지 않게 된다. 몇 주 더 지나면 연못에 작은 올챙이들이 바글거린다. 올챙이는 급속도로 자라 뒷다리가 나오고, 앞다리가 나오고, 꼬리가 사라진다. 마침내 한여름이 되면 엄지손톱보다 작지만 모든 부분을 완벽하게 갖춘 새로운 세대의 두꺼비가 연못 밖으로 기어 나와 처음부터 다시 시작한다.

내가 두꺼비의 산란에 대해서 이야기하는 것은, 그것이 나에게는 가장 흥미로운 봄의 현상이기 때문이고, 또 종달새나 앵초와 달리 두꺼비는 시인들의 격려를 받지 못하기 때문이다. 그러나 파충류나 양서류를 좋아하지 않는 사람이 많다는 사실도 잘 알고 있으므로, 봄을 즐기기 위해서 두꺼비에게 관심을 갖자고 제안하는 것은 아니다. 크로커스 꽃, 개똥지빠귀, 뻐꾸기, 산사나무 등등도 있으니 말이다. 핵심은 누구나 봄의 기쁨을 즐길 수 있으며 돈도 들지 않는다는 것이다. 가장 더러운 거리에서도 봄은 각종 신호로 자신이 다가옴을 알린다. 굴뚝 통풍관 사이의 푸른빛이든, 폭탄이 떨어졌던 폐허에서 싹을 틔우는 딱총나무의 선명한 녹색이든 말이다. 사실 런던 중심부에도 자연이 눈에 띄지 않게 계속 존재한다는 것은 무척 놀라운 일이다. 나는 뎃퍼드 가스 공장 위로 날아가는 황조롱이도 보았고, 유스턴 로드에서 찌르레기의 멋진 노래도 들었다. 런던 중심에서 6.5킬로미터 반경 안에 백만 마리까지는 아니더라도 몇십만 마리쯤 되는 새들이 살고 있을 텐데, 어느 한 마리도 집세 한 푼 내지 않는다고 생각하면 무척 기쁘다.

봄은 잉글랜드 은행 근처 좁고 음침한 거리에도 비집고 들어온다. 어떤 필터도 통과하는 새로운 독가스처럼 봄은 어디에든 스며든다. 보통 봄을 〈기적〉이라고 하는데, 지난 5~6년 사이에 이 구태의연한 은유는 새로운 생명을 얻었다. 우리가 얼마 전까지 견뎌야 했던 겨울의 끝에 찾아온 봄은 정말 기적과도 같았다. 정말로 봄이 오리라고 믿기가 점점 더 힘들어졌기 때문이다. 1940년 이래로 2월마다 나는 이번에야말로 겨울이 영원히 지속되리라 생각했다. 그러나 페르세포네는 두꺼비와 마찬가지로 늘 비슷한 시기에 죽은 자들 가운데에서 일어난다. 3월 말이 다가오면 갑자기 기적이 일어나 내가 살고 있는 쇠퇴한 빈민가는 모습을 바꾼다. 광장의 검댕투성이 쥐똥나무는 밝은 녹색으로 변하고, 밤나무 잎이 두꺼워지고, 수선화가 피며, 꽃무가 싹을 틔운다. 경찰관의 제복 상의는 확실히 더 기분 좋은 파란색을 띠고, 생선 장수는 손님들에게 미소로 인사하며, 참새들조차 온화한 공기를 느끼고 용기를 내서 지난 9월 이후 처음으로 목욕을 하여 빛깔이 사뭇 달라진다.

봄을 비롯한 계절의 변화에서 즐거움을 느끼는 것이 잘못일까? 더 정확히 말해서, 우리 모두가 자본주의 체제의 속박하에 신음하고 있는데, 혹은 신음해야 하는데, 찌르레기의 노래나 10월의 노란 느릅나무처럼 돈도 들지 않고 좌파 신문에서 말하는 계급적 시선도 없는 자연 현상 때문에 삶이 더욱 살 만하다고 말하는 것이 정치적으로 비난받을 일일까? 많은 사람들이 그렇게 생각하는 것이 분명하다. 내 경험에 따르면 〈자연〉을 우호적으로 언급하면 욕설로 가득 찬 편지가 온다. 보통 이러한 편지의 키워드는 〈감상적이다〉라는 말이지만, 그 안에는 두 가지 생각이 섞여 있는 듯하다. 하나는 삶이라는 과정에서 느끼는 즐거움이 일종의 정치적 정적주의를 부추긴다는 것이다. 이 생각에 따르면 사람들은 불만을 느껴야만 하며, 우리의 일은 결핍을 증폭시키는 것이지 이미 가진 것들에서 얻는 기쁨을 늘리는 것이 아니다. 또 다른 생각은 이제 기계의 시대이므로 기계를 싫어하거나 기계의 지배를 제한하려 드는 것은 퇴보적이고 반동적이며 약간 우습다는 것이다. 이 말을 종종 뒷받침하는 것은 자연에 대한 사랑은 진짜 자연이 어떤지 전혀 모르는 도시 사람들의 약점이라는 생각이다. 정말로 땅을 상대해야 하는 사람들은 땅을 사랑하지 않으며, 철저히 실용적인 관점에서가 아니면 새나 꽃에 눈곱만큼도 관심이 없다는 것이다. 시골을 사랑하려면 도시에 살면서 가끔 따뜻한 계절이면 주말에 시골로 가서 산보나 해야 한다.

두 번째 생각이 틀렸다는 것은 증명 가능하다. 예를 들어 민요를 비롯한 중세 문학은 조지 왕조 시대 못지않은 자연에 대한 열정으로 가득하고, 중국과 일본 같은 농경 민족의 예술은 항상 나무, 새, 꽃, 강, 산을 중심으로 한다. 첫 번째 생각은 더욱 미묘한 면에서 옳지 않다고 나는 생각한다. 물론 우리는 불만을 가져야 하고, 잘못된 일을 최대한 좋게 바라볼 방법을 찾기만 해서는 안 된다. 그러나 우리가 실제 삶에서 얻을 수 있는 즐거움을 모두 없앤다면, 우리를 위해 어떤 미래를 준비할 수 있을 것인가? 봄이 돌아오는 것을 인간이 즐길 수 없다면, 노동이 줄어든 유토피아에서 어떻게 행복을 찾을 것인가? 기계가 만들어 준 여가 시간에 무엇을 할 것인가? 나는 정치와 경제 문제가 정말로 해결되면 삶은 더 복잡하기보다 더 단순해질 것이라고, 처음 핀 앵초를 발견하는 기쁨이 오르간 연주를 들으며 아이스크림을 먹는 즐거움보다 더 크게 느껴질 것이라고 항상 생각했다. 나는 우리가 어린 시절에 나무와 물고기, 나비, 그리고 — 첫 번째 예로 돌아가 — 두꺼비에게 느꼈던 사랑을 간직함으로써 조금 더 평화롭고 즐거운 미래를 만들어 갈 수 있다고 생각하며, 철과 콘크리트를 제외한 그 무엇에도 감탄하면 안 된다는 교리가 설파된다면 인간이 남아도는 에너지를 배출할 출구는 오직 증오와 지도자 숭배밖에 남지 않게 되리라고 생각한다.

어쨌거나 런던 N.1 지구에도 봄이 왔고, 그들은 당신이 봄을 즐기는 것을 막을 수 없다. 이렇게 생각하면 무척 흡족하다. 나는 짝짓기 하는 두꺼비나 어린 옥수수를 두고 다투는 산토끼 두 마리를 보면서, 가능하다면 내가 이런 광경을 즐기지 못하게 막을 수많은 중요 인물들을 떠올려 보았다. 그러나 다행히도 그들은 나를 막을 수 없다. 당신이 아프거나, 굶주리거나, 겁을 먹거나, 감옥이나 휴양지에 감금되어 있지 않는 한 봄은 여전히 봄이다. 공장에 원자 폭탄이 쌓여 가고, 경찰이 도시를 배회하고, 확성기에서는 거짓말이 흘러나오지만, 지구는 여전히 태양 주위를 돌고 있다. 독재자와 관료가 마음속 깊이 아무리 그것을 못마땅하게 여겨도 이를 막을 수는 없다.

1946년

책과 담배

몇 년 전, 신문 기자인 내 친구가 공장 노동자들과 함께 화재 감시[1]를 나갔다. 어쩌다 내 친구가 만드는 신문에 대해서 이야기하게 되었는데, 노동자들 대부분이 그 신문을 읽어 보았고 괜찮게 생각한다고 말했다. 친구가 문학 면을 어떻게 생각하느냐고 묻자 이런 대답이 돌아왔다. 「우리가 문학 면을 읽을 거라고 생각하는 건 아니겠죠? 아니, 당신들이 이야기하는 책의 절반은 12파운드 6페니예요! 우리 같은 사람들이 책에 12파운드 6페니를 쓸 순 없죠.」 친구의 말에 따르면, 그들은 블랙풀 당일치기 여행에 몇 파운드 쓰는 것쯤은 아무렇지도 않게 생각하는 사람들이었다.

이처럼 책을 사는 것, 심지어 책을 읽는 것은 너무 값비싼 취미라서 보통 사람은 접근할 수 없다는 생각이 너무 널리 퍼져 있으므로 자세히 검토해 봐야 할 것이다. 시간당 비용의 관점에서 따지면 독서에 정확히 얼마가 드는지 추정하기

1 제2차 세계 대전 당시 폭격으로 인한 화재를 방지하기 위해서 시민들로 감시단을 꾸려 건물 화재를 감시했다.

힘들지만, 나는 우선 내가 가진 책들의 가격을 전부 더하는 것으로 시작했다. 그런 다음 여러 가지 다른 비용을 참작해서 지난 15년 동안 내가 지출한 금액을 상당히 정확하게 추측할 수 있었다.

나는 여기, 내 아파트에 있는 책들만 세어 가격을 매겼다. 다른 장소에도 대략 비슷한 권수의 책을 보관해 두었기 때문에, 마지막으로 나온 금액을 두 배로 곱해서 총금액을 얻을 수 있었다. 교정용으로 인쇄한 책, 표지가 손상된 책, 저렴한 페이퍼북, 소책자나 책 형태로 장정되지 않은 잡지 같은 것들은 계산에 넣지 않았다. 또 찬장 밑에 쌓아 둔 잡동사니 책들 — 옛날 교과서 등등 — 도 계산에 포함하지 않았다. 나는 자발적으로 구했거나, 그렇지 않았다고 해도 자발적으로 구할 마음이 있었던 책, 그리고 계속 소장할 책들만 계산했다. 입수 방법에 따라 분류했을 때 나는 다음과 같은 책 442권을 가지고 있다.

구매(대부분 헌책)	251
받았거나 도서 상품권으로 구매	33
서평용 책이나 증정본	143
빌렸다가 돌려주지 않음	10
임시로 빌림	5
합계	442

이제 가격 책정 방법을 살펴보자. 내가 구입한 책의 경우 정가를 적었고, 모를 경우 최대한 가까운 금액을 적었다. 또 받은 책과 임시로 빌린 책, 또는 빌렸다가 돌려주지 않은 책도 정가를 적었다. 준 책이나 빌린 책, 훔친 책이 어느 정도 비슷하기 때문이다. 엄밀히 말해서 내 소유가 아닌 책도 있지만, 다른 사람들이 내 책을 가지고 있는 경우도 많다. 그러므로 내가 돈을 지불하지 않았지만 가지고 있는 책과, 내가 돈을 지불했지만 가지고 있지 않은 책의 균형이 맞는다. 반면에 서평용 책이나 증정본은 정가의 반을 책정했다. 그것이 내가 중고로 살 경우 지불할 금액이고, 만약 산다면 대부분 중고로 구입했을 책들이기 때문이다. 가끔 가격을 짐작해야 하는 경우도 있었지만, 크게 차이 나지는 않을 것이다. 비용은 다음과 같았다.

	파운드	실링	페니
구매	36	9	0
선물	10	10	0
서평용 책 등	25	11	9

	파운드	실링	페니
빌렸다가 돌려주지 않음	4	16	9
빌림	3	10	0
책장	2	0	0

합계	82	17	6

다른 곳에 보관 중인 책을 더하면 내가 가진 책은 총 9백 권에 가깝고, 비용은 165파운드 15실링이다. 이것은 15년 동안 축적된 결과이다. 어렸을 때 구입한 책도 있기 때문에 실제로는 15년이 넘지만 일단 15년이라고 치자. 그러면 1년에 11.1파운드인 셈인데, 나의 총 독서 비용을 추정하려면 다른 비용도 더해야 한다. 금액이 가장 큰 것은 신문과 정기 간행물일 텐데, 1년에 8파운드가 적당할 것 같다. 1년에 8파운드면 일간지 2종, 석간지 1종, 일요 신문 2종, 주간지 1종과 월간지 한두 종을 살 수 있다. 이 액수를 더하면 연간 비용이 19파운드 1실링으로 올라가지만, 총계를 내려면 한 가지 더 추측해야 한다. 분명 책 때문에 돈을 썼지만 증거가 남지 않는 경우도 자주 있다. 도서관 등록비도 있고, 샀다가 잃어버리거나 펭귄이나 싼 판본처럼 처분하는 책도 있다. 다른 수치를 바탕으로 계산했을 때 이러한 비용은 1년에 6파운드면 충분할 것 같다. 그러므로 지난 15년간 나의 총 독서 비용은 1년에 25파운드 언저리였다.

1년에 25파운드라고 하면 큰돈 같겠지만, 다른 비용과 한번 비교해 보자. 1년에 25파운드면 일주일에 9실링 9페니 정도이고, 현재 9실링 9페니면 담배(플레이어스) 83개비를 살 수 있다. 전쟁 전이었다고 해도 이 돈으로 살 수 있는 담배는 2백 개비에 못 미쳤을 것이다. 현재 금액으로 계산했을 때 나는 책값보다 담뱃값을 훨씬 더 많이 쓴다. 나는 일주일에 담배를 6온스 피우는데, 1온스에 반 크라운이므로 1년이면 거의 40파운드이다. 같은 담배가 온스당 8페니였던 전쟁 전에도 나는 1년에 담뱃값을 10파운드 넘게 썼다. 나는 또 평균적으로 하루에 6페니를 내고 맥주를 1파인트 마셨는데, 담뱃값과 술값을 합치면 1년에 20파운드 가까이 된다. 영국 평균보다 아주 많은 것은 아니었다. 1938년에 영국인 1인당 연간 지출하는 평균 술값과 담뱃값은 약 10파운드였다. 그러나 인구의 20퍼센트는 15세 미만의 어린아이이고 40퍼센트는 여성이므로, 보통 담배를 피우고 술을 마시는 사람은 분명 10파운드보다 훨씬 많은 돈을 썼을 것이다. 1944년에 영국인 1인당 연간 지출하는 평균 술값과 담뱃값은 23파운드 이상이었다. 역시 여성과 아이를 제외하면 1인당 40파운드로 잡는 것이 합리적일 터이다. 1년에 40파운드면 매일 우드바인스 1갑을 피우고 가벼운 맥주를 일주일에 6일 동안 하루에 반 파인트 마실 수 있는 돈이므로, 사치스러운 용돈은 아니다. 물론 이제 책값을 포함해서 모든 가격이 올랐다. 그러나 책을 빌리지 않고 산다고 했을 때도, 또 정기 간행물도 다수 포함했을 때도 독서 비용이 담뱃값과 술값을 합친 금액을 넘지는 않을 것이다.

책값과 우리가 책에서 얻는 가치의 관계를 정립하기는 어렵다. 〈책〉에는 소설, 시, 교과서, 참고서, 사회학 논문 등 수많은 것들이 포함되고, 길이와 가격이 상응하는 것도 아니다. 헌책을 사는 습관이 있으면 특히 그렇다. 5백 행짜리 시에 10실링을 쓸 수도 있고, 20년 동안 아주 가끔 찾아 보는 사전에 6페니를 쓸 수도 있다. 우리가 읽고 또 읽는 책, 머릿속의 일부가 되어 삶에 대한 태도 자체를 바꾸는 책, 잠깐 들여다보지만 끝까지 읽지 않는 책, 단번에 읽고 일주일 뒤면 잊어버리는 책도 있지만 돈이라는 관점에서 보면 비용이 다 같을지도 모른다. 우리가 독서를 영화 감상처럼 단순한 오락으로 여긴다면, 비용을 대략적으로 추정할 수 있다. 소설과 〈가벼운〉 문학 작품만 읽고, 전부 사서 읽는다면 — 책 가격을 8실링, 그것을 읽는 데 드는 시간을 네 시간이라고 했을 때 — 한 시간에 2실링을 쓰는 셈이다. 이것은 영화관의 비싼 좌석에 앉는 비용과 비슷하다. 당신이 더 진지한 책에 집중하지만 여전히 읽는 책을 다 산다면 비용은 비슷할 것이다. 책값이 더 비싸지만 읽는 시간이 더 오래 걸리기 때문이다. 어쨌든 당신은 책을 읽고 난 다음에도 여전히 가지고 있고, 구입 가격의 3분의 1 정도 가격에 팔 수 있을 것이다. 헌책만 사는 사람이라면 물론 독서 비용이 훨씬 적을 것이다. 한 시간에 6페니 정도가 적절한 추정치라고 생각된다. 반대로 책을 사지 않고 대여점에서 빌리기만 하면 독서 비용은 시간당 반 페니 정도이다. 그리고 공립 도서관에서 빌리면 거의 한 푼도 들지 않는다.

내가 지금까지 말한 것만 봐도 독서는 오락 중에서 저렴한 편이다. 아마 가장 싼 라디오 청취 다음으로 저렴할 것이다. 그런데 영국 대중은 1년 동안 책에 돈을 얼마나 쓸까? 어떤 수치도 찾을 수 없었지만, 분명 존재할 것이다. 내가 알기로 전쟁 전 영국에서는 1년에 약 1만 5천 권의 책이 출판되었는데, 재판본과 교과서를 포함한 수치이다. 책 한 종당 1만 부가 팔렸다면 — 아마도 가장 많이 팔리는 교과서까지 참작한 수치이다 — 평균적으로 한 사람이 1년에 직간접적으로 사는 책이 약 세 권밖에 되지 않았다는 뜻이다. 세 권의 책값을 합쳐도 1파운드를 넘지 않을 것이다.

이러한 수치는 추측일 뿐이므로 누군가 바로잡아 준다면 흥미로울 것 같다. 그러나 나의 추정치가 거의 맞는다면, 식자율이 1백 퍼센트에 가깝고 보통 사람이 담배에 쓰는 돈이 인도 농부가 생계 전체에 쓰는 것보다 많은 나라로서 자랑스러운 수치는 아니다. 책 소비량이 지금까지처럼 계속 적다면, 최소한 책을 사거나 빌리는 돈이 너무 비싸기 때문이 아니라 책을 읽는 것보다 투견장이나 영화관, 술집에 가는 것이 더 재미있기 때문이라고 인정하자.

1946년

책방의 기억들

내가 헌책방에서 일할 때 — 그곳에서 일하지 않는 사람이라면 매력적인 노신사들이 송아지 가죽 장정의 2절판 책들 사이를 끊임없이 배회하는 천국 같은 곳으로 상상하기 쉽다 — 가장 놀란 점은 책을 진정으로 좋아하는 사람이 정말 드물다는 사실이었다. 우리 가게에는 이례적일 만큼 흥미로운 책들이 있었지만, 고객 중에서 양서(良書)와 악서(惡書)를 구별할 줄 아는 사람이 10퍼센트는 됐을지 의심스럽다. 문학 애호가보다 초판만 따지는 속물이 훨씬 흔했지만, 싼 교과서를 두고 흥정하는 동양인 학생들이 더 흔했고, 조카에게 줄 생일 선물을 찾는 별생각 없는 여자들이 가장 흔했다.

우리 가게에 오는 사람 대다수가 다른 가게에서는 골칫덩이겠지만 책방에서는 특별한 기회를 갖는 부류였다. 예를 들어 〈아픈 사람에게 줄 책을 찾는〉 귀여운 노부인(아주 흔한 요구였다)이나, 1897년에 아주 좋은 책을 읽었는데 찾아 줄 수 있겠느냐고 하는 역시 귀여운 노부인 같은 사람들이다. 불행히도 그녀는 제목이나 작가 이름, 책의 주제는 기억하지 못했지만 빨간 표지였던 것은 기억한다. 그러나 이런 사람들 외에 모든 중고 책방에 출몰하는 귀찮은 두 부류가 유명하다. 하나는 오래된 빵 부스러기 냄새를 풍기며 쓸모도 없는 책을 팔려고 매일, 어떨 때는 하루에도 몇 번씩 찾아오는 타락한 사람이다. 또 다른 하나는 살 생각이 전혀 없으면서 책을 대량으로 주문하는 사람이다. 우리 가게에서는 절대 외상을 주지 않았지만, 나중에 사 가겠다는 사람을 위해서 책을 따로 빼놓거나 필요할 경우 주문해 주었다. 책방에 책을 주문해 놓고 다시 사러 오는 사람은 절반도 되지 않았다. 처음에 나는 어리둥절했다. 뭐 때문에 그러는 걸까? 그런 사람들은 가게에 들어와서 희귀하고 비싼 책을 찾은 다음, 그 책을 꼭 남겨 놓겠다는 약속을 여러 번 받아 낸 후에야 사라져선 절대 돌아오지 않았다. 물론 그들 중 대다수는 틀림없는 편집증 환자였다. 그들은 거드름을 피우며 자기 자랑을 하고 어쩌다가 돈 한 푼 없이 외출을 하게 되었는지 독창적인 이야기를 늘어놓곤 했는데, 많은 경우 본인도 자기 이야기를 믿고 있었다고 나는 확신한다. 런던 같은 도시에서는 항상 수많은 미치광이들이 거리를 돌아다니고, 이들은 책방에 끌리는 경향이 있는데, 돈 한 푼 쓰지 않고도 오랫동안 서성일 수 있는 몇 안 되는 가게들 중 하나이기 때문이다. 결국 그런 사람들은 한눈에 알아볼 수 있다. 그들은 거창한 이야기를 늘어놓지만 시대에 뒤떨어지고 이렇다 할 목적이 없는 느낌이다. 우리는 상대가 편집증 환자라는 확신이 들면 부탁받은 책을 따로 빼놓았다가 그 사람이 책방에서 나가자마자 책장에 다시 꽂아 둘 때가 아주 많았다. 나는 그런 사람들 중에서 돈을 내지 않고 책을 가져가려는 사람은 아무도 없음을 알아차렸다. 주문하는 것만으로 충분했던 것이다. 아마도 주문을 하면서 진짜 돈을 쓰는 듯한 환상을 느꼈던 것 같다.

대부분의 중고 책방과 마찬가지로 우리는 여러 가지 물건도 취급했다. 예를 들어 우리는 중고 타자기와 우표 — 사용한 우표 — 도 팔았다. 우표 수집가들은 다양한 연령대의 기이하고 말없는 물고기 같은 종족이었지만, 성별은 하나같이 남자였다. 여자들은 앨범에 색색의 종잇조각을 풀로 붙이는 행위의 독특한 매력을 알지 못하는 것 같았다. 또 일본 지진을 예측했다는 사람이 만든 6페니짜리 별자리 점도 팔았다. 밀봉된 봉투에 들어 있어서 직접 열어 본 적은 없었지만, 그것을 산 사람들이 종종 다시 와서 얼마나 〈잘 맞는지〉 이야기했다(물론 당신이 이성에게 아주 매력적이고 최악의 단점은 관대함이라고 말한다면, 어떤 별자리 점이든 〈잘 맞는다〉고 느껴질 것이다). 우리는 어린이 책, 주로 〈재고본〉도 많이 팔았다. 요즘 나오는 어린이 책은, 특히 대량으로 보면 끔찍한 물건이다. 개인적으로 나라면 아이에게 『피터 팬』보다 페트로니우스 아르비테르[1]의 책을 주겠지만, 제임스 배리의 책조차도 나중에 그를 흉내 낸 작가들의 책과 비교하면 남자답고 건전해 보인다. 크리스마스 철이 되면 우리는 카드와 달력과 씨름을 하면서 바쁜 열흘을 보냈는데, 팔다 보면 지

1 Petronius Arbiter(?~66). 로마 제국 네로 황제의 신하로, 풍자 소설 『사티리콘*Satyricon*』의 저자로 추정된다.

겹지만 시즌 동안은 장사가 잘된다. 나는 기독교 정서가 잔인하고 냉소적으로 착취당하는 모습을 보는 것이 흥미로웠다. 크리스마스카드 회사 판매원은 이르면 6월부터 카탈로그를 가지고 찾아온다. 그들의 청구서에 적혀 있던 〈24매. 토끼와 아기 예수님〉이라는 문구가 기억에 남는다.

그러나 우리의 주된 부업은 책 대여였다. 소설이 대부분인 5백~6백 권의 책을 〈보증금 없이 2페니〉에 빌려주는 평범한 대여소였다. 책 도둑이 그런 책방을 얼마나 좋아했을까! 한 가게에서 2페니에 책을 빌린 다음 꼬리표를 떼고 다른 가게에 1실링을 받고 파는 것은 세상에서 가장 쉬운 범죄이다. 그럼에도 불구하고 서점은 보통 보증금을 받아서 고객을 쫓느니 책을 몇 권 도둑맞는 것(우리 가게의 경우 한 달에 열두 권 정도 없어졌다)이 더 나은 장사라고 생각한다.

우리 가게는 햄프스테드와 캠던 타운의 정확한 경계에 있었고, 준남작부터 버스 차장까지 온갖 유형의 손님이 자주 드나들었다. 아마도 우리 대여소 등록 고객은 런던 독서 인구를 상당히 잘 나타내는 단면이었을 것이다. 그러므로 우리 대여소의 모든 작가들 중 누구의 책이 가장 자주 〈대출〉되었는지 알아 두는 것이 좋겠다. 프리스틀리? 헤밍웨이? 월폴? 우드하우스? 아니다. 바로 에설 M. 델이 첫 번째였고, 워릭 디핑이 두 번째, 제프리 파놀이 세 번째라고 해야 할 것이다.[2]

2 에설 M. 델Ethel M. Dell(1881~1939), 워릭 디핑Warwick Deeping(1877~1950), 제프리 파놀Jeffrey Farnol(1878~1952)은 모두 로맨스 소설 혹은 역사 로맨스 작가이다.

물론 여자들만 델의 소설을 읽었지만, 짐작할 수 있듯이 꿈에 젖은 노처녀와 담배 장수의 뚱뚱한 부인들뿐만 아니라 온갖 유형과 연령대의 여자들이었다. 남자는 소설을 읽지 않는다는 말은 사실이 아니지만, 온갖 종류의 소설을 피한다는 말은 사실이다. 거칠게 말해서 평균적인 소설 — 영국 소설의 표준이 된 평범하고 좋으면서도 나쁜 〈물 탄 골즈워디[3]〉 같은 소설 — 이라는 것은 여자만을 위해서 존재한다고 해야 할지도 모른다. 남자들은 존경할 만한 소설이나 탐정 소설을 읽는다. 그러나 탐정 소설의 소비량이 어마어마하다. 우리 대여소 고객 중 한 사람은 내가 아는 한 1년 동안 매주 탐정 소설을 네다섯 권씩 읽었을 뿐만 아니라, 다른 대여소에서도 빌려 읽었다. 내가 가장 놀란 점은 그가 같은 책을 절대 두 번 읽지 않는다는 사실이었다. 그 수많은 허접쓰레기가 전부 다(내 계산에 따르면 그가 매년 읽는 페이지를 다 펼치면 거의 4분의 3에이커에 달한다) 그의 기억에 영원히 저장되어 있었다. 그는 제목이나 작가 이름을 몰랐지만 책을 슬쩍 들춰 보기만 해도 〈이미 읽었는지〉 알았다.

책 대여소에서는 사람들이 겉으로 내세우는 취향이 아니라 진짜 취향을 알 수 있는데, 한 가지 놀라운 사실은 〈고전적인〉 영국 소설가들은 전혀 인기가 없다는 것이다. 평범한 대여소에 디킨스, 새커리, 제인 오스틴, 트롤럽 등등을 갖춰 놓아 봤자 전혀 소용없다. 아무도 빌리지 않는다. 사람들은 19세

3 John Galsworthy(1867~1933). 노벨상을 수상한 영국 작가로, 자유주의, 인도주의적 입장에서 사회의 모순을 지적하는 소설을 주로 썼다.

기 소설을 보기만 해도 〈아, 하지만 너무 옛날 거잖아요!〉라고 말하며 당장 물러선다. 그러나 셰익스피어가 항상 잘 팔리듯 디킨스를 〈팔기〉는 늘 쉽다. 디킨스는 사람들이 읽으려고 〈항상 생각하는〉 작가들 중 하나이고, 성경과 마찬가지로 간접적으로 유명하다. 사람들은 모세가 부들 바구니에 담긴 채 발견되었고 주님의 〈뒷모습〉을 보았다는 이야기를 어딘가에서 주워들은 것처럼, 빌 사익스[4]가 강도이고 미코버 씨[5]가 대머리라는 것을 주워들어서 안다. 또 한 가지 눈에 띄는 사실은 미국 책의 인기가 점점 떨어진다는 것이다. 그리고 또 한 가지 — 출판사들은 2~3년마다 이 때문에 속을 태우는데 — 는 단편소설이 인기가 없다는 사실이다. 점원에게 책을 골라 달라는 사람들은 우리 가게의 독일인 고객이 자주 그랬던 것처럼 항상 〈단편은 싫어요〉라든지 〈단편은 읽고 싶지 않아요〉라는 말로 시작한다. 왜냐고 물으면 이야기가 시작될 때마다 새로운 인물들을 익히기가 너무 피곤하다는 설명이 가끔 돌아온다. 그런 사람들은 첫 번째 장 이후 더 이상 생각을 요구하지 않는 소설에 〈빠지고〉 싶어 한다. 그러나 나는 이것이 독자의 잘못이라기보다 작가의 잘못이라고 생각한다. 영국 작품이든 미국 작품이든 요즘 단편은 대부분 무기력하고 쓸모가 없는데, 대부분의 장편소설보다 훨씬 심하다. 이야기가 〈있는〉 단편 소설은 충분히 인기를 끈다. D. H. 로런스를 보라, 그의 단편은 장편소설만큼이나 인기가 많다.

4 디킨스의 소설 『올리버 트위스트』에 등장하는 악당.
5 디킨스의 소설 『데이비드 커퍼필드』에 나오는 가난하고 낙천적인 인물.

나는 전업 책방 직원이 되고 싶을까? 전체적으로는 — 책방 주인이 친절했고 가게에서 행복한 시절을 보내긴 했지만 — 그렇지 않다.

좋은 위치와 적당한 자본만 확보하면 교육을 받은 사람은 누구나 책방을 운영하면서 소소하지만 든든한 생계를 꾸릴 수 있을 것이다. 〈희귀본〉에까지 관심을 가지려는 것이 아니라면 책방 일은 배우기 어려운 일도 아니고, 책 내용을 조금이라도 알면 아주 유리한 위치에서 시작할 수 있다(책방 주인은 대부분 책 내용을 잘 모른다. 책방 주인들이 광고를 싣는 업계지를 보면 그들의 수준을 알 수 있다. 보즈웰의 『쇠퇴와 몰락*Decline and Fall*』을 찾는 광고는 못 본다 하더라도, T. S. 엘리엇의 『플로스강의 물방앗간*The Mill on the Floss*』을 찾는 광고는 분명 있을 것이다).[6] 또한 책방은 어느 수준 이상으로 저속해지기 힘든 인간적인 장사이다. 기업 조합은 식품점이나 우유 배달부를 압박하여 없애 버렸지만, 소규모 독립 책방은 그렇게 할 수 없을 것이다. 그러나 근무 시간이 아주 길고 — 나는 시간제로 일했지만, 책방 주인은 책을 사러 끊임없이 원정을 떠나는 시간을 빼고도 일주일에 70시간씩 쏟아부었다 — 건강에 좋지 않은 삶이다. 대체로 책방은 겨울에 끔찍하게 춥다. 너무 따뜻하면 진열창에 김이 서리는데, 책방은 진열창으로 먹고 살기 때문이다. 그리고 책은 불결한 먼지를 지금까지 발명된 그 어떤 물건보다도 더 많이

6 『쇠퇴와 몰락』은 에벌린 워Evelyn Waugh, 『플로스강의 물방앗간』은 조지 엘리엇George Eliot의 소설이다.

내뿜으며, 책머리만큼 금파리가 죽기 좋아하는 장소는 없다.

그러나 내가 책 장사에 평생 몸담고 싶지 않은 진짜 이유는 그 일을 하면서 책을 사랑하는 마음을 잃었기 때문이다. 책 장수는 책에 대해서 거짓말을 해야 하고, 그러면 책을 싫어하게 된다. 더 나쁜 것은 끊임없이 먼지를 털고 책을 이리저리 옮겨야 한다는 사실이다. 내가 책을 정말 사랑하던 때가 있었다. 책의 생김새와 냄새를, 그 느낌을 사랑했다. 적어도 50년 이상 된 책이라면 말이다. 시골 경매에서 단돈 1실링에 어마어마한 양의 책을 사는 것보다 더 즐거운 일은 없었다. 생각지도 못하다가 책 더미에서 우연히 집어 든 고서에는 독특한 정취가 있다. 18세기 이류 시인들, 시대에 뒤떨어진 지명 사전들, 신기하게 생긴 잊힌 소설들, 장정된 1860년대 여성지들. 가벼운 독서로는 — 예를 들어 목욕할 때나 너무 피곤해서 잠들지 못하는 늦은 밤에, 혹은 점심을 먹기 전 애매하게 남는 15분 동안 — 옛날 『걸스 오운 페이퍼*Girl's Own Paper*』만 한 것이 없다. 그러나 나는 책방 일을 시작하자마자 책을 사지 않게 되었다. 5천 권이나 1만 권씩 되는 책을 한꺼번에 보면 따분해 보이고, 심지어 구역질까지 났다. 요즘은 가끔 책을 한 권씩 사지만 읽고 싶은데 빌릴 수 없을 때뿐이고, 헌 책은 절대 사지 않는다. 낡아 가는 종이의 달콤한 냄새가 나에게는 더 이상 매력적이지 않다. 그 냄새를 맡으면 편집증적인 고객이나 금파리 사체가 너무 쉽게 떠오르기 때문이다.

1936년

어느 서평가의 고백

담배꽁초와 반쯤 비운 찻잔들이 여기저기 흩어진 춥고 숨막히는 침실 겸 거실에서, 좀먹은 가운 차림의 남자가 삐걱거리는 탁자 앞에 앉아 먼지투성이 종이 더미들 틈 사이로 타자기 놓을 자리를 찾으려고 애쓴다. 폐지 바구니는 이미 넘쳐서 종이를 버릴 수가 없고, 게다가 답장을 보내지 않은 편지들과 아직 지불하지 않은 청구서들 사이에 분명 깜빡하고 은행에 제출하지 않은 2기니짜리 수표가 있을지도 모른다. 또 몇몇 편지는 주소를 주소록에 적어야 한다. 그는 주소록을 잃어버렸는데 그것을 찾아야 한다고 생각하니, 혹은 뭔가를 찾아야 한다고 생각하니 강한 자살 충동이 밀려온다.

남자는 서른다섯 살이지만 쉰 살로 보인다. 머리가 벗겨졌고, 정맥류가 있으며, 안경을 썼다. 아니, 유일한 안경을 습관대로 잃어버리지 않았다면 쓰고 있을 것이다. 평소대로라면 영양실조를 앓고 있겠지만, 최근에 운이 좋았다면 숙취를 앓을 것이다. 지금은 오전 11시 30분이고, 일정표에 따르면 벌써 두 시간 전에 일을 시작했어야 한다. 그러나 그가 일을 시작하려고 진심으로 노력했어도 거의 끊임없이 울리는 전화벨 소리, 아기가 고함을 지르는 소리, 거리에서 쿵쿵 울리는 전기 드릴 소리, 그리고 계단을 쿵쾅쿵쾅 오르내리는 채권자들의 묵직한 장화 발소리 때문에 좌절했을 것이다. 가장 마지막으로 그를 방해한 것은 일반 우편이었는데, 광고 전단 두 통과 붉은색으로 인쇄된 소득세 고지서였다.

말할 필요도 없이 이 사람은 작가다. 글을 쓰는 사람은 다들 아주 비슷하므로 시인이나 소설가, 영화 각본이나 라디오 작가일 수도 있지만, 서평가라고 생각해 보자. 종이 더미 밑에 반쯤 파묻힌 것은 담당 편집자가 〈잘 어울릴 것〉이라는 쪽지와 함께 보낸 다섯 권의 책 꾸러미다. 소포는 나흘 전에 도착했지만 서평가는 의지가 마비되는 바람에 48시간 동안 소포를 풀지 못했다. 어제 그가 굳게 마음을 먹고 소포 끈을 풀자 『교차로의 팔레스타인』, 『과학적 낙농업』, 『유럽 민주주의의 짧은 역사』(680쪽에 무게가 1.8킬로그램이다), 『포르투갈령 동아프리카 부족들의 관습』, 그리고 아마도 실수로 포함된 듯한 소설 『눕는 게 더 좋아』가 나왔다. 서평 — 8백 단어라고 하자 — 은 내일 정오까지 〈입고〉되어야 한다.

다섯 권 중 세 권은 그가 전혀 모르는 주제를 다루고 있기 때문에 작가에게뿐 아니라(물론 작가는 서평가의 습성을 다 안다) 일반 독자에게까지 책을 읽지 않았음을 들키는 크나큰 실수를 하지 않으려면 적어도 50쪽은 읽어야 한다. 오후 4시면 그는 이미 포장지에서 책을 꺼냈겠지만 펴볼 용기가 나지 않아서 괴로워하고 있을 것이다. 이 책들을 읽어야 한다고 생각하면, 심지어는 종이 냄새만 맡아도 피마자유를 뿌린 차가운 쌀 푸딩을 먹어야 할 때와 같은 느낌이 든다. 그러나 정말 이상하게도 서평은 시간 맞춰 출판사에 도착할 것이다. 어떻게든 항상 제시간에 도착했다. 저녁 9시쯤이면 생각이 비교적 또렷해질 것이고, 그는 점점 추워지는 새벽까지, 하지만 담배 연기는 점점 더 짙어지는 방에 앉아서 책을 차례차례 능숙하게 보다가 〈이런, 완전 엉터리잖아!〉라는 마지막 말과 함께 내려놓을 것이다. 아침이 되면 그는 충혈된 눈에 면도도 하지 않은 뚱한 얼굴로 한두 시간 동안 텅 빈 종이를 물끄러미 바라보다가 무시무시한 시곗바늘의 협박에 못 이겨 겨우 시작할 것이다. 그런 다음 갑자기 줄줄 써나갈 것이다. 온갖 케케묵은 문구 — 〈누구도 놓쳐서는 안 되는 책〉, 〈한 페이지 한 페이지가 전부 기억할 만하다〉, 〈몇몇 장에서 다루는 내용은 특히 중요하다〉 — 가 자석에 따라 움직이는 철가루처럼 제자리를 찾아갈 것이고, 서평은 마감 시간 딱 3분 전에 딱 맞는 길이로 끝날 것이다. 그사이에 어울리지도 않고 흥미롭지도 않은 책들이 또 우편으로 도착했을 것이다. 이런 식으로 계속된다. 그러나 안절부절못하고 끙끙거리는 이 사람이 고작 몇 년 전에는 얼마나 큰 희망을 안고 시작했을까?

과장처럼 들리는가? 나는 모든 서평가 — 말하자면 1년에 최소 책 1백 권의 서평을 쓰는 모든 이들 — 에게 솔직히 말해서 그들의 습관과 성격이 내 설명과 다르다고 부인할 수 있는지 묻고 싶다. 어쨌든 작가는 모두 이러한 부류이지만,

길고 난삽한 서평을 쓰는 것은 특히나 보람도 없고 짜증나며 지치는 일이다. 서평을 쓰는 일에는 쓰레기를 극찬하는 것 — 잠시 후에 또 언급하겠지만, 정말 그렇다 — 뿐만 아니라, 딱 봤을 때 아무 감정도 생기지 않는 책들에 대한 반응을 끊임없이 〈만들어 내는〉 일도 포함된다. 아무리 지쳤어도 서평가는 책에 대해 전문가다운 흥미를 가지고 있고, 매년 나오는 수천 권 중에서 그가 즐겁게 서평을 쓸 수 있는 책이 쉰 권이나 1백 권쯤은 될 것이다. 일류 서평가라면 그중 열 권이나 스무 권을 맡을 수 있다. 물론 두세 권을 맡을 확률이 더 높다. 그 외에 나머지 일은 서평가가 아무리 양심적으로 찬사를 보내거나 욕을 하더라도, 본질적으로 사기이다. 그는 한 시간에 0.3리터씩 자기 영혼을 하수구에 흘려보내고 있다.

서평의 절대다수는 그 책에 대해 부적절하거나 그릇된 설명을 제공한다. 전쟁 이후 출판사가 문학 편집자들을 못살게 굴어서 그들이 내는 모든 책에 대한 찬가를 끌어내는 능력이 떨어졌고, 지면 부족을 비롯한 여러 가지 불편함 때문에 서평의 수준이 떨어졌다. 이러한 결과를 지켜본 사람들은 가끔 매문가(賣文家)에게 서평을 맡기지 않는 것이 해결책이라고 말한다. 전문 주제에 대한 책은 전문가가 다루어야 하지만, 그 밖의 대부분의 서평, 특히 소설의 경우는 아마추어가 서평을 쓸 수 있다는 것이다. 거의 모든 책은 어떤 독자에게든 강렬한 감정을 — 그것이 강렬한 혐오라고 할지라도 — 불러일으킬 수 있고, 책에 대한 독자의 생각이 싫증난 전문가의 생각보다 틀림없이 더 소중하다는 주장이다. 그러나 편집자라면 누구나 알고 있듯, 불행히도 그런 서평을 준비하기는 무척 힘들다. 실제로 편집자는 항상 자신이 아는 매문가들 — 편집자의 표현에 따르면 〈고정 선수들〉— 을 다시 찾게 된다.

모든 책에 서평을 쓸 가치가 있다고 당연히 생각하는 한 그 무엇도 고칠 수 없다. 수많은 책에 대해 언급하면서 절대다수의 책을 과찬하지 않기란 거의 불가능하다. 책과 전문적인 관계를 맺지 않는 한 절대다수의 책이 얼마나 나쁜지 알지 못한다. 〈이 책은 쓸모없다〉가 객관적으로 진실한 비평인 책이 열 권 중 아홉 권을 넘을 것이고, 서평가의 진실한 반응은 〈이 책은 나에게 그 어떤 흥미도 주지 못했고, 나는 돈을 받지 않았다면 이 책의 평을 쓰지 않았을 것이다〉에 가까울 것이다. 그러나 대중은 돈을 내고 그런 평을 읽지 않을 것이다. 왜 그러겠는가? 독자는 추천하는 책에 대한 안내를 원하고, 일종의 평가를 기대한다. 그러나 가치를 말하는 순간, 평가 기준이 무너진다. 누가 「리어왕King Lear」은 좋은 희곡이고 『네 명의 의인*The Four Just Men*』[1]은 좋은 스릴러라고 말한다면 — 거의 모든 서평가가 적어도 일주일에 한 번은 그렇게 말한다 — 〈좋다〉는 말에 무슨 의미가 있는가?

내가 늘 하던 생각이지만, 가장 좋은 방법은 절대다수의 책을 무시하고 중요해 보이는 몇 권에 대해서만 아주 긴 서평 — 최소 1천 단어 — 을 쓰는 것이다. 곧 출간될 책들을 소개하는 한두 줄짜리 짧은 평은 유용할 수 있지만, 서평가가 정말로 쓰고 싶다고 해도 6백 단어쯤 되는 중간 길이의 서평

1 영국 작가 에드거 월리스Edgar Wallace가 1905년에 쓴 탐정 소설.

은 쓸모없을 수밖에 없다. 일반적으로 서평가는 그런 서평을 쓰고 싶어 하지 않으며, 매주 빠짐없이 짤막한 서평을 쓰다 보면 내가 이 글 첫머리에서 묘사한 가운 차림의 망가진 인물로 금세 전락한다. 그러나 이 세상 모든 사람에게는 내려다볼 사람이 있는 법이다. 서평과 영화 평론을 모두 써본 입장에서 나는 서평가가 영화 평론가보다 낫다고 말해야 할 것이다. 영화 평론가는 집에서 일할 수도 없고, 오전 11시에 열리는 시사회에 참석해야 하며, 한두 가지 눈에 띄는 예외를 제외하면 질 나쁜 셰리주 한 잔에 명예를 팔아야 한다.

1946년

소년 주간지

큰 도시의 가난한 지역을 걷다 보면 반드시 작은 신문 판매소를 지나치게 되어 있다. 가게의 전체적인 겉모습은 항상 거의 똑같다. 바깥에 『데일리 메일*Daily Mail*』과 『뉴스 오브 더 월드*News of the World*』 포스터가 몇 장 붙어 있고, 진열장에는 사탕이 든 병과 플레이어스 담배가 있으며, 가게에서 감초 사탕 냄새가 나고, 어두컴컴한 내부에는 대부분 야한 삼색 표지에 인쇄 상태가 엉망인 2페니짜리 잡지들이 바닥부터 천장까지 빼곡하게 걸려 있다.

일간지와 석간지를 빼면 작은 신문 판매소에서 취급하는 물건은 대형 신문 판매소와 전혀 겹치지 않는다. 여기서 주로 파는 것은 2페니짜리 주간지인데, 얼마나 다양하고 그 수가 많은지 믿기 힘들 지경이다. 온갖 취미와 오락 — 조류 사육, 도려내기 세공, 목공, 양봉, 전서구, 마술, 우표 수집, 체스 — 마다 그것만 전문적으로 다루는 잡지가 최소 한 종, 많은 경우 여러 종이 있다. 원예와 가축 사육에 대한 잡지의 경우 최소 열두 종은 될 것이다. 그리고 스포츠지, 라디오 잡지, 어린이 만화, 『팃비츠*Tit-Bits*』처럼 짧은 글을 모아 싣는 잡지, 여성의 다리를 내세우는 대부분의 수많은 영화 잡지, 다양한 업계지, 여성용 단편소설 잡지(『오라클*Oracle*』, 『시크릿츠*Secrets*』, 『펙스 페이퍼*Peg's Paper*』 등등), 재봉 및 자수 잡지 — 너무 많아서 재봉 자수 잡지만 모아도 진열장 하나가 다 찰 때가 적지 않다 — 에다가 미국에서 오래 진열되었던 과월 호를 수입하여 2.5페니나 3페니에 파는 수많은 〈양키 매거진〉(『파이트 스토리즈*Fight Stories*』, 『액션 스토리즈*Action Stories*』, 『웨스턴 쇼트 스토리즈*Western Short Stories*』 등)까지 있다. 그리고 제대로 된 정기 간행물부터 4페니짜리 중편소설, 『올딘 박싱 노블스*Aldine Boxing Novels*』, 『보이즈 프렌드 라이브러리*Boys' Friend Library*』, 『스쿨걸즈 오운 라이브러리*School-girls' Own Library*』까지 아주 다양하다.

이러한 가게에서 파는 품목이야말로 영국 대중의 진정한 감정과 생각을 가장 잘 드러낼 것이다. 사실 문서 기록을 통해서 파악할 수 있는 것은 이러한 잡지에서 드러나는 것의 반도 안 된다. 예를 들어 베스트셀러 소설은 많은 것을 말해주지만, 소설은 대체로 주급이 4파운드가 넘는 사람들만 겨냥한다. 영화 산업은 사실상 독점이라서 대중을 면밀히 연구할 필요가 전혀 없으므로, 영화는 대중의 취향을 파악하기에는 매우 불안한 지표일 것이다. 일간지도 영화와 비슷하고, 라디오도 거의 똑같다. 그러나 유통 범위가 좁고 주제가 특수한 주간지는 그렇지 않다. 예를 들어 『익스체인지 앤드 마트*Exchange and Mart*』나 『케이지 버즈*Cage-Birds*』, 『오라클』,

『프리딕션*Prediction*』, 『매트러모니얼 타임스*Matrimonial Times*』 같은 잡지는 분명한 수요가 있기 때문에 존재하고, 수백만 부씩 유통되는 전국 규모의 거대 일간지에는 반영되지 못하는 독자의 생각이 이러한 잡지에서는 반영된다.

이 글에서는 한 종류의 잡지, 즉 종종 〈페니 드레드풀〉[1]이라는 잘못된 이름으로 불리는 2페니짜리 소년 주간지만을 다루겠다. 엄밀히 말해서 현재 이 부류에 속하는 잡지는 열 종인데, 바로 어맬거메이티드 출판사가 발행하는 『젬*Gem*』, 『매그닛*Magnet*』, 『모던 보이*Modern Boy*』, 『트라이엄프*Triumph*』, 『챔피언*Champion*』과 D. C. 톰슨사가 발행하는 『위저드*Wizard*』, 『로버*Rover*』, 『스키퍼*Skipper*』, 『핫스퍼*Hotspur*』, 『어드벤처*Adventure*』이다. 현재 소년 주간지가 몇 부나 유통되는지 나는 모른다. 편집부와 사업주는 수치를 언급하지 않으려 하고, 어쨌든 연재소설을 싣는 잡지의 유통부수는 변동이 클 수밖에 없다. 그러나 이 잡지 열 종의 총 독자가 아주 많다는 사실만은 의문의 여지가 없다. 열 종은 영국의 모든 도시에서 판매되고, 글을 읽는 모든 소년은 소년 주간지를 한 권 이상 읽는 시기를 반드시 거친다. 가장 오래된 편인 『젬』과 『매그닛』은 나머지와 유형이 조금 다르고, 지난 몇 년 사이에 확실히 인기가 약간 떨어졌다. 이제 두 잡지가 구식이고 〈따분하다〉고 생각하는 소년이 상당히 많다.

1 *Penny dreadfuls*. 영국에서 19세기에 만들어진 싸구려 대중 문학 연재 잡지. 주로 노동 계급 청년을 겨냥했으며, 형사, 범죄자, 초자연적 존재가 등장하는 선정적인 주제를 다루었다.

그럼에도 불구하고 나는 『젬』과 『매그닛』에 대해서 먼저 이야기하고 싶은데, 심리학적으로 다른 잡지들보다 더 재미도 있고, 이러한 잡지가 1930년대까지 살아남았다는 것만 해도 놀라운 현상이기 때문이다.

『젬』과 『매그닛』은 자매지(한 잡지의 인물이 다른 잡지에도 종종 등장한다)로, 둘 다 30년도 더 전에 처음 발행되었다. 두 잡지는 당시 『첨스*Chums*』, 『BOP *Boys Own Paper*』와 함께 중요한 소년지였고, 꽤 최근까지도 우세했다. 매주 각 잡지에 1만 5천~2만 단어 분량의 학교 이야기가 실리는데, 연재분 자체가 하나의 완결된 이야기이지만 보통 지난 호와 내용이 어느 정도 연결된다. 『젬』은 학교 이야기뿐 아니라 모험 시리즈도 한두 편 싣는다. 이 점만 빼면 너무나 비슷해서 같은 잡지라고 해도 좋을 정도이지만 항상 『매그닛』이 인기가 더 많은데, 아마도 빌리 번터라는 아주 멋진 뚱보 인물이 나오기 때문일 것이다.

소설은 소위 말하는 퍼블릭 스쿨[2] 생활을 다루는데, 무대가 되는 학교(『매그닛』의 그레이프라이어스와 『젬』의 세인트짐스)는 이튼이나 윈체스터처럼 오래된 상류층 학교이다. 주요 인물은 모두 열네댓 살의 4학년 남학생이고, 그보다 나

2 영국의 명문 사립 중등 교육 기관. 학비를 낼 수 있는 일반 시민*public citizen*에게 열려 있다는 의미에서 퍼블릭 스쿨로 불렸으나, 주로 상위 중산층 계급 학생들이 다니며 옥스퍼드와 케임브리지의 예비 학교 역할을 한다. 고전 교육을 중시하고 기숙사 제도가 있으며, 주로 11세 혹은 13세부터 18세까지의 남학생이 다닌다. 윈체스터(14세기 설립), 이튼(15세기), 해로(18세기) 등이 있다.

이가 많거나 적은 소년은 아주 작은 역할로만 등장한다. 섹스턴 블레이크나 넬슨 리[3]처럼 이 소년들은 매주, 매년 계속 등장하며 절대 나이를 먹지 않는다. 아주 가끔 새로운 소년이 등장하거나 중요하지 않은 인물이 사라지지만, 어쨌든 지난 25년 동안 등장인물은 거의 바뀌지 않았다. 두 잡지의 주요 인물들 — 밥 체리, 톰 메리, 해리 훠턴, 조니 불, 빌리 번터 등 — 은 제1차 세계 대전이 일어나기 훨씬 전에도 지금과 똑같이 그레이프라이어스나 세인트짐스에 다니면서 똑같은 모험을 하고, 정확히 똑같은 은어로 이야기했다. 인물뿐 아니라 『젬』과 『매그닛』의 전체적 분위기 역시 아주 정교하게 양식화되었다는 것이 부분적인 이유이다. 『매그닛』의 소설에는 〈프랭크 리처즈〉, 『젬』의 소설에는 〈마틴 클리퍼드〉라는 서명이 붙어 있지만, 30년 동안 연재된 이야기를 매주 같은 사람이 쓸 리는 없다.[4] 그러므로 쉽게 모방할 수 있는 문체 — 독특하고, 인위적이고, 반복적이며, 현재 영국의 그 어떤 문학 작품과도 다른 문체 — 로 써야 한다. 한두 가지 발췌문이면 충분히 설명될 것이다. 다음은 『매그닛』의 발췌문이다.

3 영국의 수많은 만화, 소설 시리즈의 등장인물. 섹스턴 블레이크는 형사, 넬슨 리는 그의 라이벌이다.

4 이는 사실이 아니다. 그동안의 이야기들을 모두 〈프랭크 리처즈Frank Richards〉와 〈마틴 클리퍼드Martin Clifford〉가 썼는데, 둘은 같은 사람이었다! 『호라이즌*Horizon*』 1940년 5월호 기사와 『서머 파이*Summer Pie*』 1944년 여름호 기사 참조 — 1945년 원주.

끄응!

「닥쳐, 번터!」

끄응!

사실 닥치는 것은 빌리 번터의 장기가 아니었다. 빌리는 닥치라는 말을 자주 들었지만, 절대 닥치는 법이 없었다. 지금처럼 지독한 상황에서 그레이프라이어스의 뚱보 올빼미 빌리는 그 어느 때보다도 닥칠 생각이 없었다. 그래서 닥치지 않았다! 빌리는 신음하고, 신음하고, 또 신음했다.

신음만으로는 번터의 감정을 다 표현할 수 없었다. 사실 번터의 감정은 표현 불가능했다.

여섯 명이나 곤경에 처했다! 그중 한 명만이 비통하고 슬픈 소리를 냈다. 그러나 그 한 명인 윌리엄 조지 번터는 여섯 명분을 합치고도 남을 만큼 신음했다.

해리 훠턴과 그의 패거리는 격노하고 걱정하며 몰려서 있었다. 그들은 곤란했고, 어찌할 바를 몰랐고, 당했고, 망했고, 끝장났다!

다음은 『젬』의 발췌문이다.

「아, 크흠!」

「아, 제길!」

「우욱!」

「어억!」

아서 오거스터스가 어질어질 일어나 앉았다. 그가 손수

건을 꺼내 다친 코에 대고 눌렀다. 톰 메리는 숨을 헐떡이며 일어나 앉았다. 두 사람이 마주 보았다.

「아이쿠! 야단났어, 야!」 아서 오거스터스가 목을 울리며 말했다. 「진짜 큰일 났잖아! 아우! 썩을 놈들! 나쁜 놈들! 무시무시한 외부자들! 와우!」

두 발췌문은 아주 전형적이다. 지금이든 25년 전이든, 잡지 모든 호의 모든 챕터에서 이런 글을 찾을 수 있다. 누구나 알아차릴 수 있는 첫 번째 특징은 범상치 않을 정도로 반복되는 동의어인데(두 인용문은 총 125단어이지만 30단어 정도로 압축할 수 있다), 이야기 전개를 위한 것처럼 보이지만 실제로는 분위기 형성에 일조한다. 같은 이유로 여러 가지 우스운 표현도 반복된다. 예를 들면 〈격노한〉이 무척 자주 등장하고, 〈당했고, 망했고, 끝장났다〉 역시 마찬가지이다. 〈우윽!〉, 〈크흠!〉과 〈어억!〉(상투적인 고통의 비명)이 끊임없이 등장하고 〈하! 하! 하!〉 역시 마찬가지인데, 항상 한 줄을 차지하기 때문에 때로는 한 면의 4분의 1이 〈하! 하! 하!〉로 채워진다. 은어(〈가서 석탄이나 먹어!〉, 〈엄청난데!〉, 〈이 어마어마한 바보야!〉 등등)는 절대 변하지 않기 때문에 소설 속 소년들은 이제 적어도 30년은 뒤처진 속어를 쓰고 있다. 또한 틈만 나면 여러 가지 별명이 비집고 들어온다. 작가는 몇 줄에 한 번씩 해리 훠턴과 그의 패거리가 〈유명한 5인방〉임을 상기시키고, 번터는 항상 〈뚱보 올빼미〉나 〈하급반 올빼미〉이며, 버논스미스는 항상 〈그레이프라이어스의 문제아〉, 거시(아서 오거스터스 다시 각하)는 항상 〈세인트짐스의 멋쟁이〉 등등이다. 소설의 분위기를 해치지 않으면서도 새로 읽기 시작한 독자까지 누가 누군지 즉시 파악할 수 있도록 꾸준하고 철저하게 노력하는 것이다. 그 결과 그레이프라이어스와 세인트짐스는 그들만의 작지만 놀라운 세계, 열다섯 살이 넘으면 아무도 진지하게 받아들일 수 없지만 그래도 쉽게 잊을 수 없는 세계가 된다. 디킨스에는 못 미치지만 그와 유사한 작풍으로 상투적인 〈인물들〉을 확립했는데, 대체로 아주 성공적이었다. 예를 들어 빌리 번터는 영국 소설에서 가장 유명한 등장인물 중 하나일 것이다. 빌리 번터를 아는 사람은 얼마 되지 않을지라도 그들에게 번터는 섹스턴 블레이크나 타잔, 셜록 홈스, 디킨스 소설 속 인물들이나 마찬가지이다.

말할 필요도 없지만 이러한 소설은 환상이고 실제 퍼블릭 스쿨 생활과 다르다. 조금씩 다른 몇 가지 이야기 유형이 되풀이되는데, 대체로 왁자지껄하지만 딱 떨어지는 이야기이고, 중심 주제는 티격태격 치고받기, 짓궂은 장난, 교사 골탕 먹이기, 싸움, 체벌, 축구, 크리켓, 음식이다. 끊임없이 되풀이되는 이야기 유형은 어떤 소년이 다른 아이의 잘못 때문에 혼나지만 의리가 너무 좋아서 사실을 말하지 않는 것이다. 〈착한〉 소년들은 착실한 영국인이라는 전통을 〈착하게〉 지키지만 — 꾸준하게 맹연습하고, 귀 뒤를 씻고, 비겁한 짓은 절대 하지 않고 등등 — 랙, 크룩, 로더 등 〈나쁜〉 소년들도 등장한다. 이들의 비행은 내기를 하고, 담배를 피우고, 선술집에 자주 가는 것이다. 이 아이들은 끊임없이 퇴학당할 위기에 처하지만, 정말로 쫓겨나면 인물 구성이 바뀌어 버리기 때문에 진짜 심각한 잘못을 저지르다가 걸리는 사람은 없다. 예를 들어 도둑질은 거의 등장하지 않는다. 섹스는 절대적인 금기로, 진짜 퍼블릭 스쿨에서와 같은 형태로는 절대 등장하지 않는다. 가끔 여자아이들이 등장하고 아주 드물지만 가벼운 연애에 가까운 것도 나오는데, 늘 어디까지나 건전한 분위기이다. 소년과 소녀는 주로 같이 자전거를 타러 가는데, 그 정도가 끝이다. 예를 들어 입맞춤은 〈감상적〉이라고 여겨질 것이다. 나쁜 아이들조차도 완전히 무성적인 존재로 그려진다. 아마도 『젬』과 『매그닛』 창간 당시에는 그때까지 소년 문학에 깔려 있던 섹스에 대한 죄책감에서 벗어나기 위해 일부러 이런 분위기를 만들었을 가능성이 높다. 예를 들어 1890년대에 『BOP』에는 자위가 얼마나 나쁜지 무섭게 경고하는 독자 투고가 자주 실렸고, 작가는 별로 의식하지 못한 것이 분명하지만 『세인트위니프레즈*St Winifred's*』와 『톰 브라운의 학창 시절*Tom Brown's Schooldays*』[5] 같은 책은 동성애적 분위기가 짙었다. 『젬』과 『매그닛』에는 섹스라는 문제가 아예 존재하지 않는다. 종교 역시 금기이다. 아마도 두 잡지의 30년 치 분량을 전부 살펴봐도 영국 국가(國歌) 「신이여 왕을 구하소서」를 제외하면 〈신〉이라는 단어가 아예 등장하지 않을 것이다. 반대로 〈절제〉 경향은 늘 아주 강하다.

5 『톰 브라운의 학창 시절』의 무대는 1830년대의 럭비 스쿨로, 작가가 1834년부터 1842년까지 다녔던 실제 퍼블릭 스쿨이다.

음주와 흡연은 성인이 해도 불명예스럽지만(보통 〈떳떳하지 못하다〉고 묘사된다) 동시에 저항하기 힘들 만큼 매혹적인 것으로, 말하자면 섹스의 대체물로 여겨진다. 『젬』과 『매그닛』의 도덕적 분위기는 비슷한 시기에 시작된 보이 스카우트 운동과 상당히 비슷하다.

이러한 유의 문학은 모두 부분적으로는 표절이다. 예를 들어 섹스턴 블레이크는 처음부터 셜록 홈스를 흉내 냈고, 아직도 홈스와 무척 비슷하다. 블레이크는 이목구비가 매와 같고, 베이커 스트리트에 살며, 담배를 많이 피우고, 생각하고 싶을 때면 가운을 입는다. 『젬』과 『매그닛』은 창간 당시 학교 소설을 왕성하게 발표하던 건비 헤이다스, 데즈먼드 코크 등의 작가들에게 어느 정도 빚이 있겠지만, 19세기 모델에 훨씬 더 큰 빚을 지고 있다. 그레이프라이어스와 세인트 짐스가 실제 학교와 비슷하다면, 현재의 퍼블릭 스쿨보다는 톰 브라운이 다녔던 럭비 스쿨에 더 가깝다. 예를 들어 두 학교 모두 학군단[6]이 없고, 체육 활동이 의무가 아니며, 심지어 학생이 옷을 마음대로 입을 수 있다. 그러나 이러한 잡지의 기원은 분명 키플링의 소설 『스토키와 친구들*Stalky & Co.*』이다. 이 책은 소년 문학에 어마어마한 영향을 끼쳤고, 읽어 본 적 없는 사람들 사이에서 전통적 명성을 가지고 있다. 나는 소년 주간지에서 〈스토키*Storky*〉라는 잘못된 철자로 이

6 O.T.C. 장교 부족 현상을 해결하기 위해 영국 육군에서 만든 군사 지도자 교육단. 실제 군인으로 분류되지는 않았으며, 대학뿐 아니라 중등학교에도 있었다.

책이 언급된 것을 두 번 이상 보았다. 그레이프라이어스 교사들 중 우스꽝스러운 주요 인물 프라우트 씨는 『스토키와 친구들』에서 이름을 따 왔고 속어 — 장난*jape*, 기분 좋게 취한*merry*, 아찔한*giddy*, 비즈니*bizney*(〈비즈니스〉라는 뜻), 굉장한*frabjous*, 3인칭 부정형(*doesn't*) 대신 1인칭 부정형(*don't*) 쓰기 — 도 대부분 같은 책에서 가져다 썼는데, 이러한 말들은 『젬』과 『매그닛』 창간 당시에도 이미 구식이었다. 더 오래된 기원의 흔적도 보인다. 〈그레이프라이어스〉라는 이름은 19세기 소설가 새커리의 작품에서 가져온 것으로 보이고, 『매그닛』의 학교 문지기 고슬링은 디킨스의 속어를 흉내 내며 말한다.

여기에다가 소위 말하는 퍼블릭 스쿨 생활의 〈매력〉을 최대한 보여 준다. 일반적인 장치 — 기숙사 통금 시간, 점호, 기숙사 동별 대항 시합, 상급생의 잔심부름, 반장, 학습실 난롯가에 둘러앉아 편안히 차를 마시는 시간 등등 — 가 전부 등장하고, 〈모교〉, 〈친숙한 회색 석조 건물〉(두 학교 모두 16세기 초에 설립되었다), 〈그레이프라이어스 학생들〉의 〈팀 정신〉을 계속 언급한다. 속물근성에 호소할 때에는 전혀 거리낌이 없다. 학교마다 작위를 가진 소년이 한두 명 정도 등장하고, 독자에게 작위 명칭을 끊임없이 들이민다. 또 다른 소년들은 탤벗, 매너스, 로서 등 유명한 귀족 가문의 이름을 가지고 있다. 작가는 거시가 이스트우드 경의 아들이자 아서 A. 다시 각하이고, 잭 블레이크는 〈광대한 토지〉의 상속자이며, 허리 잠셋 람 싱(별명은 잉키)은 인도의 가상의 주 바니푸르의 대부호이고, 버논스미스의 아버지는 백만장자임을 끊임없이 상기시킨다. 최근까지 두 잡지의 삽화에서 등장인물은 항상 이튼 교복과 비슷한 복장을 하고 있었다. 지난 몇 년 사이에 그레이프라이어스의 교복은 블레이저와 플란넬 바지로 바뀌었지만, 세인트짐스의 교복은 여전히 이튼 재킷을 고수하고 있으며 거시는 항상 실크해트를 쓴다. 『매그닛』에는 매주 그레이프라이어스의 교지가 실리는데, 해리 훠턴은 〈하급반 친구들〉의 용돈에 대한 기사에서 어떤 아이들은 일주일에 5파운드나 받는다고 폭로한다! 이러한 내용은 부에 대한 환상을 철저히 의도적으로 자극한다. 여기서 다소 흥미로운 사실에 주목할 가치가 있는데, 바로 학교 소설이 영국 특유의 장르라는 사실이다. 내가 아는 한 외국 문학에는 학교 소설이 지극히 적다. 이유는 명확하다. 영국에서는 교육이 일차적으로 신분의 문제이기 때문이다. 프티부르주아 계급과 노동 계급을 나누는 가장 절대적인 선은 전자가 교육에 비용을 지불한다는 사실이고, 부르주아 계급 내에도 〈퍼블릭〉 스쿨과 〈사립〉 학교 사이에 좁힐 수 없는 격차가 존재한다. 분명 수만 명이나 되는 사람들이 〈상류층〉의 퍼블릭 스쿨 생활은 세세한 부분 하나하나까지 정말 낭만적이고 신난다고 생각하고 있다. 공교롭게도 그런 사람들은 네모난 안뜰과 교기(校旗)가 등장하는 신비로운 세상 밖에서 살지만, 그런 것들을 갈망하고 상상하며 정신적으로는 몇 시간씩 그 세상 안에서 산다. 문제는 이들이 누구냐는 것이다. 어떤 사람들이 『젬』과 『매그닛』을 읽을까?

분명 이 문제에 대해서는 아무도 확신할 수 없다. 내가 지금까지 관찰한 결과 할 수 있는 말은 퍼블릭 스쿨에 진학할 가능성이 있는 소년들이 『젬』과 『매그닛』을 읽긴 하지만, 열두 살쯤 되면 더 이상 읽지 않는다는 것뿐이다. 습관이 들어서 1년 정도 더 읽을 수도 있지만, 소설을 더 이상 진지하게 받아들이지 않는다. 반면에 퍼블릭 스쿨 학비는 감당 못 하지만 공립 학교는 너무 〈평범〉하다고 여기는 사람들을 위한 저렴한 사립 학교 학생들은 『젬』과 『매그닛』을 몇 해 더 읽는다. 몇 년 전 나는 그러한 사립 학교 두 곳에서 아이들을 가르쳤는데, 사실상 모든 학생이 『젬』과 『매그닛』을 읽을 뿐만 아니라 열다섯 살, 심지어는 열여섯 살이 되어도 소년지 내용을 아주 진지하게 받아들인다는 사실을 깨달았다. 이 아이들의 아버지는 가게 주인, 사무실 직원, 소규모 사업체 운영자나 전문직 종사자였다. 『젬』과 『매그닛』이 겨냥하는 대상은 분명 이러한 계급이다. 그러나 노동 계급 아이들도 분명히 『젬』과 『매그닛』을 읽는다. 이런 잡지는 보통 대도시의 가장 가난한 지역에서 팔리고, 내가 알기로는 퍼블릭 스쿨의 〈마법〉에 면역이 있다고 여겨지는 아이들이 읽는다. 예를 들어 나는 탄광에서 일하는 소년, 땅 밑에서 이미 1~2년 정도 일한 소년이 『젬』을 열심히 읽는 것을 보았다. 최근에 나는 북아프리카 프랑스 외인부대의 영국 병사들에게 영국 잡지를 보냈는데, 그들은 제일 먼저 『젬』과 『매그닛』을 골랐다. 여자아이들도 『젬』과 『매그닛』을 많이 읽고,[7] 『젬』의 펜팔 모

7 비슷한 소녀 잡지도 여러 종 있다. 『스쿨걸*Schoolgirl*』은 『매그닛』의 자

집란을 보면 영국 제국의 구석구석에서 오스트레일리아인, 캐나다인, 팔레스타인 유대인, 말레이인, 아랍인, 대만인 등등이 이 잡지를 읽고 있음을 알 수 있다. 편집부가 예상하는 독자는 열네 살 정도이고, 광고(밀크 초콜릿, 우표, 물총, 홍조 치료, 마술용품, 가려움증 약, 친구의 손에 바늘을 통과시키는 장난감 등등) 역시 대략 같은 연령층을 가리킨다. 그러나 열일곱 살에서 스물두 살 사이의 청년을 노리는 해군 광고도 실리므로, 성인도 이 잡지를 읽는다는 것은 분명한 사실이다. 독자가 편집부에 보낸 편지에서 지난 30년 동안 『젬』이나 『매그닛』을 한 호도 빼놓지 않고 다 읽었다고 말하는 것은 꽤 흔한 일이다. 예를 들어 다음은 솔즈베리에 사는 어느 여성의 편지이다.

> 저는 그레이프라이어스에 다니는 해리 훠턴 패거리의 멋진 모험담에 대해서 이렇게 말할 수 있어요. 항상 수준이 높다고 말입니다. 확실히 요즘 나오는 비슷한 유의 이야기들 중에서 가장 훌륭한데, 이건 큰 의미가 있지요. 이 이야기들은 독자가 세상을 직면하게 해주는 것 같아요. 저는 『매그닛』을 창간호부터 구독했고, 해리 훠턴과 친구들의 모험에 푹 빠져서 재미있게 지켜보았습니다. 저는 아들이 없고 딸만 둘인데, 우리 모두 이 멋진 잡지를 제일 먼저 읽

매지이며 〈힐다 리처즈Hilda Richards〉의 소설이 실린다. 등장인물은 어느 정도 서로 대체할 수 있을 만큼 비슷하다. 빌리 번터의 여동생 베시 번터가 『스쿨걸』에 등장한다 — 원주.

으려고 항상 아옹다옹하죠. 제 남편 역시 갑자기 세상을 떠나기 전까지 『매그닛』의 충실한 독자였습니다.

독자 투고란만을 읽기 위해서 『젬』과 『매그닛』을, 특히 『젬』을 몇 부 사는 것도 괜찮다. 독자들이 얼마나 진지한 관심을 가지고 그레이프라이어스와 세인트짐스 생활을 세세히 살펴보는지 알면 무척 놀랍다. 예를 들어 다음은 독자들이 보낸 질문이다.

〈딕 로일런스는 몇 살이야?〉〈세인트짐스는 역사가 얼마나 오래된 거야?〉〈4학년 상급반 학생 목록과 그들이 배우는 과목을 알려 줄래?〉〈다시의 단안경은 얼마짜리야?〉〈어떻게 크룩 같은 아이들이 4학년 상급반인데, 너같이 착한 학생은 4학년 중급반밖에 안 될 수가 있어?〉〈반장의 주요 임무 세 가지는 뭐야?〉〈세인트짐스의 화학 선생님은 누구야?〉

(소녀의 질문) 〈세인트짐스의 위치가 어디야? 어떻게 갈 수 있는지 알려 줄래? 건물을 보고 싶어. 너희들은 내 생각처럼 《가짜》니?〉

이런 편지를 보낸 소년 소녀 대부분이 완전히 공상 속에서 살고 있는 것은 분명하다. 예를 들어 어떤 소년은 편지에 자신의 나이와 키, 몸무게, 가슴둘레, 팔 둘레를 쓴 다음 4학년 상급반이나 중급반 학생 중 누구와 가장 비슷한지 묻는다. 4학년 상급반에서 배우는 교과에 대해서나 각 반에 누가 있는지 정확히 설명해 달라는 요청은 아주 흔하다. 물론 편집부는 환상을 깨뜨리지 않기 위해서 최선을 다한다. 『젬』의 경우 잭 블레이크가 독자에게 답장을 쓰고, 『매그닛』은 항상 두 페이지에 걸쳐 교지(해리 훠턴이 편집하는 『그레이프라이어스 헤럴드』)를 실으며, 매주 등장인물이 직접 쓰는 페이지도 있다. 몇 가지 이야기 유형이 반복되고, 한 번에 몇 주씩 두세 명이 전면에 등장한다. 먼저 유명한 5인방과 빌리 번터의 야단법석 모험담이 실린다. 그런 다음 위블리(가짜 마법사)가 주역으로 등장하고 신원 오인을 둘러싼 이야기들이 한차례 연재된다. 그다음으로는 버논스미스가 퇴학당할 위기에 처해서 벌벌 떠는 더욱 심각한 이야기가 등장한다. 여기서 우리는 『젬』과 『매그닛』의 진정한 비밀이자 두 잡지가 시대에 뒤떨어졌는데도 계속 읽히는 그럴듯한 이유를 볼 수 있다.

바로 인물들이 아주 세세하게 분류되어 있어서 어떤 유형의 독자든 동일시할 수 있는 인물이 있다는 것이다. 대부분의 소년 주간지는 이를 목표로 삼기 때문에 탐험가나 탐정 등 주인공의 모험에 동참하는 소년 조수(섹스턴 블레이크의 팅커, 넬슨 리의 니퍼 등)가 나온다. 그러나 이런 이야기의 경우에는 소년이 한 명밖에 등장하지 않고 보통 똑같은 유형이다. 하지만 『젬』과 『매그닛』에는 거의 모든 사람의 모델이 다 있다. 평범하고 운동을 잘하며 혈기왕성한 소년(톰 메리, 잭 블레이크, 프랭크 누전트), 비슷하지만 약간 더 난폭한 유형(밥 체리), 귀족적인 유형(탤벗, 매너스), 조용하고 진지한 유형(해리 훠턴), 그리고 둔감한 〈불독〉 유형(조니 불)이 있다. 또 무모하고 저돌적인 유형(버논스미스), 확실히 〈똑똑〉하고 열심히 공부하는 소년(마크 린리, 딕 펜폴드), 체육은 잘 못하지만 특별한 재능을 가진 특이한 소년(스키너, 위블리)도 있다. 또 장학금을 받는 소년(톰 레드윙)도 있는데, 이런 인물 덕분에 가난한 집안의 소년이 퍼블릭 스쿨에 스스로를 투사할 수 있으므로 매우 중요하다. 또 지역주의를 이용하는 오스트레일리아, 아일랜드, 웨일스, 만섬, 요크셔와 랭커셔의 소년들도 등장한다. 성격은 더욱 미세하게 구분된다. 독자들의 편지를 잘 살펴보면 『젬』과 『매그닛』에 등장하는 인물들 중에서 철저히 희극적인 코커, 빌리 번터, 피셔 T. 피시(악착같이 돈을 긁어모으는 미국 소년), 그리고 교사들을 제외하면, 독자가 동일시하지 않을 만한 인물이 하나도 〈없음〉을 알 수 있다. 번터는 디킨스의 『픽윅 클럽 여행기』에 등장하는 뚱보 소년을 바탕으로 만들었을지 몰라도 정말 신선한 인물이다. 딱 붙는 바지에 장화와 지팡이가 항상 걸리적거리고, 약삭빠르게 음식을 찾으며, 우편 주문을 하지만 물건이 절대 오지 않는다는 특징 덕분에 번터는 영국 국기가 휘날리는 곳이라면 어디에서든 유명해졌다. 그러나 번터는 독자들이 즐겨 상상하는 대상이 아니다. 반대로 거시(아서 A. 다시 각하, 〈세인트짐스의 멋쟁이〉)는 얼핏 보기에는 마찬가지로 우스운 인물이지만 확실히 무척 사랑을 받는다. 『젬』과 『매그닛』의 모든 점이 그렇듯, 거시 역시 적어도 30년은 뒤떨어진 인물이다. 그는 20세기 초반 〈도시의 한량〉, 또는 1890년대의 〈멋쟁이〉(〈아이쿠, 야!〉와 〈정말이지, 흠씬 패줘야겠어!〉)이자 단안경을 쓴 멍청이로, 프랑스 북부 르카토와 벨기에 몽스의 전쟁터에서나 쓸모가 있을 인물이다. 그러나 거시의 뚜렷한 인기는 속물적인 매력이 얼마나 중요한지 잘 보여 준다. 멍청하지만 긴박한 순간에 항상 의외로 잘 대처하는 귀족(피터 윔지 경[8]을 생각해 보라)을 영국인들은 정말 좋아한다. 다음은 거시를 좋아하는 소녀의 편지이다.

넌 거시에게 너무한 것 같아. 너한테 그런 취급을 받는데도 거시가 아직 존재한다는 게 신기해. 거시는 내 영웅이야. 내가 노래 가사도 쓰는 거 알아? 「구디 구디Goody Goody」의 멜로디에 이런 가사를 붙이면 어떨까?

방독면을 구해서 공습 감시단에 들어갈래,
네가 던지는 폭탄은 내가 다 아니까.
참호를 팔 거야,
정원 울타리 안에.
최루 가스가 못 들어오게
양철로 창문을 막겠어.
도로가에 내 대포를 설치하고서
아돌프 히틀러에게 편지를 쓸 거야, 〈방해하지 마!〉

8 1923년에 처음 등장하여 다양한 탐정 소설과 단편에서 활약한 주인공. 취미 삼아서 미스터리를 푸는 귀족이다.

내가 나치의 손아귀에 잡히지만 않으면
시간은 충분해.
방독면을 구해서 공습 감시단에 들어갈래.

추신 — 넌 여자애들이랑 잘 지내니?

『젬』에서 히틀러를 언급한 것은 아마 이때(1939년 4월)가 처음이었으므로 흥미로워서 전문을 인용했다. 『젬』에는 번터와 상응하는 용감한 뚱보 패티 윈도 등장한다. 〈하급반의 문제아〉이자 늘 퇴학 직전인 바이런적 인물 버논스미스도 많은 사랑을 받는다. 몇몇 비열한 등장인물도 추종자가 있다. 예를 들어 〈6학년의 불한당〉 로더는 비열하지만 지적이기도 하고, 축구와 팀 정신을 비꼬며 조롱하는 말을 자주 한다. 이 때문에 하급반 소년들은 로더가 더욱 비열하다고 생각하지만, 로더에게 동질감을 느끼는 소년도 있을 것이다. 흡연이 나쁘지만 멋지다고 생각하는 어린 소년들은 랙과 크룩 패거리조차 우러러볼지도 모른다(독자 투고란에 〈랙은 무슨 담배를 피우니?〉라는 질문이 자주 등장한다).

물론 『젬』과 『매그닛』의 정치관은 보수적이지만 1914년 이전 스타일일 뿐 파시즘의 기미는 없다. 실제로 두 잡지의 기본적인 정치적 전제는 두 가지이다. 변하는 것은 아무것도 없고, 외국인은 우습다는 것이다. 1939년에 나온 『젬』에서 프랑스인과 이탈리아인은 여전히 프로기와 데이고[9]라고 불

9 각각 프랑스인과 이탈리아인을 경멸하는 뜻이 담긴 멸칭으로, 프로기

린다. 그레이프라이어스의 프랑스어 교사 모수는 만화에 흔히 등장하는 전형적인 프랑스인으로, 뾰족한 턱수염을 기르고 팽이 모양 바지를 입은 모습으로 그려진다. 인도 소년 잉키는 왕자이기 때문에 속물근성에 호소하는 매력이 있지만, 역시 『펀치*Punch*』[10]의 전통에서 벗어나지 않는 영국물이 든 우스꽝스러운 인도인이다(〈말싸움은 적절한 방법이 아니야, 나의 친애하는 밥.〉 잉키가 말했다. 〈개들이야 짖고 무는 걸 좋아하지. 하지만 영국 속담에서 말하듯이 가는 말이 고와야 깨진 항아리가 숲속의 새를 잡는다고 하잖아.〉). 피셔 T. 피시는 영국인들이 영국계 미국인을 질투하던 시기에 만들어진 구식 양키 인물이다. 중국 소년 원 룽(요즘은 잘 나오지 않는데, 『매그닛』의 일부 독자가 대만인이기 때문일 것이다)은 19세기 무언극에 나올 법한 중국인으로, 접시 모양 모자에 돼지꼬리 같은 변발을 하고 피진 잉글리시를 쓴다. 두 잡지에 깔린 전제는, 외국인은 웃기려고 등장하는 희극적 인물일 뿐 아니라 곤충처럼 분류될 수 있다는 것이다. 그러므로 『젬』과 『매그닛』뿐 아니라 모든 소년 주간지에서 중국인은 하나같이 변발로 묘사된다. 그것은 프랑스인의 턱수염과 이탈리아인의 손풍금처럼 중국인임을 표시하는 특징이다. 소년지는 소설 배경이 외국일 때 원주민을 개인으로 묘사하려고 노력할 때도 있지만, 보통 같은 종족의 외국인은 모두 똑같으

*Froggy*는 개구리 다리를 먹는 프랑스의 식문화에서, 데이고*Dago*는 이탈리아나 스페인에서 흔한 이름인 디에고Diego에서 나왔다.

10 영국에서 19세기에 창간된 유머 및 풍자 잡지.

며 다음 패턴에 어느 정도 정확히 들어맞는다고 가정한다.

프랑스인: 쉽게 흥분한다. 턱수염을 기르고 손짓을 많이 한다.

스페인인, 멕시코인 등등: 사악하고 배신을 잘한다.

아랍인, 아프간인 등등: 사악하고 배신을 잘한다.

중국인: 사악하고 배신을 잘한다. 변발을 한다.

이탈리아인: 쉽게 흥분한다. 손풍금을 치거나 단도를 가지고 다닌다.

스웨덴인, 덴마크인 등등: 인정 많고 멍청하다.

흑인: 우스꽝스럽고 무척 충직하다.

『젬』과 『매그닛』에서 노동 계급은 우스꽝스러운 인물이나 반(半)악인(경마장 암표꾼 등)으로만 등장한다. 계급 마찰, 노동조합, 파업, 불황, 실업, 파시즘, 내전은 전혀 언급되지 않는다. 두 잡지의 30년 치 분량을 전부 뒤지면 어딘가에서 〈사회주의〉라는 단어를 찾을 수 있을지도 모르지만, 한참 찾아야 할 것이다. 러시아 혁명이 언급된다면 〈볼시*Bolshy*〉(폭력적이고 불쾌한 습관을 가진 사람이라는 뜻이다)라는 단어에서 간접적으로 언급될 뿐이다. 히틀러와 나치는 내가 위에서 인용한 패턴으로 이제 막 등장하기 시작했다. 1938년 9월의 전쟁 위기[11]는 꽤 큰 영향을 끼쳐서 문제아 버논스미스의

11 독일은 오스트리아 합병 후 체코슬로바키아의 독일인 거주 지역 주데텐란트의 합병까지 요구한다. 체임벌린 총리가 독일까지 가서 히틀러를 만

백만장자 아버지가 전국적인 공황을 이용해서 시골집을 사들였다가 〈위기 상황에 우왕좌왕하는 이들〉에게 팔아 돈을 버는 내용이 등장했다. 그러나 전쟁이 정말로 발발할 때까지 『젬』과 『매그닛』이 이해하는 유럽 상황은 이 정도에 그칠 것이다.[12] 이는 두 잡지가 애국적이지 않다는 뜻이 아니다 — 오히려 그 반대다! 제1차 세계 대전 내내 『젬』과 『매그닛』은 영국에서 가장 일관적이고 충성심 어린 애국 잡지였을 것이다. 소설 속에서는 거의 매주 소년들이 스파이를 잡거나 병역 거부자를 군대에 밀어 넣었고, 배급 기간에는 잡지의 모든 페이지에 〈빵 소비를 줄이자〉라는 문구가 큰 글씨로 인쇄되었다. 그러나 이들의 애국심은 권력 정치나 〈이데올로기〉 전쟁과 아무 관련도 없다. 그것은 가족에 대한 충성심에 더 가까운데, 사실 이는 평범한 사람들, 특히 거대한 중산층과 유복한 노동 계급의 태도를 이해하는 귀중한 단서를 제공한다. 이들은 뼛속까지 애국적이지만, 외국에서 일어나는 일이 자신과는 아무 상관 없다고 느낀다. 영국이 위험에 처하면 당연히 나라를 지키기 위해 결집하지만, 그 전까지는 아무 관심도 없다. 결국 영국이 항상 옳고 항상 이기게 되어 있으니 뭐 하러 걱정하겠는가? 이러한 태도는 지난 20년 사이에

났으나 협상에 실패하고, 체코슬로바키아와 동맹국 프랑스가 히틀러의 지나친 요구 조건에 반발하자, 영국도 전쟁이 발발할 경우 프랑스를 돕기로 하면서 전쟁 위험이 고조된다. 그러나 9월 29일 독일, 이탈리아, 프랑스, 영국이 뮌헨 협정을 맺어 독일의 주데텐란트 합병을 인정하면서 위기가 일단락된다.

12 전쟁이 발발하기 몇 달 전에 쓴 글이다. 1939년 9월 말까지 두 잡지는 전쟁은 언급하지 않았다 — 원주.

약간 흔들렸지만, 때때로 사람들이 생각하는 것만큼 크게 흔들리지는 않았다. 좌파 정당은 이를 이해하지 못하기 때문에 사람들이 받아들일 수 있는 외교 정책을 거의 내놓지 못한다.

그러므로 『젬』과 『매그닛』의 정신세계는 다음과 같다.

연도는 1910년이다. 아니, 1940년이라고 할 수도 있지만 어느 쪽이든 마찬가지이다. 당신은 그레이프라이어스에 다니는 열네 살짜리 볼이 빨간 소년으로, 신나는 축구 경기가 끝난 후 말쑥한 맞춤옷을 입고 하급반 기숙사 학습실에 앉아서 차를 마시고 있다. 축구는 경기 종료를 30초 앞두고 마지막 골을 넣어서 이겼다. 난롯불을 피운 학습실은 아늑하고, 밖에서는 바람이 세차게 분다. 담쟁이덩굴이 오래된 회색 돌벽을 빼곡하게 뒤덮고 있다. 왕은 왕좌에 앉아 있고 파운드화의 가치도 변함없다. 유럽에서 우스꽝스러운 외국인들이 요란하게 손짓하며 뭐라 지껄이고 있지만, 해협에서는 영국의 무시무시한 회색 함대가 수증기를 내뿜고, 제국의 전초지에서는 단안경을 쓴 영국인들이 검둥이들을 막는다. 몰레버러 경[13]은 또 5파운드를 받았고, 우리는 모두 자리 잡고 앉아서 소시지, 정어리, 크럼핏, 통조림 고기, 잼, 도넛과 함께 차를 즐긴다. 우리는 차를 마신 다음 난롯가에 둥글게 모여 앉아 빌리 번터를 보면서 한바탕 웃고, 다음 주에 치를 룩우드와의 경기에서 팀을 어떻게 구성할지 의논한다. 모든 것이 안전하고 듬직하며 의문의 여지가 없다. 모든 것은 영원히

13 하급반 학생으로, 무척 부유하고 성격이 좋아서 빌리 번터에게 항상 돈을 빌려주는 인물이다.

똑같을 것이다. 대충 이런 분위기다.

이제 『젬』과 『매그닛』에서 눈을 돌려 제1차 세계 대전 이후에 등장한 요즘 잡지를 살펴보자. 정말 중요한 점은 새로운 잡지들이 『젬』이나 『매그닛』과 다른 점보다 비슷한 점이 더 많다는 사실이다. 그러나 차이점을 먼저 살펴보는 것이 좋겠다.

새로 발행된 잡지는 8종으로, 『모던 보이』, 『트라이엄프』, 『챔피언』, 『위저드』, 『로버』, 『스키퍼』, 『핫스퍼』, 『어드벤처』이다. 전부 제1차 세계 대전 이후에 창간되었지만, 『모던 보이』를 제외한 나머지는 모두 5년이 넘지 않았다. 엄밀히 말해서 같은 종류는 아니지만 여기서 잠깐 언급해야 할 잡지는 『디텍티브 위클리*Detective Weekly*』와 『스릴러*Thriller*』인데, 둘 다 어맬거메이티드 출판사에서 발행한다. 『디텍티브 위클리』는 섹스턴 블레이크의 뒤를 잇는다. 두 잡지 모두 이야기에 섹스에 대한 관심이 어느 정도 등장하고, 소년들이 읽는 것은 분명하지만 소년들만을 겨냥하지는 않는다. 나머지는 모두 순수하고 단순한 소년지이고, 같이 살펴봐도 좋을 만큼 비슷하다. 톰슨사의 잡지와 어맬거메이티드의 잡지 사이에 눈에 띄는 차이점은 없는 듯하다.

누구든 이 잡지들을 보면 『젬』과 『매그닛』보다 기술적으로 뛰어나다는 사실을 알 수 있다. 우선, 모든 이야기를 한 사람이 쓰지 않았다는 크나큰 장점이 있다. 『위저드』와 『핫스퍼』는 한 호에 길고 완결된 이야기 한 편이 아니라 여섯 편 넘는 연재물을 싣고, 영원히 계속되는 이야기는 하나도 없다. 따라서 더욱 다양하고, 불필요하게 삽입된 내용은 훨씬 적으며,

『젬』이나 『매그닛』과 달리 지겨울 만큼 양식화되지 않았고 경박한 분위기도 없다. 예를 들어 다음 두 발췌문을 살펴보자.

빌리 번터가 신음했다.

번터가 프랑스어 추가 공부를 해야 하는 두 시간 중에서 한 시간의 4분의 1이 흘렀다.

한 시간의 4분의 1은 15분밖에 되지 않았다! 그러나 번터에게는 1분 1초가 너무 길게 느껴졌다. 시간이 지친 달팽이처럼 기어가는 느낌이었다.

뚱보 올빼미는 10반 교실의 시계를 보면서 겨우 15분밖에 지나지 않았음을 믿을 수가 없었다. 15일까지는 아니라도 15시간은 넘은 것 같았다!

다른 학생들도 번터처럼 프랑스어 추가 공부를 하고 있었지만, 그 아이들은 신경 쓰지 않았다. 그러나 번터는 무척 신경이 쓰였다! (『매그닛』)

기마경찰대의 라이언하트 로건 경사는 매끄러운 얼음에 손으로 붙잡을 만한 틈을 만들면서 한 걸음 한 걸음 힘겹게 올라간 끝에 거대한 유리판처럼 매끄럽고 위험한 얼음 절벽에 인간 파리처럼 달라붙어 있었다.

북극의 눈보라가 로건 경사를 향해 분노를 쏟아 내면서 그의 얼굴에 앞이 보이지 않을 정도의 눈을 뿌리고 잔뜩 힘준 그의 손가락을 떼어 내서 30미터 절벽 아래 울퉁불퉁한 바위로 떨어뜨려 죽이려고 했다.

울퉁불퉁한 바위틈에는 잔인하고 사악한 덫사냥꾼 열한 명이 웅크리고 앉아서 라이언하트와 짐 로저스 순경에게 총을 쏘아 떨어뜨리려고 갖은 애를 썼지만, 이제 눈보라 때문에 밑에서는 기마경찰 두 명이 보이지 않았다. (『위저드』)

두 번째 발췌문에는 줄거리가 어느 정도 있지만, 첫 번째 발췌문이 1백 단어를 통해 우리에게 알려 주는 것은 번터가 추가 수업을 받고 있다는 사실밖에 없다. 게다가 『위저드』, 『핫스퍼』 등은 학교 이야기에만 집중하지 않기 때문에(『스릴러』와 『디텍티브 위클리』를 제외한 모든 잡지는 학교 이야기의 비중이 약간 더 높다) 선정적인 내용을 실을 기회가 훨씬 더 많다. 지금 내 책상에 놓인 잡지들은 표지 그림만 봐도 몇 가지 사실이 보인다. 한 잡지 표지에서는 카우보이가 하늘을 나는 비행기 날개를 발가락으로 붙잡고 매달려 리볼버 권총으로 다른 비행기를 격추시키고 있다. 다른 표지에서는 중국인이 굶주린 듯한 쥐 떼에게 쫓기며 목숨을 걸고 하수관에서 헤엄을 치고 있다. 또 어떤 표지에서는 기술자가 다이너마이트에 불을 붙이고 있고, 강철 로봇이 갈고리 발톱으로 더듬더듬 그를 찾고 있다. 또 다른 표지에서는 비행사 복장의 남자가 당나귀보다 큰 쥐와 맨손으로 싸우고 있다. 또 하나의 표지에서는 근육이 엄청나게 발달한 남자가 거의 벌거벗은 차림으로 사자 꼬리를 잡고 원형 경기장 담 너머로 30미터 정도 멀리 던지면서 〈이 빌어먹을 사자 도로 가져가!〉라고 외친다. 분명 그 어떤 학교 소설도 이러한 것들과는 경쟁이 안 된다. 가끔 학교 건물에 불이 나거나 프랑스어 교사가 알고 보니 국제 무정부주의 집단을 이끌 수도 있겠지만, 대체로 주된 관심사는 크리켓, 다른 학교와의 경쟁, 짓궂은 장난 등이다. 폭탄, 살인 광선, 경기관총, 비행기, 야생마, 문어, 회색 곰이나 갱이 등장할 여지는 거의 없다.

이러한 잡지에서 학교 이야기 외에 가장 사랑받는 주제는 미국 서부 변경 지대, 얼어붙은 북극, 외인부대, 범죄(항상 형사의 시선으로 본다), 세계 대전(보병대가 아니라 공군이나 첩보 기관), 여러 모티프로 반복되는 타잔 이야기, 프로 축구단, 열대 탐험, 역사 로맨스(로빈 후드, 기사단, 원두당[14] 등등)와 과학 발명이다. 서부 변경 지대의 이야기들이 아직도 상위를 차지하고 있지만 아메리카 인디언은 점차 사라지는 듯하다. 정말로 새로운 주제는 과학이다. 살인 광선, 화성인, 투명 인간, 로봇, 헬리콥터와 행성 간 로켓이 많이 등장한다. 정신 요법과 내분비선에 대한 터무니없는 풍설들도 여기저기 보인다. 『젬』과 『매그닛』이 디킨스와 키플링의 작품에서 파생되었다면, 『위저드』, 『챔피언』, 『모던 보이』 등은 H. G. 웰스에게 큰 빚을 지고 있고, 쥘 베른보다는 웰스가 〈과학 소설〉의 아버지로 여겨진다. 물론 가장 많이 이용하는 것은 과학 중에서도 화성인처럼 불가사의한 면이지만, 잡지 한두 종은 수많은 단편적 정보(예: 〈오스트레일리아 퀸즐랜드에

14 영국의 통치 방식을 두고 무력 충돌이 일어났던 영국 내전(1642~1651) 당시 찰스 1세와 2세를 지지했던 파를 기사단/왕당파, 의회를 지지했던 파를 원두당/의회파라고 한다.

서식하는 카우리 나무의 수령은 1만 2천 년이 넘는다〉, 〈매일 5만 차례에 가까운 뇌우가 발생한다〉, 〈헬륨 가스의 가격은 1천 제곱피트당 1파운드이다〉, 〈영국에 서식하는 거미는 5백 종이 넘는다〉, 〈런던 소방서는 매년 1천4백만 갤런의 물을 쓴다〉 등등) 외에 과학적 주제를 다룬 진지한 글도 싣는다. 독자의 관심으로 인해 지적 호기심에 대한 전반적인 요구가 눈에 띄게 증가했다. 실제로 『젬』과 『매그닛』은 전쟁 이후 창간된 잡지들과 독자층이 거의 같지만 최근 잡지가 겨냥하는 정신 연령이 한두 살 정도 더 높은 듯한데, 1909년 이후 초등 교육 개선에 따른 변화일 것이다.

전쟁 이후 소년 잡지에 등장한 또 한 가지 특징은, 사람들의 생각만큼 큰 변화는 아니겠지만, 폭력배를 존경하고 폭력을 숭배하는 분위기이다.

『젬』과 『매그닛』을 진정한 의미의 현대 잡지와 비교할 때 제일 먼저 눈에 띄는 것은, 지도자-원칙의 부재이다. 두 잡지에는 지배적인 중심인물이 없고, 거의 동등한 인물이 열다섯 명에서 스무 명 정도 등장하기 때문에 여러 유형의 독자들이 각 인물과 동일시할 수 있다. 현대 잡지는 보통 그렇지 않다. 『스키퍼』, 『핫스퍼』 등의 독자는 자기 또래의 학생이 아니라 연방 수사국 요원, 외인부대 병사, 타잔과 비슷한 인물, 공군 에이스, 노련한 스파이, 탐험가, 권투 선수 — 어쨌든 주변의 모든 사람들보다 뛰어나고 문제가 무엇이든 대체로 턱을 한 방 날려 해결하는 전능한 인물 — 와 동일시한다. 소년들이 가장 잘 이해하는 힘의 형태는 육체적 힘이기 때문에 이러한 인물은 애초에 인간 고릴라나 다름없는 초인으로 만들어진다. 타잔류의 이야기에서 주인공은 때때로 키가 2.4미터에서 3미터에 달하는 진짜 거인이다. 동시에 거의 모든 이야기의 폭력적인 장면은 놀라울 만큼 순진하고 설득력이 없다. 가장 잔인한 영국 잡지조차도 『파이트 스토리즈』, 『액션 스토리즈』 등등(엄밀히 말해서 소년지는 아니지만 대부분 소년들이 읽는다)의 싸구려 미국 잡지들과는 어조가 크게 다르다. 미국 잡지는 강렬한 살인 충동이 등장하고, 상대방의 고환을 향해 달려드는 싸움을 정말 피비린내 나게 묘사하며, 폭력에 대해서 끊임없이 생각하는 사람들이 완성한 전문어를 쓴다. 예를 들어 가학 성애자나 피학 성애자가 아닌 이상 『파이트 스토리즈』 같은 잡지에 매력을 느끼는 사람은 거의 없을 것이다. 소년 주간지가 프로 권투 시합을 얼마나 미숙하게 묘사하는지 보면 영국 문화가 상대적으로 점잖다는 사실을 알 수 있다. 영국 잡지에는 전문 어휘가 없다. 다음 네 편의 발췌문을 살펴보자. 두 편은 영국 잡지에서, 두 편은 미국 잡지에서 발췌했다.

> 징이 울리자 두 남자 모두 숨을 몰아쉬었다. 둘 다 가슴에 빨간 자국이 크게 남아 있었는데, 빌은 턱에서 피를 흘렸고 벤은 오른쪽 눈 위가 찢어졌다.
>
> 두 사람은 각자의 코너에 털썩 주저앉았지만, 징이 다시 울리자 재빨리 일어나서 호랑이처럼 서로에게 다가갔다. (『로버』)

그가 침착하게 걸어 들어와서 곤봉 같은 오른손으로 내 얼굴을 후려갈겼다. 피가 튀었고, 나는 휘청거리다가 갑자기 달려들어 그의 심장 밑으로 오른손을 찔러 넣었다. 그런 다음 전력을 다해서 이미 너덜너덜해진 스벤의 입을 향해 오른손을 날리자 그가 깨진 이빨 조각을 퉤 뱉고 왼손으로 내 몸을 연타했다. (『파이트 스토리즈』)

흑인 선수 팬서가 공격하는 모습은 놀라웠다. 검은 살갗 아래에서 근육이 물결치며 움직였다. 그의 재빠르고 무시무시한 공격은 거대한 고양잇과 동물의 공격처럼 더없이 강하고 우아했다.

팬서는 몸집이 그렇게 큰 사람치고는 당혹스러울 정도로 빠르게 공격을 퍼부었다. 어느새 벤은 권투 장갑 낀 손을 들어 최선을 다해 막고 있을 뿐이었다. 진정한 방어의 명수였다. 그는 지금까지 멋진 승리를 수없이 거두었다. 그러나 흑인 팬서는 다른 선수라면 찾지도 못할 틈을 기어이 찾아서 왼 주먹과 오른 주먹을 마구 날렸다. (『위저드』)

두 사람이 펀치를 주고받자 도끼에 찍혀 쓰러지는 묵직하고 거대한 나무의 일격처럼 어마어마한 힘이 두 거인의 몸에 강타를 날렸다. (『파이트 스토리즈』)

미국 잡지의 이야기가 훨씬 더 전문적으로 들린다. 미국 잡지는 프로 복싱 애호가를 위한 것이지만, 영국 잡지는 그렇지 않다. 또한 영국 소년지의 도덕성이 나름대로 괜찮다는 사실을 강조해야 한다. 절대로 범죄와 부정에 찬탄을 보내지 않으며, 미국의 갱 이야기와 달리 냉소주의와 부패가 전혀 없다. 영국에서 미국 잡지가 많이 팔린다는 사실은 그러한 이야기에 대한 수요가 있음을 보여 주지만, 그런 이야기를 쓸 수 있는 영국 작가는 거의 없는 듯하다. 미국에서 히틀러에 대한 증오가 널리 퍼졌을 때, 무척 흥미롭게도 미국의 잡지 편집부는 너무나도 재빨리 〈반파시즘〉을 외설적으로 이용했다. 지금 내 앞에 놓인 잡지에는 〈지옥이 미국에 왔을 때〉라는 제목의 완결된 이야기가 실려 있는데, 〈피에 미친 유럽 독재자〉가 살인 광선과 투명 비행기를 이용해서 미국 정복을 노리는 내용이다. 이 소설은 노골적으로 가학 성애에 호소하면서 나치가 여자들의 등에 폭탄을 묶고 높이 던져 공중에서 산산조각 나는 모습을 지켜보거나, 벌거벗은 여자들의 머리카락을 한데 모아서 묶은 다음 칼로 찌르며 춤을 추게 만드는 등등의 장면을 등장시킨다. 편집부는 엄숙한 논평을 덧붙이며 이민을 엄격하게 규제해야 한다고 주장한다. 같은 잡지의 다른 페이지에는 〈핫차 코러스 걸 라이브 공연. 유명한 브로드웨이 여가수들의 내밀한 비밀과 흥미진진한 놀이를 전격 공개합니다. 무삭제. 가격 10센트〉, 〈사랑하는 법, 10센트〉, 〈프랑스 사진전, 25센트〉, 〈엉큼한 누드로 변신. 바깥쪽에서 보면 순진하게 차려입은 아름다운 숙녀지만 뒤집어서 보면 우와! 이렇게 다를 수가! 3세트에 25센트〉 등의 문구가 적혀 있다. 소년이 읽을 만한 영국 잡지는 절대 이렇지 않다. 그러나 미국화가 진행 중이다. 미국적 이상, 〈기운 센 남자〉, 〈터프 가이〉, 온갖 사람들의 턱을 한 방 먹여 모든 것을 바로잡는 고릴라가 이제 대다수의 소년지에 등장한다. 현재 『스키퍼』에 연재 중인 소설의 주인공은 항상 아주 불길하게도 고무 곤봉을 휘두른다고 묘사된다.

초기 소년지와 대비했을 때 『위저드』, 『핫스퍼』 등에서 발전한 것이라면 더 나은 기술, 더욱 과학적인 흥미, 더 많은 유혈 사태, 지도자에 대한 더욱 굳센 존경이라고 할 수 있다. 그러나 결국 정말로 놀라운 것은 진정한 발전이 〈없다〉는 사실이다.

우선 정치적 발전이 전혀 없다. 『스키퍼』와 『챔피언』의 세계는 『매그닛』이나 『젬』처럼 여전히 1914년 이전의 세계이다. 예를 들어 소도둑, 린치, 1880년대에 속하는 그 밖의 도구가 등장하는 서부 변경 지대 이야기는 흥미로울 만큼 고풍스럽다. 이러한 잡지에서는 모험이 지구 끝, 열대 숲, 극지방의 황무지, 아프리카 사막, 서부 초원, 중국의 아편굴 — 사실상 중요한 일이 정말 〈벌어지는〉 지역을 제외한 모든 곳 — 에서만 펼쳐지는 것이 늘 당연히 여겨진다는 사실을 눈여겨볼 필요가 있다. 이러한 믿음은 신대륙이 열리던 30~40년 전까지 거슬러 올라간다. 물론 요즘은 정말 모험을 원한다면 유럽에서 찾아야 한다. 그러나 제1차 세계 대전의 그림같이 멋진 면을 제외하고 현대사는 전부 조심스럽게 제외된다. 게다가 이제 미국인들을 비웃는 것이 아니라 찬탄을 보낸다는 점만 빼면, 외국인은 항상 그랬던 것처럼 우스꽝스러운 인물로 등장한다. 중국인이 등장한다면 색스 로머[15]의 등장인물처럼 여전히 변발의 사악한 아편 밀수꾼이다. 1912년 이후 중국에서 여러 가지 일이 일어났다는 표시 — 예를 들어 중국이 전쟁 중이라는 표시 — 는 없다. 스페인 사람이 등장한다면 여전히 담배를 말고 사람들의 뒤통수를 치는 〈데이고〉 또는 〈그리저〉[16]로 등장할 뿐이다. 스페인에서 일어나는 일들에 대한 암시는 없다. 히틀러와 나치는 아직 등장하지 않았거나 거의 등장하지 않는다. 조금 있으면 히틀러와 나치에 대한 내용이 많아지겠지만, 순전히 애국적인 각도(영국 대 독일)에서 조명할 것이고, 싸움의 진정한 의미는 절대 보이지 않을 것이다. 이러한 잡지 어디에서도 러시아 혁명에 대한 언급은 무척 찾기 힘들다. 보통 러시아는 사소한 정보를 제공할 때에만 언급되고(예: 〈U.S.S.R.에는 1백 세 넘는 사람이 2만 9천 명 있다〉), 혁명에 대한 언급은 간접적이며 20년 전 이야기이다. 예를 들어 『로버』에 실린 소설에서 어떤 인물이 길들여진 곰을 가지고 있는데, 러시아 곰이고 별명이 트로츠키이다. 이는 분명 1917~1923년 시기를 반영하며 최근 논란과는 상관이 없다. 시계는 1910년에서 멈췄다. 대영제국이 물결을 지배하고, 그 누구도 불경기, 호황, 실업, 독재, 숙청이나 강제 수용소에 대해 들어 보지 못했다.

사회적 태도 역시 거의 발전이 없다. 말할 수 있는 것은 속

15 Sax Rohmer(1883~1959). 수많은 작품을 남긴 영국 소설가로, 악당 푸 만추 시리즈가 가장 유명하다.

16 *greaser*. 이탈리아인을 가리키는 멸칭.

물근성이 『젬』과 『매그닛』만큼 공공연하지 않다는 것뿐이다. 우선, 항상 속물근성의 매력에 어느 정도 의존하는 학교 소설은 절대 사라지지 않는다. 학교 이야기가 모든 소년지에 적어도 하나는 등장하고, 서부 변경 지대 이야기보다 약간 더 많다. 새로운 소년지는 『젬』과 『매그닛』처럼 정교한 공상 속의 삶을 흉내 내기보다 외부의 모험을 더 강조하지만, 사회적 분위기(친숙한 회색 석조 건물)는 대략 비슷하다. 이야기의 시작에서 새로운 학교를 소개할 때 〈그것은 아주 멋진 학교였다〉라는 똑같은 표현을 쓸 때가 많다. 가끔 표면적으로는 속물근성에 대항하는 이야기가 등장한다. 장학생(『매그닛』의 톰 레드윙을 참조하자)이 꽤 자주 등장하고, 본질적으로 같은 주제가 가끔 다음과 같은 형태로 제시된다. 두 학교가 치열하게 경쟁하는데, 한쪽 학교 아이들은 자기 학교가 상대 학교보다 〈상류층〉이라고 생각하지만 싸움이나 짓궂은 장난, 축구 경기에선 항상 속물이 패배하면서 끝난다. 이러한 이야기를 표면적으로만 보면 민주주의 정신이 소년지에 침투했다고 생각할 수 있지만, 더 자세히 들여다보면 화이트칼라 계급의 씁쓸한 질투를 반영할 뿐이라는 사실을 알 수 있다. 이러한 이야기의 진정한 기능은 (공립 학교가 〈아닌〉) 저렴한 사립 학교 학생들이 신의 입장에서 보면 자기 학교가 윈체스터나 이튼만큼 〈상류층〉이라고 느끼게 만드는 것이다. 진정한 노동 계급은 알지 못하는 애교심(〈우리는 길 건너 저 학교 학생들보다 나아〉)이 존재한다. 이러한 이야기들은 물론 여러 작가가 쓰기 때문에 어조가 상당히 다양하다. 일부는 속물주의에서 상당히 자유롭고, 일부 이야기에서는 돈과 혈통을 『젬』과 『매그닛』보다 훨씬 더 뻔뻔하게 이용한다. 나는 등장하는 소년들의 반 이상이 작위를 가진 이야기도 읽은 적이 있다.

노동 계급이 등장할 때는 보통 희극적 인물(떠돌이, 전과자 등에 대한 농담)이나 프로 권투 선수, 곡예사, 카우보이, 프로 축구 선수, 외인부대 병사 ― 즉 모험가 ― 로 등장한다. 어떻게 묘사하든 노동 계급의 삶, 또는 〈노동하는〉 삶의 현실을 직면하는 법은 없다. 아주 가끔 탄광 노동 같은 것을 현실적으로 묘사할 때도 있지만, 떠들썩한 모험의 배경으로 등장할 뿐이다. 주요 인물이 탄광 노동자일 가능성은 없다. 이러한 잡지를 읽는 소년 ― 열 명 중 아홉 명은 가게나 공장, 사무실의 하급직으로 평생 일할 소년이다 ― 은 거의 항상 명령을 내리는 위치에 있는 사람들, 무엇보다도 돈이 부족해서 곤란할 일이 없는 사람들과 자신을 동일시하게 된다. 단안경을 쓰고, 점잔 빼며 말하며, 어수룩해 보이지만 위험한 순간마다 앞장서는 피터 윔지 경 같은 인물이 계속해서 등장한다(이런 인물은 첩보 기관 이야기에서 무척 사랑받는다). 그리고 늘 그렇듯 주인공들은 모두 BBC 영어를 해야 한다. 스코틀랜드어나 아일랜드어, 미국식 영어를 쓸 수는 있지만 스타 역을 맡은 인물은 절대 h 발음을 빠뜨리면 안 된다. 이쯤에서 소년 잡지의 사회적 분위기를 여성 주간지 『오라클』, 『패밀리 스타*Family Star*』, 『펙스 페이퍼』 등과 비교하는 것이 좋겠다.

여성지는 더 높은 연령층을 겨냥하며 대부분 생계를 위해 일하는 여성이 읽는다. 따라서 겉보기에는 여성지가 훨씬 더 현실적이다. 예를 들어 거의 모든 사람들이 대도시에 살고 다소 지루한 일을 하는 것이 당연시된다. 섹스는 절대 금기가 아니라 오히려 주제가 된다. 이러한 잡지의 특집 기사로 실리는 짧고 완결된 이야기는 보통 〈그런 다음 새벽이 왔다〉 유형이다. 여주인공은 〈애인〉을 교활한 경쟁자에게 잃을 뻔하는 위기를 가까스로 넘기거나, 〈애인〉이 일자리를 잃어서 결혼을 미뤄야 하지만 결국 금방 더 좋은 직업을 구한다. 바뀌친 아이 판타지(가난한 집안에서 자란 소녀가 〈알고 보니〉 부유한 집 아이로 밝혀진다) 역시 단골 소재이다. 연재소설에 선정적인 내용이 나올 때는 중혼, 문서 위조, 때로는 살인처럼 더욱 가정적인 유형의 범죄가 등장한다. 화성인이나 살인 광선, 국제 무정부주의 단체 같은 것은 없다. 이러한 잡지들은 어쨌든 신뢰성을 겨냥하고, 현실 문제를 논의하는 독자 투고란을 통해 실제 삶과 연결된다. 예를 들어 『오라클』의 루비 M. 에이레스의 상담은 무척 현명하고 잘 쓴 글이다. 그러나 『오라클』과 『펙스 페이퍼』의 세계는 순전한 공상의 세계이다. 항상 실제보다 더 부유한 척하는 똑같은 공상이다. 이러한 잡지의 이야기를 읽고 나서 남는 인상은 끔찍하고 당황스러운 〈세련됨〉이다. 등장인물들은 겉보기에는 노동 계급이지만 습관, 집안 실내 장식, 복장, 겉모습, 그리고 무엇보다도 말투가 완전히 중산층이다. 주인공들은 매주 자기 소득보다 몇 파운드 더 많은 돈으로 살아간다. 말할 필요도 없지만, 이러한 인상은 의도된 것이다. 지루한 여공이나 지친 다섯 아이의 어머니에게 — 공작부인(유행이 지났다)이 아니라 말하자면 은행 관리자의 아내로서의 — 자기 모습을 그려 보는 꿈같은 삶을 제공하겠다는 것이다. 주급 5~6파운드의 생활 수준을 이상적으로 설정할 뿐 아니라, 실제 노동 계급이 그 정도의 돈으로 살고 있다고 암묵적으로 가정한다. 중요한 사실들에서 시선을 완전히 돌리는 것이다. 예를 들어 사람들이 때로 일자리를 잃는다는 사실은 인정하지만, 그러다가 먹구름이 물러가고 더 좋은 직업을 얻는다. 때로 영구적이고 불가피한 실직에 대해서는 이야기하지 않고, 실업 수당이나 노동조합에 대한 언급도 없다. 체제가 어딘가 잘못되었을지도 모른다는 암시는 어디에도 없다. 개인적인 불행이 존재할 뿐이고, 그것은 보통 누군가의 사악함 때문이며, 항상 마지막 장에서 바로잡을 수 있다. 늘 먹구름은 물러가고, 친절한 고용주가 앨프리드의 급료를 올려 주고, 술주정뱅이를 제외한 모두에게 일자리가 있다. 기관총 대신 오렌지 꽃이 등장한다는 사실만 빼면 여전히 『위저드』와 『젬』의 세계이다.

이 모든 잡지가 심어 주는 전망은 1910년에 유별나게 멍청했던 해군 협회 회원이나 가지고 있을 법한 것이다. 맞다, 그렇게 말할 수도 있겠지만 무슨 상관일까? 어쨌든 달리 무엇을 기대하겠는가?

물론 제정신을 가진 사람이라면 누구나 소위 말하는 페니 드레드풀을 현실적인 소설이나 사회주의 소책자로 바꾸고 싶을 것이다. 모험 이야기는 본질적으로 현실의 삶과 다소 거리가 멀 수밖에 없다. 그러나 지금까지 내가 확실히 보여 주려고 애썼듯이, 『위저드』와 『젬』의 비현실성은 겉보기만큼 순수하지 않다. 이러한 잡지는 특화된 수요 때문에, 특정 나이의 소년들이 화성인, 살인 광선, 회색 곰과 갱에 대해 읽고 싶어 하기 때문에 존재한다. 아이들은 원하던 것을 얻지만 미래의 고용주들이 그 아이들에게 적절하다고 생각하는 환상에 감싸이고 만다. 사람들이 픽션에서 사상을 얼마나 받아들이는지에 대해서는 논쟁의 여지가 있다. 개인적으로 나는 대부분의 사람들이 소설, 연재물, 영화 등으로부터 스스로 인정하는 것보다 더 큰 영향을 받는다고, 이러한 관점에서 봤을 때 가장 나쁜 책을 보통 가장 어렸을 때 읽기 때문에 제일 중요하다고 생각한다. 스스로 아주 세련되고 〈진보적〉이라고 생각하는 많은 사람들도 사실은 어린 시절에 (예를 들어) 새퍼[17]와 이언 헤이[18]의 작품에서 읽은 공상적인 배경을 평생 진짜라고 생각할 가능성이 높다. 만약 그렇다면 2페니짜리 소년 잡지가 가장 중요하다. 소년지는 열두 살에서 열여덟 살 사이의 영국 소년의 많은 수가, 어쩌면 과반수가 읽는 잡지인데, 그중에는 신문 외에는 아무것도 읽지 않는 사람도 많을 것이다. 소년들은 이러한 잡지를 읽으면서 보수

17 Sapper(1888~1937). 본명은 시릴 맥닐Cyril McNeile. 군인 출신 작가로, 영국 상류층이 외국인들의 음모에 맞서 나라를 지키는 전쟁 소설과 스릴러로 큰 인기를 얻었다.

18 Ian Hay(1876~1952). 역시 군인 출신 작가로, 제1차 세계 대전 후 전쟁 경험에 대한 소설을 써서 큰 인기를 얻었다.

당 중앙 사무실에서도 지나치게 구식이라고 여길 만한 생각을 흡수한다. 게다가 이 모든 과정은 간접적으로 일어나는 것이기 때문에, 우리 시대의 중요한 문제들은 존재하지 않고, 자유방임 자본주의는 전혀 잘못되지 않았으며, 외국인은 하찮고 우스운 존재이고, 대영 제국은 영원히 지속될 일종의 자선 사업 같은 것이라는 확신이 주입된다. 이러한 잡지의 소유주가 누구인지 생각하면 이 현상이 의도적이지 않다고 생각하기 어렵다. 내가 언급한 12종의 잡지(즉 『스릴러』와 『디텍티브 위클리』를 포함한 12종) 중에서 7종은 전 세계에서 가장 큰 출판 연합체이며 1백 종 이상의 잡지를 내는 어맬거메이티드 출판사에서 나온다. 그러므로 『젬』과 『매그닛』은 『데일리 텔레그래프*Daily Telegraph*』나 『파이낸셜 타임스*Financial Times*』와 밀접한 연관이 있다. 소년 잡지에 실리는 소설을 정치적으로 검증한다는 말이 확실하지 않다고 해도, 이 자체만으로도 어느 정도 의심을 불러일으키기에 충분하다. 그러므로 화성에 가고 사자와 맨손으로 싸우는 환상이 필요하다면(어떤 소년이 그렇지 않겠는가?) 캠로즈 경[19] 같은 사람들에게 정신적으로 굴복해야만 하는 것처럼 보인다. 경쟁이 없기 때문이다. 모든 잡지는 차이가 아주 적고, 수준이 비슷하면서 유형이 아예 다른 잡지는 존재하지 않는다. 그렇다면 좌파 소년 잡지는 왜 존재하지 않는지 의문이 생긴다.

얼핏 그런 생각을 해보면 역겨워질 뿐이다. 좌파 소년 잡지

19 Lord Camrose(1879~1954). 웨일스 출신의 언론인으로 『파이낸셜 타임스』 등을 소유했다.

라는 것이 존재한다면 어떨지 상상하기는 무척 쉽다. 1920년인지 1921년에 퍼블릭 스쿨 학생들에게 공산주의 소책자를 나눠 주던 어떤 낙천적인 사람이 기억난다. 내가 받은 소책자는 질의응답식이었다.

질문: 공산주의자 소년은 보이 스카우트가 될 수 있나요, 동지?

대답: 안 됩니다, 동지.

질문: 왜 그렇죠, 동지?

대답: 왜냐하면 보이 스카우트는 영국 국기에 경례를 해야 하는데, 그것은 독재와 억압의 상징이니까요.

자, 지금 누군가가 열두 살, 열네 살 소년을 겨냥한 좌파 잡지를 창간한다고 생각해 보자. 그 잡지의 내용이 전부 위에서 인용한 소책자와 똑같으리라는 뜻은 아니지만, 비슷한 〈무언가〉가 되지 않을 것이라고 생각하는 사람이 과연 있을까? 좌파 소년 잡지는 따분한 정신적 고양만을 노리거나 공산주의의 영향 때문에 소련에 대한 지나친 아첨을 늘어놓을 수밖에 없다. 평범한 소년이라면 절대 그런 잡지를 읽지 않을 것이다. 지식인 문학을 제외했을 때 기존 좌파 언론은 열정적으로 〈좌파〉를 표방하는 이상 모두 하나의 긴 소책자에 지나지 않는다. 영국에서 〈신문으로서의〉 가치만으로 일주일이라도 살아남을 수 있는 사회주의 신문은 『데일리 헤럴드*Daily Herald*』뿐인데, 이 신문에 사회주의 사상이 얼마나 있을까? 그러므로 현재 〈좌파〉 경향이면서 평범한 10대 소년에게 호소할 가능성이 있는 신문은 언감생심 바랄 수 없다.

그렇다고 해서 불가능하다는 뜻은 아니다. 모든 모험 이야기에 속물근성과 저속한 애국심이 섞여야 할 명확한 이유는 없다. 결국 『핫스퍼』와 『모던 보이』의 이야기들이 보수파의 소책자라고 할 수는 없기 때문이다. 보수주의 성향의 모험 이야기일 뿐이다. 그 과정을 거꾸로 만든다고 생각하면 쉽다. 예를 들어 『핫스퍼』만큼 활기차고 두근거리지만 주제와 〈이데올로기〉가 약간 더 최신인 잡지를 상상할 수 있다. 심지어는 문학적 수준이 『오라클』과 같고, 비슷한 이야기를 다루지만 노동 계급의 현실을 더욱 많이 설명하는 여성지도 상상할 수 있다. 영국에선 아니었지만 그러한 시도가 분명 존재했다. 스페인 왕정의 마지막 몇 년 동안 좌파 중편소설이 많이 나왔는데, 그중 일부는 분명 무정부주의 성향이었다. 불행히도 나는 그런 소설들이 나왔을 때 사회적 중요성을 깨닫지 못해서 모아 두었던 소설을 잃어버렸지만, 아직 구할 수 있을 것이다. 〈좌파〉에서 영감을 받았다는 점만 제외하면 당시 소설의 장정과 이야기는 영국의 4페니짜리 중편소설과 무척 비슷했다. 예를 들어 이야기에 산지에서 무정부주의자들을 쫓는 경찰이 나올 경우, 경찰이 아니라 무정부주의자의 관점에서 설명한다. 더욱 손쉬운 예는 런던에서 여러 번 상영된 소비에트 영화 「차파예프Chapayev」이다. 엄밀히 말해서 제작된 시대 기준으로 보면 「차파예프」는 일류 영화이지만, 익숙하지 않은 러시아가 배경임에도 불구하고 정신적으로는 할리우드 작품과 그리 다르지 않다. 이 작품이 뛰어난 것은 보수파 장교(뚱뚱한 장교) 역할을 맡은 배우의 놀라운 연기 때문이다. 그의 연기는 이 작품에 영감을 준 짤막한 개그 작품과 무척 비슷해 보인다. 평범한 장치 — 이길 확률이 별로 없는 영웅적인 싸움, 마지막 순간의 아슬아슬한 탈출, 날뛰는 말들, 사랑, 관객이 한숨 돌릴 수 있는 우스운 장면 — 가 모두 등장한다. 〈좌파〉 성향이라는 점만 빼면 꽤 평범한 영화이다. 러시아 내전을 다룬 할리우드 영화라면 보수파가 천사, 공산당은 악마일 것이다. 그러나 러시아 영화에서는 공산당이 천사, 보수파가 악마이다. 이 역시 거짓이지만 장기적으로는 그 반대의 거짓말이 더 사악하다.

여기서 갖가지 어려운 문제가 드러난다. 일반적으로는 어떤 문제인지 명백하므로 나는 그것에 대해 논하고 싶지 않다. 단지 영국에서는 대중 문학 분야에 좌파 사상이 들어간 적이 없음을 지적하고 싶다. 급성장하는 문고본 이하의 소설에 등장하는 〈모든〉 이야기는 지배 계층에게 유리하도록 검열당한다. 그리고 무엇보다도 소년 문학, 거의 모든 소년이 언젠가는 읽어 치우는 폭력적인 이야기들은 1910년이라는 최악의 환상에 젖어 있다. 어린 시절에 읽은 글은 아무 영향력도 없다고 믿는다면, 이 사실은 전혀 중요하지 않다. 캠로즈 경과 그의 동료들은 그렇게 생각하는 것이 분명하다. 그러나 결국은 캠로즈 경도 깨달아야 할 것이다.

1940년

영국 살인 사건의 쇠퇴

일요일 오후를 떠올려 보자. 전쟁 전이 좋겠다. 아내는 안락의자에서 이미 잠들었고, 아이들은 한참 동안 기분 좋게 산책하라고 내보냈다. 당신은 소파에 발을 올리고 코에 안경을 걸친 다음 『뉴스 오브 더 월드』를 펼친다. 로스트비프와 요크셔푸딩, 혹은 로스트포크와 애플소스를 먹고 수에트 푸딩[1]까지 먹은 다음, 마호가니 같은 갈색 차를 한 잔 마셔서 편안해진 당신은 이제 딱 적당한 기분이다. 파이프는 달콤하게 빨리고, 엉덩이 밑의 소파 쿠션은 푹신하고, 난롯불은 잘 타오르며, 공기는 따뜻하고 고요하다. 이처럼 지극히 행복한 순간 당신은 어떤 기사를 읽고 싶을까?

당연히 살인 사건이다. 하지만 어떤 살인 사건일까? 영국 대중에게 가장 큰 즐거움을 준 살인 사건들, 거의 모든 사람들이 사건의 대략적인 개요를 알고 소설화되거나 일요 신문에서 여러 번 다룬 살인 사건들을 살펴보면, 대부분 가족처럼 꼭 닮았다. 위대한 살인의 시대, 살인의 엘리자베스 여왕

1 쇠고기나 양고기 지방, 밀가루, 건포도 등으로 만드는 영국식 푸딩.

시대라 할 수 있는 시기는 대략 1850년부터 1925년까지였던 것 같고, 시간의 시험을 통과하면서도 명성을 잃지 않은 살인자는 러즐리의 파머 박사, 잭 더 리퍼, 닐 크림, 메이브릭 부인, 크리펀 박사, 세던, 조지프 스미스, 암스트롱, 바이워터스와 톰프슨 등이다. 또 1919년경에는 전체적인 패턴은 똑같지만 피의자가 방면되었기 때문에 이름을 언급하지 않는 것이 좋을 아주 유명한 사건이 있었다.

위에서 언급한 아홉 건의 사건 중 적어도 네 건은 소설화하여 성공을 거두었고, 한 건은 인기 멜로드라마로 만들어졌다. 이 사건들을 둘러싸고 신문 기사와 범죄학 논문, 변호사와 경찰관의 회고록 형태로 만들어진 문헌의 양을 따지면 상당한 장서가 될 것이다. 그러나 최근의 영국 범죄는 그토록 오래, 그토록 속속들이 기억되리라고 생각하기가 어려운데, 사건의 외적 폭력성 때문에 살인 자체가 중요하지 않아 보일 뿐 아니라 횡행하는 범죄 유형이 바뀌고 있기 때문이다. 전쟁 시절에 큰 이목을 끈 사건은 소위 말하는 〈갈라진 턱 살인 사건〉[2]인데, 이를 다룬 소책자가 큰 인기를 끌었다.[3] 작년에 재럴즈 출판사는 범죄학 작가이자 변호사인 베크호퍼 로버츠 씨의 서문을 실어서 재판을 있는 그대로 설명한 책을 출판했다. 나는 사회학적, 그리고 아마도 법적 시점에서만 흥미로운 이 안쓰럽고 천박한 사건에 대해서 이야기하기 전에,

2 살해당한 피해자가 갈라진 턱을 가지고 있어서 이런 이름이 붙었다.

3 알윈 레이먼드R. Alwyn Raymond의 『갈라진 턱 살인 사건*The Cleft Chin Murder*』.

일요 신문 독자들이 짜증을 내며 〈요즘은 괜찮은 살인 사건이 없는 것 같다〉고 하는 말이 무슨 뜻인지 정의하고자 한다.

앞서 언급한 아홉 건의 살인 사건을 생각할 때, 먼저 그 자체가 하나의 범주인 잭 더 리퍼 사건은 제외해야 한다. 여덟 건 중 여섯 건은 독살 사건이고, 범죄자 열 명 중 여덟 명은 중산층이었다. 두 건을 제외한 모든 사건에서는 어쨌든 섹스가 강력한 동기였고, 적어도 네 건에서는 체면 — 안정적인 지위를 얻고 싶은 욕망, 또는 이혼 같은 스캔들 때문에 사회적 지위를 빼앗기지 않으려는 욕망 — 이 살인을 저지른 주요 동기 중 하나였다. 유산이나 보험금처럼 알려진 일정 액수의 돈이 범죄의 목적인 경우가 전체 사건의 절반 이상이었지만, 관련된 금액은 거의 하나같이 적었다. 대부분의 사건은 이웃이나 친척의 의심을 시작으로 신중하게 수사한 결과 범죄가 서서히 드러났다. 그리고 거의 모든 사건에서 신의 섭리가 개입했음을 명확히 알아볼 수 있는 극적 우연이나 어떤 소설가도 감히 꾸며 내지 못할 에피소드 — 크리펀이 남장한 정부와 함께 대서양을 건너갔다거나, 조지프 스미스가 그의 아내들 중 한 명이 옆방에서 물에 빠져 죽는 동안 하모늄으로 「내 주를 가까이 하려 함은*Nearer, my God, to Thee*」을 연주했다는 에피소드 — 가 있었다. 닐 크림 사건을 제외한 모든 범죄는 가정이 배경이었다. 피해자 열두 명 중 일곱 명이 살인자의 아내나 남편이었던 것이다.

이 모든 것을 염두에 두면서 『뉴스 오브 더 월드』 독자의 시점에서 〈완벽한〉 살인이 무엇인지 구성해 볼 수 있다. 살인자는 교외에서 아주 괜찮은 삶을 사는 전문직종 — 말하자면 치과 의사나 변호사 — 의 옹졸한 사람이어야 한다. 한쪽 벽면이 옆집과 붙어 있으면 더 좋은데, 그러면 이웃이 벽을 통해 의심스러운 소리를 들을 수 있다. 살인자는 지역 보수당 지부의 의장이거나 비국교도의 주요 인물로, 절제를 열심히 부르짖어야 한다. 그는 비서나 같은 전문직종 경쟁자의 아내에게 잘못된 열정을 품음으로써 엇나가고, 길고 끔찍한 양심과의 싸움 끝에 살인에 이른다. 살인을 결심한 그는 더할 나위 없이 교활하게 범죄를 계획하지만, 미처 예상치 못한 아주 작은 부분에서 실수를 저지른다. 이는 물론 독살을 택해야 한다는 뜻이다. 결국 그는 불륜을 들키느니 살인을 저지르는 것이 덜 수치스럽고 경력을 덜 해친다고 생각하기 때문에 사람을 죽인다. 이와 같은 배경이 있으면 살인 사건에 극적이거나 심지어는 비극적인 면이 생기고, 따라서 사건이 기억에 남고 피해자와 살인자 모두 동정을 산다. 앞서 언급한 범죄는 대부분 이러한 분위기가 있었고, 피의자의 이름을 밝히지 않은 사건을 포함한 세 건은 내가 대략적으로 말한 줄거리와 거의 일치한다.

이제 〈갈라진 턱 살인 사건〉을 비교해 보자. 이 사건에는 깊은 감정이 없다. 두 관련자가 살인을 저지른 것은 거의 우연이고, 다른 살인을 저지르지 않은 것은 순전히 운이다. 사건의 배경은 가정이 아니라 댄스홀을 전전하는 특색 없는 삶과 미국 영화가 심어 준 잘못된 가치관이다. 두 공범은 웨이트리스로 일했던 열여덟 살 여성 엘리자베스 존스와 미국 탈

영병이면서 장교인 척하던 남자 칼 헐튼이다. 두 사람은 만난 지 엿새밖에 되지 않았고, 체포될 때까지 서로의 본명을 알았는지도 의심스럽다. 둘은 찻집에서 우연히 만났고, 그날 밤 훔친 군용 트럭으로 드라이브를 했다. 존스는 스트리퍼라고 말했지만 엄밀히 말하면 사실이 아니었고(그런 유의 공연을 한 번 했지만 실패했다), 〈마피아의 정부〉처럼 위험한 일을 하고 싶다고 단언했다. 헐튼은 유명한 시카고 갱이라고 했지만, 이 역시 진실은 아니었다. 두 사람이 도로가에서 자전거 타는 여자를 만났을 때 헐튼은 자기가 얼마나 거친 남자인지 보여 주려고 트럭으로 여자를 치었고, 두 사람은 피해자에게서 몇 실링을 빼앗았다. 또 존스와 헐튼은 어떤 여자에게 차에 태워 주겠다고 제안한 다음, 기절시켜서 외투와 핸드백을 빼앗고 여자를 강에 던졌다. 마지막으로 가장 터무니없는 일인데, 주머니에 8파운드를 가지고 있던 택시 기사를 죽였다. 사건 직후 두 사람은 헤어졌다. 헐튼은 바보처럼 죽은 사람의 차를 버리지 않아서 잡혔고, 존스는 자백했다. 법정에서 두 죄수는 서로의 범죄를 고발했다. 두 사람 모두 범죄와 범죄 사이에 더없이 태연하게 굴었고, 죽은 택시 기사에게서 빼앗은 8파운드를 개 경주에 써버렸다고 했다.

존스가 쓴 편지를 보면 심리적으로 어느 정도 흥미로운 면이 있지만, 이 사건이 머리기사를 장식한 것은 프랑스 공방전으로 인한 걱정과 개미귀신[4]을 잠시 잊게 해주었기 때문

4 독일이 개발하여 1944년 6월부터 런던 공습에 사용한 무인 비행기 V1을 런던 사람들은 〈개미귀신〉이라는 별명으로 불렀다.

일 것이다. 존스와 헐튼은 V1이 윙윙거릴 때 살인을 저질렀고, V2[5]가 윙윙거릴 때 유죄 판결을 받았다. 또 남자는 사형, 여자는 징역형을 받았기 때문에 — 영국에서 늘 그렇듯 — 상당한 소동이 일었다. 작가 레이먼드 씨에 따르면, 존스가 집행 유예를 받자 많은 사람들이 분노했고 내무부에 전보가 쇄도했다. 그녀가 태어난 고향 마을에서는 누군가 벽에 분필로 교수대에 매달린 사람을 그리고 〈여자를 목매달아야 한다〉라고 썼다. 20세기 들어 영국에서 교수형을 당한 여자가 열 명밖에 되지 않고 대중의 반감 때문에 교수형이 줄어들었다는 사실을 생각할 때, 열여덟 살짜리 여자애를 목매달라는 소동이 부분적으로는 전쟁의 야만화 때문에 일어났다고 생각하기 어렵지 않다. 실제로 댄스홀과 영화관, 싸구려 향수, 가명, 도난 차량이 등장하는 이 무의미한 이야기는 본질적으로 전쟁과 어울린다.

어쩌면 최근 영국에서 수많은 사람들의 입에 오르내리는 살인 사건의 범인이 미국인과 약간 미국 물이 든 영국 여자라는 사실이 중요할지도 모른다. 그러나 이 사건이 가정에서 일어난 예전의 독살 사건만큼 오래 기억되리라고 생각하기는 힘들다. 안정적인 사회의 산물이었던 예전 사건들에서 이 사회에 널리 퍼져 있던 위선은 적어도 살인처럼 심각한 범죄 뒤에는 강렬한 감정이 있어야 한다고 확인해 주었다.

1946년

5 독일이 1944년 9월부터 런던에 사용한 로켓 폭탄.

영국 요리를 옹호하며

최근 몇 년 동안 영국에 외국인 관광객을 끌어들이는 것이 바람직하다는 이야기가 많았다. 외국인의 입장에서 영국의 큰 결함 두 가지는 음울한 일요일과 술을 살 때의 어려움이라는 사실은 널리 알려져 있다.

둘 다 열광적인 소수자들의 탓인데, 이를 해결하려면 광범위한 입법을 포함한 여러 가지 조치가 필요할 것이다. 그러나 여론을 급속히 개선시킬 수 있는 점이 하나 있다. 바로 요리이다.

영국인조차도 영국 요리가 세계 최악이라고 흔히 말한다. 서툴 뿐만 아니라 모방적이라는 것인데, 최근에 나는 프랑스 작가의 책에서 이런 말까지 봤다. 〈물론 최고의 영국 요리는 그냥 프랑스 요리이다.〉

이 말은 사실이 아니다. 외국에서 오래 산 사람이라면 누구나 알겠지만, 영어권 국가 바깥에서는 접할 수 없는 진미가 무척 많다. 물론 더 많은 요리를 얼마든지 덧붙일 수 있겠지만, 우선 내가 외국에서 열심히 찾아도 발견하지 못했던 몇 가지를 소개한다.

먼저 훈제 청어, 요크셔푸딩, 데본셔 크림, 머핀, 크럼핏이다. 그리고 푸딩은 워낙 많기 때문에 내가 일일이 열거한다고 해도 반드시 빠진 품목이 있을 것이다. 나는 그중에서 특히 크리스마스 푸딩, 당밀 타르트, 애플 덤플링을 꼽고 싶다. 케이크 역시 푸딩만큼이나 많다. 예를 들어 (전쟁 전에 버저드에서 먹었던) 다크 플럼 케이크, 쇼트브레드와 사프란 빵이 있다. 또한 비스킷 역시 셀 수 없이 많은데, 물론 다른 나라에도 있지만 영국 비스킷이 더 맛있고 바삭바삭하다는 것은 다들 인정한다.

그런 다음 우리 나라 고유의 요리법에 따라 만든 다양한 감자 요리가 있다. 감자를 요리하는 단연 최고의 방법인 고깃덩이 밑에 깔아서 구운 감자를 달리 어디에서 볼 수 있겠는가? 또 영국 북부에서 먹을 수 있는 맛있는 감자 케이크는? 햇감자는 대부분의 나라에서처럼 튀기기보다 영국식으로 요리하는 것이 — 즉 민트를 넣고 삶은 다음, 녹인 버터나 마가린과 같이 내는 것이 — 훨씬 낫다.

그리고 다양한 영국 고유의 소스가 있다. 예를 들어 브레드 소스, 호스래디시 소스, 민트 소스와 애플 소스 말이다. 토끼 고기뿐 아니라 양고기와 먹어도 아주 맛있는 레드커런트 젤리와, 대부분의 나라들보다 훨씬 더 다양한 각종 스위트 피클은 말할 것도 없다.

또 뭐가 있을까? 나는 영국 바깥에서 해기스나 더블린 참새우, 옥스퍼드 마멀레이드, 각종 잼(예를 들면 골수 잼과 검은딸기 젤리), 우리 것과 같은 소시지를 통조림 말고는 본 적이 없다.

그리고 각종 영국식 치즈가 있다. 종류가 많지는 않지만 내 생각에 스틸턴 치즈는 비슷한 종류 중 세계 최고이고, 웬즐리데일 치즈도 크게 뒤처지지 않는다. 영국 사과 역시 발군의 맛인데, 콕스 오렌지 피핀이 특히 그렇다.

그리고 마지막으로 나는 영국식 빵에 대해서 한마디 하고 싶다. 캐러웨이 씨앗으로 맛을 낸 다양한 유대식 빵부터 검은 당밀색의 러시아 호밀빵까지 모든 빵은 맛있다. 그러나 영국식 코티지 빵 껍질의 부드러운 부분(언제쯤 돼야 코티지 빵을 다시 볼 수 있을까?)만큼 맛있는 빵이 또 있는지 나는 알지 못한다.

물론 런던에서도 보드카나 제비집 수프를 구할 수 있듯, 내가 위에서 거론한 음식 중 몇몇은 유럽 대륙에서도 구할 수 있다. 그러나 내가 언급한 것들은 전부 우리 고유의 음식이고, 많은 지역에서 그런 음식은 말 그대로 들어 본 적도 없다.

예를 들어 브뤼셀 남부에서는 수에트 푸딩을 구할 수 없을 것이다. 프랑스어에는 〈수에트〉[1]를 정확히 번역할 단어조차 없다. 그리고 프랑스인은 요리에 민트를 절대 넣지 않으며, 블랙커런트 역시 음료의 주성분으로만 쓴다.

독창성이나 재료 면에서 우리가 영국 요리를 부끄러워할 이유가 하나도 없음을 여러분도 알게 될 것이다. 그러나 영국을 찾아온 외국인의 관점에서 보면 심각한 하자가 있다는

1 〈쇠기름〉이라는 뜻이다.

사실도 인정해야 한다. 바로 맛있는 영국 요리는 가정에서만 찾을 수 있다는 점이다. 예를 들어 맛있고 진한 요크셔푸딩을 원한다면 식당보다 가장 가난한 영국의 가정에서 찾을 확률이 더 높은데, 영국을 찾은 외국인들은 대부분 식당에서 식사할 수밖에 없다.

딱 영국 식당이면서 맛도 좋은 요리를 파는 곳을 찾기가 아주 어려운 것이 사실이다. 보통 술집은 감자 칩과 맛없는 샌드위치 외에는 음식을 팔지 않는다. 비싼 식당과 호텔은 거의 모두 프랑스 요리를 흉내 내고, 메뉴도 프랑스어로 적는다. 맛있고 값싼 음식을 먹고 싶으면 자연스럽게 그리스 식당이나 이탈리아 식당, 중국 식당으로 갈 수밖에 없다. 사람들이 영국을 맛없는 음식과 알 수 없는 규칙의 나라라고 여기는 한, 관광객을 성공적으로 유치할 수 없다. 지금 당장 우리가 할 수 있는 일은 별로 없지만 곧 배급[2]이 끝날 것이고, 그러면 영국 요리가 부활할 것이다. 영국의 모든 식당에서 외국 음식이나 맛없는 음식을 파는 것은 자연의 법칙이 아니다. 개선의 첫걸음은 영국 대중이 더 이상 오명을 참지 않는 것이다.

1945년

2 유럽에서 제2차 세계 대전은 1945년 5월 8일에 끝났지만 식량 등의 배급은 한동안 지속되었다.

맛있는 차 한 잔

제일 먼저 보이는 요리책을 집어 들고 〈차〉라는 단어를 찾아보면, 아마 차에 대한 언급이 전혀 없음을 깨닫게 될 것이다. 또는, 기껏해야 여러 가지 중요한 문제에 대해 아무 판정도 내리지 않는 피상적인 설명 몇 줄밖에 없을 것이다.

이는 참 이상한 일인데, 차는 영국뿐만 아니라 아일랜드, 오스트레일리아, 뉴질랜드 문명의 주된 버팀목인 데다가 차를 만드는 가장 좋은 방법은 격렬한 논쟁 주제이기 때문이다.

완벽한 차를 만드는 나만의 방법을 생각해 보니 중요한 점이 적어도 열한 가지 있다. 그중 아마 두 가지 정도는 누구나 동의하겠지만, 적어도 네 가지는 첨예한 논쟁을 불러일으킬 것이다. 내가 하나하나 빠짐없이 소중하다고 생각하는 열한 가지 원칙을 여기에 소개한다.

우선, 인도나 실론 찻잎을 써야 한다. 요즘 중국 찻잎은 얕볼 수 없는 장점들이 있지만 — 경제적이고 우유 없이도 마실 수 있다 — 자극이 약하다. 중국 차는 마셔도 더 현명해지거나, 용감해지거나, 낙천적이 된 기분이 들지 않는다. 〈맛있는 차 한 잔〉이라는 마음을 위로하는 문구를 써본 사람이 말하는 차는 인도 차다. 두 번째, 차는 적은 양만, 즉 티포트 하나 분량만 만들어야 한다. 티포트로 만든 차는 항상 다른 맛이 없지만 솥에 끓이는 군대식 차는 기름과 회반죽 맛이 난다. 티포트는 도자기나 토기로 만든 것이어야 한다. 은이나 브리타니아 합금 티포트로 만든 차는 그보다 못하고 에나멜 포트는 더 좋지 않다. 그러나 이상하게도 백랍 티포트(요즘은 드물다)는 썩 나쁘지 않다. 세 번째, 포트를 미리 데워야 한다. 뜨거운 물로 헹구는 일반적인 방법보다 가스레인지에 얹어 놓는 것이 더 좋다. 네 번째, 차가 진해야 한다. 1리터를 약간 넘는 포트를 거의 끝까지 채우려면 찻숟가락 가득 여섯 숟가락이 알맞다. 배급 기간에는 매일 실천하기 힘들지만, 나는 진한 차 한 잔이 연한 차 스무 잔보다 낫다고 주장한다. 차를 진정으로 사랑하는 사람은 모두 진한 차를 좋아하고, 해가 갈수록 조금 더 진한 것을 원하게 된다. 나이 많은 연금 생활자에게 찻잎을 추가 배급해 준다는 것은 이 사실을 인정하는 셈이다. 다섯 번째, 찻잎을 포트에 그대로 넣어야 한다. 스트레이너나 모슬린 주머니 등 찻잎을 넣는 도구는 쓰지 않는다. 티포트 주둥이에 몸에 좋지 않다고 여겨지는 찻잎을 거를 작은 망이 달려서 나오는 나라도 있다. 사실 찻잎은 상당히 많이 삼켜도 부작용이 없고, 포트 안에서 찻잎이 떠다니지 않으면 차가 제대로 우러나지 않는다. 여섯 번째, 물을 끓이는 주전자 쪽으로 티포트를 가져가야지, 주전자를 티포트 쪽으로 가져오면 안 된다. 물은 찻잎에 닿는 순간에도 끓고 있어야 하는데, 이는 불 위에 주전자를 올려놓은 채 물을 따라야 한다는 뜻이다. 새로 끓인 물만 써야 한다고 첨언하는 사람도 있지만, 나는 한 번도 차이를 느끼지 못했다. 일곱 번째, 차를 우린 다음 저어야 하는데, 포트째 흔들면 더 좋다. 그런 다음 찻잎을 가라앉힌다. 여덟 번째, 좋은 브렉퍼스트 잔에 마셔야 한다. 즉 얕고 평평한 잔이 아니라 원통형 잔을 써야 한다. 브렉퍼스트 잔에는 차가 더 많이 들어가고, 다른 잔을 쓰면 늘 마시기도 전에 반쯤 식는다. 아홉 번째, 차에 우유를 넣기 전에 우유의 유지를 따라 내야 한다. 유지가 너무 많은 우유를 넣으면 항상 차에서 역겨운 맛이 난다. 열 번째, 잔에 우유보다 차를 먼저 따라야 한다. 이것이 가장 논란이 되는 부분이다. 사실 영국의 모든 집안은 이 문제 때문에 두 파로 갈릴 것이다. 〈우유 먼저〉파도 강력하게 주장할 수 있지만, 내 주장에는 반론의 여지가 없다. 즉 차를 먼저 따르면 우유의 양을 정확하게 조정할 수 있다는 것이다. 순서를 바꾸면 우유를 너무 많이 넣기 십상이다. 마지막으로, 차는 — 러시아식으로 마시지 않는 한 — 설탕 없이 마셔야 한다. 나는 이 부분에서 내가 소수파임을 아주 잘 알고 있다. 그러나 설탕을 넣어서 차의 향을 망친다면 어떻게 차를 진정으로 사랑한다고 자부할 수 있을까? 그렇다면 소금이나 후추를 넣는 것도 똑같이 합리적일 것이다. 맥주가 원래 쓰듯이 차도 원래 쓰다. 차를 달콤하게 만들면 차를 음미하는 것이 아니라 설탕을 음미하는 것에 불과하다. 뜨거운 물에 설탕을 녹여도 아주 비슷한 음료를 만들 수 있다.

차 자체는 좋아하지 않는다고, 단지 몸을 덥히고 자극하기 위해서 차를 마신다고, 설탕으로 차 맛을 덮어야 한다고 대답하는 사람도 있을 것이다. 그런 잘못된 생각을 가진 사람들에게 나는 이렇게 말하고 싶다. 예를 들어 2주일만 설탕 없이 차를 마셔 보면 차를 달게 만들어서 망치고 싶은 생각이 두 번 다시 들지 않을 것이라고 말이다.

차와 관련된 논쟁은 더 많겠지만, 이 정도만 이야기해도 차를 만드는 과정이 얼마나 세밀해졌는지 보여 주기에 충분할 것이다. 티포트를 둘러싼 불가사의한 사회적 에티켓도 있고(예를 들어 왜 잔 받침으로 차를 마시면 상스럽다고 생각할까?), 점을 치거나, 손님이 올지 알아보거나, 토끼에게 주거나, 화상 치료나 카펫 청소에 쓰는 등등 찻잎의 기타 사용법에 대해서도 쓸 내용이 많을 것이다. 배급받는 2온스의 차를 잘 다뤄서 맛있고 진한 차 스무 잔을 제대로 우려내려면 포트를 데우거나 펄펄 끓는 물을 붓는 등 세세한 부분에 주의를 기울이는 것이 좋다.

1946년

정치와 영어

이 문제에 신경을 쓰는 사람이라면 누구나 영어가 어려운 상황에 처했다고 인정하겠지만, 우리가 의식적인 행동으로 해결할 수 없다는 것이 일반적인 생각이다. 그러한 논의에 따르자면, 우리 문명이 타락하고 있으므로 언어 역시 전반적인 붕괴와 함께할 수밖에 없다. 언어의 오용에 저항하려는 노력은 전깃불보다 촛불을, 비행기보다 마차를 좋아하는 것처럼 감상적인 의고주의(擬古主義)라는 것이다. 그 기저에는 언어란 자연적으로 출현하는 것이지 우리가 목적에 따라 만드는 도구가 아니라는 반(半)의식적인 믿음이 있다.

그러나 언어의 쇠퇴에 궁극적으로 정치적, 경제적 원인이 분명히 존재한다는 사실은 명확하며, 이런저런 작가가 끼친 악영향 때문만은 아니다. 하지만 결과가 다시 원인이 되면서 본래의 원인을 강화하여 같은 결과를 더 심하게 초래할 수 있고, 이 과정이 무한히 이어질 수도 있다. 실패했다는 생각에 술을 마시기 시작했지만, 술을 마시느라 더욱 실패할 수도 있는 것이다. 현재 영어에서 벌어지는 일도 마찬가지이다. 영어가 꼴사납고 부정확해지는 것은 우리의 생각이 어리석기 때문이지만, 추잡한 언어 때문에 어리석은 생각도 더 쉬워진다. 핵심은 이 과정을 뒤집을 수 있다는 것이다. 현대 영어, 특히 문어에는 모방을 통해 널리 퍼진 나쁜 습관이 가득하지만 우리가 반드시 필요한 수고를 감수한다면 그러한 습관을 피할 수 있다. 나쁜 습관을 제거하면 더 명확하게 생각할 수 있고, 명확한 사고는 분명 정치 혁신에 필요한 첫걸음이다. 그러므로 나쁜 영어에 맞서는 싸움은 시시한 일이 아니고, 전문 작가들만의 문제도 아니다. 이 문제는 곧 다시 다룰 텐데, 그때에는 여기서 내가 한 말의 의미가 더 분명해지기를 바란다. 우선, 현재 영어가 습관적으로 어떻게 쓰이는지 보여 주는 다섯 가지 예를 들어 보자.

내가 다음 다섯 가지 인용문을 고른 것은 특별히 나빠서가 아니라 — 원한다면 훨씬 더 나쁜 글도 인용할 수 있었다 — 현재 우리가 겪고 있는 여러 가지 정신적 악습을 잘 보여 주기 때문이다. 다음 인용문들은 평균에 약간 못 미치지만 전형적이다. 필요할 때 다시 언급할 수 있도록 번호를 매겼다.

1. 한때 17세기판 셸리와 같지 않다고 할 수 없어 보이던 밀턴이 매년 점점 더 쓰라린 경험을 한 탓에 그 무엇으로도 견딜 수 없었던 예수회 분파 창립자와 더욱 멀어지지 않았다고 말하는 것이 옳은지 아닌지 나는 실로 확신하지 못한다.

— 해럴드 래스키 교수, 『표현의 자유*Freedom of Expres-*

-sion』 중 한 에세이

2. 무엇보다도 우리는 *tolerate*(인내하다)가 아닌 *put up with*(참고 견디다), 또 *bewilder*(당황시키다)가 아닌 *put at a loss*(어찌할 바 모르게 만들다)처럼 여러 단어의 어처구니없는 언어를 기본 어휘로 쓰도록 처방하는 일련의 토착 관용어구를 물 쓰듯이 써서는 안 된다.

— 랜실롯 호그벤 교수, 『인터글로사*Interglossa*』

3. 한편으로 우리는 자유로운 인격을 가지고 있다. 인격에는 갈등도 꿈도 없으므로 정의 자체가 신경과 상관이 없다. 그 욕망은 대단하지는 않지만 투명한데, 인격이란 제도적 승인이 의식의 최전선에 유지시키는 것에 불과하기 때문이다. 여기에 자연적이거나, 더 이상 환원할 수 없거나, 문화적으로 위험한 면은 거의 없다. 그러나 〈또 한편으로〉 사회적 유대 자체는 이처럼 자기 확신에 찬 무결함의 상호 반사에 불과하다. 사랑의 정의를 상기해 보라. 이것은 변변치 않은 학자의 그림 그 자체가 아닌가? 이러한 거울의 방에 인격이나 형제애를 위한 곳이 있는가?

— 『정치*Politics*』의 심리학 에세이(뉴욕)

4. 사회주의에 대한 공동의 증오와 높아지는 대중 혁명 운동의 물결에 대한 짐승 같은 공포로 똘똘 뭉친 신사 클럽의 〈최우수 회원들〉과 광적인 파시스트 우두머리들은 프롤

레타리아 조직 파괴를 합법화하고 위기에서 벗어날 혁명적 방안에 대항하는 싸움을 위해서 동요하는 프티부르주아의 광신적 애국주의 열정을 깨우기 위해 도발적 행위, 비열한 선동, 독을 푼 우물이라는 중세적 전설에 의지했다.
—공산주의 소책자

5. 이 오래된 나라에 새로운 정신을 불어넣으려면 반드시 해결해야 하는 곤란하고 논쟁적인 개선점이 하나 있는데, 바로 BBC를 인간화하고 자극하는 것이다. 여기서 소심하게 군다면 영혼이 위축되고 궤양에 걸렸다는 표시이다. 예를 들어 영국의 심장은 건강하고 힘차게 뛰고 있을지 모르나, 현재 영국이라는 사자의 포효는 셰익스피어의 『한여름 밤의 꿈』에 등장하는 바텀의 그것과 같이 젖내 나는 비둘기처럼 연약하다. 남성적이고 새로운 영국이 〈표준 영어〉라는 뻔뻔한 탈을 쓴 랭엄 플레이스[1]의 사내답지 못한 나른함 때문에 세계의 눈, 아니 세계의 귀 앞에서 끝없이 계속 중상을 당할 수는 없다. 9시에 영국의 목소리를 내보낼 때에는 지금처럼 건방지고 과장되고 억제된 목소리, 죄 없고 숫기 없이 야옹거리는 소녀들에게 큰 소리를 치는 여선생처럼 케케묵은 발음보다 솔직하게 h 음을 뺀 발음을 내보내는 것이 훨씬 더 낫고 비웃음도 훨씬 덜 살 것이다!
—『트리뷴*Tribune*』의 독자 투고

1 BBC 본사가 있는 런던의 거리의 이름.

각 인용문은 나름의 흠이 있지만, 피할 수도 있었을 꼴사나움 외에도 두 가지 공통 특징을 가지고 있다. 첫 번째는 심상의 고루함, 두 번째는 정확성의 결여이다. 작가는 어떤 의도를 가지고 있지만 그것을 표현하지 못하거나, 자기도 모르게 다른 말을 하거나, 자기 말에 뜻이 있는지 없는지 아예 무관심하다. 이와 같은 모호함과 순전한 무능력의 결합은 현대의 영어 산문, 특히 종류를 불문하고 모든 정치적인 글의 가장 두드러진 특징이다. 주제가 제기되자마자 구체성은 추상성으로 녹아 들어가고, 진부하지 않은 문체는 아무도 떠올리지 못하는 듯하다. 그러므로 산문을 구성할 때 의미 전달을 위해서 선택하는 〈단어〉는 점점 줄어들고, 미리 만들어 두었다가 닭장 엮듯이 엮는 〈문구〉는 점점 더 늘어난다. 아래에서 나는 산문을 구성하는 노력을 습관적으로 피할 때 쓰는 다양한 요령을 정리하고 설명과 실례를 덧붙였다.

죽어 가는 은유. 새로 만들어 낸 은유는 시각적 심상을 환기하여 생각을 돕고, 엄밀히 말해서 〈이미 죽은〉 은유(예를 들어 *iron resolution*[강철 결의])는 사실상 평범한 단어로 돌아가면 그 생생함을 잃지 않고 다시 사용될 수 있다. 그러나 두 부류 사이에는 환기력을 잃었지만 문구를 새로 만드는 수고를 덜어 준다는 이유만으로 사용되는 진부한 은유들이 잔뜩 쌓여 있다. 예를 들어 보자. *ring the changes on*(수단과 방법을 바꿔 보다), *take up the cudgels for*(강력히 변호하다), *toe the line*(시키는 대로 하다), *ride roughshod over*(거칠게 다루다), *stand shoulder to shoulder with*(협력하다), *play into the hands of*(계략에 걸려들다), *no axe to grind*(속셈이 없다), *grist to the mill*(돈벌잇감), *fishing in troubled waters*(혼란을 틈타 이득을 보다), *rift within the lute*(분열의 징조), *on the order of the day*(상황에 맞게), *Achilles' heel*(유일한 약점), *swan song*(최후의 작품), *hotbed*(온상). 사람들은 이러한 은유 대부분을 의미도 모른 채 사용하고(예를 들어 *rift within the lute*에서 *rift*는 무엇일까?) 상반되는 은유를 섞어서 쓸 때도 많은데, 이는 작가가 자신이 하는 말에 흥미가 없다는 뚜렷한 신호이다. 왜곡되어 원래의 뜻을 잃은 은유도 있지만 쓰는 사람들은 그 사실조차 알지 못한다. 예를 들어 〈시키는 대로 하다〉라는 표현은 원래 *toe the line*이지만 가끔 *tow the line*이라고 쓴다.[2] 또 다른 예는 *the hammer and the anvil*(차악과 최악)[3]이라는 표현인데, 지금은 항상 모루가 최악이라는 뜻으로 쓰인다. 그러나 실제로는 망치가 깨지는 경우는 있어도 모루가 깨지는 경우는 없다. 작가가 잠시 멈춰 서서 스스로 무슨 말을 하고 있는지 한 번만 생각해 보면, 사실을 깨닫고 원래의 표현을 왜곡하지 않을 것이다.

기능어, 또는 낱말의 의수족. 이것은 적절한 동사와 명사를 고르는 수고를 덜어 주고, 동시에 문장에 추가적인 음절을

2 *toe the line*은 원래 마지못해 줄을 맞춰 서는 모습에서 〈시키는 대로 하다〉라는 뜻이 되었지만, *tow the line*은 〈선을 끌어당기다〉라는 뜻이 된다.

3 문자 그대로 해석하면 〈망치와 모루〉가 된다.

덧대어 균형 잡힌 것처럼 보이게 만든다. 전형적인 문구로는 *render inoperative*(무효로 만들다), *militate against*(불리하게 작용하다), *prove unacceptable*(용납할 수 없음이 드러나다), *make contact with*(접촉하다), *be subject to*(~의 대상이 되다), *give rise to*(~을 일으키다), *give grounds for*(~의 근거를 제공하다), *have the effect of*(~라는 효과가 있다), *play a leading part (role) in*(~에서 주된 역할을 하다), *make itself felt*(드러내다), *take effect*(효력을 발휘하다), *exhibit a tendency to*(~하는 경향을 보이다), *serve the purpose of*(~에 도움이 되다) 등등이 있다. 중점은 동사를 없애는 것이다. *break*(깨뜨리다), *stop*(멈추다), *spoil*(망치다), *mend*(고치다), *kill*(죽이다)처럼 한 단어 동사를 쓰는 대신에 *prove*(나타내다), *serve*(도움이 되다), *form*(되다), *play*(하다), *render*(되게 하다)와 같은 범용 동사에 명사나 형용사를 붙여서 만든 〈구〉를 동사로 쓰는 것이다. 또한 가능한 한 능동태 대신 수동태를 쓰고, 동명사 대신 명사구(*by examining*[~을 검토함으로써] 대신 *by examination of*[~의 검토에 의해])를 사용한다. 〈*-ize*(~화하다)〉와 〈*de-*(탈~하다)〉 형식 때문에 사용하는 동사 범위는 더욱 줄어들고, 〈*not un-*(~하지 않은 것은 아니다)〉 형식 때문에 평범한 진술도 심오해 보인다. 간단한 접속사와 전치사는 *with respect to*(~에 대하여), *having regard to*(~와 관하여), *the fact that*(~라는 사실), *by dint of*(~의 힘으로), *in view of*(~을 고려하여), *in the interests of*(~을 위해), *on the hypothesis that*(~라는 가정하에) 같은 구로 대체된다. 그리

고 *greatly to be desired*(바라 마지않는다), *cannot be left out of account*(고려하지 않을 수 없다), *a development to be expected in the near future*(가까운 미래에 예상되는 발전), *deserving of serious consideration*(진지하게 고려할 만한), *brought to a satisfactory conclusion*(만족스러운 결론으로 이어진) 등 정말 케케묵은 구절 덕분에 문장의 끝부분은 용두사미를 면한다.

과시적인 말투. 단순한 진술을 꾸미고 한쪽으로 치우친 판단에 과학적으로 치우침이 없는 듯한 분위기를 주기 위해서 *phenomenon*(현상), *element*(요소), *individual*(개인), *objective*(객관적인), *categorical*(정언적인), *effective*(효과적인), *virtual*(사실상의), *basic*(기본적인), *primary*(주요한), *promote*(촉진하다), *constitute*(구성하다), *exhibit*(나타내다), *exploit*(이용하다), *utilize*(활용하다), *eliminate*(제거하다), *liquidate*(일소하다) 같은 단어를 쓴다. 야비한 국제 정치 과정을 그럴듯하게 포장하기 위해서 *epoch-making*(새 시대를 여는), *epic*(영웅적인), *historic*(역사적으로 중요한), *unforgettable*(잊을 수 없는), *triumphant*(위풍당당한), *age-old*(예로부터 내려온), *inevitable*(불가피한), *inexorable*(굽힐 수 없는), *veritable*(진실한) 등의 형용사를 사용하고, 또 전쟁을 미화하는 글은 보통 고풍스러운 분위기를 띠며 다음과 같은 단어를 특징적으로 사용한다. *realm*(왕국), *throne*(왕좌), *chariot*(전차), *mailed fist*(갑옷을 두른 주먹), *trident*

(삼지창), *sword*(검), *shield*(방패), *buckler*(원형 방패), *banner*(깃발), *jackboot*(군홧발), *clarion*(나팔) 같은 단어를 쓴다. 문화적이고 우아한 분위기를 주기 위해서는 *cul de sac*(막다른 골목), *ancient régime*(구체제), *deus ex machina*(기적적 해결), *mutatis mutandis*(필요할 경우 변경하여), *status quo*(현 상태), *Gleichschaltung*(획일화), *Weltanschauung*(세계관) 같은 외래어 단어와 표현을 사용한다. 현재 영어에서 유행하는 수백 가지 외래어 문구 중에서 *i.e.*(즉), *e.g.*(예를 들어), *etc.*(기타 등등)처럼 유용한 약어를 빼고 정말 필요한 것은 하나도 없다. 신통치 않은 작가들, 특히 과학, 정치학, 사회학 분야의 작가들은 라틴어나 그리스어 단어가 앵글로색슨어 단어보다 웅장하다는 생각에 항상 사로잡혀 있기 때문에 같은 뜻을 가진 앵글로색슨 단어보다 *expedite*(촉진하다), *ameliorate*(개량하다), *predict*(예측하다), *extraneous*(외부로부터의), *deracinated*(근절된), *clandestine* (비밀리에 행해지는), *sub-aqueous*(수중의)와 같은 수백 가지 불필요한 단어가 계속 세를 얻고 있다.[4] 마르크스주의를 표방하는 글 특유의 특수 용어(하이에나, 교수형 집행인, 식인종, 옹졸한 부르주아, 이 패거리, 심복, 아첨꾼, 미친개, 백위군 등)는 대부분

4 흥미로운 예로 최근까지 쓰던 영국식 꽃 이름이 그리스식 꽃 이름에 밀려난 것을 들 수 있다. 금어초는 〈스냅드래곤*snapdragon*〉에서 〈앤터라이넘 *antirrhinum*〉으로, 물망초는 〈포겟미낫*forget-me-not*〉에서 〈마이어소티스 *myosotis*〉로 바뀌었다. 이러한 변화의 실용적인 이유는 전혀 찾을 수 없다. 아마도 소박한 단어를 멀리하려는 본능적인 경향과 그리스 단어가 과학적이라는 어렴풋한 느낌 때문일 것이다 — 원주.

러시아어, 독일어, 프랑스어 단어와 문구를 번역해서 만든다. 그러나 새로운 단어를 만드는 흔한 방법은 라틴어나 그리스어 어원에 적당한 접사를 붙인 다음, 필요할 경우 〈*-ze*〉 형태를 이용하는 것이다. 글쓴이의 의도를 표현하는 영어 단어를 생각해 내는 것보다 이러한 단어(*deregionalize*[탈지역화하다], *impermissible*[허용 불가능한], *extramarital*[혼외의], *nonfragmentatory*[파편적이지 않은] 등)를 만드는 것이 더 쉬울 때가 많다. 그 결과 전체적인 글이 더욱 꼴사납고 모호해진다.

무의미한 단어. 특정 유형의 글, 특히 예술 비평과 문학 비평에서는 의미가 거의 하나도 없는 긴 문단을 흔히 볼 수 있다.[5] 예술 비평에서 사용하는 *romantic*(낭만적인), *plastic*(형성적인), *values*(가치), *human*(인간적인), *dead*(죽은), *sentimental*(감상적인), *natural*(자연적인), *vitality*(생기) 같은 단어는 인지할 수 있는 대상을 가리키지 않을뿐더러 독자도 그런 기대를 하지 않는다는 점에서 전적으로 무의미하다. 어떤 비평가가 〈X 씨 작품의 두드러진 특징은 그 살아 있는 느낌이다〉라고 쓸 때, 또 다른 비평가는 〈X 씨의 작품을 보

5 예: 〈위안이라는 인식과 이미지의 포용성은 기이하게도 휘트먼적인 범주에 들어가며 미적 충동과 거의 정반대인데, 잔인하고 냉혹하리만큼 고요한 영구성에 대한 암시가 축적되는 그 분위기의 떨림을 계속 환기시키고……. 레이 가디너Wrey Gardiner는 단순한 정곡을 정확히 겨냥함으로써 점수를 얻는다. 그러나 그것들은 그렇게 단순하지만은 않으며, 이 만족스러운 슬픔에는 단념의 표면적인 달곰씁쓸함 이상의 것이 흐른다〉(『포이트리 쿼털리 *Poetry Quarterly*』) — 원주.

자마자 느끼는 놀라운 점은 그 독특한 죽어 있음이다〉라고 쓰면, 독자는 이를 단순한 의견 차이로 받아들인다. 그러나 〈죽어 있음〉과 〈살아 있음〉이라는 전문어 대신 〈검은색〉과 〈흰색〉 같은 단어를 넣어 보면 독자는 언어가 부적절하게 사용되고 있음을 즉시 알아볼 것이다. 정치적 단어도 대부분 비슷하게 오용되고 있다. 이제 〈파시즘〉이라는 단어는 〈바람직하지 않은 무언가〉를 의미할 뿐, 그 외에는 아무 뜻도 없다. 〈민주주의〉, 〈사회주의〉, 〈자유〉, 〈애국적인〉, 〈현실적인〉, 〈정의〉는 서로 모순되는 여러 가지 의미를 갖는다. 〈민주주의〉 같은 단어의 경우 합의된 정의가 없을 뿐 아니라 정의를 내리려고 하면 사방에서 저항한다. 거의 모든 경우에 어떤 나라가 민주적이라는 말은 칭찬이다. 따라서 온갖 정권의 옹호자들이 자기 정권은 민주주의라고 주장하면서 민주주의라는 단어가 특정한 의미에 매이면 그 단어를 쓰지 못할까 봐 두려워한다. 이와 같은 단어는 의식적으로 부정직하게 사용되는 경우가 많다. 즉 그러한 단어를 쓰는 사람은 자기 나름의 정의가 있지만, 듣는 사람이 다른 의미를 생각해도 모른 척한다. 〈페탱 원수[6]는 진정한 애국자였다〉, 〈소비에트 언론은 세상에서 가장 자유롭다〉, 〈가톨릭교회는 박해에 반

6 Philippe Petain(1856~1951). 프랑스 군인이자 정치가. 제1차 세계 대전 당시 〈베르됭의 사자〉로 불리며 프랑스군 원수가 되었지만, 제2차 세계 대전에서 프랑스가 독일에 패배한 뒤 남프랑스에 설립된 나치 독일의 괴뢰 정권 비시Vichy 정부의 국가 원수가 되었다. 전쟁이 끝난 후 반역죄로 사형 선고를 받았지만, 고령의 나이와 제1차 세계 대전에서 세운 공로 덕분에 종신형에 처해졌다.

대한다〉와 같은 진술은 예외 없이 상대방을 속이려는 말이다. 그 밖에 대부분 부정직하게 다양한 의미로 사용되는 단어로는 *class*(계급), *totalitarian*(전체주의적인), *science*(과학), *progressive*(진보적인), *reactionary*(반동적인), *bourgeois*(부르주아), *equality*(평등) 등이 있다.

지금까지 속임수와 왜곡의 목록을 정리했으니, 이제 이러한 요령들이 어떤 글로 이어지는지 또 다른 예를 제시하고자 한다. 이번에는 특성상 가상의 글이 될 수밖에 없다. 나는 잘 쓴 영어 문단을 최악의 현대식 영어로 번역해 보려 한다. 다음은 「전도서」에서 가장 유명한 구절이다.

> 내가 돌아가 태양 아래에서 보니 경주가 발 빠른 이에게 달려 있지 않고, 전쟁이 강한 이에게 달려 있지 않고, 음식이 지혜로운 이에게 달려 있지 않고, 재물이 슬기로운 이에게 달려 있지 않고, 호의가 수완 좋은 이에게 달려 있지 않았는데, 이는 시간과 우연이 모두에게 관여하기 때문이다
> *I returned, and saw under the sun, that the race is not to the swift, nor the battle to the strong, neither yet bread to the wise, nor yet riches to men of understanding, nor yet favour to men of skill; but time and chance happeneth to them all*.

이를 현대식 영어로 바꾸면 다음과 같다.

동시대 현상을 객관적으로 고려했을 때, 경쟁적인 활동의 성공이나 실패는 내재적 역량과 비례하는 경향을 드러내지 않으며, 예측 불가능성이라는 중요 요소를 일정불변하게 계산에 넣어야 한다는 결론을 내리지 않을 수 없다 *Objective consideration of contemporary phenomena compels the conclusion that success or failure in competitive activities exhibits no tendency to be commensurate with innate capacity, but that a considerable element of the unpredictable must invariably be taken into account*.

이 글은 패러디이지만 아주 터무니없지는 않다. 예를 들어 3번 인용문을 보면 이와 같은 유의 절이 여러 개 있다. 보다시피 나는 「전도서」에서 인용한 부분을 전부 다 번역하지 않았다. 문장의 처음과 끝은 원문의 의미와 꽤 가깝지만 중간의 구체적인 설명 — 경주, 전쟁, 음식 — 은 〈경쟁적 활동의 성공이나 실패〉라는 모호한 구절 안으로 녹아 들어간다. 내가 논하는 현대의 저자들 — 〈동시대 현상을 객관적으로 고려했을 때〉 같은 문구를 쓰는 사람들 — 중에서 자신의 생각을 이렇게 정확하고 구체적인 방식으로 표현할 사람은 아무도 없기 때문에 이렇게 할 수밖에 없었다. 전체적으로 현대의 산문은 구체성과 거리가 먼 경향이 있다. 이제 위의 두 문단을 조금 더 자세히 분석해 보자. 첫 번째 문단은 단어가 49개이지만 음절은 60개밖에 되지 않고, 모두 일상생활에서 쓰는 단어들이다. 두 번째 문단은 단어가 38개, 음절이 90개이고, 18개 단어는 라틴어 어원에서, 1개 단어는 그리스어에서 파생되었다. 첫 번째 문단에는 6가지의 구체적인 심상이 등장하고 한 구절(〈시간과 우연〉)만이 막연하다. 두 번째 문단은 신선하고 주의를 끄는 구절이 단 하나도 없으며, 음절이 90개나 되지만 첫 번째 문단에 담긴 의미가 오히려 축소되었다. 분명 현대 영어에서는 두 번째 문단과 같은 글이 더 우세하다. 그러나 나는 과장하고 싶지 않다. 이러한 글이 아직 보편적이지는 않고, 최악의 글에서도 가끔 단순함이 드문드문 보인다. 그러나 당신과 나에게 인간 운명의 불확실성에 대해서 몇 줄 써보라고 하면 우리는 아마도 「전도서」보다 내가 상상해서 쓴 문장에 훨씬 가깝게 쓸 것이다.

내가 지금까지 보여 주려고 한 바와 같이, 오늘날 최악의 글쓰기에서는 의미 전달을 위해 단어를 고르지도 않고 의미를 뚜렷하게 만들기 위해 심상을 만들어 내지도 않는다. 현대의 글쓰기는 다른 사람이 이미 단어의 순서를 정해서 만들어 둔 긴 구절들을 이어 붙여서 순전한 속임수로 남들 앞에 내놓을 수 있는 결과물을 만드는 것이다. 이러한 글쓰기의 매력은 쉽다는 점이다. 〈나는 ~라고 생각한다〉라고 말하는 것보다 〈내 의견으로는 ~라는 것이 정당화될 수 없는 가정은 아니다〉라고 말하는 것이 더 쉽고, 습관을 들이면 심지어 더 빠르다. 기성 문구를 이용하면 단어를 찾아 헤맬 필요가 없을 뿐 아니라 문장의 리듬을 고민할 필요도 없다. 보통은 어느 정도 듣기 좋게 만들어져 있기 때문이다. 급하게 작문을 해야 할 때는 — 예를 들어 속기사에게 구술하거나 청중에게 연설할 때는 — 과시적인 라틴어 문체에 자연스럽게 빠진다. 〈우리가 마음 깊이 염두에 두어야 할 생각〉이나 〈우리 모두가 쉽사리 동의할 만한 결론〉 같은 꼬리표를 붙이면 매끄럽게 느껴지는 문장이 아주 많다. 케케묵은 은유와 직유, 관용어를 사용하면 정신적 노력을 크게 아낄 수 있지만, 독자뿐 아니라 작가 자신도 의미를 잘 알지 못하게 된다. 그러므로 혼합 은유가 중요하다. 은유의 유일한 목적은 시각적 심상을 환기하는 것이다. 이러한 심상들이 충돌하면 — 〈파시스트 문어가 백조의 노래를 부르자 군화가 용광로에 던져진다〉[7]처럼 — 작가가 자신이 열거하는 단어의 심상을 마음속으로 그려 보고 있지 않다고 확실히 말할 수 있다. 즉 정말로 생각하고 있지 않은 것이다. 내가 서두에서 소개한 인용문을 다시 살펴보자. 래스키 교수(1)가 사용한 53개의 단어 중에서 5개의 단어는 부정적인 의미를 갖는다. 그중 하나가 불필요하기 때문에 전체 의미가 통하지 않게 되었고, 게다가 실수로 *akin*(비슷하다) 대신 *alien*(멀어지다)라는 단어를 쓰는 바람에 더욱 말이 되지 않는 문장이 되었다. 또 여러 가지 어색한 표현 때문에 전체적으로 뜻이 더 모호해졌다. 호그벤 교수(2)는 일련의 처방을 물 쓰듯이 마구 남발하고, 〈참고 견디다〉 같은 일상적인 표현은 못마땅하게 여기지만 사전에서 *egregious*(어처구니없는)[8]의 뜻을 찾아보려는 의지도 없

7 풀이하자면 〈광범위한 지배력을 가진 파시스트 조직이 최후를 맞이하자 군사 통치는 대혼란에 빠진다〉라는 뜻이다.

8 〈어처구니없는〉이라는 뜻으로도 쓰이지만, 원래는 〈매우 훌륭한〉이라는 뜻이다.

다. (3)은 엄격한 눈으로 보면 그냥 아무 의미도 없다. 원문 전체를 읽으면 무슨 뜻으로 썼는지 알아낼 수 있을지도 모르겠다. (4)의 경우 글쓴이가 무슨 말을 하고 싶은지 스스로 어느 정도 알고는 있지만, 찻잎이 쌓여서 싱크대를 막는 것처럼 케케묵은 문구가 쌓여서 그의 숨통을 조인다. (5)에서는 단어와 의미가 아예 작별한 것과 같다. 이런 식으로 글을 쓰는 사람은 대략적으로 표현하고 싶은 감정이 있지만 — 무언가가 싫어서 다른 것을 지지하고자 한다 — 자신이 정확히 뭐라고 말하고 있는지 관심이 없다. 신중한 작가라면 문장을 쓸 때마다 적어도 다음 네 가지 질문을 스스로에게 던질 것이다. 나는 무슨 말을 하려고 하는가? 그것을 표현할 단어는 무엇인가? 그것을 더 명확하게 만들 심상이나 관용어는 무엇인가? 효과가 있을 만큼 신선한 심상인가? 그리고 어쩌면 스스로에게 두 가지 질문을 더 할 것이다. 조금 더 짧게 쓸 수 있을까? 피할 수 있는데도 꼴사납게 쓴 부분은 없을까? 그러나 반드시 이런 수고를 들여야 하는 것은 아니다. 마음을 열면 기성 문구들이 밀려들어 올 테니 노력하지 않아도 된다. 그러면 당신을 대신해서 기성 문구들이 저절로 문장을 구성할 것이고 — 심지어 생각도 어느 정도 대신해 준다 — 필요하면 당신의 의도를 당신 자신에게도 일부 숨기는 아주 중요한 일을 해줄 것이다. 바로 여기에서 언어의 타락과 정치가 얼마나 특별한 관계인지 분명히 드러난다.

정치적인 글은 나쁜 글이라는 말이 우리 시대에는 대체로 진실이다. 그렇지 않은 경우가 있다면 아마 글쓴이가 반항적이어서 〈정당의 노선〉이 아닌 자신의 개인적인 의견을 표현할 때 정도일 것이다. 정치색과 상관없이 정통파 이론은 생기 없고 모방적인 문체를 요구하는 것처럼 보인다. 소책자 사설, 선언문, 백서, 차관 연설에 등장하는 정치적 은어는 물론 당에 따라 다르지만, 신선하고 생생하고 풋풋한 문체를 결코 찾을 수 없다는 점에서는 거의 똑같다. 지친 매문가가 연단에 올라 익숙한 문구 — 〈짐승과도 같은 잔학 행위〉, 〈강철 군화〉, 〈피로 물든 독재〉, 〈이 세계의 자유로운 민족들〉, 〈어깨를 나란히 하고 서서〉 — 를 기계적으로 되풀이하면 우리는 살아 있는 사람이 아니라 마네킹을 보는 듯한 기묘한 느낌을 받을 때가 많다. 연사의 안경알에 빛이 반사되어 눈이 보이지 않을 때면 그런 느낌이 더욱 강해진다. 그런 느낌이 순전한 공상은 아니다. 그런 표현을 쓰는 연사는 어느 정도는 진짜 기계가 된 셈이다. 후두에서는 소리가 제대로 나오지만 본인이 직접 단어를 선택할 때와 달리 뇌는 아무런 관여도 하지 않는다. 연사가 여러 번 하고 또 해서 익숙해진 연설이라면 우리가 교회에서 층계송(層階頌)[9]을 욀 때처럼 자신이 무슨 말을 하는지 의식하지도 못할 것이다. 이처럼 퇴화된 의식이 정치적 신봉에 반드시 필요하지는 않을지 몰라도, 적어도 유리한 것은 사실이다.

우리 시대의 정치 연설과 정치적인 글은 대부분 옹호할 수 없는 것을 옹호하는 데 쓰인다. 물론 영국의 인도 통치 지

9 성찬례에서 독서 후에 신자들이 외는 「시편」 등의 구절. 성공회에서는 층계송 혹은 층계 성가라고 한다.

속, 러시아의 숙청과 추방, 원자 폭탄의 일본 투하 같은 것들을 옹호할 수도 있겠지만, 그렇게 하기 위해서는 대부분의 사람들이 받아들이기에는 너무나 잔인한 주장, 당이 표방하는 목표와 일치하지 않는 주장을 펼쳐야만 한다. 그러므로 정치 언어는 대체로 완곡어법, 논점 회피, 아주 불분명한 애매함으로 구성될 것이다. 무방비한 마을들이 폭격당하고, 주민들이 시골로 밀려나고, 가축이 기관총에 떼죽음을 당하고, 헛간이 소이탄에 불타는 것이 바로 〈화평 공작〉이다. 농부 수백만 명이 농토를 빼앗기고 들고 갈 수 있는 것만 챙겨서 도로를 따라 터벅터벅 걸어가는 것이 바로 〈인구 이동〉 또는 〈국경 조정〉이라는 것이다. 재판도 없이 몇 년 동안 감옥에 갇히거나, 뒤통수에 총을 맞거나, 북극 벌목지로 보내져 괴혈병으로 죽는 것이 바로 〈불안 요소 제거〉이다. 무언가에 이름을 붙이면서 마음속에 심상을 불러일으키고 싶지 않을 때 이러한 어법이 필요하다. 예를 들어 안락하게 지내면서 러시아 전체주의를 옹호하는 영국 교수를 생각해 보자. 그는 〈좋은 결과를 얻을 수 있다면 반대자를 죽여 없애는 것이 옳다고 믿는다〉라고 직접적으로 말할 수 없으므로, 아마 다음과 같이 말할 것이다.

> 소비에트 정권의 몇 가지 특징이 인도주의자의 비난을 살 수 있다는 것은 물론 인정하지만, 나는 과도기에는 정치적 반대파의 권리를 어느 정도 축소하는 것이 불가피하고, 러시아 국민이 겪어야 했던 고생은 굳건한 성취라는 면에

서 충분히 정당화되었음을 우리 모두 인정해야 한다고 생각한다.

과장된 문체 자체가 일종의 완곡어법이다. 사실 위에 라틴어 단어들이 부드러운 눈처럼 내려앉아서 윤곽을 흐리게 하고 세부 내용을 다 덮어 버린다. 명료한 언어의 가장 큰 적은 부정직함이다. 실제 목표와 겉으로 내세운 목표가 다른 사람은 먹물을 내뿜는 오징어처럼 긴 단어와 낡아 빠진 숙어에 거의 본능적으로 의존한다. 우리 시대에 〈정치와 거리 두기〉 같은 것은 존재하지 않는다. 모든 쟁점이 정치적 쟁점이고, 정치는 거짓말, 발뺌, 어리석음, 증오, 분열증의 집합체이다. 전반적인 분위기가 좋지 않을 때에는 언어가 수난을 겪을 수밖에 없다. 나는 — 추측일 뿐이고 이를 증명할 만한 지식은 없지만 — 지난 10년 또는 15년 동안 독재로 인해 독일어와 러시아어, 이탈리아어가 모두 황폐해졌으리라고 생각한다.

그러나 생각이 언어를 오염시킨다면 언어 역시 생각을 오염시킬 수 있다. 나쁜 어법은 관습과 모방을 통해서 그렇게 어리석어서는 안 되고 실제로 어리석지도 않은 사람들 사이에 퍼질 수 있다. 내가 지금까지 이야기한 타락한 언어는 어떤 면에서 무척 편리하다. 〈정당화가 불가능하지 않은 가정〉, 〈더 많은 것을 바랄 여지가 있다〉, 〈유익한 목적에 도움이 되지 않을 것이다〉, 〈우리가 마음 깊이 염두에 두어야 할 생각〉 같은 구절은 끊임없는 유혹이자 누구나 손만 뻗으면 닿는 아스피린이다. 당신이 이 에세이를 다시 읽어 보면 나 역시 바로 내가 지적한 잘못을 여러 번 되풀이했음을 발견할 것이다. 나는 오늘 오전에 독일 상황에 대한 소책자를 우편으로 받았다. 저자는 이 소책자를 쓰지 〈않을 수 없었다〉고 말한다. 내가 아무 쪽이나 펼쳐 보자 다음과 같은 문장이 바로 눈에 들어왔다. 〈(연합국은) 독일 내의 국가주의적 반동을 피하면서 독일의 사회 및 정치 구조의 급격한 변화를 일으킬 뿐 아니라, 동시에 협력적이고 통합된 유럽의 토대를 다질 수 있는 기회를 얻었다.〉 보다시피 저자는 글을 쓰지 〈않을 수 없었〉지만 — 아마도 새로운 이야기를 할 수 있다고 느꼈겠지만 — 나팔 소리에 반응하는 기병대의 말들처럼 그의 언어는 저절로 무리를 지어 익숙하고 따분한 패턴을 만든다. 이러한 기성 문구들(〈토대를 다지다〉, 〈급격한 변화를 일으키다〉)이 우리의 정신에 침입하는 것을 막으려면 끊임없이 경계해야만 한다. 이러한 문구 하나하나는 우리의 뇌를 조금씩 마비시킨다.

앞서 나는 언어의 타락을 바로잡을 수 있을지도 모른다고 말했다. 이를 부인하는 사람들은, 만약 논쟁을 한다면 언어란 사회의 현재 상태를 반영할 뿐이고 우리가 단어와 문장 구조를 직접 손봐서 언어의 발전에 영향을 끼칠 수는 없다고 주장할 것이다. 언어의 전반적인 어조나 정신에 대해서는 맞는 말일지도 모르지만, 세부적인 면에서는 그렇지 않다. 언어의 진화 과정이 아니라 소수의 의식적인 행동 덕분에 터무니없는 단어나 표현이 사라진 경우가 많다. 최근의 두 가지

예를 들면 〈*explore every avenue*(모든 방안을 모색하다)〉와 〈*leave no stone unturned*(백방으로 찾아보다)〉인데, 몇몇 기자들이 조롱하면서 사라졌다. 구더기가 들끓는 수많은 은유 역시 충분히 많은 사람들이 관심을 가지면 마찬가지로 없앨 수 있다. 〈*not un*(~하지 않다고 할 수 없다)〉 역시 조롱하여 없애야 할 표현이고,[10] 평범한 문장에서 라틴어와 그리스어에서 비롯된 단어를 줄여야 하며, 외래어 문구와 갈 곳을 잃은 과학 용어를 몰아내야 하고, 전체적으로 과시하는 어투를 유행에 뒤떨어지게 만들어야 한다. 그러나 이것은 모두 부수적인 문제이다. 영어를 지킨다는 것은 훨씬 더 많은 것을 의미하므로, 그것이 무엇을 의미하지 않는지 살피는 것이 제일 좋은 출발점일 것이다.

우선, 영어를 지킨다는 것은 의고주의, 한물간 단어와 문체 되살리기, 결코 벗어나면 안 되는 〈표준 영어〉를 정하는 것과 아무 관련이 없다. 반대로 이제 쓸모없어진 단어와 관용어를 모두 폐기하는 것은 특히 관련이 많다. 영어를 지킨다는 것은 — 의미만 뚜렷하다면 그닥 중요하지 않은 문제인 — 올바른 문법이나 통사를 쓰고, 미국식 표현을 피하고, 소위 말하는 〈좋은 산문 문체〉를 갖추는 것과 아무 관련이 없다. 또 간결함을 가장하는 것, 문어체를 구어체로 바꾸려고 노력하는 것과도 관련이 없다. 영어를 지킨다는 것은 무

10 다음 문장을 외우면 〈~하지 않다고 할 수 없다〉 형식을 고칠 수 있다. 〈검지 않다고 할 수 없는 개가 푸르지 않다고 할 수 없는 들판에서 작지 않다고 할 수 없는 토끼를 쫓고 있었다〉 — 원주.

조건 라틴어 단어보다 앵글로색슨어 단어를 선호한다는 뜻이 아니라, 전달하고 싶은 의미를 나타내는 가장 짧은 단어를 가장 적게 사용한다는 뜻이다. 무엇보다 중요한 것은, 필요한 의미에 따라 단어를 선택하도록 해야지 단어에 따라 의미를 끼워 맞춰서는 안 된다는 점이다. 산문에서 단어를 다룰 때 할 수 있는 최악의 행동은 단어에 굴복하는 것이다. 우리가 구체적인 대상을 생각할 때는 단어로 표현하지 않고 생각만 하다가, 나중에 마음속으로 그려 보았던 것을 설명하고 싶어지면 딱 맞는 정확한 단어를 열심히 찾을 것이다. 그러나 추상적인 것을 생각할 때는 처음부터 단어로 표현하는 경향이 있고, 의식적으로 막지 않으면 이미 쓰고 있는 표현들이 몰려와서 당신 대신 문장을 만들어 줄 것이다. 그 대신 당신이 표현하려던 의미는 불분명해지거나 변한다. 그러므로 가능하다면 단어로 표현하는 것을 최대한 미루면서 그림이나 감각을 통해 의미를 최대한 뚜렷하게 만드는 것이 나을지도 모른다. 그러면 의미를 가장 잘 나타내는 문구를 — 단순히 받아들이는 것이 아니라 — 선택할 수 있고, 단어를 여러 가지로 바꿔 보면서 나의 말이 다른 사람에게 어떤 인상을 줄지 생각할 수 있다. 이 마지막 과정을 거치면 케케묵었거나 뒤섞인 심상, 이미 만들어진 구절, 불필요한 반복, 전체적인 속임수와 모호함을 다 잘라 낼 수 있다. 그러나 우리는 종종 어떤 단어나 문구의 효과에 의구심을 느낄 수도 있다. 따라서 우리의 본능이 실패했을 때 의지할 수 있는 원칙이 필요하다. 다음과 같은 원칙이면 대부분의 경우 도움이 될 것이다.

1. 글에서 자주 본 은유, 직유, 기타 비유적 표현을 절대 사용하지 않는다.

2. 짧은 단어로 충분할 때는 긴 단어를 절대 사용하지 않는다.

3. 어떤 단어를 뺄 수 있을 때는 항상 뺀다.

4. 능동태를 쓸 수 있을 때는 수동태를 절대 쓰지 않는다.

5. 같은 뜻의 일상 영어가 생각나면 외래어 문구, 과학 용어, 전문 용어를 절대 쓰지 않는다.

6. 아주 상스러운 말을 하느니 차라리 위의 원칙을 어긴다.

이 원칙은 겉보기로도 실제로도 기초적이지만, 현재 유행하는 문체로 글을 쓰는 데 익숙해진 사람에게는 엄청난 태도 변화를 요구한다. 위의 원칙을 모두 지키면서도 나쁜 영어를 쓸 수는 있지만, 내가 서두에서 소개한 다섯 편의 인용문 같은 글은 절대 쓰지 않을 것이다.

이 글에서 나는 언어의 문학적 사용에 대해 논한 것이 아니라 생각을 표현하는 도구, 생각을 감추거나 방해하지 않는 도구로서의 언어를 살펴보았다. 스튜어트 체이스[11] 같은 사람들은 모든 추상적인 단어는 의미가 없다는 식으로 주장하면서, 이를 구실로 정치적 정적주의(靜寂主義)를 옹호했다. 파시즘이 무엇인지 모르는데 어떻게 파시즘에 대항해서 싸

11 Stuart Chase(1888~1985). 미국의 경제학자이자 사회 이론가로, 일반 의미론부터 물리 경제학까지 다양한 주제에 대한 글을 썼다.

우겠는가? 그러나 우리는 이런 어리석은 주장을 받아들일 것이 아니라, 현재의 정치적 혼돈이 언어의 부패와 관련 있으며, 언어 문제부터 바로잡아 나가면 현재 상황을 어느 정도 개선할 수 있다는 사실을 인식해야 한다. 영어를 간결하게 만들면 가장 어리석은 정통파 이론으로부터 자유로울 수 있다. 또한 정치적 은어를 하나도 쓸 수 없으므로, 멍청한 말을 하면 그것이 얼마나 멍청한지 곧이곧대로 보일 것이다. 정치적 언어는 — 정도는 다르지만 보수파부터 무정부주의자까지 모든 정치 분파에게 해당되는 사실이다 — 거짓말이 진실하게 들리고, 살인이 그럴듯해 보이며, 소망이 확고한 사실처럼 보이게 만들도록 고안되었다. 전부 다 단숨에 바꿀 수는 없겠지만, 적어도 자신의 습관은 바꿀 수 있다. 또한 때로 우리가 충분히 시끄러운 야유를 보내면 낡고 쓸모없는 구절 — 〈군홧발〉, 〈아킬레스건〉, 〈온상〉, 〈용광로〉, 〈시금석〉, 〈진정한 지옥〉 등 언어의 쓰레기 더미 — 을 본래 자리인 쓰레기통으로 돌려보낼 수 있다.

1946년

좌든 우든 나의 조국

보통 과거가 현재보다 파란만장하다고 생각하지만 사실은 그렇지 않다. 만약 그렇게 느껴진다면 과거를 돌아볼 때는 몇 년씩 간격을 두고 일어난 일들이 한꺼번에 압축되어 보이기 때문이고, 또 우리에게 떠오르는 기억 중에 정말 순수한 것은 거의 없기 때문이다. 지금 생각해 보면 1914~1918년의 전쟁이 현재의 전쟁과는 달리 굉장하고 웅장하게 느껴지는 것은 대부분 그사이에 만들어진 책과 영화, 회고록 때문이다.

그러나 그 전쟁을 직접 겪었다면, 또 진짜 기억에서 나중에 덧붙여진 부분을 떼어 낸다면, 그때 우리를 동요시킨 것은 큰 사건들이 아니었음을 깨달을 것이다. 예를 들어 나중에 일반 대중은 마른 전투[1]가 감상적이었다고 생각하게 되

1 제1차 세계 대전 당시 프랑스 마른Marne강 유역에서 벌어진 전투. 1914년 1차 마른 전투에서 독일군이 파리 동부 외곽까지 진격했으나 프랑스군과 영국 원정군이 마른강 유역에서 반격하자 북서부로 후퇴했고, 1918년 2차 마른 전투에서는 독일이 서부 전선을 공격했으나 연합군에게 패했으며, 약 1백 일 후 전쟁이 끝났다.

었지만, 내 생각에 실제로 그 당시에는 그렇지 않았다. 내 기억에 따르면 몇 년이 지난 후에야 〈마른 전투〉 같은 표현이 들렸다. 단순히 독일군이 파리에서 35킬로미터 떨어진 곳까지 왔다가 — 물론 벨기에에서 어떤 잔학 행위를 저질렀는지 들었기 때문에 그것만으로도 충분히 무서웠다 — 모종의 이유로 돌아간 것뿐이다. 전쟁이 발발했을 때 나는 열한 살이었다. 내가 나중에 알게 된 사실을 무시하고 기억을 솔직하게 정리한다면, 전체 전쟁 기간 중에서 몇 년 전 타이타닉호의 침몰처럼 내 마음을 크게 움직인 사건이 하나도 없었다고 인정해야 할 것이다. 비교적 사소한 재난이었던 타이타닉호의 침몰은 전 세계를 충격에 빠뜨렸고, 그 충격은 아직도 가라앉지 않았다. 나는 아침 식탁에서 들었던 그 끔찍하고 자세한 설명(당시에는 신문을 소리 내어 읽는 것이 흔한 습관이었다)을 똑똑히 기억한다. 무서운 내용이 수없이 많았지만 그중에서 가장 인상적이었던 것은, 마지막에 타이타닉호가 갑자기 치솟더니 선수부터 가라앉는 바람에 선미에 매달려 있던 사람들은 공중으로 90미터 넘게 들어 올려졌다가 심연에 빠졌다는 이야기였다. 나는 그 이야기를 듣고 가슴이 철렁했는데, 아직도 그 느낌이 생생하다. 그러나 전쟁의 어떤 사건도 나에게 그런 느낌은 주지 않았다.

전쟁 발발에 관해서 세 가지 생생한 기억이 있는데, 큰 관련도 없고 사소하지만 나중에 일어난 일에 전혀 영향을 받지 않은 기억이다. 하나는 7월 말에 등장한 〈독일 황제〉(사람들이 증오했던 〈카이저〉[2]라는 명칭은 나중에야 유행했다고 생각한다)에 대한 만화다. 전쟁 직전이었지만 사람들은 왕족을 조롱하는 것에 약간 충격을 받았다(〈하지만 정말 잘생겼는데 말이야!〉). 또 하나는 군대가 작은 우리 마을에서 말을 모조리 징발하는 바람에, 어느 마부가 몇 년이나 같이 일했던 말을 빼앗기고 시장에서 눈물을 터뜨렸던 일이다. 마지막은 기차역에 모여든 청년들이 런던발 기차에 뛰어올라 막 도착한 석간을 서로 빼앗던 기억이다. 나는 녹황색 신문 더미(당시 일부 신문은 여전히 초록색이었다), 높다란 목깃, 약간 붙는 바지와 중산모가 떠오르는데, 이 기억이 프랑스 전선에서 이미 맹렬하게 진행 중이던 무시무시한 전투들의 이름보다 더 생생하다.

전쟁이 한창이던 몇 해에 대해서 주로 기억나는 것은 포병의 떡 벌어진 어깨, 우락부락한 장딴지, 짤랑거리는 박차다. 나는 보병대 제복보다 포병대 제복을 훨씬 더 좋아했다. 전쟁 말기에 대해서 주로 무엇이 기억나는지 솔직히 말해 보라고 한다면, 나는 마가린이라고 대답해야 할 것이다. 1917년 무렵 전쟁의 영향을 뱃속 사정으로만 느꼈던 아이들의 끔찍한 이기심을 잘 보여 주는 예라고 하겠다. 학교 도서관에 가면 이젤에 서부 전선 지도를 핀으로 고정해 놓고 압정을 박아서 붉은 비단실을 지그재그 모양으로 엮어 전선을 표시했다. 가끔 실이 1센티미터 넘게 이쪽이나 저쪽으로 이동했는데, 한 번 움직일 때마다 시체가 피라미드처럼 쌓였다는 의

2 독일어로 〈황제〉라는 뜻으로, 독일 제국과 오스트리아 제국 황제의 칭호다.

미였다. 나는 아무 관심도 없었다. 내가 다니던 남학교 학생들은 지적 수준이 평균 이상이었지만, 우리에게 어떤 사건이 정말 중요하게 다가왔던 기억은 없다. 예를 들어 러시아 혁명은 러시아에 투자한 집안 아이들을 빼면 우리에게 아무 인상도 남기지 않았다. 전쟁이 끝나기 훨씬 전부터 아주 어린 아이들 사이에 평화주의적 반발이 자리를 잡았다. 학군단 행진을 할 때 뻔뻔하게 꾸물거리고 전쟁에 아무 흥미도 갖지 않는 것이 깨어 있다는 표시로 여겨졌다. 전쟁에서 돌아온 젊은 장교들은 끔찍한 경험 때문에 완고해졌고, 전쟁 경험에서 아무 의미도 찾지 못하는 아래 세대의 태도에 구역질을 느끼면서 너무 나약하다고 설교를 늘어놓곤 했다. 물론 그들은 우리가 이해할 만한 주장을 펼치지 못했다. 그들은 전쟁이 〈너를 단단하게 만들〉고, 〈적응시키〉고 등등을 해주기 때문에 〈좋은 것〉이라고 윽박지르는 것밖에 할 수 없었다. 우리는 그저 킬킬 웃었다. 우리의 평화주의는 강한 해군력을 가진 안전한 국가 특유의 편파적인 것이었다. 전쟁이 끝난 이후에도 몇 년 동안 군대 문제에 대해 조금이라도 알거나 관심을 보이면, 심지어 총알이 총구에서 나온다는 사실만 알아도 〈깨어 있는〉 사람들의 의심을 샀다. 사람들은 1914~1918년을 무의미한 학살이라고 일축했고, 어떤 면에서는 학살당한 사람들조차 비난의 대상이 되었다. 〈아빠는 전쟁 때 뭐 했어요?〉(아이가 이렇게 묻고 아버지는 수치스러워서 어쩔 줄 몰라 한다)라는 병사 모집 포스터를 생각하면, 그리고 이 포스터에 혹해서 입대했다가 나중에 양심적 병역 거부자가 아니었다는 이유로 자식들에게 경멸당하는 모든 남자들을 생각하면 나는 종종 웃음이 난다.

그러나 결국에는 죽은 자들이 복수에 성공했다. 전쟁이 과거의 일이 되자 〈너무 어리기만 했던〉 우리 세대는 우리가 놓친 경험이 얼마나 막대한지 의식하게 되었다. 우리는 그 경험을 놓쳤기 때문에 스스로 모자란 남자라고 생각했다. 나는 1922년부터 1927년까지 대부분의 시간을 나보다 약간 더 나이가 많고 전쟁을 겪은 남자들 틈에서 보냈다. 그들은 물론 전쟁에 대해 치를 떨면서도 점차 향수를 느끼며 끊임없이 이야기했다. 우리는 영국에서 나온 전쟁에 관한 책들을 통해 이러한 향수를 아주 뚜렷하게 볼 수 있다. 게다가 평화주의적인 반발은 한 국면일 뿐이었고, 〈너무 어리기만 했던 이들〉조차 다들 전쟁 훈련을 받았다. 영국 중산층 대부분은 요람에서부터 전쟁 훈련을 받았는데, 기술적 훈련이 아니라 도덕적 훈련이었다. 내가 기억하는 가장 오래된 정치 슬로건은 〈우리는 여덟 척(드레드노트 전함 여덟 척)을 원한다, 더 이상 여유는 없다〉이다. 나는 일곱 살 때 해군 협회 회원이었고, 모자에 〈무적의 영국 군함〉이라고 적힌 해군복을 입었다. 나는 퍼블릭 스쿨에서 학군단 훈련을 받기 전까지 사립학교 군사 훈련단이었다. 열 살 이후로 나는 가끔 라이플을 멨는데, 전쟁뿐만이 아니라 특정한 전투에 대비하기 위해서였다. 즉 흥분한 총소리가 미친 듯이 울려 퍼지면 정해진 순간 손톱을 부러뜨리며 모래 자루를 기어올라 참호에서 빠져나와서 진흙탕과 철조망을 휘청휘청 가로질러 기관총 탄

막으로 뛰어들어야 하는 전투 말이다. 내 또래가 스페인 내전에 매혹된 부분적인 이유는 제1차 세계 대전과 너무 비슷했기 때문이라고 나는 확신한다. 어느 순간 프랑코는 비행기를 끌어모아 전쟁을 현대적 수준으로 격상시켰고, 그때가 바로 전환점이었다. 그러나 다른 이들에게 스페인 내전은 1914~1918년 전쟁의 수준 낮은 복사판, 즉 참호와 포, 공습, 저격수, 진흙, 가시철조망, 머릿니, 불경기로 점철된 정적인 전쟁이었다. 내가 1937년 초에 주둔했던 아라곤 전선은 1915년 프랑스의 조용한 지역과 틀림없이 무척 비슷했을 것이다. 그때보다 부족한 것은 대포밖에 없었다. 아주 드물게 우에스카와 외곽 지역의 모든 총포를 동시에 발포해도 뇌우가 잠잠해질 때처럼 단속적이고 감흥 없는 소음에 그쳤다. 프랑코 군대의 6인치 포들은 충분히 시끄러운 굉음을 냈지만, 한 번에 열두 기 넘게 온 적이 없었다. 대포가 흔히 말하듯 〈격노하며〉 터지는 소리를 처음 들었을 때 내가 느낀 감정은, 적어도 부분적으로는 실망이었다. 내 감각이 20년 동안 기다려 왔던 어마어마하고 끊임없는 굉음과는 너무나 달랐다. 현 전쟁이 다가오고 있음을 내가 정확히 몇 년도에 처음 깨달았는지 기억나지 않는다. 물론 1936년 이후로는 백치가 아닌 이상 누가 봐도 확실했다. 임박한 전쟁은 몇 년 동안이나 악몽이었고, 나는 가끔 반전 연설을 하거나 소책자를 쓰기도 했다. 그러나 독소 불가침 조약이 발표되기 전날 밤, 나는 전쟁이 이미 발발한 꿈을 꾸었다. 프로이트식 의미는 모르겠지만, 가끔 자신의 진짜 감정을 알려 주는 그런 꿈이었다. 꿈은 나에게 두 가지를 가르쳐 주었다. 하나는 오랫동안 두려워하던 전쟁이 시작되면 오히려 마음이 놓이리라는 사실이었고, 또 다른 하나는 내가 마음 깊은 곳에서는 애국자이므로 내 편을 방해하거나 거스르지 않을 것이고, 전쟁을 지지할 것이며, 가능하면 싸울 것이라는 사실이었다. 잠에서 깨어 아래층으로 내려갔더니, 신문에 리벤트로프가 모스크바에 갔다는 기사가 실려 있었다.[3] 즉 전쟁이 다가오고 있었고, 나는 분명 영국 정부에 충성했다. 그것이 비록 체임벌린[4]의 정부라고 할지라도 말이다. 말할 필요도 없지만 나의 충성은 제스처에 불과했고, 아직까지 제스처로 남아 있다. 정부는 나를 어떤 위치에도, 사무원이나 이등병으로도 기용하지 않으려 했고, 내가 아는 사람들은 거의 다 마찬가지였다. 그렇다고 해서 우리의 마음이 바뀌지는 않는다. 게다가 정부는 조만간 우리를 쓰지 않을 수 없을 것이다.

내가 전쟁을 지지하는 이유를 스스로 옹호해야만 한다면, 나는 그렇게 할 수 있다. 히틀러에게 저항하거나 굴복하는 것 외에 달리 진정한 대안은 없으며, 사회주의적 관점에서 보면 저항하는 것이 낫다. 어쨌든 굴복을 옹호한다면 스페인 공화당의 저항, 일본에 대한 중국의 저항 등등은 전부 어

3 1939년 8월 21일에 모스크바의 초청을 받은 독일 외무 장관 리벤트로프Ribbentrop는 8월 23일에 소련 외무 장관 몰로토프Molotov와 독소 불가침 조약에 서명했다.

4 Chamberlain(1869~1940). 영국 보수당 정치가로, 1937년부터 1940년까지 영국 총리를 지냈다. 히틀러를 상대로 유화 정책을 펼쳐 독일의 체코슬로바키아 주데텐란트 합병을 인정하는 뮌헨 협정을 맺었다.

리석은 행동이 되어 버릴 것이다. 그러나 나는 이러한 사실들이 내 행동의 감정적 바탕인 척하지는 않겠다. 그날 밤 꿈에서 나는 중산층이 오래전부터 받아 온 애국심 훈련이 효과가 있다는 것을, 영국이 심각한 궁지에 몰리면 내가 방해 공작을 하지 못할 것임을 깨달았다. 그러나 그 뜻을 오해하면 안 된다. 애국심은 보수주의와 아무 상관이 없다. 애국심이란 아무리 변하더라도 이상하게 똑같다고 느껴지는 것에 헌신하는 마음이다. 백군[5]이었다가 볼셰비키가 된 사람의 러시아에 대한 헌신처럼 말이다. 체임벌린의 영국과 미래의 영국 모두에 충성하는 것은, 그것이 일상적인 현상임을 알지 못한다면 불가능해 보일지도 모른다. 벌써 몇 년 전부터 뚜렷해졌듯, 혁명만이 영국을 구할 수 있다. 이제 혁명은 시작되었고, 히틀러를 몰아낸다면 더 빨리 진행될지도 모른다. 우리가 버틸 수만 있다면 2년 내에, 어쩌면 1년 내에 우리는 선견지명 없는 백치들을 놀라게 할 변화를 목격할 것이다. 나는 런던의 하수구에 피가 흘러야 할 것이라고 감히 말하겠다. 좋다, 필요하다면 그렇게 하자. 그러나 공산당 시민군이 리츠 호텔에 묵는 날이 와도, 나는 오래전부터 전혀 다른 이유로 사랑하라고 배운 영국이 이어지고 있다고 느낄 것이다.

나는 군국주의적인 분위기에서 자랐고, 나중에는 5년 동

5 두 차례의 러시아 혁명 직후 일어난 러시아 내전(1917~1922)에서 레닌의 볼셰비키 사회주의를 지지하는 홍군에 맞서 군주정과 자본주의를 지지하며 싸운 세력.

안 지긋지긋한 나팔 소리를 들었다. 지금까지도 「신이여 왕을 구하소서」가 흐를 때 차려 자세를 취하지 않으면 신성을 모독하는 기분이 든다. 물론 그것은 유치한 기분이다. 그러나 나는 의식이 지나치게 〈깨어서〉 가장 평범한 감정을 이해하지 못하는 좌파 지식인이 되느니 차라리 그런 교육을 받겠다. 혁명의 순간이 되었을 때 그것을 회피할 사람은 국기를 보고 〈절대〉 심장이 뛰지 않는 사람일 것이다. 존 콘포드[6]가 죽기 얼마 전에 쓴 시(「우에스카에 총탄이 빗발치기 전에 Before the Storming of Huesca」)와 헨리 뉴볼트 경[7]의 〈오늘 밤 교내 경기장에 숨죽인 침묵이 흐르네〉를 비교해 보자. 시대의 문제에 불과한 기교의 차이를 빼면 두 시에 담긴 감정은 거의 똑같다. 국제 여단에서 영웅적으로 세상을 떠난 젊은 공산주의자는 뼛속까지 퍼블릭 스쿨 학생이었다. 그는 충성의 대상을 바꾸었지만 감정 자체는 바꾸지 않았다. 이것이 무엇을 증명할까? 바로 블림프[8]의 뼈대에 사회주의자를 덧씌울 가능성, 어떤 형태의 충성심이 다른 형태로 바뀌는

6 John Cornford(1915~1936). 영국 시인이자 공산주의자이며, 국제 여단 소속으로 스페인 내전에 참전했다가 사망했다.

7 Sir Henry Newbolt(1862~1938). 영국의 시인이자 소설가이며 역사가. 〈오늘 밤 교내 경기장에 숨죽인 침묵이 흐르네*There's a breathless hush in the Close tonight*〉는 그의 가장 유명한 시 「비타이 람파다Vitaï Lampada」의 첫 행으로, 학생(미래의 군인)이 크리켓 경기를 하면서 이기심을 버리고 의무를 다하는 법을 배운다는 내용이 제1차 세계 대전 당시 많은 사람들의 사랑을 받았다.

8 데이비드 로David Low의 만화에 등장하는 오만하고 호전적인 애국주의자 블림프 대령을 가리키는 말로, 조지 오웰은 군인 출신의 제국주의 중산층을 블림프 계층이라고 부른다.

힘, 애국심과 군사적 미덕의 정신적 필요성이다. 삶은 토끼 고기 같은 좌파가 아무리 그것을 싫어하더라도, 아직까지는 애국심과 군사적 미덕을 대체할 것이 없다.

1940년

사자와 유니콘: 사회주의와 영국의 특질

1. 영국, 당신의 영국

1

내가 이 글을 쓰는 지금, 머리 위에서 문명인들이 날아다니며 나를 죽이려 애쓰고 있다.

저들은 나에게 개인적 원한이 전혀 없고, 나 역시 마찬가지이다. 그들은 소위 말하듯 〈자기 의무를 다할 뿐〉이다. 나는 저들 대부분이 개인적으로는 살인을 단 한 번도 꿈꾼 적 없는 상냥하고 법을 잘 지키는 사람들일 것이라는 생각에 한 치의 의심도 없다. 반대로 저들 중 하나가 폭탄을 잘 조준해서 나를 산산조각 내는 데 성공한다고 해도 절대 잠을 설치지는 않을 것이다. 그는 조국을 위해 복무할 뿐이고, 따라서 악행은 면책된다.

애국심, 즉 국가에 대한 충성의 압도적인 힘을 인정하지 않는다면 우리는 현재 세계를 있는 그대로 볼 수 없다. 애국심은 특정 환경에서 무너질 수 있고, 특정 수준의 문명에는 아예 존재하지 않지만, 애국심에 비견할 만한 〈긍정적인〉 힘은 아무것도 없다. 그에 비하면 기독교와 국제 사회주의는 지푸라기처럼 연약하다. 히틀러와 무솔리니가 자국에서 권력을 손에 넣은 것은, 이 사실을 그들은 파악했지만 상대방은 그렇지 못했던 탓이 크다.

또한 우리는 국가와 국가가 관점의 실제적인 차이를 바탕으로 분리되어 있음을 인정해야 한다. 최근까지는 모든 인간이 아주 비슷하다고 생각하는 척하는 것이 바람직하다고 여겨졌지만, 사실 눈이 있다면 누구나 일반적인 인간 행동이 나라마다 무척 다르다는 사실을 잘 알 것이다. 한 나라에서 일어날 수 있는 일이 다른 나라에서는 일어날 수 없다. 예를 들어 영국에서는 히틀러의 6월 숙청과 같은 일이 일어날 수 없었을 것이다. 그리고 서구인들 가운데서도 영국인은 크게 다르다. 거의 모든 외국인이 우리 나라의 생활 방식에 반감을 느낀다는 것은 이 사실을 에둘러 인정하는 셈이다. 영국에서의 삶을 견딜 수 있는 유럽인은 거의 없고, 심지어 미국인조차 영국보다 유럽에서 더 편안함을 느낀다.

우리가 외국에서 영국으로 돌아오자마자 다른 공기를 숨쉰다는 느낌이 든다. 수십 가지 작은 요소들이 합쳐져서 몇 분 만에 그런 느낌을 준다. 맥주는 더 씁쌀하고, 동전은 더 무겁고, 풀은 더 푸르고, 광고는 더 뻔뻔하다. 큰 중심가에서 만날 수 있는 약간 울퉁불퉁한 얼굴에 비뚤비뚤한 치열, 점잖은 태도를 가진 영국 사람들은 유럽 사람들과 다르다. 그러나 곧 영국의 광대함이 우리를 삼키고, 우리는 한 국가에 식별 가능한 특징이 있다는 느낌을 잠시 잊는다. 국가라는 것이 정말 존재할까? 우리는 제각각 다른 4천6백 만 명의 개인이 아닌가? 게다가 얼마나 다양한가, 얼마나 복잡한가! 랭커셔 공장 지대의 달각거리는 나막신, 그레이트 노스 로드[1]에서 전후좌우로 움직이는 대형 트럭들, 직업 센터 앞에 늘어선 줄, 소호의 술집에서 달그락거리는 핀볼 기계, 가을 아침 안개 속에서 자전거를 타고 성찬식에 참석하러 가는 나이 많은 미혼 여성들, 모두 영국 풍경의 단편일 뿐만 아니라 영국 〈특유의〉 단편이다. 이러한 뒤죽박죽 속에서 어떻게 패턴을 알아볼 수 있을까?

그러나 외국인과 대화하거나 외국 책이나 신문을 읽으면 같은 생각으로 돌아가게 된다. 그렇다, 영국 문명에는 독특하고 식별할 수 있는 무언가가 정말로 존재한다. 바로 스페인만큼이나 독특한 문화이다. 영국 특유의 문화는 든든한 아침 식사와 음울한 일요일, 연기가 자욱한 도시와 구불구불한 도로, 푸른 들판, 붉은 우체통과 어떻게든 연결된다. 영국 특유의 문화에는 나름의 향취가 있다. 게다가 문화란 연속적이므로 과거와 미래로 뻗어 있고, 살아 있는 생물처럼 문화 안에 지속하는 무언가가 있다. 1940년의 영국과 1840년의 영국은 무엇을 공유할 수 있을까? 그러나 다시 생각해 보면, 당신 어머니가 벽난로 선반에 놓아둔 사진 속의 다섯 살짜리 아이와 당신이 공통으로 가지고 있는 것은 무엇일까? 당신

1 런던과 스코틀랜드를 잇는 고속도로.

과 그 아이가 같은 사람이라는 사실 외에는 아무것도 없다.

무엇보다도 그것은 〈당신의〉 문명이고, 〈당신〉이다. 당신이 아무리 미워하거나 비웃어도 오랫동안 떨어져 있으면 결코 행복하지 않을 것이다. 수에트 푸딩과 붉은 우체통이 당신의 영혼에 깃들어 있다. 좋든 나쁘든 당신의 것이고, 당신은 그곳에 속해 있으며, 이 세상에 사는 이상 당신은 그것이 당신에게 남긴 흔적에서 절대 달아날 수 없을 것이다.

한편, 영국은 세계의 다른 곳들과 마찬가지로 변하고 있다. 그리고 다른 모든 것들이 그렇듯 특정한 방향으로만 변할 수 있는데, 어느 정도까지는 예측이 가능하다. 미래가 정해져 있다는 말이 아니라, 어떤 대안은 가능하지만 어떤 대안은 그렇지 않다는 뜻에 불과하다. 씨앗에서 싹이 틀 수도 있고 트지 않을 수도 있지만, 어쨌든 순무 씨앗에서 당근 싹이 틀 수는 없다. 그러므로 현재 일어나는 크나큰 사건들에서 영국이 무슨 역할을 〈할 수 있는지〉 가늠하기 전에 영국이 〈무엇인지〉 밝히는 것이 가장 중요하다.

2

국가의 특징을 정확히 파악하기란 쉽지 않고, 막상 정확히 파악하고 보면 사소한 것으로 밝혀지거나 서로 관련이 없어 보이는 경우가 많다. 스페인 사람은 동물에게 잔혹하고, 이탈리아 사람은 무엇을 하든 귀청이 터질 듯 소리를 지르며, 중국인은 도박 중독이다. 분명 이 자체는 중요하지 않다. 그러나 원인이 없는 것은 하나도 없고, 영국인은 치열이 비뚤다는 사실조차 영국의 현실에 대해 뭔가를 말해 줄 수 있다.

영국을 주의 깊게 지켜본 사람이라면 누구나 인정할 만한 몇 가지 일반적인 생각이 있다. 하나는 영국인에게 예술적 재능이 없다는 것이다. 영국인은 독일인이나 이탈리아인만큼 음악적이지 않고, 프랑스와 달리 영국에서 회화와 조각이 융성한 적은 한 번도 없다. 또 하나는 유럽인들 중에서 영국인은 별로 지적이지 않다는 것이다. 영국인은 추상적 사고에 대한 반감이 있고, 철학이나 체계적인 〈세계관〉의 필요성도 느끼지 못한다. 영국인들 스스로 즐겨 주장하듯이 〈실용적〉이기 때문도 아니다. 영국의 도시 계획과 상수도 체계, 시대에 뒤떨어지고 번거로운 것들에 대한 완고한 고집, 분석이 불가능한 철자 체계, 산수 교과서를 편집하는 사람밖에 이해하지 못하는 도량형 체계만 봐도 영국인이 단순한 효율에 얼마나 신경 쓰지 않는지 드러난다. 그러나 영국인은 깊은 생각 없이 행동하는 힘이 있다. 세계적으로 유명한 영국의 위선 — 예를 들어 제국에 대한 표리부동한 태도 — 은 이와 관련이 있다. 또한 절체절명의 위기가 닥치면 본능적인 동물처럼 나라 전체가 갑자기 똘똘 뭉쳐서, 공식화된 적은 한 번도 없지만 거의 모두가 이해하는 행동 규범에 따라 행동할 수 있다. 히틀러는 독일인을 일컬어 〈몽유병에 걸린 민족〉이라고 했지만, 이 말은 영국인들에게 더 잘 어울릴 것이다. 몽유병자라고 불리는 것이 자랑스러운 일은 아니지만 말이다.

이쯤에서 정말 두드러지지만 자주 언급되지 않는 영국인

의 사소한 특징을 짚고 넘어가는 것이 좋겠다. 바로 꽃에 대한 애정이다. 이것은 외국인, 특히 남부 유럽 사람이 영국에 왔을 때 가장 먼저 알아차리는 사실이다. 꽃에 대한 애정은 예술에 대한 무관심과 모순이 아닐까? 미적 감정이 전혀 없는 사람들도 꽃에 대한 애정이 있으므로 그렇지는 않다. 그러나 꽃에 대한 애정은 우리가 너무나 익숙해서 스스로 거의 알아차리지도 못하는 또 다른 영국적 특징과 관련이 있는데, 바로 취미와 여가 생활에 대한 중독, 즉 〈개인성〉이다. 영국은 꽃을 사랑하는 사람들의 나라이지만 또한 우표 수집, 비둘기 사육, 아마추어 목공, 쿠폰 모으기, 다트 게임, 십자말풀이의 나라이기도 하다. 가장 토착적인 문화의 중심은 공통적이지만 공식적이지 않은 것들 — 술집, 축구 경기, 뒷마당, 난롯가와 〈맛있는 차 한 잔〉 — 이다. 우리는 19세기에서 거의 변함없이 아직도 개인의 자유를 믿는다. 그러나 여기서 개인의 자유는 경제적 자유로, 자신의 이익을 위해 타인을 착취할 권리와는 아무 상관이 없다. 개인의 자유란 자신만의 집을 갖고, 여가 시간에 원하는 것을 하고, 위에서 골라 주는 것이 아니라 내가 즐기는 것을 직접 선택할 자유이다. 영국인이 가장 싫어하는 이름은 〈노지 파커〉[2]이다. 물론 순전히 개인적 자유조차도 지금은 잃어버린 대의라는 것이 분명하다. 모든 현대인과 마찬가지로 영국인들은 숫자가 매겨지고, 꼬리표가 붙고, 징집당하고, 〈조정〉당하는 중이다. 그러나 그 동인의 방향이 다르므로, 영국인에게 시행 가능한 조직화

2 *Nosey Parker*. 지나치게 참견하는 사람이라는 뜻.

방법도 다를 것이다. 정당 집회도 아니고, 청년 운동도 아니고, 셔츠 색깔[3]도 아니며, 유대인 박해나 〈자발적〉 시위도 아니다. 게슈타포도 절대 아니다.

그러나 모든 사회에서 일반인은 기존 질서에 어느 정도 〈대항하며〉 살아야 한다. 영국에서 진정으로 대중적인 문화는 표면 아래의 비공식적인 문화, 어느 정도 당국의 눈살을 찌푸리게 하는 문화이다. 특히 대도시의 일반인을 직접 보면 그들이 청교도적이지 않다는 사실을 알 수 있다. 그들은 상습적으로 도박을 하고, 월급이 허락하는 한도 내에서 맥주를 실컷 마시며, 음담패설을 늘어놓고, 세상에서 가장 저속한 언어를 쓴다. 이들은 모두에게 간섭하도록 만들어졌지만, 실제로는 모든 일을 허락하는 놀랍고도 위선적인 법률(주류 판매법, 복권법 등등)을 지키면서 이러한 취향을 충족해야 한다. 또 일반인은 절대적인 신앙이 없고, 몇 세기 동안이나 그래 왔다. 성공회는 일반인을 결코 지배하지 못했고, 토지를 소유한 젠트리 계급의 영역이었을 뿐이며, 비국교회는 소수에게만 영향을 끼쳤다. 그러나 일반인은 그리스도의 이름을 거의 잊었지만 기독교적 감정의 아련한 색채를 깊이 간직해 왔다. 유럽의 신흥 종교이자 영국의 지식인 계급까지 물들인 권력 숭배는 절대 영국의 일반인에게 닿지 않았다. 일반인은 권력의 정치학에 절대 휘말리지 않았다. 영국의 일반인이 일본과 이탈리아 신문에서 설파하는 〈현실주의〉를 들

3 무솔리니의 추종자들은 검은 셔츠단, 나치 돌격대는 갈색 셔츠단이라고 불렸다.

으면 몸서리칠 것이다. 싸구려 문구점 진열장의 익살스러운 컬러 엽서를 보면 영국적 정신에 대해 많이 배울 수 있다. 이러한 엽서는 영국인이 무의식적으로 자신을 기록한 일기나 마찬가지이다. 시대에 뒤떨어진 생각, 등급이 매겨진 속물근성, 음란과 위선의 혼합, 극도의 점잖음, 지극히 도덕적인 삶의 태도, 이 모든 것이 엽서에서 드러난다.

영국 문명의 점잖음은 아마도 가장 눈에 띄는 특성일 것이다. 당신은 영국 땅에 발을 딛자마자 알아볼 수 있다. 영국은 버스 기사가 싹싹하고, 경찰이 권총을 가지고 다니지 않는 나라이다. 영국은 그 어떤 백인 국가보다 보도에서 사람들을 밀어내기가 쉽다. 유럽인들이 〈퇴락〉 또는 위선이라고 항상 깎아내리는 전쟁과 군국주의에 대한 혐오 역시 이와 일맥상통한다. 영국 역사에 깊숙이 뿌리내린 전쟁 혐오는 노동계급뿐만 아니라 하위 중산층에서도 강하다. 연이은 전쟁으로 흔들리기는 했지만 뿌리 뽑히지는 않았다. 〈붉은 외투〉[4]가 거리에서 야유당하고 괜찮은 선술집 주인이 군인의 출입을 거부하는 것은 흔한 일이었다. 전쟁이 없을 때에는 심지어 실업자가 2백만 명에 달해도 소규모 상비군 장병을 채우기 어렵기 때문에 시골 젠트리 계급과 중산층 특수 계층이 장교로 임관하고, 농장 노동자와 빈민가 프롤레타리아가 입대한다. 영국인 대부분은 군대에 대한 지식도 입대하는 전통도 없고, 전쟁을 대하는 태도는 하나같이 방어적이다. 어떤 정치인도 정복이나 군사적 〈영광〉을 약속함으로써 권력을

4 영국 군인을 가리키는 말로, 제복 색깔에서 유래했다.

얻지 못했고, 영국인에게는 어떤 증오의 찬가도 호소력이 없었다. 지난 전쟁 당시 병사들이 자발적으로 만들어 부른 노래는 복수에 대한 것이 아니라 패배주의를 익살스럽게 가장한 것이었다.[5] 병사들이 언급하는 적은 원사밖에 없었다.

영국에서 과시와 선동, 〈영국이여, 통치하라〉와 같은 선전은 모두 소규모적 집단의 행동이다. 일반인의 애국심은 입 밖으로 나오지 않고, 심지어 의식적이지도 않다. 영국인의 역사적 기억들 중에는 승리한 전쟁에 대한 것은 단 하나도 없다. 영국 문학은 외국 문학과 똑같이 전쟁시(戰爭詩)로 가득하지만, 인기 있는 시는 항상 실패와 후퇴에 대한 것임을 주목해야 한다. 말하자면 트라팔가르나 워털루를 이야기하는 유명한 시는 없다.[6] 영국인에게는 찬란한 승리보다 코루냐에서 필사적인 지연작전을 벌이다가 바다를 건너 도망친(됭케르크[7]와 똑같다!) 존 무어 경 군대의 호소력이 더욱 크

5 예를 들어:

〈빌어먹을 군대에 가기 싫어.
전쟁에 참가하기 싫어.
더 이상 방랑은 싫어.
차라리 집에서
기둥서방 노릇이나 할래.〉

그러나 이러한 정신으로 전투에 임하지는 않았다 — 원주.

6 트라팔가르 해전(1805)에서는 나폴레옹이 지휘하던 프랑스-스페인 연합군을 영국의 넬슨 총독이 물리쳤고, 워털루 전투(1815)에서는 영국이 이끄는 영국-프러시아 연합군이 나폴레옹의 프랑스군을 물리쳐 1803년부터 계속된 나폴레옹 전쟁을 끝냈다.

7 제2차 세계 대전 중이던 1940년에 독일군이 프랑스를 함락하고 벨기에, 프랑스, 영국의 연합군을 고립시켜 포위하자, 영국은 구축함과 8백 척이 넘는 배를 급히 동원해 5월 26일부터 6월 4일까지 프랑스 북부 됭케르크에서

다.[8] 영국 문학에서 가장 감동적인 전쟁시는 엉뚱한 방향으로 돌진한 기병대 이야기이다. 지난 전쟁 당시 대중의 기억에 깊이 새겨진 이름은 몽스, 이프러, 갈리폴리, 파스샹달인데, 전부 실패한 전투였다. 일반 대중은 마침내 독일군을 무찌른 위대한 전투의 이름을 모른다.

외국인이 영국의 반군국주의를 역겨워하는 것은 영국이 대영 제국의 존재를 모르는 척하기 때문이다. 그렇기 때문에 순전한 위선처럼 보인다. 어쨌든 영국은 지구의 4분의 1을 삼켰고, 거대 해군의 힘으로 그것을 지키고 있다. 그런데 어떻게 감히 영국인이 뒤돌아서서 전쟁은 사악하다고 말할 수 있을까?

영국인이 영국 제국에 대해 위선적인 것은 사실이다. 노동 계급에서는 이 위선이 제국의 존재 자체를 모른다는 형태를 취한다. 그러나 군대에 대한 노동 계급의 반감은 완벽하게 본능적인 것처럼 보인다. 해군은 상대적으로 병력이 적고, 국내 정치에 직접 영향을 끼치지 못하는 대외적 무기이다. 군사 독재는 어디에나 존재하지만 해군 독재라는 것은 없다. 모든 영국인이 계급을 불문하고 진심으로 질색하는 것은 박차를 짤랑이고 군화를 쿵쿵거리며 거드름을 피우는 장

연합군 약 34만 명을 철수시켰다.

8 코루냐 전투(1809)는 존 무어 경Sir John Moore이 이끄는 영국군이 프랑스 군대에게 밀려 스페인 북부까지 후퇴한 뒤, 영국으로 돌아가기 직전에 치렀던 전투이다. 낮 동안 스페인군과 치열하게 싸운 영국군은 밤이 되자 무사히 함대에 올라 후퇴할 수 있었지만, 남아 있던 배는 프랑스군의 대포에 의해 파괴되었고, 사령관이었던 존 무어 경은 치명상을 입고 부하들이 프랑스군을 쫓아냈다는 소식을 확인한 후 사망했다.

교이다. 히틀러라는 이름이 들려오기 몇십 년 전부터 영국에서 〈프러시아〉라는 말은 오늘날의 〈나치〉와 거의 같은 뜻으로 쓰였다. 군대에 대한 반감이 너무 깊기 때문에 지난 백 년 동안 영국 장교는 전시가 아닌 평시에는 비번일 때 항상 사복을 착용했다.

한 나라의 사회적 분위기를 빠르고 확실하게 보여 주는 길잡이는 군사 행진 보조이다. 군사 행진은 사실 발레와 같은 의식 무용의 일종으로, 삶의 철학을 표현한다. 예를 들어 거위걸음[9]은 세상에서 가장 끔찍한 광경이고, 급강하 폭격기보다 훨씬 더 무시무시하다. 거위걸음은 벌거벗은 권력을 긍정하며, 여기에는 얼굴을 짓밟는 군화의 이미지가 의식적이고 의도적으로 포함되어 있다. 거위걸음은 약자에게 인상을 쓰는 깡패처럼 〈그래, 나 추악하다, 어디 한번 비웃어 봐〉라고 말하고 있으므로, 그 본질에 추악함이 포함되어 있다. 영국에서는 왜 거위걸음을 하지 않을까? 거위걸음 같은 의례를 도입하면 아주 기뻐할 장교가 분명 많을 텐데 말이다. 영국에서 거위걸음을 하지 않는 것은 거리의 사람들에게 비웃음을 사기 때문이다. 일정 선을 넘는 군사적 과시는 일반인이 감히 군대를 비웃지 못하는 나라에서만 가능하다. 이탈리아는 독일 손에 확실히 넘어간 뒤 거위걸음을 도입했지만, 쉽게 예상할 수 있듯이 독일군보다 어설펐다. 비시 정부가 살아남는다면 현재 남아 있는 프랑스 군대에 더 엄격한 훈련을 도입할 수밖에 없을 것이다. 영국 군대의 훈련은 엄격하

9 무릎을 굽히지 않는 행진 보조.

고 복잡하며 18세기의 기억으로 가득하지만, 명백한 과시는 없고 행진은 격식을 갖춘 걸음걸이일 뿐이다. 행진 문화는 분명 칼의 지배를 받는 사회에 속하지만, 절대 칼집에서 꺼내면 안 되는 칼이다.

그러나 영국 문명의 점잖음에는 잔인함과 시대착오가 혼재한다. 영국의 형법은 런던 타워를 지키는 머스킷 총만큼이나 시대에 뒤떨어졌다. 나치 돌격대원에 비견할 만한 영국의 전형적인 인물로는 교수형 재판관, 통풍에 걸린 것처럼 퉁퉁 부은 데다 정신이 아직도 19세기에 뿌리내리고 있어서 가혹한 판결을 남발하는 늙은 불량배가 있다. 영국에서는 아직도 목을 매다는 교수형과, 매듭 달린 아홉 갈래의 채찍으로 때리는 태형을 선고한다. 두 형벌은 잔인할 뿐 아니라 혐오스럽지만, 수많은 대중이 항의한 적은 한 번도 없었다. 사람들은 날씨를 받아들이는 것처럼 두 형벌(과 다트무어 장기수 교도소와 소년원)을 받아들인다. 절대 고칠 수 없는 〈법률〉의 일부라고 생각하는 것이다.

여기서 우리는 아주 중요한 영국적 특성, 즉 입헌주의와 합법성의 존중을 볼 수 있다. 법률은 국가와 개인보다 우위에 있으며, 잔인하고 어리석지만 어쨌든 〈영원하다〉는 믿음이다.

법률의 공정성을 믿는다는 뜻은 아니다. 부자의 법이 있고 빈자의 법이 있다는 사실은 누구나 안다. 그러나 그것이 함축하는 바를 아무도 인정하지 않고, 법률을 있는 그대로 존중하는 것을 당연하게 여기며, 법률을 어기면 분노한다. 〈난 아무 잘못도 안 했으니까 못 잡아가〉라든지 〈그건 안 돼,

법에 어긋나〉라고 말하는 것이 바로 영국의 분위기이다. 공공연한 사회의 적 역시 그렇게 생각한다. 우리는 윌프레드 맥카트니의 『벽에도 입이 있다*Walls Have Mouths*』나 짐 펠런의 『감옥 기행*Jail Journey*』 같은 감옥에 대한 저서에서, 양심적 병역 거부자 재판이라는 엄숙한 바보짓에서, 저명한 마르크스주의 교수들이 이런저런 것들을 들며 〈영국 법원의 실책〉이라고 지적하는 신문 투고란에서 이러한 분위기를 볼 수 있다. 모두들 법률을 공정하게 집행할 수 있고, 그래야만 하며, 대체로 그렇게 될 것이라고 마음 깊이 믿는다. 따라서 법률은 없고 권력만이 존재한다는 전체주의적 사상이 뿌리를 내리지 못했다. 지식인층조차 그것을 이론적으로 받아들일 뿐이다.

환상은 절반의 진실이 될 수 있고, 가면은 표정을 바꿀 수 있다. 사실상 민주주의가 전체주의와 〈똑같다〉거나 〈똑같이 나쁘다〉라는 익숙한 주장은 이 사실을 절대 설명하지 못한다. 그러한 주장은 결국 빵 반쪽은 빵이 없는 것과 같다는 속담이나 마찬가지이다. 영국에서는 정의, 자유, 객관적 사실 같은 개념을 아직도 믿는다. 그것은 환상일 수도 있지만, 아주 강력한 환상이다. 그러한 개념에 대한 믿음은 행동에 영향을 주고, 이로 인해 국가적 삶이 달라진다. 그 증거로 당신 자신을 보라. 고무 곤봉은 어디에 있는가, 피마자유는 어디에 있는가?[10] 칼은 아직 칼집 속에 있고, 그것이 밖으로 나오지 않는 한 부패는 일정한 선을 넘지 못한다. 예를 들어 영국

10 파시스트 정권이 사용했던 고문 도구.

의 선거 제도는 공공연한 사기에 지나지 않는다. 돈 많은 계층에게 유리하도록 여러 가지 빤한 방법으로 선거를 마음대로 손본다. 그러나 대중 의식이 크게 바뀌지 않는 선거 제도가 〈완전히〉 부패할 수는 없다. 기표소에서 권총을 든 사람이 당신에게 누구를 찍으라고 강요하지도 않고, 표를 잘못 세지도 않으며, 직접적인 뇌물이 오가지도 않는다. 위선 역시 강력한 안전장치이다. 교수형 재판관은 다이너마이트라도 맞지 않으면 자신이 몇 세기에 살고 있는지 깨닫지 못하겠지만, 어쨌든 법전에 따라 법을 해석하고 어떤 상황에서도 금전적 뇌물을 받지 않을 그 진홍색 법복에 말갈기 가발을 쓴 사악한 노인은 영국의 상징적 인물이다. 그는 현실과 환상, 민주주의와 특권, 속임수와 품위, 국가를 익숙한 모양으로 유지시키는 미묘한 타협들이 기이하게 뒤섞인 상징이다.

3

지금까지 나는 4천5백만 명을 하나의 집단으로 취급할 수 있다는 듯이 〈국가〉, 〈영국〉, 〈영연방〉에 대해서 이야기했다. 그러나 영국이 부자와 빈자라는 두 나라로 나뉘어 있다는 것은 악명 높은 사실이 아닌가? 연 소득 10만 파운드인 사람과 주급 1파운드인 사람 사이에 공통점이 있다는 듯이 말할 사람이 있을까? 내가 〈영연방Britain〉이 아니라 〈영국England〉이라는 단어를 더 자주 사용해서 웨일스와 스코틀랜드 독자들조차 기분이 상했을 것이다. 모든 국민이 런던이나 인근

주에서 살고 있고 북부나 서부에는 나름의 문화가 없다는 듯이 말이다.

사소한 문제를 먼저 살피면 이 문제를 더욱 잘 이해할 수 있다. 소위 말하는 영연방 민족들이 서로 아주 다르다고 느끼는 것은 사실이다. 예를 들어 스코틀랜드인은 누가 자신을 잉글랜드인이라고 하면 고마워하지 않는다. 우리가 영연방 섬들을 적어도 여섯 개의 이름 — 잉글랜드, 브리튼, 그레이트브리튼, 브리튼아일스, 유나이티드킹덤, 아주 의기양양할 때는 앨비언 — 으로 부른다는 사실은 우리가 이 점에 대해서 얼마나 우유부단한지를 보여 준다. 우리의 눈에는 잉글랜드 북부와 남부의 차이도 무척 커 보인다. 그러나 두 영연방 사람이 유럽인을 만나는 순간, 둘의 차이는 퇴색한다. 잉글랜드인과 스코틀랜드인, 심지어 잉글랜드인과 아일랜드인을 구분하는 외국인은 미국인을 제외하면 아주 드물다. 물론 프랑스인에게 브르타뉴인과 오베르뉴인은 아주 다른 존재처럼 보이고, 파리에서 마르세유 악센트는 판에 박힌 농담거리이다. 그러나 우리는 프랑스를 하나의 개체, 단일한 문명으로 인식하면서 〈프랑스〉와 〈프랑스인〉이라고 말하며, 이 역시 사실이다. 우리도 마찬가지이다. 바깥에서 보면 런던 사람과 요크셔 사람조차 가족처럼 닮았다.

한 국가를 바깥에서 바라보면 부자와 빈자의 차이조차 어느 정도 축소된다. 영국이 경제적으로 불평등하다는 것은 의심의 여지 없는 사실이다. 영국의 빈부 격차는 유럽의 그 어느 나라보다 크고, 가장 가까운 길거리만 내다봐도 그 사실을 알 수 있다. 경제적으로 봤을 때 영국은 서넛까지는 아니더라도 분명 두 나라로 나뉜다. 그러나 이와 동시에 대부분의 영국인은 영국이 하나의 국가라고 〈느끼고〉, 외국인보다 서로와 더 닮았다는 사실을 인식한다. 애국심은 보통 계급에 대한 반감보다 강하고, 모든 형태의 국제주의보다 항상 강하다. 1920년의 짧은 시기(〈러시아 불간섭〉 운동)[11]를 제외하면 영국 노동 계급은 단 한 번도 국제적으로 생각하거나 행동하지 않았다. 영국 노동 계급은 스페인에서 같은 노동 계급이 서서히 목 졸려 죽어 가는 것을 2년 반 동안이나 지켜보면서 단 한 차례의 동조 파업도 하지 않았다.[12] 그러나 자기 나라(너필드 경[13]과 몬터규 노먼[14]의 나라)가 위험에 처하자 전혀 다른 태도를 보였다. 영국이 침공당할 가능성이 높아지자 보수당 정치가 앤서니 이든[15]이 라디오에 출연해 민방위군 자원을 호소했다. 그러자 24시간 만에 25만 명이 모였고, 그 뒤 한 달 동안 백만 명이 추가로 자원했다. 민방위군 자원자와 양심적 병역 거부자의 수를 비교해 보면 전통적인 충성심이 새로운 충성심보다 얼마나 강력한지 알 수 있다.

11 영국의 사회주의자들이 1919년 시작한 국제 정치 운동으로, 러시아 내전 당시 영국이 백군의 편을 들어 끼어드는 것에 반대했다.

12 금전적으로 어느 정도 도운 것은 사실이다. 그러나 여러 스페인 원조 기금에서 모금된 액수는 같은 기간 동안 축구 도박 거래액의 5퍼센트에도 미치지 못할 것이다 — 원주.

13 Lord Nuffield(1877~1963). 영국 자동차 회사 모리스의 창업자.

14 Montagu Norman(1871~1950). 영국 은행 총재를 지낸 은행가.

15 Anthony Eden(1891~1977). 영국의 보수 정치가로 외무 장관을 세 번 지냈고, 부총리와 총리를 역임했다.

영국에서 애국심은 계급에 따라 형태가 다르지만 거의 모든 이들을 연결하는 끈과 같다. 유럽화된 지식인층만이 애국심에 대한 면역이 있다. 긍정적인 감정으로서 애국심은 상류층보다 중산층에서 더 강하지만 — 예를 들어 저렴한 퍼블릭 스쿨이 비싼 퍼블릭 스쿨보다 애국심을 잘 드러낸다 — 라발[16]-크비슬링[17]처럼 확실하게 나라에 반역하는 부자는 아주 적을 것이다. 노동 계급의 애국심은 깊지만 무의식적이다. 노동자의 심장은 영국 국기를 봐도 뛰지 않는다. 그러나 영국인의 유명한 〈섬나라 근성〉과 〈외국인 혐오〉는 부르주아 계급보다 노동 계급에서 훨씬 더 강하다. 어느 나라든 가난한 사람이 부유한 사람보다 민족주의적이지만, 영국 노동 계급에서는 외국 관습에 대한 반감이 유난히 두드러진다. 영국 노동자는 피치 못할 이유로 외국에서 몇 년간 살아도 외국 음식에 적응하거나 외국어를 배우지 않으려고 한다. 노동 계급 출신 영국인은 대개 외래어를 올바르게 발음하는 것을 사내답지 못하다고 여긴다. 1914~1918년 전쟁 당시 영국 노동 계급은 이례적일 만큼 많은 외국인을 접했다. 그러나 이러한 접촉은 존경스러울 만큼 용감한 독일인을 제외하고 모든 유럽인에 대한 증오를 되살리는 결과밖에 낳지 못했다. 영국인은 프랑스 땅에서 4년을 보냈지만 포도주에 빠지지 않았다. 영국인의 섬나라 근성, 외국인을 진지하게 여기지

16 Pierre Laval(1883~1945). 비시 정부에서 요직을 맡았던 프랑스 정치가.
17 Vidkun Quisling(1887~1945). 노르웨이 친나치 정권에 부역했던 정치가.

않으려는 고집은 때로 큰 대가를 치러야 하는 어리석은 행동이다. 그러나 이러한 특성은 영국만의 신비한 분위기에 어떤 역할을 하고 있고, 그러한 특성을 없애려고 애썼던 지식인들은 보통 좋은 결과보다 나쁜 결과를 더 많이 가져왔다. 관광객을 내쫓는 것도, 침입자를 막는 것도, 결국 영국인의 동일한 특성 때문이다.

여기서 우리는 내가 앞장 서두에서 — 얼핏 보기에는 무작위적으로 — 지적한 영국인의 두 가지 특징으로 돌아가게 된다. 하나는 예술적 능력의 결여이다. 이것은 영국이 유럽 문화의 바깥에 존재한다는 말의 다른 표현일지도 모른다. 왜냐하면 영국이 재능을 드러낸 유일한 예술이 문학이기 때문이다. 문학은 국경을 넘지 못하는 유일한 예술이다. 문학, 특히 시, 무엇보다도 서정시는 가족들만 알아듣는 농담처럼 같은 언어권 밖에서는 가치가 거의, 혹은 전혀 없다. 셰익스피어를 빼면 가장 뛰어난 영국 시인들이 유럽에서는 이름조차 알려지지 않았다. 작품이 널리 읽히는 시인은 엉뚱한 이유로 존경받는 바이런과, 영국적 위선의 피해자로 동정받는 오스카 와일드밖에 없다. 이는 뚜렷하게 드러나지는 않지만, 철학적 소양의 결여와 관련이 있다. 거의 모든 영국인은 질서정연한 사고 체계에 대한 욕구, 심지어는 논리를 사용하고자 하는 욕구조차 없다.

어느 선까지는 국가적 단합이 〈세계관〉을 대체한다. 영국에서는 애국심이 거의 보편적이고 부자도 그 영향에서 자유롭지 않기 때문에, 온 국민이 늑대를 만난 소 떼처럼 하나가 되어 똑같이 움직일 때도 있다. 우리가 프랑스 땅에서 재난을 맞닥뜨렸을 때가 분명 그런 순간이었다. 사람들은 8개월 동안 도대체 무엇 때문에 이 전쟁을 치르고 있을까 막연히 생각하다가 불현듯 해야 할 일을 깨달았다. 첫째, 됭케르크에서 군대를 철수시키고, 둘째, 침공을 막아야 했다. 거인이 깨어났다. 빨리! 위험해요! 불레셋 사람들이 당신을 잡으러 왔어요, 삼손! 그렇게 하나가 되어 재빨리 움직였지만, 아아, 거인은 곧장 다시 잠이 들고 말았다. 분열된 나라였다면 그때 대대적인 평화 운동이 일어났을 것이다. 그렇다면 영국인은 항상 본능에 따라 옳은 일을 하리라는 뜻일까? 전혀 그렇지 않다. 본능에 따라 같은 행동을 하리라는 뜻에 지나지 않는다. 예를 들어 1931년 총선거에서 우리는 완벽하게 단결하여 잘못된 선택을 했다. 우리는 가다라의 돼지[18]처럼 하나였다. 그러나 우리가 자신의 의지와 반대로 비탈에서 떠밀렸다고 말할 수 있을지는 솔직히 의심스럽다.

그렇다면 영국의 민주주의는 가끔 순전한 속임수처럼 보이지만 그렇지만은 않다는 뜻이 된다. 외국인은 어마어마한 부의 불균형, 불공정한 선거 제도, 지배 계층이 언론과 라디오, 교육을 통제하는 모습만 보고 민주주의란 독재를 순화한 표현일 뿐이라고 결론짓는다. 그러나 이는 불행히도 실제 존재하는 지도층과 피지도층의 합의를 상당히 무시하는 것이다. 우리가 아무리 인정하기 싫어도 1931년부터 1940년까지 거국 내각이 국민 다수의 의지를 대표한 것은 분명하다.

18 성경에서 악령이 들려 갈릴리 호수에 빠져 죽은 돼지 떼.

거국 내각은 불경기, 실업, 비겁한 외교 정책을 용인했다. 맞다, 그러나 여론도 마찬가지였다. 경제 침체기였으므로 어울리는 지도자는 당연히 범재(凡材)였다.

수천 명의 좌파가 운동을 벌인 것은 사실이지만, 분명 영국 국민 태반이 체임벌린의 외교 정책을 지지했다. 게다가 분명 체임벌린의 마음속에서도 일반인의 마음속과 똑같은 싸움이 벌어지고 있었다. 반대파는 체임벌린에게서 영국을 히틀러에게 팔아넘기려고 계략을 짜는 음침하고 교활한 책략가를 보았다고 고백했지만, 체임벌린은 좁은 식견에 따라 최선을 다하는 어리석은 노인이었을 뿐일 가능성이 훨씬 더 높다. 그렇지 않다면 체임벌린 정책의 모순이나 선택할 수 있는 여러 노선을 전혀 파악하지 못한 무능함을 설명하기 힘들기 때문이다. 국민 대다수와 마찬가지로 체임벌린은 평화의 대가도, 전쟁의 대가도 치르고 싶지 않았다. 그가 완전히 모순적인 정책들을 추진하는 내내 여론이 그를 지지했다. 체임벌린이 뮌헨에 갔을 때, 러시아와 양해를 이루려고 애쓸 때, 폴란드에 약속을 했을 때, 그리고 그 약속을 지켰을 때, 마지못해 선전 포고했을 때에도 여론은 그를 지지했다. 여론은 체임벌린이 추구한 정책의 결과가 명백해진 후에야 그에게서 등을 돌렸다. 지난 7년 동안 스스로 저지른 태만에 등을 돌린 것이다. 그 후 사람들은 자기 기분에 더 맞는 처칠을 지도자로 선출했는데, 그는 어쨌거나 전쟁을 해야만 승리를 거둘 수 있음을 이해하는 사람이었다. 나중에는 사회주의 국가만이 효과적으로 싸울 수 있음을 이해하는 또 다른 지도자가 선출될지도 모른다.

지금까지 내가 한 말은 영국이 진정한 민주주의 국가라는 뜻일까? 그렇지 않다. 보수적인 『데일리 텔레그래프』의 독자라고 해도 그런 말은 곧이곧대로 믿지 못할 것이다.

영국은 태양 아래 계급 문제가 가장 심한 나라이다. 또한 속물근성과 특권의 나라이며, 대체로 늙고 멍청한 자들이 나라를 다스린다. 그러나 어떤 계산을 하든 우리는 영국의 감정적 단결을, 크나큰 위기의 순간 거의 모든 주민이 똑같은 감정을 느끼고 똑같이 행동하는 경향을 계산에 넣어야만 한다. 유럽 국가 중에서 국민 수십만 명을 망명시키거나 강제수용소로 몰아낼 필요가 없는 대국(大國)은 영국밖에 없다. 전쟁이 발발하고 1년이 지난 지금, 정부를 모욕하고 적을 칭송하며 항복을 부르짖는 신문과 소책자들이 거리에서 팔리지만 아무도 막지 않는다. 언론의 자유를 존중해서라기보다 그것이 별로 중요하지 않다는 인식 때문이다. 『피스 뉴스 *Peace News*』 같은 신문 판매를 허가하는 것이 더 안전하다. 국민의 95퍼센트는 그런 신문을 절대 읽고 싶지 않을 테니 말이다. 이 나라는 보이지 않는 사슬에 의해 하나로 묶여 있다. 평시라면 지배 계급이 우리를 마음껏 강탈하고, 실수를 저지르고, 방해하고, 혼돈으로 이끌 것이다. 그러나 여론이 그들에게 들릴 만큼 시끄러워질 경우, 밑에서부터 세게 잡아당기면 지배 계급도 응답을 거부하기 어렵다. 지배 계급 전체가 〈친파시스트〉라는 좌파 작가들의 비난은 지나친 단순화이다. 우리를 지금의 곤경으로 이끈 정치인 내부 파벌 중에 과연 〈의식적인〉 반역자가 있었는지 의심스럽다. 영국에서 의식적인 부패는 무척 드물다. 오히려 항상 자기기만, 즉 왼손이 하는 일을 오른손이 모르는 경우이다. 영국 언론을 보면 뚜렷하게 알 수 있다. 영국 언론은 정직할까, 부정직할까? 평시에는 무척 부정직하다. 주요 신문사는 모두 광고로 유지되기 때문에 광고주가 기사를 간접적으로 검열한다. 그러나 나는 영국 신문사 중에서 직접적으로 금품을 뇌물로 먹일 수 있는 곳은 하나도 없다고 생각한다. 프랑스 제3공화정 당시 몇몇 신문사는 치즈를 사듯이 돈을 주고 살 수 있었던 것으로 악명 높다. 그러나 영국의 공직자가 〈공공연하게〉 수치스러운 행동을 한 적은 한 번도 없었다. 영국은 협잡을 그냥 넘길 만큼 붕괴하지 않았다.

영국은 자주 인용되는 셰익스피어의 말처럼 보석 같은 섬도 아니지만, 괴벨스 박사의 말처럼 지옥도 아니다. 그보다 영국은 빅토리아 시대의 갑갑한 가족을 닮았다. 말썽꾼은 별로 없지만 벽장에 해골이 가득한 집안 말이다. 이들에게는 아첨해야 할 부유한 친척과 끔찍하게 들러붙는 가난한 친척이 있고, 가족의 소득원에 대해서는 입을 모아 침묵을 지킨다. 아이들은 모두 좌절했고, 권력은 대체로 무책임한 삼촌과 침대에 누워만 지내는 숙모가 쥐고 있다. 그럼에도 불구하고 한 가족이다. 이 가족에게는 자기들만의 언어와 공동의 기억이 있고, 적이 다가오면 일치단결한다. 엉뚱한 사람이 다스리는 집안 — 이것이 영국을 가장 잘 설명하는 표현일지도 모른다.

4

워털루 전투는 이튼 스쿨 운동장에서 이긴 것이 사실이지만, 이후 모든 전쟁의 첫 전투는 그곳에서 졌다. 지난 75년 동안 영국인의 삶을 지배한 사실 중 하나는 지배 계급의 능력이 쇠퇴했다는 것이다.

1920년부터 1940년까지 지배 계급의 능력은 화학 반응처럼 빠르게 쇠퇴했다. 그러나 이 글을 쓰는 지금은 아직 지배 계층에 대해서 이야기할 수 있다. 칼날을 두 번, 손잡이를 세 번 바꾼 칼처럼 영국 사회의 최상층은 지금도 19세기 중반과 거의 똑같다. 1832년 이후 토지를 소유한 옛 귀족 계급은 서서히 힘을 잃었지만, 사라지거나 화석이 되는 대신 그들의 자리를 차지한 상인, 공장주, 금융업자와 결혼했고, 곧 새로운 세력을 자신들과 똑같은 복제품으로 만들었다. 부유한 선주나 방적 공장 주인이 시골 신사 계급이라는 알리바이를 만드는 동안, 그 아들들은 단지 그 목적만을 위해 만들어진 퍼블릭 스쿨에서 올바른 태도를 배웠다. 귀족 계급은 빈자리를 벼락부자들로 꾸준히 메꾸면서 영국을 통치했다. 사람들은 자수성가한 자들의 에너지, 또 그들이 돈을 이용해서 대대로 공직에 종사한 계급에 진입한 방식을 생각하면서 그런 식으로 유능한 통치자가 만들어질 수 있다고 기대했을지도 모른다.

어쨌든 지배 계급은 쇠퇴하면서 능력과 과감성, 결국에는 무자비함까지 잃었고, 마침내 이든이나 핼리팩스[19]처럼 거

19 Edward Halifax(1881~1959). 영국의 보수 정치가로 인도 총독, 외무

만한 보수주의자가 출중한 재능을 가진 것처럼 보이는 시대가 왔다. 스탠리 볼드윈[20]은 거만한 보수주의자라고 추켜세울 수조차 없다. 그는 허공의 구멍에 지나지 않았다. 1920년대 영국 국내 정치의 실책만으로도 좋지 않으나, 1931년부터 1939년까지 영국의 외교 정책은 세계적인 신비이다. 왜 그랬을까? 무슨 일이 있었던 것일까? 왜 영국의 모든 정치인이 결정적인 순간마다 한 치의 오차도 없이 본능으로 잘못된 선택만 했을까?

그 기저의 사실은 부유층의 지위 자체를 이미 오래전부터 정당화할 수 없었다는 것이다. 부유층은 거대한 제국과 세계적인 금융 네트워크의 중심에 앉아서 이익과 이윤을 거둬들여 쓰고 있었다. 무엇에 썼을까? 영국 제국 내의 삶은 그 바깥의 삶보다 많은 면에서 낫다고 말할 수 있었다. 그러나 제국은 아직 충분히 발전하지 않았고, 인도는 중세 시대에 잠들어 있었으며, 외국인 출입이 금지된 자치령은 텅 비었고, 영국에서조차 빈민가가 넘치고 실업자가 가득했다. 기존 체제에서 확실하게 이익을 보는 사람은 시골 유지 50만 명밖에 없었다. 게다가 중소 사업체들이 합병으로 몸집을 키우는 경향 때문에 부유층이 점차 자기 역할을 잃고 단순한 〈소유주〉로 변했고, 월급을 받는 관리자와 기술자가 그들의 일을

장관 등 요직을 거쳤다. 체임벌린 총리와 함께 히틀러를 대상으로 유화 정책을 펼쳤으나, 독일의 체코슬로바키아 점령 이후 히틀러를 저지하기 위해 전쟁에 참전해서라도 폴란드를 지키겠다고 약속하는 새로운 정책을 추진했다.

20 Stanley Baldwin(1867~1947). 영국의 총리를 세 번 지낸 보수당 정치인.

대신 했다. 과거 오랜 기간 동안 영국에는 아무 역할도 없이 뭔지도 모르는 것에 투자해서 먹고사는 계층, 즉 〈게으른 부자〉가 있었고, 우리는 원한다면 언제든지 『태틀러*Tatler*』와 『바이스탠더*Bystander*』 같은 잡지에서 그들의 사진을 볼 수 있었다. 이러한 사람들이 존재한다는 사실은 어떤 기준으로도 정당화할 수 없었다. 개에게 벼룩이 쓸모없듯이 그들 역시 이 사회에서 쓸모없는 기생충일 뿐이었다.

1920년이 되자 많은 사람들이 이 사실을 인식했다. 1930년에는 수백만 명이 이를 인식했다. 그러나 영국의 지배 계층은 자신들의 쓸모가 다했음을 인정할 수 없었다. 인정한다면 물러나야 했을 것이다. 부당한 특권이라는 것을 알면서도 놓지 못하고 뇌물과 최루탄으로 반대자를 억누르는 미국의 백만장자들처럼 강도로 전락할 수는 없었기 때문이다. 어쨌든 영국의 지배 계층은 전통이 있었고, 필요하면 조국을 위해 목숨을 바치는 것이 가장 중요한 제1계명이라고 가르치는 퍼블릭 스쿨에 다녔다. 영국의 지배 계층은 동포를 약탈하면서도 스스로 진정한 애국자라고 〈느껴야〉 했다. 따라서 그들의 탈출구는 하나밖에 없었으니, 바로 멍청함이었다. 더 나아질 수 있다는 사실을 알지 〈못해야만〉 사회를 기존 형태로 유지할 수 있었다. 어려운 일이었지만 영국의 지배 계층은 과거만 바라보고 주변에서 일어나는 변화를 알아차리길 거부함으로써 이를 해냈다.

이것으로 영국의 많은 부분을 설명할 수 있다. 이로써 활기 넘치는 노동자들을 땅에서 몰아내는 가짜 봉건제를 유지하느라 시골 지역의 삶이 피폐해진 것이 설명된다. 1880년대 이후 거의 변함없는 퍼블릭 스쿨의 정체도 설명된다. 또 세계를 계속해서 놀라게 하는 군사적 무능력도 설명된다. 1850년대 이후 영국이 참전한 모든 전쟁은 여러 가지 재난으로 시작했고, 비교적 사회적 위치가 낮은 사람들이 상황을 해결했다. 귀족 계급 출신의 고위 지휘관들은 현대전을 대비할 수 없었다. 그러려면 세상이 바뀌고 있음을 인정해야 했기 때문이다. 고위 지휘관들은 전쟁이 일어날 때마다 지난번 전쟁의 되풀이로만 보았기 때문에 항상 시대에 뒤진 방법과 무기를 고수했다. 그들은 보어 전쟁을 앞두고 줄루 전쟁에 대비했고, 1914년 전쟁을 앞두고 보어 전쟁에 대비했으며, 현재의 전쟁을 앞두고 1914년 전쟁에 대비했다. 지금 이 순간에도 영국에서는 수십만 명의 남자들이 깡통을 딸 때 말고는 아무짝에도 쓸모없는 총검으로 훈련을 받고 있다. 해군, 그리고 최근에는 공군이 항상 육군보다 더 효율적이었다는 사실을 주목해야 한다. 해군은 일부만이 지배 계층 출신이고, 공군에는 지배 계층이 아예 없다.

평화 시에는 영국의 지배 계층이 선택한 방법으로 충분했다는 사실을 인정하지 않을 수 없다. 영국의 국민이 분명 그것을 용인했다. 영국은 사회 구조가 아무리 불공평해도 계급 전쟁으로 분열되거나 비밀경찰이 득시글거리지 않았다. 영국 제국은 크기가 비슷한 그 어느 나라의 그 어느 시대보다 평화로웠다. 지구의 4분의 1에 가까운 광대한 영토를 통틀어도 무장한 군대가 발칸 반도의 소국에 필요한 군대보다 적었다. 피지배층으로서는 자유주의적이고 〈부정적인〉 입장에서 보면 영국의 지배 계층도 장점이 있었다. 진정으로 현대적인 사람들, 즉 나치와 파시스트보다는 낫다는 것이었다. 그러나 영국의 지배 계층이 외부의 심각한 공격에 무방비하다는 사실은 오래전부터 명백했다.

영국의 지배 계층은 나치즘이나 파시즘을 이해하지 못했으므로 맞서 싸울 수도 없었다. 공산주의가 서유럽의 주요 세력이었다고 해도 맞서 싸우지 못했을 것이다. 파시즘을 이해하려면 사회주의 이론을 연구해야 했을 텐데, 그랬다면 영국의 경제 체제가 불공정하고 비효율적이며 시대에 뒤떨어졌다는 사실을 깨닫지 않을 수 없었을 것이다. 그러나 영국의 지배 계층은 바로 이러한 사실을 절대 직면하지 않는 법을 열심히 단련했다. 그들은 1914년에 기병대 장군들이 기관총에 대처한 것과 똑같은 방식으로 파시즘에 대처했다. 즉 무시했다. 여러 해에 걸쳐 공격과 학살이 반복되었지만 영국의 지배 계층은 단 한 가지 사실, 즉 히틀러와 무솔리니가 공산주의에 적대적이라는 사실밖에 파악하지 못했다. 그러므로 그들은 히틀러와 무솔리니가 영국의 배당금을 타는 계층에게 〈틀림없이〉 우호적일 것이라고 주장했다. 그렇게 해서 스페인 공화국 정부에 전달할 식량을 싣고 가던 영국 선박들이 이탈리아 비행기에 의해 폭격을 맞았다는 소식을 듣고 보수당 하원 의원들이 열렬히 환호하는 무시무시한 장면이 탄생했다. 영국의 지배 계층은 파시즘의 위험성을 파악하기 시작한 다음에도 파시즘의 본질이 얼마나 혁명적인지, 파시즘이 얼마나 어마어마한 군사적 행동을 할 수 있는지, 어떤 전법을 사용할 것인지 이해하지 못했다. 스페인 내전 당시 6페니짜리 공산주의 소책자만 읽어도 얻을 수 있는 정도의 정치적 지식을 가진 사람이라면, 프랑코가 이길 경우 영국에 전략적으로 아주 끔찍한 결과가 생기리라는 사실을 알았다. 그러나 평생 전쟁을 연구한 장군과 제독은 이 사실을 파악하지 못했다. 이와 같은 정치적 무지는 영국의 공직자, 내각 장관, 대사, 총독, 판사, 치안 판사, 경찰의 공통된 성향이다. 경찰은 〈빨갱이〉를 체포하지만 〈빨갱이〉가 설파하는 이론을 이해하지 못한다. 경찰이 그들의 이론을 이해한다면 부유층의 경호원이라는 자기 위치가 별로 달갑지 않아 보일 것이다. 새로운 경제 이론과 지하 정당들의 분파를 이해하지 못하기 때문에 군사 첩보 활동조차 절망적일 만큼 엉망일 것이라고 생각할 수밖에 없다.

파시즘이 자기편이라는 영국 지배 계층의 생각이 완전히 틀린 것은 아니었다. 부유층에게는 유대인만 아니라면, 파시즘보다 공산주의나 민주 사회주의가 더 무서운 것이 사실이다. 이 사실을 잊어서는 안 된다. 독일과 이탈리아의 프로파간다는 전부 이 사실을 감추기 위한 것이다. 사이먼, 호어, 체임벌린 같은 정부 고위직 보수파는 히틀러와 합의해야 한다는 사실을 본능적으로 알았다. 그러나 — 내가 앞서 언급한 영국의 특징인 국가적 단합이 여기서 등장한다 — 그렇게 하려면 제국을 무너뜨리고 국민을 반(半)노예제에 팔아넘겨야 했다. 정말 부패한 계층이라면 프랑스에서처럼 아무

주저 없이 그렇게 했을 것이다. 그러나 영국은 그렇게까지 되지 않았다. 영국의 공직에서 〈우리 정복자들에게 충성할 의무〉를 비굴하게 설파하는 정치인은 찾기 힘들다. 소득과 원칙 사이에서 오락가락하던 체임벌린 같은 사람들은 결국 최악의 조합을 선택할 수밖에 없었다.

영국의 지배 계층이 〈도덕적으로〉 꽤 건실하다는 사실을 보여 주는 것은, 그들이 전쟁에서 목숨을 잃을 준비가 되어 있다는 사실이었다. 최근 플랑드르 전투에서 공작과 백작 등 몇 명이 죽임을 당했다. 가끔 사람들이 주장하는 것처럼 지배 계층이 냉소적인 무뢰한이었다면 그런 일은 불가능했을 것이다. 그러나 지배 계층의 동기를 오해해서는 안 된다. 아니면 그들의 행동을 예측할 수 없다. 우리가 지배 계층에게 예상해야 하는 것은 배반이나 비겁함이 아니라 멍청함, 무의식적인 훼방, 항상 엉뚱한 일을 하려는 본능이다. 영국의 지배 계층은 사악하지 않다. 아니, 전적으로 사악하지는 않다. 그저 가르칠 수 없을 뿐이다. 지배 계층이 돈과 권력을 잃어야만 젊은 지배층이 스스로 몇 세기에 살고 있는지 이해하기 시작할 것이다.

5

양차 대전 사이에 몇 년간 발생한 영국 제국의 불황은 모든 영국인에게 영향을 끼쳤지만, 특히 중산층의 중요한 두 계층에게 직접적인 영향을 미쳤다. 하나는 보통 블림프라는 별명으로 불리는 군사 및 제국주의 중산층이고, 다른 하나는 좌파 지식인층이다. 두 계층은 얼핏 서로 적대적이고 정반대를 상징하는 것처럼 보이지만 — 공룡처럼 뇌가 작고 목이 짧으며 월급을 반밖에 받지 못하는 대령, 이마가 볼록하고 목이 길쭉한 지식인 — 정신적으로 연결되어 있으며, 끊임없이 상호 작용한다. 어쨌든 둘은 대체로 같은 집안에서 태어난다.

블림프 계층은 30년 전부터 이미 생기를 잃고 있었다. 키플링이 찬사를 보냈던 중산층 가족, 즉 교양이 많지는 않으나 자식이 많고, 아들들이 육군과 해군 장교가 되어 캐나다 유콘강부터 버마 이라와디강까지 미개발 지역으로 몰려갔던 중산층 가족은 1914년 이전부터 이미 줄어들고 있었다. 이들을 죽인 범인은 통신 기술이었다. 세상이 점점 좁아지고 화이트홀[21]의 지배가 점점 더 널리 퍼지면서 개인이 주도권을 잡을 여지는 매년 줄어들었다. 지금과 같은 영국 제국에서는 클라이브, 넬슨, 니컬슨, 고든[22] 같은 이들도 설 자리를 찾지 못했을 것이다. 1920년이 되자 식민 제국의 거의 모든 부분이 화이트홀의 손아귀에 들어갔다. 짙은 색 정장에 검은 펠트 모자를 쓰고 깔끔하게 접은 우산을 왼쪽 겨드랑이에 끼운, 악의 없고 지나치게 세련된 사람들이 말라야와 나이지리아, 몸바사와 만달레이에 자신의 답답한 인생관을 퍼뜨리고

21 영국 런던의 관청이 늘어선 거리. 영국 정부를 뜻한다.

22 모두 17~19세기의 영국 군대 출신으로 식민지에서 성공을 거둔 인물들이다.

있었다. 한때 제국을 건설하던 이들은 이제 서기로 강등되어 서류와 관료적 형식주의 속으로 점점 더 깊이 파묻혔다. 1920년대 초에는 풍족한 시절을 겪은 나이 많은 관리들이 새로운 변화를 겪으며 무능하게 시들어 가는 모습을 영국 제국 전역에서 볼 수 있었다. 그때부터 생기 넘치는 젊은이를 제국 행정부에 채용하는 것은 불가능에 가까워졌다. 공직계의 진실은 산업계에서도 진실이었다. 거대한 독점 회사들이 수많은 소규모 사업체를 삼켜 버렸다. 사람들은 서인도 제도로 가서 대담한 교역을 개척하는 대신 봄베이나 싱가포르로 가서 사무직을 맡았다. 사실 봄베이나 싱가포르의 삶이 런던의 삶보다 지루하고 안전했다. 중산층에는 집안의 전통 때문에 제국주의 정서가 강하게 남아 있었지만, 제국을 관리하는 일은 더 이상 매력이 없었다. 유능한 사람들은 피할 방법만 있다면 수에즈 운하의 동쪽으로 거의 가지 않았다.

그러나 1930년대 제국주의의 전체적인 약화와 영국의 전체적인 사기 저하는 부분적으로 좌파 지식인층의 작품이었고, 제국의 정체(停滯)에서 비롯된 일종의 성장이었다.

이제 어떤 의미에서든 〈좌파〉가 아닌 지식인층은 없다는 사실에 주목해야 한다. 최후의 우파 지식인은 T. E. 로런스[23]였을 것이다. 1930년경부터 〈지식인〉이라고 말할 수 있는 사람은 누구나 기존 질서에 만성적인 불만을 느꼈다. 그럴

23 T. E. Lawrence(1888~1935). 영국의 군인, 외교관, 작가. 제1차 세계대전 당시 오토만 제국에 대항하는 아랍 반란의 연락책 역할을 맡았고, 〈아라비아의 로런스〉라는 이름으로 국제적인 명성을 얻었다.

수밖에 없었던 것이, 그러한 사회에 지식인을 위한 공간은 없었기 때문이다. 발전하지도 붕괴하지도 않고 단순히 정체된 제국에서, 또 멍청함이 주요 자산인 자들이 통치하는 영국에서 〈똑똑하다〉는 것은 의심을 샀다. 당신이 T.S. 엘리엇의 시나 카를 마르크스의 이론을 이해할 수 있는 두뇌를 가졌다면, 윗사람들은 당신을 중요한 직책에서 기어이 제외시켰을 것이다. 지식인이 자기 역할을 찾을 수 있는 곳은 문학 비평과 좌파 정당밖에 없었다.

주간지와 월간지 몇 종만 읽으면 영국 좌파 지식인층의 정신을 알 수 있다. 이러한 잡지들을 봤을 때 가장 놀라운 것은 대체로 부정적이고 불만 가득한 태도이며, 건설적인 제안이 전혀 없다는 사실이다. 권력을 가져 본 적도 없고 가질 전망도 없는 사람들의 무책임한 트집을 빼면 거의 아무것도 남지 않는다. 눈에 띄는 또 다른 특징은 관념의 세계에 살면서 현실을 거의 접하지 않는 사람들의 얄팍한 감정이다. 수많은 좌파 지식인들이 1935년까지는 무기력한 평화주의자였다가 1935~1939년에는 독일과의 전쟁을 소리 높여 외쳤지만, 막상 전쟁이 발발하자 열기는 곧장 식었다. 스페인 내전 당시 가장 강경했던 〈반파시스트〉가 지금은 가장 심각한 패배주의자라는 말이 정확하지는 않을지 몰라도 대체로 옳다. 수많은 영국 지식인층에 대한 아주 중요한 사실이 그 기저에 깔려 있다. 바로 영국의 공통 문화와 단절되어 있다는 사실이다.

어쨌든 영국 지식인층의 생각은 유럽화되었다. 그들은 파리의 요리와 모스크바의 생각을 받아들인다. 전체적으로 애국적인 영국에서 이들은 이론(異論)의 섬이다. 영국은 지식인이 자신의 국적을 부끄럽게 여기는 유일한 나라일 것이다. 좌파 진영에는 영국인이라는 것이 약간 수치스러운 일이고, 경마부터 수에트 푸딩까지 영국의 모든 관습을 비웃어야 한다는 분위기가 항상 존재한다. 이상한 일이지만, 영국의 거의 모든 지식인이 자선함에서 돈을 훔치는 것보다 「신이여 왕을 구하소서」가 흘러나올 때 차려 자세로 서 있는 것을 더욱 수치스럽게 여기리라는 것은 의문의 여지가 없는 사실이다. 수많은 좌파가 중대한 시기마다 때로는 힘없는 평화주의, 때로는 과격한 친러시아주의 등, 아무튼 반영국적 사상을 퍼뜨리려고 애쓰며 영국의 사기를 갉아먹었다. 이러한 노력이 얼마나 효과가 있었는지 확실하지 않지만, 어느 정도 효과적이었음은 분명하다. 영국의 사기가 정말로 꺾였다면, 그래서 영국이 〈쇠퇴〉했으니 전쟁에 뛰어들어도 안전하다고 파시즘 국가들이 판단했다면, 이는 부분적으로 좌파 지식인층의 방해 공작 때문이다. 뮌헨 협정에 소리 높여 반대한 좌파지 『뉴 스테이츠먼*New Statesman*』과 『뉴스 크로니클 *News Chronicle*』조차 협정 성사에 어느 정도 기여했다. 10년에 걸친 조직적인 블림프 괴롭히기는 블림프에게도 영향을 끼쳤지만, 이 때문에 지적인 젊은이를 군대로 영입하기가 더 어려워졌다. 제국의 불황을 생각하면 군대 기반의 중산층은 어쨌거나 쇠퇴했겠지만, 얄팍한 좌파의 확산이 그 과정을 재촉했다.

지난 10년 동안 영국 지식인층이 순전히 〈부정적인〉 존재,

단순한 블림프 반대 세력이라는 특수한 위치를 차지하게 된 것은 분명 지배 계층의 어리석음으로 인한 부산물이다. 사회는 지식인층을 이용하지 못했고, 지식인층은 〈좋을 때나 나쁠 때나〉 조국에 헌신해야 한다는 사실을 이해하지 못했다. 블림프와 지식인 모두 애국심과 지성의 결별을 자연의 법칙처럼 당연하게 여겼다. 애국자는 보수 잡지 『블랙우즈 매거진*Blackwood's Magazine*』을 읽으면서 자신이 〈똑똑하지 않은〉 것을 신에게 감사드렸다. 지식인은 영국 국기를 비웃고 육체적 용기를 야만적이라고 여겼다. 이처럼 상식에 어긋난 관습이 계속될 수 없음은 명확하다. 기계적으로 무엇이든 비웃는 블룸즈버리[24] 지식인은 기병대 대령만큼이나 시대에 뒤떨어졌다. 현대 국가는 지식인도, 기병대 대령도 감당할 수 없다. 애국심과 지성이 다시 하나가 되어야 한다. 이를 가능하게 만드는 것은 우리가 전쟁을, 그것도 아주 독특한 전쟁을 치르고 있다는 사실이다.

6

지난 20년 동안 영국에서 일어난 가장 중요한 발전은 중산층이 상하로 확장된 것이다. 자본가, 프롤레타리아, 프티부르주아(소규모 자산가)라는 과거의 사회적 분류가 거의 쓸모없어질 정도로 중산층이 확장되었다.

영국은 자산과 재력이 극소수에게 집중된 나라이다. 현대

24 문화, 교육 기관이 밀집해 있는 런던의 문학과 지식인의 중심지.

영국에서 의복, 가구, 그리고 아마도 주택을 제외한 다른 무언가를 〈소유〉한 사람은 거의 없다. 소농은 이미 오래전에 사라졌고, 독립적인 소매상인은 몰락 중이며, 소규모 사업체는 줄어들고 있다. 동시에 현대 산업은 너무나 복잡하기 때문에 월급이 꽤 높은 관리자, 판매원, 기술자, 화학자, 각종 전문가가 없으면 잘 굴러가지 못한다. 이에 따라 의사, 변호사, 교사, 예술가 등등 전문직 계급이 생겨난다. 그러므로 선진 자본주의는 한때 중산층을 없앨 것처럼 보였지만, 실제로는 중산층을 확장시켰다.

그러나 이보다 훨씬 중요한 것은 중산층의 사상과 관습이 노동 계급으로 퍼지는 것이다. 이제 영국의 노동 계급은 거의 모든 면에서 30년 전보다 훨씬 나아졌다. 일부분은 노동조합의 노력 때문이지만, 또 일부분은 자연 과학의 발전 때문이다. 실질 임금이 상승하지 않아도 삶의 수준이 조금이나마 상승할 수 있다는 사실을 항상 깨달을 수 있는 것은 아니다. 어느 정도까지는 문명이 스스로의 힘으로 더 나아질 수 있다. 사회 구조가 아무리 불공평해도 기술 발전은 공동체 전체의 이득이 될 수밖에 없다. 어떤 재화는 공동으로 소유할 수밖에 없기 때문이다. 예를 들어 백만장자가 자신이 다닐 때만 거리에 불을 밝히고, 다른 사람들이 다닐 때는 거리를 어둡게 만드는 것은 불가능하다. 현재 문명국가들의 거의 모든 시민은 평탄한 도로, 깨끗한 식수, 경찰의 보호, 무료 도서관, 일정 수준까지의 무상 교육을 누리고 있다. 영국의 공교육은 자금이 상당히 부족했지만 주로 교사들의 헌신적인 노력 덕분에 발전했고, 독서 습관도 널리 퍼졌다. 부자와 빈자는 점차 같은 책을 읽고, 같은 영화를 보고, 같은 라디오 프로그램을 듣는다. 저렴한 옷이 대량 생산되고, 주택이 개선되면서 생활 방식의 빈부 격차는 줄어들었다. 겉모습만 따지자면 의복에서 드러나는 빈부 격차가 30년이나 15년 전보다 훨씬 줄어들었고, 여성의 경우 특히 더 그러하다. 주택 문제를 살펴보면 문명의 오점인 빈민가가 여전히 존재하지만, 지난 10년 동안 지역 당국의 주도하에 주택이 많이 건설되었다. 화장실과 전깃불을 갖춘 현대적인 공영 주택은 증권 중개사의 저택보다 작지만, 농민의 오두막과 달리 같은 종류의 집으로 보인다. 공영 주택에서 자란 사람은 빈민가에서 자란 사람보다 중산층과 비슷하게 생각할 확률이 높고, 실제로도 그렇다.

이 모든 변화의 결과, 사람들의 태도가 전반적으로 더 유연해졌다. 현대 산업은 육체노동을 더 적게 요구하므로 일과가 끝났을 때 에너지가 더 많이 남는다는 사실도 한몫한다. 대부분의 경공업 종사자는 의사나 잡화점 점원과 마찬가지로 진정한 의미의 육체노동자가 아니다. 노동 계급은 취향과 습관, 관습, 겉모습에서 중산층에 점점 더 가까워지고 있다. 부당한 차별은 남아 있지만 진정한 차이는 줄어든다. 구식 〈프롤레타리아〉 — 깃 없는 옷, 면도하지 않은 얼굴, 힘든 노동으로 뒤틀린 근육 — 도 아직 존재하지만 꾸준히 줄어들고 있고, 주로 영국 북부의 중공업 지대에 많다.

영국에 한 번도 존재하지 않았던 것이 1918년 이후에 나타나기 시작했다. 바로 불분명한 사회 계층이다. 1910년에는 영국 제도에 사는 모든 사람을 복장, 예의범절, 말투에 따라 즉시 〈분류〉할 수 있었다. 그러나 이제는 그렇지 않다. 자동차 가격이 저렴해지고, 산업이 남부로 이동하면서 발달한 신도시에서는 더욱 그렇다. 미래 영국의 기원을 찾으려면 경공업 지대와 간선 도로 주변 지역을 보면 된다. 슬라우, 대거넘, 바넷, 레치워스, 헤이스에서 — 사실 모든 대도시 외곽에서 — 옛 양식이 서서히 새롭게 바뀌고 있다. 옛 도시의 빈민가와 대저택, 시골의 장원 영주 저택과 누추한 오두막은 뚜렷이 구분되었지만, 광대한 유리와 벽돌로 이루어진 새로운 황야에서는 그처럼 또렷한 구분이 존재하지 않는다. 소득은 단계별로 차이가 많이 나지만 모두들 일을 덜어 주는 아파트나 공영 주택에서, 콘크리트 도로를 따라서, 똑같이 벌거벗는 수영장에서 같은 삶을 각기 다른 수준으로 살아가고 있다. 이것은 통조림 식품과 『픽처 포스트*Picture Post*』,[25] 라디오, 내연 기관을 둘러싼 활동적이지만 문화가 없는 삶이다. 또한 아이들이 자석 발전기는 속속들이 알지만 성경은 전혀 모른 채 자라는 문명이다. 이 문명에 속하는 사람은 현대가 가장 편안한 현대인들, 즉 전문가, 고소득 숙련 노동자, 비행사, 기계공, 라디오 전문가, 영화 제작자, 유명 저널리스트, 산업 화학자이다. 이들은 예전과 같은 계급 구분이 무너지는 불명확한 계층에 속한다.

25 영국에서 1938년부터 1957년까지 발행된 인기 사진 잡지로, 자유주의와 반파시즘, 대중주의를 표방했다.

우리가 패배하지만 않는다면 이번 전쟁이 기존의 계급 특권을 일소할 것이다. 계급 특권이 지속되기를 바라는 사람은 매일 줄어들고 있다. 양식이 변하면 영국의 삶이 그 독특한 향취를 잃을까 봐 걱정할 필요도 없다. 그레이터 런던의 붉은 벽돌 신도시들은 허술하지만, 이는 변화에 따른 일시적 부작용일 뿐이다. 전쟁이 끝났을 때 영국은 형태가 어떻게 변했든 내가 앞서 말한 특징들에 깊이 물들어 있을 것이다. 영국이 러시아화되거나 독일화되기를 바라는 지식인은 실망할 것이다. 점잖고, 위선적이고, 생각이 없고, 법률을 존중하고, 제복에 반감을 느끼는 영국의 정서는 수에트 푸딩이나 안개 낀 하늘과 함께 그대로 남아 있을 것이다. 한 나라의 문화가 파괴되려면 적국의 오랜 통치와 같은 크나큰 재난이 필요하다. 증권 거래소는 무너지고, 말이 끄는 쟁기는 트랙터에게 길을 내주고, 시골집은 어린이 방학 캠프로 바뀌고, 이튼과 해로의 경기는 잊히겠지만 영국은 여전히 영국일 것이다. 미래와 과거를 향해 몸을 쭉 뻗으며 모든 생물이 그렇듯 알아보지 못할 만큼 바뀌면서도 여전히 똑같은 존재로 남는 힘을 가진 불멸의 동물일 것이다.

2. 소매상의 전쟁[26]

1

나는 독일 비행기의 폭격 소리를 들으며 이 글을 쓰기 시작했는데, 2부는 일제 사격 소리를 들으며 시작하게 되었다. 총이 내뿜는 노란 섬광이 하늘을 밝히고, 지붕에서 파편이 덜그럭거리고, 런던 다리가 무너져 내리고 있다. 지도를 볼 줄 아는 사람이라면 누구나 우리가 치명적인 위험에 처했음을 알 것이다. 우리가 패배했다거나 패배하리라는 뜻이 아니다. 분명 결과는 우리 의지에 달려 있다. 그러나 지금 우리는 아주 깊은 곤경에 빠져 있다. 우리를 곤경에 빠뜨린 것은 우리가 아직도 저지르고 있는 어리석은 행동이며, 빨리 고치지 않으면 이 어리석음이 우리를 완전히 익사시킬 것이다.

이번 전쟁은 사적 자본주의 — 즉 토지와 공장, 탄광, 교통을 사적으로 소유하고 오직 이익을 위해 운영하는 경제 체계 — 가 〈통하지 않는다〉는 사실을 증명해 주었다. 자본주의는 기대에 부응하지 못한다. 지난 몇 년 동안 수백만 명이 그 사실을 알고 있었지만 아무 일도 일어나지 않았다. 아래에서는 체계를 바꾸라고 진심으로 재촉하지 않았고, 위에 있는 자들은 이 문제에 대해서만은 한없이 어리석게 굴도록 스스로 단련해 왔기 때문이다. 논쟁과 프로파간다는 무엇으로도 이어지지 않았다. 지주들은 가만히 앉아서 전부 최선의 결

26 〈영국은 소매상의 나라〉라는 애덤 스미스의 유명한 말에 빗댄 제목이다.

과를 위해서였다고 우겼다. 그러나 히틀러의 유럽 정복은 〈실제로〉 자본주의의 가면을 벗겨 냈다. 전쟁은 물론 폐해가 많지만, 어쨌든 펀치 게임기처럼 반박할 수 없는 힘의 시험이다. 힘이 세면 돈을 돌려받고, 결과를 거짓으로 꾸며 낼 방도는 없다.

선박 스크루가 처음 발명되었을 때, 스크루선과 외륜선 중에 무엇이 낫냐는 논쟁이 몇 년이나 이어졌다. 한물간 것은 무엇이든 그렇듯이 외륜선 역시 옹호자들이 있었고, 그들은 독창적인 주장을 펼치며 외륜선을 옹호했다. 그러나 결국 명문 제독이 같은 마력의 스크루선과 외륜선의 고물과 고물을 연결한 다음 엔진을 작동시켰다. 이로써 문제는 완전히 해결되었다. 노르웨이와 플랑드르의 전장에서 일어난 일도 이와 비슷했다.[27] 계획 경제가 비계획 경제보다 강하다는 것이 최종적으로 증명되었다. 그러나 자주 오용되는 사회주의와 파시즘이라는 단어를 우선 정의할 필요가 있다.

사회주의는 보통 〈생산 수단의 공동 소유〉로 정의된다. 거칠게 말하자면 나라 전체를 대표하는 국가가 모든 것을 소유하고, 모든 국민은 국가의 피고용인이다. 그렇다고 해서 의복과 가구 같은 사적 소유물을 빼앗는다는 뜻은 〈아니지만〉 토지, 탄광, 선박, 기계 등 모든 생산 수단이 국가의 재산이라는 뜻은 〈맞다〉. 국가가 유일한 대량 생산자이다. 사회주의가 모든 면에서 자본주의보다 우월한지는 불분명하지만,

27 제2차 세계 대전 초기(1940) 나치 독일과 연합군의 전투. 두 번 다 독일이 승리를 거두고 노르웨이와 벨기에를 점령했다.

자본주의와 달리 생산과 소비 문제를 해결할 수 있음은 분명하다. 평시에 자본주의 경제는 스스로 생산한 것을 모두 소비할 수 없으므로 잉여(밀을 태우고 청어를 바다로 다시 던지는 등등)와 실업이 항상 존재한다. 반면에 전시에는 이윤을 얻을 방법이 보이지 않는 한 아무것도 생산하지 않기 때문에 필요한 물품을 모두 생산하기 어렵다.

사회주의 경제에는 이러한 문제가 없다. 국가는 어떤 재화가 필요한지 계산하고 최선을 다해 생산할 뿐이다. 생산을 제한하는 것은 노동과 원료의 양밖에 없다. 국내에서 화폐는 신비로운 만능의 존재가 아니라, 소비재를 사기 위해 필요한 만큼 발급하는 일종의 쿠폰이나 배급표가 된다.

그러나 지난 몇 년 사이에 사회주의를 〈생산 수단의 공동 소유〉만으로 정의할 수 없음이 밝혀졌다. 대략적인 소득 평등(대략적인 평등으로 충분하다), 정치적 민주주의, 특히 교육을 비롯한 모든 부문의 세습 특권 폐지도 추가해야 한다. 이는 계급 체계의 재등장을 방지하기 위해서 필요한 안전장치일 뿐이다. 국민이 대략 비슷한 수준의 삶을 영위하고 정부에 대한 통제권을 갖지 않는 한 소유권의 중앙 집중은 의미가 없다. 〈국가〉가 자선(自選) 정당이라는 의미에 그치거나, 돈이 아닌 권력을 바탕으로 소수 독재 정치와 특권이 다시 생길 수 있다.

그렇다면 파시즘은 무엇일까?

파시즘은, 적어도 독일의 파시즘은 전쟁 목적을 위해 사회주의의 일부를 차용하여 효율화한 자본주의이다. 독일은 국내적으로 사회주의 국가와 공통점이 많다. 소유권이 폐지되지 않았고, 자본가와 노동자가 여전히 존재하며, 대체적으로 누가 자본가이고 누가 노동자인지 — 이것이 중요한 부분이며, 전 세계의 부자가 파시즘에 동조하는 진정한 이유이다 — 나치 혁명 이전과 변함없다. 그러나 동시에 국가, 즉 나치 당이 모든 것을 통제한다. 국가는 투자, 원료, 이자율, 노동 시간, 임금을 통제한다. 공장주는 여전히 공장을 소유하지만 실용적인 목적을 위해 관리자로 강등된다. 모든 국민이 사실상 국가의 피고용인이지만 월급은 크게 차이 난다. 이러한 체제의 〈효율성〉은, 낭비와 방해가 없다는 것만큼은 분명하다. 파시즘은 7년 만에 누구도 보지 못했던 최강의 전쟁 기계를 만들었다.

그러나 파시즘의 기저 사상은 사회주의의 기저 사상과 양립할 수 없을 만큼 다르다. 사회주의는 자유롭고 동등한 인간으로 구성된 세계 국가 건설을 궁극적 목표로 삼는다. 사회주의는 인권의 평등을 당연시한다. 그러나 나치즘은 그 반대를 가정한다. 나치 운동을 이끈 동력은 인간이 〈불평등〉하며, 독일인이 다른 모든 인종보다 우월하고, 독일이 세계를 지배할 권리가 있다는 믿음이다. 나치 운동은 독일 제국 바깥에서는 그 어떤 의무도 인정하지 않는다. 저명한 나치 교수들은 북유럽인만이 온전한 인간임을 계속해서 〈증명〉했고, 심지어 (우리처럼) 북유럽 출신이 아닌 인간을 고릴라와 교배할 수 있는가를 두고 토론했다! 그러므로 독일 국가 내에는 일종의 전시 사회주의가 존재하지만, 피정복 국가에 대해서는 공공연히 착취자의 태도를 취했다. 체코, 폴란드, 프랑스 등등은 독일에 필요한 재화를 생산하는 역할만 하고, 그 대가로 받는 것은 겨우 공공연한 반란을 막는 것뿐이다. 만약 영국이 정복당하면 앞으로 히틀러가 러시아나 미국과 싸울 때 필요한 무기를 만드는 것은 우리의 일이 될 것이다. 사실상 나치의 목표는 힌두교의 카스트 제도와 아주 비슷한 네 가지 계급의 카스트 제도를 만드는 것이다. 최상위 계급은 나치당, 두 번째는 독일 국민 대중, 세 번째는 피정복 유럽 시민이다. 마지막 네 번째 계급은 공공연한 노예로 전락할 유색인, 히틀러의 표현에 따르면 〈반(半)유인원〉이다.

우리의 눈에 아무리 끔찍해 보여도 나치 체제는 실제로 〈통한다〉. 세계 정복이라는 절대적인 목적에 맞춘 계획 체제이고, 자본가나 노동자의 그 어떤 사적인 이익도 그것을 막지 못하기 때문이다. 영국 자본주의는 사적 이익이 주요 목적이고, 주요 목적이어야만 하는 경쟁 체제이므로 통하지 않는다. 이 체제에서는 모든 힘이 제각각 다른 방향을 향하고, 개인의 이익이 국가의 이익과 전적으로는 아니지만 종종 반대된다.

중대한 시기 내내 영국 자본주의는 거대한 공장과 대적할 상대가 없을 정도의 숙련 노동 공급을 갖추었지만, 전쟁 준비의 부담을 감당하지 못했다. 현대적인 전쟁을 준비하려면 국가 소득의 많은 부분을 군비로 전환해야 하는데, 이는 소비재의 감소를 의미한다. 예를 들어 폭격기 한 대의 가격은 소형 자동차 50대, 실크 스타킹 8천 켤레, 빵 1백만 개의 가격과 같다. 국가의 생활 수준을 낮추지 않으면 폭격기를 〈많이〉 갖출 수 없다. 괴링 사령관이 말했듯 총과 버터 중 양자택일해야 한다. 그러나 체임벌린의 영국은 변화가 불가능했다. 부자는 필요한 과세를 받아들이지 않으려 했고, 부자들에게 여전히 돈이 많다는 사실이 빤히 보이는 상황에서 가난한 이들에게 많은 세금을 부과할 수는 없다. 게다가 〈이윤〉이 주요 목적인 이상 제조자가 소비재 대신 무기를 생산할 동기가 없다. 사업가에게는 출자자에 대한 의무가 최우선이다. 영국에 필요한 것은 탱크이지만, 돈이 되려면 자동차를 만들어야 한다. 전쟁 물자가 적에게 흘러가지 않도록 방지하는 것은 상식이지만, 가장 비싼 시장에서 파는 것이 사업적 의무이다. 1939년 8월 말에 영국 상인들은 독일에 양철, 고무, 구리, 셸락을 팔려고 애쓰며 서로 엎치락뒤치락하고 있었다. 1~2주 안에 전쟁이 일어나리라는 것이 명백하고 확실했는데도 말이다. 당신의 목을 베려는 사람에게 면도칼을 파는 것만큼 분별없는 일이었지만, 〈괜찮은 사업〉이었다.

이제 그 결과를 보라. 1934년 이후 독일이 재무장 중이라는 사실이 알려졌다. 1936년 이후 머리에 눈이 달린 사람이라면 누구나 전쟁이 다가오고 있음을 알았다. 뮌헨 협정 이후 전쟁은 언제 시작하느냐의 문제일 뿐이었다. 1939년 9월에 전쟁이 발발했다. 〈8개월 후〉, 영국군의 장비가 1918년 기준에도 못 미친다는 사실이 밝혀졌다. 우리는 영국 군인들이 비행기 3대에 1대로, 탱크에 소총으로, 기관총에 총검으로 맞서 절박하게 싸우며 해안으로 후퇴하는 모습을 보았다. 장교들에게 공급할 권총조차 충분하지 않았다. 전쟁이 시작되고 1년이 지난 후에도 상비군은 철모 30만 개가 부족했다. 그 전에는 군복조차 부족했다. 세계 최대의 모직 제품 생산국에서 말이다!

어떻게 된 일인가 하면, 생활 방식을 바꾸고 싶지 않았던 부유 계층 전체가 파시즘과 현대 전쟁의 본질에 눈을 감아 버렸던 것이다. 그리고 광고로 먹고사는 선정적인 언론은 경제 상황을 정상으로 유지해야 하므로 일반 대중에게 잘못된 낙관주의를 심어 주었다. 매년 비버브룩[28]의 언론은 〈전쟁은 없다〉와 같은 과장된 헤드라인으로 우리를 안심시켰고, 1939년 초가 되어서도 로서미어 경[29]은 히틀러를 〈대단한 신사〉라고 묘사했다. 재난이 닥치자 영국에 선박을 제외한 모든 전쟁 물자가 부족하다는 사실이 밝혀졌지만 자동차, 모피 코트, 축음기, 립스틱, 초콜릿이나 실크 스타킹이 부족했다는 기록은 없다. 지금도 사적 이익과 공적 필요 사이에서 똑같은 줄다리기가 계속되고 있다는 사실을 감히 부인할 사람이 있을까? 영국은 목숨을 위해 싸우지만 사업체는 이윤을 위해 싸워야 한다. 신문을 펼치기만 하면 두 가지 모순적인 일이 나란히 벌어지고 있다. 같은 면에서 정부는 절약을 촉구하지만, 쓸모없는 사치품 판매자는 돈을 쓰라고 촉구한다. 국방을 위해 양보하자, 하지만 기네스는 당신에게 좋다.

28 Sir William M. A. Beaverbrook(1879~1964). 영국 일간지 『데일리 익스프레스*Daily Express*』, 『이브닝 스탠더드*Evening Standard*』 등의 발행인.

29 Harold Harmsworth Rothermere(1868~1940). 영국 일간지 『데일리 메일』과 『데일리 미러*Daily Mirror*』 등의 발행인으로, 1930년대에 히틀러를 지지했다.

스핏파이어 전투기를 사자, 하지만 헤이그 위스키와 폰즈 크림, 블랙 매직 초콜릿도 사자.

그러나 희망을 주는 것이 하나 있다. 바로 눈에 띄는 여론의 동요이다. 우리가 이 전쟁에서 살아남는다면 플랑드르에서의 패배가 영국 역사상 가장 큰 전환점이었음이 증명될 것이다. 그 엄청난 재난 당시 노동 계급, 중산층, 심지어는 일부 기업조차도 사적 자본주의의 철저한 부패를 인식할 수 있었다. 그때까지 자본주의에 대한 반론이 〈증명된〉 적은 한 번도 없었다. 유일한 사회주의 국가 러시아는 시대에 뒤처졌고 너무 멀었다. 모든 비판은 증권 중개인의 시끄러운 비웃음과 은행가들의 음흉한 얼굴에 부딪쳐 무너졌다. 사회주의? 하! 하! 하! 돈은 어디서 나오는데? 하! 하! 하! 재산을 가진 귀족들의 자리는 굳건했고, 본인들도 그 사실을 잘 알고 있었다. 그러나 프랑스 붕괴 이후 웃어넘길 수 없고 수표책이나 경찰로도 억누를 수 없는 것이 등장했으니, 바로 폭격이었다. 스윽-쾅! 저게 뭐지? 아, 증권 거래소에 폭탄이 떨어진 것뿐이야. 스윽-쾅! 누군가의 소중한 빈민가 집이 또 파괴되었다. 히틀러는 어쨌든 의기양양하던 런던 시의 사기를 꺾은 사람으로 역사에 기록될 것이다. 런던 사람들은 평생 처음으로 편안함이 불편해졌고, 타고난 낙천주의자조차 뭔가 잘못되었음을 인정해야만 했다. 그것은 큰 도약이었다. 일부러 멍청하게 구는 사람들에게 제일 나쁜 사람이 이기는 난투를 벌이느니 계획 경제가 나을지도 모른다고 설득하는 힘든 일이 그때 이후 더 이상 힘들지 않은 일이 될 것이다.

2

사회주의와 자본주의의 차이는 본질적으로 방법의 차이가 아니다. 공장에 새로운 기계를 설치하듯 체제만 바꾸고 똑같은 사람들이 통치하는 자리에 그대로 앉아서 예전처럼 계속해 나갈 수는 없다. 권력의 완전한 이전 역시 분명 필요하다. 새로운 피, 새로운 사람들, 새로운 생각들 — 진정한 의미의 혁명이다.

나는 앞서 영국의 건전함과 균질성에 대해서, 거의 모든 계층을 연결하는 끈과도 같은 애국심에 대해서 말했다. 됭케르크 철수 이후 머리에 눈이 달린 사람이라면 누구나 이를 볼 수 있었다. 그러나 그 순간에 했던 약속이 지켜진 척하는 것은 어리석은 일이다. 이제 국민 대다수는 피할 수 없는 대대적인 변화에 대한 준비가 되어 있다. 그러나 변화는 아직 시작도 되지 않았다.

영국은 엉뚱한 사람이 다스리는 집안이다. 우리는 거의 전적으로 부자의, 그리고 생득권으로 지휘관이 된 사람들의 통치를 받고 있다. 이들 중 의식적으로 반역을 저지르는 사람은 없거나, 있다고 해도 아주 적으며, 몇몇은 멍청하지도 않다. 그러나 이들을 하나의 계급으로 보면 우리를 승리로 이끌 능력이 없다. 물질적인 이해관계가 끊임없이 발목을 잡지 않아도 마찬가지이다. 내가 앞서 지적했듯이 이들은 지금까지 의도적으로 멍청하게 굴었다. 무엇보다도 돈이 지배하기 때문에 우리는 대체로 나이 많은 사람들 — 즉 자신이 어떤 시대에 살고 있고 무엇과 맞서 싸우는지 전혀 이해하지 못하는 사람들 — 의 통치를 받는다. 이번 전쟁 초기에 가장 비참했던 것은, 나이 많은 세대 전체가 공모라도 한 듯 이번 전쟁이 1914~1918년 전쟁과 똑같은 양 굴었던 것이다. 노인들은 더욱 해골 같아진 얼굴로 20년도 더 지난 옛날에 했던 일을 되풀이했다. 이언 헤이는 군대를 격려했고, 벨록[30]은 전략에 대한 기사를 썼으며, 모루아[31]는 방송을 했고, 베언즈파더[32]는 만화를 그렸다. 흡사 유령들의 티파티 같았다. 상황은 거의 바뀌지 않았다. 참사의 충격으로 베빈[33]처럼 유능한 사람들이 앞으로 나서긴 했지만, 전체적으로는 1931년부터 1939년까지 히틀러가 위험하다는 사실조차 깨닫지 못한 사람들이 여전히 우리를 지휘하고 있다. 가르치기 힘든 구세대가 시체로 엮은 목걸이처럼 우리 위에 드리워져 있다.

이번 전쟁의 문제 — 가장 폭넓은 전략이든 국내 조직의 가장 사소한 부분이든 상관없다 — 에 대해 생각해 보면, 영국의 현재 사회 구조를 바꾸지 않는 한 필요한 조치를 취할 수 없음을 누구나 알 수 있다. 지배 계층은 자기 지위와 자라온 방식 때문에 본인의 특권을 위해 싸울 수밖에 없는데, 이

30 Hilaire Belloc(1870~1953). 영국의 작가.

31 André Maurois(1885~1967). 프랑스 작가로, 파리 함락 후 BBC에서 연설을 했다.

32 Charles Bruce Bairnsfather(1887~1959). 영국의 유명 만화가로, 제2차 세계 대전 당시 유럽 주둔 미군의 공식 만화가로 활동했다.

33 Ernest Bevin(1881~1951). 영국 노동조합 지도자이자 노동당 정치가로, 파시즘과 영국의 유화 정책에 강력히 반대했고, 제2차 세계 대전 당시 처칠의 거국 내각에서 노동부 장관을 맡았다.

들의 특권은 대중의 이익과 화합할 수 없다. 전쟁 목적, 전략, 프로파간다와 산업 구조가 철저히 나뉘어 있다는 생각은 큰 오산이다. 모든 것이 연결되어 있다. 모든 전략적 계획, 모든 전술적 방법, 심지어는 모든 무기에도 그것을 생산한 사회 체제의 도장이 찍혀 있다. 영국 지배 계층은 현재 히틀러와 맞서 싸우고 있지만, 지금까지는 히틀러가 볼셰비키 정책을 막아 주는 보호자라고 늘 생각했고, 몇몇은 아직도 그렇게 생각한다. 지배 계층이 고의적으로 나라를 팔아넘기리라는 뜻은 아니지만, 그들이 결정적인 순간마다 망설이고, 봐주고, 잘못된 행동을 할 가능성이 높다는 뜻이다.

처칠 정부가 중단시키기 전까지 지배 계층은 1931년 이후 본능적으로 잘못된 선택만을 해왔다. 얼간이가 아니라면 누구나 파시스트 스페인이 영국에 적대적일 것이라고 말해 줄 수 있었지만, 영국의 지배 계층은 프랑코가 스페인 정부를 전복하도록 도왔다. 봄이 되면 이탈리아가 우리를 공격하리라는 사실을 전 세계가 알고 있었지만, 영국의 지배 계층은 1939~1940년 겨울 내내 이탈리아에 전쟁 물자를 제공했다. 지배 계층은 배당금을 받는 단 몇십만 명을 위해서 인도를 동맹국이 아닌 적국으로 만들고 있다. 게다가 부유 계층이 계속 통치하는 한 우리는 〈방어〉 전략밖에 발전시킬 수 없다. 모든 승리는 현 상태의 변화를 의미한다. 아비시니아[34]에서 이탈리아인을 몰아내면서 어떻게 영국 제국의 유색인들 사이에 반향을 일으키지 않을 수 있겠는가? 히틀러를 물리

34 에티오피아의 옛 이름.

치면서 어떻게 독일 사회주의와 공산주의가 권력을 잡을 위험을 무릅쓰지 않을 수 있겠는가? 〈이것은 자본주의 전쟁〉이라고, 〈영국 제국주의〉가 전리품을 노리고 싸우는 중이라고 울부짖는 좌파들은 상식이 없다. 영국의 부유층은 새로운 영토를 결코 원하지 않는다. 새로운 영토가 생겨 봤자 당혹스러울 뿐이다. 그들의 (입 밖에 낼 수도 없고 실현하기도 어려운) 전쟁 목표는 자신이 가진 것을 지키는 것뿐이다.

내부적으로 영국은 여전히 부자들의 천국이다. 〈동등한 희생〉이라는 말은 헛소리다. 공장 노동자들에게는 근로 시간을 늘리라고 요구하지만, 동시에 〈직원 여덟 명인 가정에서 집사 구함〉이라는 광고가 언론에 실린다. 이스트엔드 사람들은 폭격으로 집을 잃고 굶주리지만, 부자들은 자동차에 올라 편안한 시골집으로 도망간다. 단 몇 주 만에 자원병이 백만 명으로 늘었지만, 상부에서는 일부러 불로 소득을 가진 사람들만 지휘관으로 임명했다. 배급 체계마저 가난한 사람들만 타격을 입고 연 소득이 2천 파운드를 넘는 사람들은 사실상 아무 영향도 받지 않도록 조작된다. 사방에서 특권이 선의를 이용하고 있다. 이러한 상황에서는 프로파간다마저 불가능하다. 전쟁이 시작되었을 때 체임벌린 정부가 애국심을 고취시키려고 발행한 붉은 포스터들은 더없이 심오했다. 하지만 그럴 수밖에 없는 것이, 체임벌린과 추종자들이 강력한 〈반파시즘〉 여론을 일으킬 위험을 어떻게 무릅쓸 수 있었겠는가? 정말 파시즘에 반대하는 사람이라면 히틀러의 권력 장악을 도운 체임벌린을 비롯한 모든 사람들에게도 분명 반대할 것이다. 대외 프로파간다도 마찬가지이다. 핼리팩스 경의 모든 연설에는 구체적인 제안이 하나도 없기에 그것을 듣고 새끼손가락 한 마디라도 내걸 유럽인은 한 명도 없을 것이다. 핼리팩스나 그와 비슷한 사람들이 생각할 수 있는 전쟁 목적이라면 시계를 1933년으로 되돌리는 것 외에 무엇이 있겠는가?

영국 국민의 고유한 특질은 혁명에 의해서만 자유로워질 수 있다. 혁명이 의미하는 것은 붉은 깃발과 시가전이 아니라 권력의 근본적인 이전이다. 유혈 사태의 유무는 대체로 시간과 장소에 따른 우연에 지나지 않는다. 혁명이 한 계급의 독재를 의미하는 것도 아니다. 변화의 필요성을 알고 변화를 일으킬 수 있는 영국 국민은 어느 한 계급에 한정되지 않는다. 그중에 연 소득이 2천 파운드를 넘는 사람은 확실히 얼마 없겠지만 말이다. 필요한 것은 비효율성, 계급 특권, 늙은 세대의 지배에 맞서는 보통 사람의 의식적이고 공개적인 반란이다. 꼭 정부를 바꿔야 하는 것은 아니다. 영국 정부는 대략 국민의 의지를 대표한다고 말할 수 있는데, 우리가 아래에서부터 사회 구조를 바꾸면 우리에게 필요한 정부를 얻을 수 있다. 어리석음이 공공연히 드러날 수밖에 없는 내각의 장관들보다 파시즘에 찬동하는 노쇠한 대사와 장군, 공무원, 식민지 행정관이 더 위험하다. 우리는 특권과, 얼빠진 퍼블릭 스쿨 출신이 똑똑한 기계공보다 지휘관에 어울린다는 생각과 맞서 싸워야 한다. 물론 퍼블릭 스쿨 출신 중에도 정직하고 재능이 뛰어난 〈개개인〉이 존재하지만, 부유 계층 전체의 지배를 무너뜨려야 한다. 영국은 진정한 모습을 찾아야 한다. 껍데기 바로 아래에 존재하는 영국, 공장과 신문사, 비행기와 잠수함에 존재하는 영국이 자신의 운명을 주관해야 한다.

단기적으로 보면 동등한 희생, 즉 〈전시 공산주의〉가 급진적인 경제 변화보다 훨씬 중요하다. 산업 국유화도 절실히 필요하지만, 집사나 〈불로 소득〉처럼 괴상한 것을 당장 없애는 일이 훨씬 더 시급하다. 스페인 공화국이 거의 불가능한 상황에서도 2년 반 동안 싸울 수 있었던 주된 이유는 분명 빈부 격차가 크지 않았기 때문이었다. 사람들은 끔찍한 고통을 겪었지만 모두 똑같이 경험한 일이었다. 이등병에게 담배가 없으면 장군에게도 담배가 없었다. 영국 같은 나라에서 동등한 희생이 실현되면 그 사기를 꺾을 수 없을 것이다. 그러나 현재로서는 영국인의 전통적인 애국심에 호소할 수밖에 없는데, 영국인의 애국심이 그 누구보다 높은 것은 사실이지만 그렇다고 해서 무한하지는 않다. 언젠가는 〈히틀러 치하에 살아도 여기보다 나쁘진 않을 거야〉라고 말하는 사람이 생길 것이다. 그에게 뭐라고 대답할 수 있을까? 뭐라고 대답해야 그가 귀를 기울일까? 일반 병사는 하루 2파운드 6페니에 목숨을 걸지만, 뚱뚱한 여자들은 페키니즈를 쓰다듬으며 롤스로이스를 타고 돌아다니는 상황에서 말이다.

이번 전쟁이 3년 정도 지속될 가능성이 높다. 이는 곧 끔찍한 과로, 춥고 지루한 겨울, 무미건조한 음식, 즐거운 일의 부재, 기나긴 폭격을 의미할 것이다. 전쟁 중에는 소비재 대신 무기를 생산해야 하므로 전반적인 생활 수준이 낮아질 수밖에 없다. 노동 계급은 끔찍한 고통을 겪어야 할 것이다. 그러나 그들은 무엇을 위해 싸우는지 알기 때문에 고통을 언제까지나 기꺼이 감수할 것이다. 그들은 겁쟁이가 아니고 국제적으로 생각하지도 않는다. 영국의 노동 계급은 스페인 노동자들이 견딘 모든 것을, 아니 그보다 더한 것도 견딜 수 있다. 그러나 이들은 자신과 자기 아이들 앞에 더 나은 삶이 놓여 있다는 증거를 원할 것이다. 더 나은 미래를 보증하는 확실한 증거는 노동자들이 세금을 내고 과로할 때 부자들은 훨씬 더 큰 타격을 받는 것이다. 부자가 또렷하게 들릴 만큼 비명을 지르면 훨씬 더 좋다.

우리가 정말 원하면 이 모든 것을 이룰 수 있다. 영국의 여론이 무력하다는 말은 진실이 아니다. 여론이 사람들의 귀에 들릴 정도로 높아지면 반드시 무언가를 성취할 수 있다. 지난 6개월 동안 더 나은 변화를 불러온 것은 바로 여론이다. 그러나 우리는 빙하처럼 서서히 움직였고, 재난을 통해서만 교훈을 얻었다. 파리 함락 후에야 체임벌린을 몰아냈고, 이스트엔드 주민 수천 명이 불필요한 고통을 겪은 후에야 존 앤더슨 경[35]을 완전히 혹은 부분적으로 몰아낼 수 있었다. 시체 한 구를 묻기 위해 전투에서 질 필요는 없다. 우리는 재빠르고 사악하고 지적인 존재와 싸우고 있고, 시간이 재촉하고 있다. 그리고

35 Sir John Anderson(1882~1958). 영국의 정치가로 1939년에 전쟁이 발발하자 내무 장관 및 국방 장관 겸직을 맡았지만 1940년에 물러났다.

역사는 패자를 가엾이 여길지도 모르지만
도움도 용서도 줄 수 없다.

3

지난 6개월 동안 〈제5열〉[36]에 대한 이야기가 많았다. 때때로 이름 없는 미치광이들이 히틀러를 옹호하며 일장 연설을 하다가 감옥에 갇혔고, 수많은 독일 망명자가 구금되었는데, 이는 분명 우리 유럽인들에게 큰 해악을 끼쳤다. 물론 벨기에나 네덜란드에서 그랬던 것처럼 조직화된 대규모의 제5열 군대가 갑자기 무기를 들고 거리로 나올 것이라는 생각은 터무니없다. 그러나 제5열의 위험은 분명 존재한다. 제5열에 대해 생각하려면 우선 영국이 어떤 식으로 패배할 수 있을지 생각해야 한다.

공중 폭격이 대규모 전쟁을 끝낼 가능성은 별로 없어 보인다. 영국이 침공으로 정복당할 수도 있지만, 침공은 위험한 도박이다. 침공이 실패하면 영국인은 전보다 더욱 단결할 것이고, 블림프 문제는 줄어들 것이다. 게다가 외국 군대가 영국 땅까지 들어오면, 우리는 영국이 패배했음을 깨닫고 싸움을 계속할 것이다. 이런 영국인들을 영원히 억누를 수 있을지, 히틀러가 과연 영국 제도에 백만 명이나 되는 군대를 주둔시키고 싶어 할지 의심스럽다. 그에게는 ××, ××, 그

36 외부 세력과 연합하여 각종 모략 활동을 하는 조직적인 무력 집단. 제2차 세계 대전 당시 연합국 내 나치 동조자를 일컫는 표현으로 널리 쓰였다.

리고 ××의 정부(××에 원하는 이름을 채워 넣으면 된다)가 더 나을 것이다. 영국인을 끈질기게 괴롭혀도 항복을 받아 낼 수 없지만, 지루하게 만들거나 꾀거나 속이면 쉽게 항복을 받아 낼 수 있다. 뮌헨 협정 당시 우리는 그것이 항복인 줄도 모르지 않았는가. 전쟁 상황이 나쁠 때보다 좋아 보일 때 항복을 제일 쉽게 받아 낼 수 있다. 지금 쏟아지고 있는 독일과 이탈리아 프로파간다의 위협적인 말투는 심리학적으로 틀렸다. 지식인들은 그러한 말투를 더없이 편안하게 여긴다. 일반 대중에게 적절한 접근법은 〈비긴 셈 치자〉라는 말이다. 〈이러한〉 말로 화평을 제안하면 친파시스트들이 목소리를 높일 것이다.

그렇다면 친파시스트는 누구일까? 돈이 아주 많은 부자, 공산주의자, 모즐리[37] 추종자, 평화주의자, 그리고 일부 가톨릭 분파는 히틀러가 승리한다는 생각에 매력을 느낀다. 또 국내 전선이 악화되면 노동 계급 중에서도 가난한 이들 모두가 적극적인 친히틀러파가 되지는 않더라도 패배주의적인 입장으로 돌아설 것이다.

이 각양각색의 목록을 보면 독일 프로파간다의 도발이, 모든 이에게 모든 것을 주겠다는 의지가 보인다. 그러나 다양한 친파시스트 세력이 의식적으로 협동하지는 않으며, 서로 다른 방식으로 작동한다.

37 Sir Oswald Mosley(1896~1980). 영국의 정치가로, 1930년대에 영국 파시스트 연합의 지도자가 되었다. 처음에는 보수당으로 정치를 시작했지만 무소속을 거쳐 노동당에 들어갔고, 다시 탈퇴하여 만든 신당이 영국 파시스트 연합이 되었다.

공산주의자는 분명 친히틀러파로 보아야 하고, 러시아의 정책이 바뀌지 않는 한 친히틀러파로 남겠지만, 영향력은 별로 크지 않다. 모즐리의 검은 셔츠단은 현재 몸을 사리고 있지만, 군대에 발판이 있을지도 모르므로 더욱 심각한 위협이 된다. 그러나 모즐리의 전성기에도 추종자는 5만 명을 넘지 않았다. 평화주의는 정치 운동이라기보다 심리적 호기심이다. 일부 극단적인 평화주의자들은 폭력에 절대 반대하며 시작했지만, 결국 히틀러를 열렬히 옹호하고 심지어는 반유대주의를 어렴풋이 고려하게 되었다. 이는 흥미롭지만 중요하지는 않다. 해군력의 부산물인 〈순수〉 평화주의는 아무 걱정이 없는 사람들에게만 호소력을 갖는다. 게다가 평화주의는 부정적이고 무책임하기 때문에 큰 헌신을 이끌어 내지 못한다. 평화 서약 연합 회원 중 연회비를 내는 회원은 채 15퍼센트도 되지 않는다. 평화주의자든 공산주의자든 검은 셔츠단이든 단독으로는 대규모 반전 운동을 일으킬 수 없다. 그러나 반역적인 정부가 항복 협상을 벌이기 쉬운 상황을 만들 수는 있다. 이들은 프랑스 공산주의자들이 그랬듯 백만장자의 반(半)의식적 대리인이 될 수 있다.

진정한 위협은 위에서부터 비롯된다. 최근 들어 히틀러는 스스로 가난한 자의 친구이며 금권 정치의 적 등등이라고 주장하지만, 그 말에 귀를 기울여서는 안 된다. 히틀러의 진짜 자아는 『나의 투쟁*Mein Kampf*』에, 그리고 그의 행동에 드러나 있다. 히틀러는 오로지 유대인이거나 그에게 적극적으로 반대하는 부자만을 탄압했다. 그는 자본가의 힘을 거의 모두 빼앗지만 사회 구조는 그대로 남기는 중앙 집중 경제를 지지한다. 국가가 산업을 통제하지만 부자와 빈자, 주인과 하인은 여전히 존재한다. 그러므로 진정한 사회주의와 달리 부유층이 항상 그의 편이었다. 이 사실은 스페인 내전 당시 아주 투명하게 드러났고, 프랑스가 항복하자 다시 명료해졌다. 히틀러가 내세운 괴뢰 정부는 노동자가 아니라 은행가와 노망난 장군, 부패한 우파 정치인으로 구성되어 있다.

영국에서 이처럼 극적이고 〈의식적인〉 배신이 성공할 가능성은 별로 없고, 이를 시도할 가능성은 더더욱 낮다. 그러나 수많은 누진세 납세자들에게 이번 전쟁은 정신 나간 가족싸움일 뿐이고, 어떤 대가를 치르더라도 멈춰야 한다. 상류층 어딘가에서 이미 〈평화〉 운동을 시작했을까 의심할 필요도 없다. 아마 재야 내각까지 이미 구성했을 것이다. 이들은 우리가 전쟁에서 지는 순간이 아니라 불만 때문에 권태가 더 커지는 정체기에 기회를 잡을 것이다. 그들은 항복이 아니라 평화만을 말할 것이다. 그리고 자신이 올바른 방향으로 움직이고 있다고 스스로를, 또 다른 사람들을 설득할 것이다. 산상 수훈을 들먹이는 백만장자가 이끄는 실업자 군단 — 이것이야말로 우리의 위험이다. 그러나 사회 정의를 어느 정도 도입하면 그런 일은 절대 일어날 수 없다. 괴링의 폭격기단보다 롤스로이스를 탄 여인이 영국의 사기를 더 크게 꺾는다.

3. 영국 혁명

1

영국 혁명은 몇 년 전에 이미 시작되었고, 됭케르크 철수 이후 기세를 모으기 시작했다. 영국에서 모든 일이 그렇듯 영국 혁명 역시 활기 없고 마지못해 진행되지만, 어쨌든 일어나고 있다. 전쟁이 혁명을 가속화했지만 더 빨라져야 할 필요성도 크게 높아졌다.

이제 진보와 반동은 정당의 꼬리표와 관계가 없다. 정확한 순간을 콕 집어서 말하고 싶다면 『픽처 포스트』 창간호가 나왔을 때 예전과 같은 우파와 좌파의 구분이 무너졌다고 할 수 있다. 『픽처 포스트』의 정치는 무엇일까? 혹은 「기마 행진Cavalcade」,[38] 프리스틀리[39]의 방송, 『이브닝 스탠더드』 사설의 정치는 무엇일까? 예전의 분류는 전혀 맞지 않는다. 이러한 현상은 지난 1~2년 동안 뭔가 잘못되었음을 깨달은 사람들이 많이 존재하며, 그들에게 특정한 꼬리표를 붙일 수 없다는 사실을 가리킬 뿐이다. 그러나 계급이 없고 주인이 없는 사회를 보통 〈사회주의〉라고 부르므로, 우리가 지금 향하고 있는 사회에도 똑같은 이름을 붙일 수 있을 것이다. 전

38 노엘 카워드의 1931년 연극으로, 1910~1930년을 배경으로 역사적 사건들을 따라 어느 상위 중산층 가족의 삶을 묘사한다.

39 John Boynton Pristley(1894~1984). 영국의 소설가이자 극작가, 사회 평론가, 방송인으로, 1940년 영국 본토 항공전 당시 민간인의 사기를 강화하기 위한 프로파간다 라디오 프로그램 시리즈를 방송했다.

쟁과 혁명은 떼어 놓을 수 없다. 히틀러를 무찌르지 않으면 서구 국가가 사회주의라고 생각하는 것을 건설할 수 없다. 또 경제적, 사회적으로 19세기에 머물러 있으면 히틀러를 무찌를 수 없다. 과거와 미래가 싸우고 있다. 우리는 2년, 1년, 어쩌면 몇 달 후에 미래가 승리하는 모습을 목격할지도 모른다.

현 정부, 혹은 그 비슷한 정부가 필요한 변화를 자발적으로 일으키리라 기대할 수는 없다. 밑에서부터 의제를 만들어야 한다. 이는 영국에 한 번도 존재한 적 없는 것, 즉 수많은 사람들이 정말로 지지하는 사회주의 운동이 일어나야 한다는 뜻이다. 그러나 이를 위해서는 영국의 사회주의가 실패한 이유부터 평가해야 할 것이다.

영국에서 한때나마 중요했던 사회주의 정당은 하나밖에 없는데, 바로 노동당이다. 노동당은 순수한 국내 문제 외에 다른 문제에 대해서는 진정 독립적인 정책을 가진 적이 한 번도 없었기 때문에, 그 어떤 중대한 변화도 일으킬 수 없었다. 노동당은 본질적으로 노동조합의 정당으로서 임금 인상과 노동 조건 개선에 전념했고, 지금도 마찬가지이다. 이는 중대한 시기 내내 노동당이 영국 자본주의의 번영과 직접적인 관계가 있었다는 뜻이다. 특히 노동당은 영국 제국을 유지하는 데 관심이 있었는데, 영국의 부는 대체로 아시아와 아프리카에서 나왔기 때문이다. 노동당이 대표하는 조합 노동자들의 생활 수준은 인도 쿨리의 땀에 간접적으로 달려 있었다. 동시에 노동당은 사회주의 어법을 사용하고 옛날식 반

제국주의 관점에서 생각하는 사회주의 정당이었고, 사실상 유색 인종에게 보상을 약속했다. 노동당은 군비 축소와 전반적인 〈진보〉를 지지해야 하듯 인도의 〈독립〉을 지지해야 했다. 그러나 이것이 말도 안 되는 소리라는 사실은 누구나 알고 있었다. 탱크와 폭격기의 시대에 인도와 아프리카 식민지 같은 후진적 농업 국가는 개나 고양이만큼도 독립적일 수 없다. 노동당 정부가 절대다수의 지지를 받아 정권을 잡은 다음 인도에 정말로 독립이라고 부를 만한 것을 주었다면, 인도는 일본에 흡수되거나 일본과 러시아 사이에서 분열되었을 것이다.

집권 노동당이 택할 수 있는 제국 정책은 세 가지였을 것이다. 첫 번째는 제국을 예전과 똑같이 운영하는 것인데, 이는 사회주의 결의를 완전히 포기한다는 뜻이었다. 두 번째는 피지배 민족들을 〈해방〉시키는 것인데, 이는 사실상 일본과 이탈리아를 비롯한 약탈 국가들에 그들을 넘겨주고, 그 결과 영국의 생활 수준을 파국적으로 떨어뜨린다는 뜻이었다. 세 번째는 〈긍정적인〉 제국 정책을 개발해서 제국을 사회주의 국가 연합으로, 소비에트 공화국 연방과 비슷하지만 더 자유롭고 느슨한 연합으로 전환하도록 노력하는 것이었다. 그러나 이는 노동당의 역사와 배경 때문에 불가능했다. 노동조합의 정당인 노동당은 시야가 절망적일 만큼 편협했으며, 제국 문제에 거의 관심이 없는 데다 실제로 제국을 지탱시키는 사람들과 아무런 접점도 없었다. 노동당은 인도와 아프리카를 통치하고 제국을 방어하는 일 전부를 대대로 사회주의에 적대적인 다른 계급에게 넘겨주어야 했을 것이다. 노동당 정부가 진지하게 임하면 다른 세력들이 따르게 만들 수 있느냐는 의구심이 이 모든 일에 그림자를 드리웠다. 노동당은 추종자의 규모에 비해 해군에 기반이 별로 없었고, 육군이나 공군에는 기반이 거의 혹은 아예 없었으며, 제국 관리자뿐만 아니라 국내직 공무원들 사이에도 확실한 발판이 없었다. 영국에서 노동당의 위치는 튼튼하지만 도전할 수 없을 정도는 아니었고, 영국 바깥에서는 모든 거점이 적들의 손에 있었다. 노동당은 집권 후 항상 같은 딜레마에 직면했을 것이다. 즉 약속을 지키고 반란의 위험을 무릅쓰든지, 보수파와 똑같은 정책을 유지하면서 사회주의를 더 이상 말하지 말아야 했다. 노동당 지도부는 결코 해결책을 찾지 못했고, 1935년부터 지금까지 정말 집권 의지가 있는지 항상 의심스러웠다. 노동당은 영원한 반대파로 퇴보했다.

노동당 바깥에는 과격파 정당이 여러 개 존재했는데, 공산주의가 가장 강력했다. 1920~1926년과 1935~1939년에 공산당은 노동당에 상당한 영향력을 행사했다. 공산당이, 그리고 노동 운동의 전체 좌파가 중요한 것은 그들이 사회주의에서 중산층을 소외시키는 데 기여했기 때문이다.

지난 7년간의 역사는 서유럽에서 공산주의가 실현될 가능성이 없음을 아주 명확하게 보여 주었다. 파시즘의 호소력이 훨씬 더 컸다. 각 나라에서 공산주의는 더욱 현실적인 적 나치에 의해 차례차례 뿌리 뽑혔다. 공산주의는 영어를 쓰는 국가에서 중요한 발판을 얻지 못했다. 공산주의 신조에서 호소력을 느낀 사람은 주로 중산층 지식인 가운데 아주 드문 유형, 더 이상 조국을 사랑하지 않지만 여전한 애국심의 필요성 때문에 러시아에 대한 일종의 애국심이 생긴 사람이었다. 1940년이 되자 영국 공산당은 20년 동안 큰돈을 쓰면서 노력했는데도 당원이 2만 명에 미치지 못했고, 이는 1920년에 처음 시작할 때보다 적은 수였다. 다른 마르크스주의 정당들은 더욱 무력했다. 그들은 러시아의 돈과 위세라는 뒷받침도 없었고, 계급 전쟁이라는 19세기 신조에 공산당보다 더욱 집착했다. 그들은 해마다 이 케케묵은 복음을 설파했고, 그래도 지지자가 생기지 않는다는 사실에서 아무것도 추론하지 못했다.

강력한 자생 파시스트 운동도 발전하지 않았다. 물질적 상태가 충분히 나쁘지 않았고, 진지하게 여길 만한 지도자도 나서지 않았다. 오스왈드 모즐리 경보다 더 생각 없는 사람을 구하려면 오래 찾아야 했을 것이다. 그는 단지만큼이나 속이 텅 비었다. 모즐리는 파시즘이 국민 정서를 해치면 안 된다는 기본적인 사실조차 알지 못했다. 그의 운동 자체가 노예처럼 외국을 따라한 것으로, 제복과 당 프로그램은 이탈리아, 경례는 독일에서 가져온 다음 유대인 괴롭히기를 뒤늦게 덧붙였지만, 모즐리가 운동을 시작할 때 가장 열렬히 지지했던 사람들 가운데 유대인도 있었다. 보텀리[40]나 로이드 조지[41] 같

40 Horatio Bottomley(1860~1933). 영국의 정치가였으나 사기죄로 의원직을 박탈당했다.

41 Lloyd George(1863~1945). 총리를 지낸 자유당 정치가로, 1930년대에 히틀러를 극찬하며 유화 정책을 지지했으나 나중에 철회했다.

은 특징을 가진 사람이라면 영국의 진정한 파시스트 운동을 조직했을지도 모른다. 그러나 그러한 지도자들은 심리적으로 그런 존재가 필요할 때에만 나타난다.

20년 동안 불황과 실업을 겪고 나자 영국의 사회주의 운동은 민중 다수가 바람직하다고 생각할 수 있는 사회주의조차 만들어 낼 수 없었다. 노동당은 소심한 개량주의를 지지했고, 마르크스주의자들은 19세기라는 안경을 통해 현대 세계를 보고 있었다. 둘 다 제국주의 문제와 농업을 무시했고, 중산층을 적으로 돌렸다. 좌파 프로파간다의 숨 막히는 어리석음 때문에 모든 계급의 필요한 사람들, 즉 공장 관리자, 비행사, 해군 장교, 농부, 화이트칼라 노동자, 소매상, 경찰은 겁을 먹고 달아났다. 이들은 모두 사회주의가 자신의 생계를 위협한다고, 반동적이고 이질적이며 그들의 말처럼 〈반영국적〉이라고 생각하도록 배워 왔다. 중산층 중에서 가장 쓸모없는 지식인들만이 사회주의 운동에 끌렸다.

사회주의 정당이 무엇이든 진정으로 성취하고 싶었다면 좌파 내에서는 아직도 입 밖에 내면 안 된다고 생각하는 여러 가지 사실에 직면하는 것으로 시작했을 것이다. 그러한 정당은 영국이 대부분의 나라들보다 단결력이 강하고, 영국 노동자는 사슬 외에도 잃을 것이 많으며, 계층 간에 시야와 관습의 차이가 급속도로 줄어들고 있음을 인지했을 것이다. 또 전체적으로 구식 〈프롤레타리아 혁명〉이 불가능함을 깨달았을 것이다. 그러나 지난 전쟁과 이번 전쟁 사이 여러 해 동안 혁명적이면서 실행 가능한 사회주의 프로그램은 등장하지 않았다. 기본적으로 큰 변화를 진정으로 바라는 사람이 아무도 없었기 때문이다. 노동당 지도자들은 월급을 받고 주기적으로 보수당과 번갈아 가며 정권을 잡고 싶었다. 공산주의자들은 편안하게 순교하면서 끝없이 패배하고, 나중에 다른 사람을 탓하고 싶었다. 좌파 지식인들은 블림프를 비웃고, 중산층의 사기를 서서히 꺾고, 배당금 수여자들의 측근이라는 편리한 위치를 지키고 싶었다. 노동당 정치는 보수주의의 변형이 되었고, 〈혁명적〉 정치는 척하기 게임이 되었다.

그러나 이제 환경이 바뀌었고, 활기 없는 시절은 끝났다. 이제 사회주의자라는 것은 사실 스스로 꽤 만족하는 체제에 이론적으로 반항하는 것을 의미하지 않는다. 이제 우리의 곤경은 진짜이다. 그야말로 〈불레셋 사람들이 당신을 잡으러 왔어요, 삼손〉이다. 이제 우리의 말에 물리적 형체를 주어야 한다. 그렇지 않으면 소멸해 버릴 것이다. 우리는 영국이 현재의 사회 구조로는 살아남을 수 없음을 알고 있으니, 이제 다른 사람들이 그 사실을 깨닫고 행동하게 만들어야 한다. 사회주의를 도입하지 않으면 전쟁에서 이길 수 없고, 전쟁에서 이기지 못하면 사회주의를 확립할 수 없다. 이러한 시기에는 평화로운 시절과 달리 혁명적이면서 동시에 현실적일 수 있다. 많은 사람들의 지지를 받고, 친파시스트들을 통치하는 자리에서 몰아내고, 역겨운 부정을 쓸어버린 다음 노동계급에 싸워야 할 이유가 있음을 보여 주고, 중산층을 적으로 돌리는 것이 아니라 끌어들이고, 협잡과 유토피아 이상주의의 혼합물 대신 실행 가능한 제국 정책을 세우고, 애국심과 지성의 협동을 자극할 수 있는 공산주의 운동 — 처음으로 그러한 운동이 가능해진다.

2

우리가 전쟁 중이기 때문에 사회주의는 교과서에나 나오는 단어가 아니라 실현 가능한 정책이 되었다.

사적 자본주의가 얼마나 비효율적인지 유럽 전역에서 증명되었다. 사적 자본주의가 얼마나 부정한지 런던 이스트엔드에서 증명되었다. 사회주의자들이 그토록 오랫동안 맞서 싸웠던 애국주의는 그들의 손에 들린 어마어마한 지렛대가 되었다. 다른 시절에는 하찮은 특권의 부스러기에 풀을 바른 것처럼 딱 들러붙을 사람들이라도 조국이 위험에 처하면 금방 투항할 것이다. 전쟁은 모든 변인 중에서 가장 강하다. 전쟁은 모든 과정의 속도를 높이고, 사소한 차이를 쓸어버리며, 현실을 표면으로 끌어올린다. 무엇보다도 전쟁은 개개인에게 자신이 개인만은 〈아니〉라는 뼈저린 깨달음을 준다. 사람들이 전쟁에서 죽는 것은, 단지 그 사실을 알기 때문이다. 지금 이 순간 여가와 편안함, 경제적 자유, 사회적 명성을 포기하는 것은 아무런 문제도 아니다. 조국이 독일에 정복당하는 모습을 정말로 보고 싶은 영국인은 없다. 히틀러에 대한 승리가 곧 계급 특권의 일소를 뜻한다고 분명히 보여 줄 수만 있다면, 주급 6파운드부터 연 소득 2천 파운드를 버는 중위층의 대부분은 우리 편에 설 것이다. 기술 전문가 대부분이 여기에 포함되므로 중위층은 반드시 필요하다. 비행사와 해군 장교 같은 사람들의 속물근성과 정치적 무지는 분명 크나큰 장애일 것이다. 그러나 비행기와 구축함 등등이 없으면 우리는 일주일도 살아남을 수 없다. 그들에게 접근하는 유일한 방법은 애국심을 이용하는 것이다. 지성적 사회주의 운동은 지금까지 그랬던 것처럼 그들의 애국심을 모욕하는 것이 아니라 〈이용〉할 것이다.

그렇다고 해서 아무런 반대도 없으리라는 뜻일까? 물론 아니다. 반대가 없으리라 기대한다면 어리석은 일일 것이다.

힘든 정치적 투쟁이 벌어질 것이고, 모든 곳에서 무의식적이고 잠재적인 방해 작용이 일어날 것이다. 폭력을 써야 할 순간이 올지도 모른다. 예를 들어 인도에서 친파시스트 반란이 일어나는 상황을 쉽게 상상할 수 있다. 우리는 뇌물, 무지, 속물근성과 싸워야 할 것이다. 은행가와 중요한 사업가, 지주와 배당금 수익자, 엉덩이에 발톱이라도 달린 것처럼 자기 자리를 굳건히 지키는 관리가 전력을 다해 방해할 것이다. 중산층조차도 익숙한 생활 방식이 위협받으면 괴로워할 것이다. 그러나 영국적 의미의 국가적 단합이 와해되지 않았기 때문에, 결국 애국심이 계급 증오보다 강하기 때문에 다수의 의지가 널리 퍼질 가능성이 높다. 국가 분열을 일으키지 않고 근본적인 변화를 불러올 수 있으리라 생각해 봐야 소용없다. 그러나 전시에는 다른 어느 때보다 반역적인 소수가 훨씬 적을 것이다.

여론이 눈에 띄게 흔들리고 있지만, 혁명이 자발적으로 곧 일어나리라고 믿을 수는 없다. 이 전쟁은 히틀러 제국의 협동과 민주주의 의식 성장의 경주이다. 영국 전역에서 — 의회와 정부에서, 공장과 군대에서, 술집과 공습 대피소에서, 신문과 라디오에서 — 이리저리 요동치는 격렬한 싸움을 볼 수 있다. 매일 작은 패배와 작은 승리가 있다. 모리슨[42]이 내무 장관에 임명되었다 — 몇 보 진전이다. 프리스틀리가 프로파간다 방송을 했다 — 몇 보 후퇴이다. 이것은 암중모색하는 자와 가르칠 수 없는 자, 젊은이와 노인, 산 자와 죽은 자의 싸움이다. 그러나 분명히 존재하는 불만이 방해만 하는 것이 아니라 목적을 가져야 한다. 이제 〈국민〉이 전쟁 목적을 정의할 때이다. 필요한 것은 단순하고 구체적인 행동 강령이고, 그것을 최대한 널리 알려서 여론을 형성해야 한다.

나는 다음과 같은 여섯 가지 강령이 우리에게 필요하다고 제안한다. 처음 세 가지는 영국 국내 정책이고, 나머지 세 가지는 제국과 세계 정책이다.

1. 토지, 탄광, 철도, 은행, 주요 산업 국유화

2. 영국 최고 면세 소득이 최저 면세 소득의 열 배를 넘지 않도록 하는 소득 제한

3. 민주적 노선을 따르는 교육 개혁

4. 종전 즉시 인도에 자치령 지위와 함께 탈퇴권 부여

5. 유색 민족 대표를 포함하는 제국 총회 구성

42 Herbert Morrison(1888~1965). 영국 노동당 정치가로, 제2차 세계대전 당시 연합 내각에서 내무 장관을 맡았다.

6. 중국, 아비시니아, 기타 파시스트 세력의 모든 피해자와 공식 연합 선언

강령의 전반적인 경향은 또렷하다. 이번 전쟁을 혁명전쟁으로, 영국을 사회 민주주의 국가로 만드는 것이 노골적인 목표이다. 가장 단순한 사람이 이해하지 못하거나 이유를 알지 못할 만한 것은 일부러 하나도 넣지 않았다. 내가 쓴 형식 그대로 『데일리 미러』 1면에 실어도 될 정도이다. 그러나 이 책의 목적을 위해서는 어느 정도 부연 설명이 필요하다.

1. 국유화. 펜을 한 번 놀려서 산업을 〈국유화〉할 수도 있지만, 실제 과정은 느리고 복잡하다. 필요한 것은 보통 사람을 대표하는 국가가 모든 주요 산업의 소유권을 갖는 것이다. 일단 그렇게 되면 생산 활동이 아니라 부동산 권리증과 증권으로 먹고사는 〈소유주〉 계급을 없앨 수 있다. 그러므로 국유화란 누구나 일하지 않으면 먹고살 수 없다는 뜻이다. 이로 인해 실제 산업에 얼마나 갑작스러운 변화가 일어날지는 불확실하다. 영국 같은 나라에서 모든 구조를 무너뜨리고 처음부터 다시 건설하는 일은 불가능하고, 전시에는 더욱 그렇다. 어쩔 수 없이 산업은 대부분 예전과 거의 같은 인력으로, 옛 소유주나 관리 감독자가 국가의 피고용인으로서 지금까지 하던 일을 계속하면서 돌아갈 것이다. 사실 많은 소자본가들이 이러한 계획을 부분적으로 환영하리라고 생각할 만한 이유가 있다. 저항하는 것은 대규모 자본가, 은행가, 지주, 게으른 부자, 대략 연 소득 2천 파운드 이상의 계급일 텐데,

부양가족을 모두 계산에 넣어도 영국의 이러한 계층은 50만 명을 넘지 않을 것이다. 농지의 국유화는 지주와 십일조 수여자를 제거한다는 뜻이지만, 그렇다고 해서 반드시 농부에게 방해가 되는 것은 아니다. 어쨌든 초기에는 기존 농장 대부분을 단위별로 나누어서 보유하는 농업 개편 외에는 생각하기 어렵다. 유능한 농부는 월급을 받으며 관리자로 일하게 될 것이다. 지금도 농부는 사실상 월급을 받는 관리자인 셈이지만, 이윤을 내야 하고 은행에 끝없는 빚을 지고 있기 때문에 더욱 불리할 뿐이다. 국가는 소규모 거래에, 어쩌면 소규모 지주에게도 전혀 간섭하지 않을 것이다. 시작부터 소농계급에 피해를 입히는 것은 큰 실수이다. 이러한 사람들은 필요하고, 전체적으로 유능하며, 〈자신이 주인〉이라고 느낄수록 더 많은 일을 한다. 그러나 국가는 최대 토지 소유 한도(최대 15에이커가 제일 가능성이 높다)를 정할 것이고, 도시의 토지 소유권은 절대 허용하지 않을 것이다.

모든 생산물이 국가의 소유라고 선언하는 순간부터 보통 사람은 지금과 달리 국가가 곧 〈자신〉이라고 느낄 것이다. 그렇다면 전쟁 중이든 아니든 앞으로 우리를 기다리고 있는 희생을 견딜 준비가 된다. 그리고 영국의 겉모습은 거의 변함없어 보일지라도, 주요 산업을 공식으로 국유화하는 날 단일 계급의 지배는 무너질 것이다. 그때부터 소유권이 아닌 관리가, 특권이 아닌 능력이 강조될 것이다. 전쟁의 일반적인 고난이 우리에게 강요하는 사회 변화보다 국유화로 인한 사회 변화가 더 적을 수도 있다. 그러나 이것은 반드시 필요한 첫걸음이며, 국유화 없이 〈진정한〉 재건은 불가능하다.

2. 소득. 소득 제한은 최저 임금제를 수반하며, 이는 이용 가능한 소비재의 양을 바탕으로 국내 통화를 관리한다는 뜻이다. 이것은 또한 지금보다 더 엄격한 배급 체계를 뜻한다. 세계사의 현 단계에서 모든 인간의 소득이 〈정확히〉 똑같아야 한다는 주장은 아무 소용 없다. 금전적 보상이 없으면 특정한 일을 하려는 동기가 생기지 않는다는 사실은 여러 번 증명되었다. 그러나 금전적 보상이 아주 클 필요는 없다. 실제로는 소득을 내가 제안한 것만큼 엄격하게 제한하는 것도 불가능하다. 항상 예외 상황과 회피 수단이 존재할 것이다. 그러나 최대 열 배의 차이로 한계를 정하지 못할 이유는 없다. 이 한도 내에서 어느 정도의 평등이 가능하다. 주급 3파운드를 받는 사람과 연 소득이 1천5백 파운드인 사람은 서로 같은 인간이라고 느낄 수 있지만, 웨스트민스터 공작과 제방 벤치에서 자는 노숙자는 그렇지 않다.

3. 교육. 전시에 교육 개혁을 반드시 실행하기보다는 약속해야 한다. 현재 우리는 졸업 연령을 높이거나 초등학교 교원을 늘릴 상황이 아니다. 그러나 민주적인 교육 체계를 위해서 몇몇 조치를 즉시 실행할 수 있다. 우선 퍼블릭 스쿨과 오랜 역사를 가진 대학의 자치를 폐지하고, 능력만으로 뽑아서 국가의 보조금을 지원하는 학생을 그러한 학교에 많이 입학시킴으로써 교육 개혁을 시작할 수 있다. 현재 퍼블릭 스쿨 교육은 계급 편견 교육이자 중산층이 특정한 직업을 가질 권리의 대가로 상류층에 지불하는 일종의 세금이다. 이러한

상황이 변하고 있는 것은 사실이다. 중산층이 값비싼 교육에 반기를 들기 시작했으므로, 전쟁이 1~2년 더 지속되면 퍼블릭 스쿨은 대부분 파산할 것이다. 폐교 역시 작은 변화들을 불러오고 있다. 그러나 재정 격동을 가장 오래 버틸 수 있는 일부 역사가 긴 학교가 여러 가지 형태로 살아남아서 속물근성을 악화시키는 중심지 역할을 할 위험이 있다. 영국 내 1만 개의 〈사립〉 학교 중 절대다수는 억압해야만 한다. 사립 학교는 사업일 뿐이고, 교육 수준이 사실 초등학교보다 낮은 경우가 많다. 사립 학교가 존재하는 것은 공교육을 받는 것이 왠지 수치스럽다는, 널리 퍼진 생각 때문이다. 처음에는 제스처에 지나지 않을지라도 국가가 스스로 〈모든〉 교육에 책임이 있다고 선언함으로써 그러한 생각을 잠재울 수 있다. 행동뿐만 아니라 제스처도 필요하다. 재능을 가진 아이가 적절한 교육을 받을지 말지를 결정하는 것이 출생이라는 우연밖에 없다면, 우리가 말하는 〈민주주의 수호〉가 헛소리에 불과하다는 사실은 너무나도 명백하다.

4. 인도. 우리가 인도에 주어야 하는 것은 〈자유〉 — 내가 앞서 말했듯 이것은 불가능하다 — 가 아니라 동맹과 협력, 한마디로 평등이다. 그러나 인도인들이 원한다면 자유롭게 탈퇴할 수 있다는 말도 꼭 해야 한다. 그렇지 않으면 동등한 입장에서 협력할 수 없고, 유색 민족을 파시즘으로부터 보호한다는 우리의 주장을 아무도 믿지 않을 것이다. 그러나 자유로운 탈퇴 권한을 주면 인도가 탈퇴하리라는 생각은 오산이다. 영국 정부가 무조건적인 독립을 〈제안〉하면 인도는 거

절할 것이다. 인도가 탈퇴권을 갖는 순간 탈퇴할 주된 이유들은 사라지기 때문이다.

두 나라의 완벽한 단절은 영국만큼이나 인도에게도 재난이다. 지성적인 인도인들은 이 사실을 안다. 현재 상황에서는 인도가 스스로를 방어할 수 없을 뿐 아니라 먹고살기도 힘들다. 인도의 행정 전체가 대부분 영국 사람인 전문가(기술자, 산림 보호관, 철도원, 군인, 의사)에게 의존하고 있으며, 5년이나 10년 내에 이들을 대체할 수도 없다. 게다가 영어가 주요 공용어이고, 인도 지식인 계층 전체는 상당히 영국화되었다. 지배하는 외세가 바뀌는 것 — 영국이 인도에서 물러나면 일본이나 기타 강대국이 곧장 들어올 것이다 — 은 혼란을 의미한다. 영국도 효율성이 낮지만 일본이나 러시아, 독일, 이탈리아가 관리하면 그 정도의 효율성도 없을 것이다. 이들은 필요한 기술 전문가를 공급할 수 없고, 언어 및 지역 상황에 대한 지식도 없으며, 아마도 유라시아인 등 필수 불가결한 중개자의 신뢰를 얻지 못할 것이다. 인도가 조건 없이 〈해방〉되면, 즉 영국의 군사적 보호를 빼앗기면 다른 외세에게 정복당한 후 몇 년 내에 수백만 명이 목숨을 잃을 어마어마한 기근이 연달아 일어날 것이다.

인도에 필요한 것은 영국의 간섭 없이, 그러나 군사적 보호와 기술적 조언을 보장하는 협력 관계 안에서 스스로의 국가 구조를 만들어 낼 힘이다. 영국에 사회주의 정부가 수립되지 않으면 생각도 할 수 없는 일이다. 영국은 적어도 80년 동안 인도의 발전을 인위적으로 막아 왔는데, 부분적으로는 인도가 너무 많이 발전할 경우 발생할 상업 경쟁에 대한 두려움 때문이었고, 또 부분적으로는 문명화된 민족보다 낙후된 민족이 통치하기 쉽기 때문이었다. 일반적으로 영국인보다 인도인이 같은 동포를 훨씬 더 괴롭힌다는 것은 상식이다. 인도의 소자본가는 도시 노동자를 무자비하게 착취하고, 소농은 태어날 때부터 죽을 때까지 채권자의 손아귀에서 벗어나지 못한다. 그러나 이 모두가 영국 통치의 간접적인 결과이고, 영국은 반(半)의식적으로 인도를 최대한 낙후된 상태로 유지하려고 한다. 영국에 가장 충성하는 계급은 군주와 토지 소유주, 기업계 — 대부분 현 상태에서 잘사는 반동적 계급 — 이다. 영국이 착취자로서 인도와 맞서는 것을 그만두는 순간, 힘의 균형이 바뀔 것이다. 그렇게 되면 영국은 더 이상 금칠한 코끼리와 마분지처럼 허약한 군대를 가진 우스운 인도 군주의 비위를 맞추고, 인도 노동조합의 성장을 막고, 힌두교도에 맞서 이슬람교도를 조종하고, 쓸모없는 채권자를 보호하고, 알랑거리는 하급 관리들의 인사를 받고, 교육을 잘 받은 벵골인보다 야만인에 가까운 구르카인을 선호할 필요가 없다. 인도 쿨리들로부터 첼트넘 귀부인들의 은행 계좌로 흘러가는 배당금을 견제하면, 오만하고 무지한 사힙과 질투하며 아첨하는 원주민의 연합 자체를 끝낼 수 있다. 영국인과 인도인은 인도의 발전을 위해서, 또 지금까지 인도인들이 배우지 못하도록 체계적으로 막혀 있던 모든 기술의 습득을 위해서 협동할 수 있다. 상업에 종사하든 정부 관리로 일하든, 현재 인도에 살고 있는 영국인 중에서 어느 정도가 이 해결책 — 이는 더 이상 〈사힙〉이 될 수 없다는 뜻이다 — 에 동의할 것인가는 다른 문제이다. 그러나 대략적으로 말해서 젊은 사람들, 그리고 과학적인 교육을 받은 관리들(토목 기사, 임업 및 농업 전문가, 의사, 교육자)에게 더 많은 기대를 걸 수 있다. 고위 관리, 총독, 경찰 본부장, 판사 등에게는 희망이 없다. 그러나 이들은 아주 쉽게 대체할 수 있다.

사회주의 정부가 인도에 자치령 지위를 제안한다면 대략 위와 같은 의미일 것이다. 이는 세상이 더 이상 폭격기에 좌우되지 않을 때까지 평등한 조건으로 협력 관계를 맺자는 제안이다. 그러나 여기에 무조건적인 탈퇴권을 추가해야 한다. 그것이야말로 우리의 말이 진심임을 입증할 유일한 방법이다. 그리고 인도에 적용되는 조건을 필요에 따라 변경하여 버마, 말라야, 그리고 영국령 아프리카 대부분에 적용해야 한다.

5와 6은 그 자체로 설명이 된다. 이 두 가지는 우리가 파시스트의 공격에 맞서 평화로운 민족들을 보호하기 위해서 전쟁 중이라고 주장하려면 반드시 필요하다.

이러한 정책이 영국에서 지지를 얻을 수 있다고 생각하는 것은 대책 없는 소망일 뿐일까? 1년 전, 심지어는 6개월 전만 해도 그랬겠지만 지금은 그렇지 않다. 게다가 — 기회는 지금 이 순간밖에 없다 — 필요한 주목을 받을 수 있다. 현재 몇백만 부씩 유통되는 주간지가 상당히 많고, 이들 주간지는 내가 앞에서 대략적으로 제시한 강령 〈그대로〉는 아니더라도 비슷한 노선의 〈특정〉 정책을 보급할 준비가 되어 있을 것이다. 심지어는 금방이라도 동조하며 귀를 기울일 일간지도 서너 종 있다. 이것이 바로 우리가 지난 6개월 동안 이동한 거리이다.

그러나 이러한 정책이 실현 가능할까? 그것은 전적으로 우리에게 달려 있다.

나의 제안 중 일부는 즉시 실행할 수 있고, 일부는 몇 년 또는 몇십 년이 걸리겠지만, 그때에도 완전히 실현되지는 않을 것이다. 완벽하게 실행되는 정치 강령은 없다. 그러나 중요한 것은 이 제안, 혹은 이와 비슷한 계획을 우리의 정책으로 천명하는 것이다. 중요한 것은 항상 〈방향〉이다. 물론 현 정부가 이번 전쟁을 혁명전쟁으로 바꾸는 정책을 약속하리라고 기대할 수는 없다. 현 정부는 기껏해야 타협의 정부이고, 처칠이 서커스 곡예사처럼 말 두 마리 위에 올라서 있다. 소득 제한 같은 조치를 한번 고려해 보기라도 하려면 옛 통치 계급의 권력을 완전히 이전해야 할 것이다. 나는 이번 겨울에 전쟁이 다시 침체기에 들어서면 총선을 요구해야 한다고 생각하는데, 토리당 간부는 이를 막으려고 미친 듯이 애쓸 것이다. 그러나 우리가 정말 다급하게 원하면 선거 없이도 우리가 원하는 정부를 가질 수 있다. 아래에서부터 진정으로 밀어붙이면 실현할 수 있다. 나는 그때 누가 새로운 정부에 들어가 있을지 추측하지는 않겠다. 내가 아는 것은 사람들이 정말로 원하면 적합한 사람들이 자리를 차지하리라는 사실뿐이다. 운동이 지도자를 만들지, 지도자가 운동을 만들지는 않기 때문이다.

1년 내에, 어쩌면 6개월 내에 정복당하지 않는다면 우리는 예전에 한 번도 존재하지 않았던 것, 즉 〈영국적인〉 사회주의 운동의 출현을 목격할 것이다. 지금까지 영국에는 노동계급이 만들어졌지만 근본적인 변화를 목표로 삼지 않았던 노동당과, 러시아가 해석한 독일 이론이자 영국에 제대로 이식되지 못한 마르크스주의밖에 없었다. 영국 사람들의 마음을 정말로 건드린 것은 아무것도 없었다. 영국 사회주의 운동의 역사 전체를 돌아보아도 귀에 쏙쏙 들어오는 노래, 예를 들어 「라마르세예즈La Marseillaise」나 「라쿠카라차La Cucuracha」[43] 같은 노래는 만들어지지 않았다. 영국 고유의 사회주의 운동이 등장하면 마르크스주의자들 역시 과거의 모든 기득권층처럼 운동의 가증스러운 적이 될 것이다. 그들은 하나같이 사회주의 운동을 〈파시즘〉이라고 비난할 것이다. 이미 감상적인 좌파 지식인들은 우리가 나치에 대항해 싸우면 스스로 〈나치가 된다〉고 선언하고 있다. 흑인과 싸우면 우리의 피부도 검어질 것이라고 말할지도 모른다. 우리가 〈나치가 되려면〉 독일 역사를 가지고 있어야 한다. 혁명을 일으킨다고 해서 국가가 자신의 과거로부터 달아날 수 있는 것은 아니다. 영국의 사회주의 정부는 이 나라를 머리끝부터 발끝까지 전부 바꾸겠지만 우리의 문명, 내가 앞서 논했던 독특한 문명의 틀림없는 흔적을 전부 가지고 있을 것이다.

영국의 사회주의 정부는 교조주의적이지 않을 것이고, 심지어는 논리적이지도 않을 것이다. 상원을 폐지하겠지만, 아

43 각각 프랑스와 멕시코에서 혁명가로 널리 알려진 곡이다.

마도 군주제는 폐지하지 않을 것이다. 시대착오적이고 미친 한 부분이 사방에 남아 있을 것이고, 우스꽝스러운 말총 가발을 쓴 판사와 군모 단추에 새겨진 사자와 유니콘[44]도 그대로일 것이다. 영국의 사회주의 정부는 노골적인 계급 독재를 절대 수립하지 않을 것이다. 옛 노동당을 중심으로 편성될 것이고, 지지자는 대부분 노동조합원이겠지만 중산층 대부분과 부르주아 계급의 젊은 아들들을 많이 끌어들일 것이다. 수뇌부는 숙련 노동자, 기술 전문가, 비행사, 과학자, 건축가, 기자 등 새로운 중간 계급 출신이자 라디오와 철근 콘크리트 시대를 편안하게 여기는 사람들일 것이다. 그러나 새로운 정부는 국가보다 높은 법률에 대한 믿음과 타협이라는 영국의 전통과 완전히 단절되지 않을 것이다. 반역자는 총살하겠지만, 그 전에 엄숙한 재판의 기회를 줄 것이고, 때로는 무죄 방면할 것이다. 공개적인 반란은 즉시 잔인하게 진압하겠지만, 말이나 글은 거의 간섭하지 않을 것이다. 다른 이름을 가진 정당들이 여전히 존재할 것이고, 혁명 분파는 여전히 신문을 발행하면서 언제나 그렇듯 깊은 인상을 남기지 못할 것이다. 사회주의 정부는 교회를 폐지하겠지만, 종교는 박해하지 않을 것이다. 여전히 기독교 도덕률을 어렴풋이 존중할 것이고, 때때로 영국을 〈기독교 국가〉라고 부를 것이다. 가톨릭교회는 사회주의 정부에 대항하여 싸우겠지만, 대다수의 비국교도 분파와 영국 성공회는 타협할 수 있을 것이다.

44 영국 왕가의 문장이자 영국의 상징. 사자는 잉글랜드, 유니콘은 스코틀랜드를 나타낸다.

영국의 사회주의 정부는 과거를 받아들이는 힘을 보여 줌으로써 외국인들에게 충격을 주고, 때로는 혁명이 정말 일어났는지 의심하게 만들 것이다.

그러나 반드시 필요한 일은 이미 끝났을 것이다. 바로 산업을 국유화하고, 소득 규모를 낮추고, 계급 없는 교육 체계를 설립하는 일이다. 영국 사회주의 국가의 진정한 본성은 전 세계의 살아남은 부자들이 그것을 얼마나 증오하는지 보면 분명해질 것이다. 새로운 정부의 목표는 제국을 해체하는 것이 아니라 사회주의 국가 연합으로 바꾸는 것이며, 제국을 영국 국기가 아니라 채권자, 배당금 수익자, 얼빠진 영국 관리로부터 해방시키는 것이다. 전쟁 전략은 유산 계급이 지배하는 그 어떤 국가의 전략과도 다를 것이다. 기존 정권이 무너질 때 발생할 혁명적 여파를 두려워하지 않을 것이기 때문이다. 영국의 사회주의 정부는 추호의 가책도 없이 적대적인 중립국을 공격하거나 적국 식민지에서 원주민 반란을 선동할 것이다. 새로운 정부는 그런 식으로 싸울 것이므로, 프랑스 혁명의 기억이 메테르니히의 유럽에 위험했던 것처럼, 패배하더라도 승리자에게 위험한 기억을 남길 것이다. 독재자들은 군사력이 열 배로 커진 현재의 영국 정부보다 새로운 사회주의 정부를 더 두려워할 것이다.

그러나 지금, 활기 없는 삶은 거의 변함없고 기분 나쁜 빈부 격차가 아직도 사방에 존재하는 지금, 심지어 폭탄이 떨어지고 있는 가운데 나는 어떻게 감히 이 모든 일이 〈일어나리라〉고 말할 수 있을까?

이제 미래를 〈둘 중 하나〉라고 예언할 수 있는 때가 되었기 때문이다. 우리는 이번 전쟁을 혁명전쟁으로 바꾸거나(우리의 정책이 〈정확히〉 내 말처럼 되리라는 뜻이 아니라, 전체적으로 그러한 노선을 따르리라는 뜻이다), 아니면 전쟁에서 지고 그 외에도 많은 것을 잃을 것이다. 곧 우리는 이쪽 길 또는 저쪽 길에 발을 들였다고 확실히 말할 수 있게 될 것이다. 어쨌든 현재의 사회 구조가 바뀌지 않으면 이길 수 없다는 것은 분명하다. 이 상태로는 신체적이든, 윤리적이든, 지적이든 우리의 진정한 힘을 결집할 수 없다.

3

애국심은 보수주의와 아무 관계도 없다. 애국심은 항상 변하지만, 신비롭게도 똑같게 느껴지는 것에 대한 헌신이므로 사실 보수주의와 반대이다. 애국심은 미래와 과거를 잇는 다리이다. 그 어떤 진정한 혁명가도 국제주의자는 아니었다.

지난 20년 동안 영국 좌파 사이에서 유행한 부정적이고 게으른 태도, 애국심과 용기를 비웃는 지식인들, 영국의 사기를 꺾고 〈그래서 내가 뭘 얻을 수 있는데〉라고 말하는 쾌락주의적 태도를 퍼뜨리려는 부단한 노력은 우리에게 해롭기만 했다. 그들의 상상처럼 우리가 정말로 찌그러진 국제연맹의 세계에 살고 있었다고 해도 그러한 자세는 해로웠을 것이다. 독재자와 폭격기의 시대에 그것은 재난이었다. 아무리 우리 마음에 들지 않아도 고난은 생존의 대가일 수밖에 없다. 노예처럼 일하고, 토끼처럼 번식하며, 전쟁이 주요 국가 산업인 민족들 틈에서 쾌락주의적으로 생각하도록 단련된 국가는 살아남을 수 없다. 분파와 상관없이 영국의 모든 사회주의자들은 파시즘에 맞서고 싶었지만, 동시에 동포들을 평화주의자로 만드는 것을 목표로 삼았다. 그들이 실패한 이유는, 영국은 전통적인 충성심이 새로운 충성심보다 강하기 때문이다. 그러나 좌파 언론이 〈반파시즘〉을 아무리 과장되게 부르짖었다고 해도 영국의 보통 사람이 『뉴 스테이츠먼』, 『데일리 워커*Daily Worker*』, 『뉴스 크로니클』이 원하는 모습대로 바뀌었다면 파시즘과의 진짜 싸움이 시작되었을 때 우리에게 승산이 얼마나 있었을까?

1935년까지 사실상 영국의 모든 좌파는 어느 정도 평화주의자였다. 1935년 이후 비교적 목소리를 높이는 좌파들은 인민 전선 운동에 열렬히 투신했지만, 이는 파시즘이 불러온 전체적인 문제를 회피하는 것에 지나지 않았다. 인민 전선 운동은 순전히 부정적인 〈반파시즘〉 운동 — 파시즘에 〈반대〉하지만 〈찬성〉하는 정책은 없었다 — 으로 시작했고, 그 밑에는 때가 되면 러시아가 우리 대신 싸워 주리라는 나약한 생각이 깔려 있었다. 그러한 환상이 사라지지 않는 것은 정말 놀랍다. 매주 언론에 쇄도하는 수많은 편지들은 토리당이 빠진 정부가 들어서면 러시아가 우리 편으로 돌아설 수밖에 없다고 주장한다. 또는, 우리가 과장된 전쟁 목적을 책으로 펴내서(『우리의 투쟁*Unser Kampf*』, 『수억의 동맹-우리가 선택한다면*A Hundred Million Allies-If We Choose*』 등등과 같은 책을 보라) 유럽인들이 틀림없이 우리를 대신해 봉기하도록 만들어야 한다고 말이다. 항상 똑같은 생각 — 외국에서 영감을 찾아라, 대신 싸울 사람을 구하라 — 이다. 그 밑바닥에는 영국 지식인의 추악한 열등의식이, 영국인은 이제 전쟁에 적합하지 않고 더 이상 전쟁을 견디지 못한다는 믿음이 깔려 있다.

사실, 이미 3년 동안이나 우리 대신 싸우고 있는 중국을 제외하면 다른 나라가 우리를 대신해서 싸우리라 생각할 이유는 없다.[45] 러시아는 직접적인 공격을 받으면 우리와 함께 싸우려 할지도 모르지만, 피할 방법이 있다면 독일 군대에 맞서 일어나지 않을 것이라고 분명히 밝혔다. 어쨌든 러시아가 영국 좌파 정부의 전망에 끌릴 것 같지는 않다. 분명 현재의 러시아 정권은 서구에서 일어나는 어떤 혁명에 대해서도 적대적일 것이다. 히틀러가 움직이기 시작하면 유럽 피지배 민족들이 반란을 일으키겠지만, 그 전까지는 움직이지 않을 것이다. 우리의 잠재적인 동맹은 유럽 국가가 아니라, 전쟁이라는 대규모 사업을 준비하려면 자원 동원에 적어도 1년은 필요할 미국과 영국에서 혁명이 시작될 때까지는 감상적으로도 우리 편을 들 수 없는 유색 민족들이다. 오랫동안, 1년이나 2년 어쩌면 3년 동안 영국이 세계의 충격을 흡수해야 한다. 우리는 폭격, 굶주림, 과로, 인플루엔자, 권태, 반역적인 화평 제안과 직접 부딪쳐야 한다. 확실히 지금은 사기를 꺾을 것이 아니라 북돋울 때이다. 좌파는 언제나처럼 기

45 그리스 전쟁 발발 전에 쓴 글이다 — 원주.

계적으로 영국에 반대하는 대신 영어권 문화가 소멸하면 세상이 어떤 모습이 될지 생각하는 것이 낫다. 영국이 정복당해도 다른 영어권 국가들이, 심지어 미국조차 영향을 받지 않으리라는 생각은 어리석기 때문이다.

헬리팩스 경과 같은 부류는 전쟁이 끝나면 예전과 똑같은 상황으로 돌아가리라고 믿는다. 베르사유 조약이라는 말도 안 되는 포장으로, 〈민주주의〉, 즉 자본주의로, 실직 수당을 받으려고 길게 늘어선 줄과 롤스로이스로, 회색 실크해트와 체크 줄무늬 바지로 영원히 돌아가리라고 말이다. 협상으로 평화를 찾으면 그들의 생각과 아주 약간 비슷한 결과가 생길지도 모르지만 잠시뿐이다. 자유방임 자본주의는 죽었다.[46] 히틀러가 건설할 집단 사회와 그가 패배할 경우 생길 결과 사이에서 선택해야 한다.

히틀러가 이번 전쟁에서 이기면 유럽, 아프리카, 중동의 지배를 강화할 것이고, 군대가 크게 지치지 않았다면 소비에트 러시아로부터 광대한 영토를 빼앗을 것이다. 그는 독일의 헤렌폴크(〈주인 종족〉 또는 〈귀족 종족〉)가 저가의 농산물을 생산하는 슬라브족 및 기타 열등한 민족을 지배하는 카스트 사회를 세울 것이다. 히틀러는 유색 민족을 영원한 노예로 전락시킬 것이다. 파시스트 정권들이 영국 제국주의와 싸우는 진짜 이유는 영국 제국이 해체되고 있음을 그들도 알기

46 런던 주재 미국 대사인 케네디 씨가 1940년 10월에 미국으로 돌아가면서 전쟁의 결과 〈민주주의는 끝났다〉고 말한 것은 무척 흥미롭다. 물론 그가 말하는 〈민주주의〉란 사적 자본주의이다 — 원주.

때문이다. 지금과 같은 기조로 20년이 지나면 인도는 오로지 자발적 동맹으로 영국과 연결된 소농 공화국이 될 것이다. 히틀러가 그토록 혐오하는 〈반(半)유인원들〉이 비행기를 조종하고 기관총을 생산할 것이다. 노예 제국을 건설하겠다는 파시즘의 꿈은 끝장날 것이다. 반대로 우리가 지면 우리의 피해자를 새로운 주인에게 넘겨줄 것이고, 새로운 주인은 우리가 하던 일을 아무 가책 없이 물려받을 것이다.

그러나 유색 민족들의 운명만이 문제가 아니다. 삶을 보는 양립 불가능한 두 가지 입장이 싸우고 있다. 무솔리니는 〈민주주의와 전체주의 사이에 타협은 존재할 수 없다〉고 말했다. 두 신조는 언제까지나 나란히 존재하는 것조차 불가능하다. 영국에서처럼 불완전한 형태라도 민주주의가 존재하는 한 전체주의는 치명적인 위험에 빠진다. 영어권 지역은 모두 인간이 평등하다는 사상에 물들어 있다. 우리 영국이나 미국이 그러한 공언에 따라 행동한 적이 있다고 한다면 거짓말이겠지만, 그 〈사상〉이 존재한다는 것만은 사실이고, 그것이 언젠가는 실현될 수 있다. 영어 문화권이 소멸하지 않는다면, 결국 그곳에서 자유롭고 동등한 인간 사회가 탄생할 것이다. 그러나 히틀러는 바로 인간이 평등하다는 사상 — 〈유대〉 혹은 〈유대-기독교〉의 평등사상 — 을 파괴하러 이 세상에 왔다. 본인의 입으로 직접 여러 번 말했다. 우리가 영원한 노예제를 생각하면 공포와 절망을 느끼는 것처럼, 히틀러는 흑인이 백인만큼 잘살고 유대인이 인간으로 대우받는 세계를 생각하면 똑같은 공포와 절망을 느낀다.

두 관점이 절대 양립 불가능하다는 사실을 마음에 새기는 것이 중요하다. 내년 중으로 좌파 지식인들 사이에서 친히틀러적 반동이 일어날 가능성이 충분하다. 이미 그 전조가 드러났다. 히틀러의 긍정적 업적이 좌파 지식인의 공허함에, 또 평화주의 성향을 가진 사람들의 가학성에 호소한다. 우리는 그들이 무슨 말을 할지 이미 어느 정도 안다. 우선 그들은 영국 자본주의가 다른 무언가로 진화하고 있음을, 또는 히틀러의 패배가 영국과 미국 백만장자들의 승리 이상을 의미할 수 있음을 인정하지 않을 것이다. 그리고 더 나아가 민주주의는 전체주의와 〈똑같다〉거나 〈똑같이 나쁘다〉고 주장할 것이다. 영국에는 언론의 자유가 〈별로〉 없으므로 독일과 〈별다를〉 것이 없다. 실직 수당을 받는 것은 끔찍한 경험이므로 게슈타포의 고문을 받는 것이 〈더 나쁠〉 것도 없다. 흑인 두 명은 백인 한 명과 같고, 빵 반 덩이는 빵이 없는 것과 같다는 것이다.

그러나 실제로 민주주의와 전체주의가 어떻든 그 둘이 똑같다는 말만큼은 절대 사실이 아니다. 설령 영국식 민주주의가 현 단계 이상 발전하지 못해도 그 말은 사실이 아닐 것이다. 비밀경찰과 문학 검열, 징집 노동이 존재하는 군사화된 대륙 국가는 빈민가와 실업, 파업과 정당 정치가 존재하는 느슨한 민주주의 해양 국가와 개념 자체가 전혀 다르다. 그 차이는 육군력과 해군력, 잔인함과 비효율, 거짓말과 자기기만, 나치 친위대원과 집세 수금원의 차이이다. 우리는 둘 중 하나를 선택할 때 현재의 힘보다는 미래에 가질 수 있는 힘을 기준으로 결정한다. 그러나 어떤 의미에서는 최고 상태나 최저 상태의 민주주의가 전체주의보다 〈나은지〉 아무 상관이 없다. 이를 결정하려면 우리는 절대적인 기준에 접근할 수 있어야 할 것이다. 중요한 문제는 고난이 왔을 때 우리가 어느 쪽에 진정으로 공감할 것인가밖에 없다. 민주주의와 전체주의를 비교하고 하나가 다른 하나만큼 나쁘다고 〈증명〉하기를 그토록 좋아하는 지식인들은 현실에 진정으로 부딪쳐 본 적 없는 하찮은 사람들일 뿐이다. 파시즘에 구애하기 시작하는 지금도, 불평을 늘어놓던 1~2년 전도, 그들이 가진 것은 파시즘에 대한 얄팍한 오해밖에 없다. 문제는 〈토론회에서 히틀러를 옹호하는 《주장》을 할 수 있느냐〉가 아니다. 문제는 〈당신은 그 주장을 진정으로 받아들이는가? 히틀러의 지배에 기꺼이 굴복하겠는가? 정복당한 영국을 보고 싶은가, 보고 싶지 않은가?〉이다. 경박하게 적을 편들기 전에 그 점을 분명히 해야 한다. 전쟁에서 중립이란 없기 때문이다. 현실에서는 어느 한쪽을 도와야 한다.

서구 전통에서 자란 사람이라면 위기의 순간에 파시즘이 제시하는 삶의 비전을 받아들일 수 없을 것이다. 〈지금〉 당장 그 사실을 깨닫고 파시즘에 무엇이 수반되는지 파악하는 것이 중요하다. 영어권 문명은 나태하고 위선적이며 불공정하지만, 히틀러의 길을 유일하게 가로막는 커다란 장애물이다. 영어권 문명은 파시즘의 모든 〈무오류〉 교리에 반박하는 살아 있는 반증이다. 그렇기 때문에 지난 몇 년 동안 파시스트 작가들은 모두 영국의 힘을 파괴해야 한다는 일치된 의견을 내놓았다. 영국을 〈박멸〉하고, 〈절멸〉하고, 〈존재를 지워야〉 한다. 히틀러가 유럽을 안정적으로 차지하고, 영국 제국은 별 타격 없이 해군력도 그대로 유지한 채, 이번 전쟁이 끝나는 것도 전략적으로는 가능하다. 그러나 이상적으로는 불가능하다. 히틀러가 그 비슷한 제안을 한다고 해도 영국을 간접적으로 정복하거나, 더 유리한 순간에 공격을 재개하겠다는 딴마음이 분명히 있을 것이다. 히틀러는 대서양을 건너온 치명적인 사상들이 유럽 경찰국가로 흘러 들어가는 깔때기 역할을 할 영국을 절대 그대로 둘 리 없다. 거꾸로 우리는 우리 앞의 문제가 얼마나 막대한지, 민주주의를 우리가 아는 형태 그대로 보존하는 것이 얼마나 중요한지 안다. 그러나 〈보존〉은 항상 〈확장〉을 뜻한다. 우리 앞에 놓인 선택은 승리냐 패배냐가 아니라, 혁명이냐 무관심이냐이다. 우리가 싸워서 지키려는 것이 모조리 파괴된다면, 부분적으로는 우리의 행동 때문일 것이다.

영국이 사회주의를 도입하고 이번 전쟁을 혁명전쟁으로 바꾸어도 패배할 수 있다. 어쨌든 그런 상황을 생각할 수는 있다. 그 상황은 현재 성인이라면 누구에게나 끔찍하겠지만, 몇몇 부자와 그들에게 고용된 거짓말쟁이들이 바라는 〈절충적 평화〉보다는 훨씬 덜 치명적이다. 영국이 진정으로 파괴되는 것은 영국 정부가 베를린의 명령에 따라 행동할 때이다. 그러나 영국이 그 전에 깨우친다면 그런 일은 일어날 수 없다. 그렇다면 패배가 분명해진 후에도 투쟁은 계속될 것이고, 〈사상〉은 살아남을 것이기 때문이다. 싸우다가 쓰러지는 것과 싸우지도 않고 항복하는 것의 차이는 결코 〈명예〉의 문제도 아니고, 유치한 영웅담의 문제도 아니다. 히틀러는 패배를 〈받아들이면〉 한 나라의 영혼이 파괴된다고 말했다. 허튼소리처럼 들리지만 엄밀히 말해서 사실이다. 1870년의 패배로 프랑스가 세계에 미치는 영향력이 줄어들지는 않았다. 지성적인 면에서 제3공화국은 나폴레옹 3세의 프랑스보다 영향력이 더 커졌다. 그러나 페탱과 라발 등이 받아들인 평화는 민족 문화를 일부러 말살해야만 얻을 수 있는 것이다. 비시 정부는 공화주의, 세속주의, 지식인에 대한 존경, 피부색에 대한 편견 없는 태도 등 뛰어난 프랑스 문화의 흔적을 지워야만 가짜 독립을 즐길 수 있을 것이다. 우리가 혁명을 먼저 일으킨다면 결코 〈완전히〉 패배할 수 없다. 우리는 독일 군대가 화이트홀로 행진하는 모습을 보게 될지도 모르지만, 궁극적으로 독일의 권력 야욕에 치명타를 입힐 또 다른 운동을 이미 시작했을 것이다. 스페인 국민은 패배했지만 그들이 2년 6개월의 중대한 시기 동안 배운 것들이 언젠가 부메랑처럼 스페인 파시스트들에게 돌아갈 것이다.

전쟁이 시작되었을 때 셰익스피어의 호언장담이 자주 인용되었다. 기억이 나를 속이는 것이 아니라면, 체임벌린 씨조차 한 번 인용한 적이 있다.

> 온 세상이 사방에서 팔짱을 끼고 덤벼도
> 우리가 혼내 주리라. 영국이 스스로에게 진실하면
> 우리는 후회할 일 없으리라.

제대로만 해석하면 정말 맞는 말이다. 그러나 영국은 스스로 진실해야만 한다. 우리의 해안으로 찾아온 난민을 집단 수용소에 가두고, 회사 감독관들이 초과 이득세를 회피하려고 교묘한 계획을 세운다면, 영국이 스스로에게 진실하다고 할 수 없다. 영국이 스스로에게 진실하려면 『태틀러』와 『바이스탠더』에 작별을 고하고, 롤스로이스를 탄 귀부인들에게도 작별을 고해야 한다. 넬슨과 크롬웰의 후계자는 상원에 없다. 그들은 들판과 거리에, 공장과 군대에, 싸구려 맥주를 파는 술집과 교외 뒷마당에 있다. 그리고 지금, 유령 세대가 아직도 그들을 억누르고 있다. 진짜 영국을 수면 위로 끌어올려야 한다는 과업에 비하면 전쟁에서 이기는 것조차 분명 필요하긴 하지만 부차적인 문제이다. 우리는 혁명으로 우리를 잃는 것이 아니라 더욱 진정한 우리를 찾는다. 멈추고, 타협하고, 〈민주주의〉를 구출하고, 그대로 서 있을 수는 없다. 가만히 서 있는 것은 아무것도 없다. 우리의 유산에 무언가를 더 보태지 않으면 잃을 것이고, 더 크게 성장하지 못하면 작아질 것이며, 앞으로 나아가지 못하면 뒤로 물러나게 될 것이다. 나는 영국을 믿고, 우리가 앞으로 나아가리라고 믿는다.

1941년

P. G. 우드하우스를 변호하며

1940년 초여름, 벨기에로 재빨리 진격한 독일은 전쟁 초기 내내 르 투케의 별장에서 지내며 마지막까지도 위험을 깨닫지 못했던 듯한 P. G. 우드하우스[1]를 포로로 잡았다. 우드하우스는 포로로 끌려가면서 이렇게 말했다고 한다. 〈이 일을 겪고 나면 진지한 책을 써야겠군.〉 그는 한동안 가택 연금을 당했는데, 나중에 그가 했던 말들을 들어 보면 이웃의 독일 장교들이 〈목욕을 하거나 파티를 하러〉 자주 들르는 등 꽤 우호적인 대접을 받았던 듯하다.

1년 넘게 지난 1941년 6월 25일에 우드하우스가 풀려나 베를린 아들론 호텔에서 지내고 있다는 소식이 들려왔다. 다

1 P. G. Wodehouse(1881~1975). 영국의 유명한 소설가. 영국 상류 사회를 무대로 순진하고 우스꽝스러운 인물을 그린 유머 소설로 큰 인기를 끌었다. 세금 문제로 1934년 프랑스로 이주하였다가 1940년 나치 독일에 붙잡혀 1년 가까이 감금당했다. 구금에서 풀려난 후 독일의 대미 방송에 출연했는데, 내용 자체는 비정치적이고 유머러스했지만 적국의 라디오에 출연했다는 것만으로도 영국에서는 크게 비난을 받았다. 그 후 우드하우스는 영국에 돌아가지 않고 미국에서 여생을 보냈다.

음 날, 우드하우스가 독일 라디오의 〈비정치적인〉 방송에 출연하기로 했다는 소식을 듣고 사람들은 깜짝 놀랐다. 지금은 해당 방송 내용을 전부 구하기 힘들지만, 우드하우스는 6월 26일부터 7월 2일까지 방송에 다섯 번 출연한 것으로 보이고, 그 이후 독일은 우드하우스를 방송에 내보내지 않았다. 6월 26일에 출연한 첫 번째 방송은 나치 라디오가 제작한 프로그램이 아니라 당시 베를린에 남아 있던 미국 컬럼비아 방송국 CBS 특파원 해리 플래너리와의 인터뷰였다. 우드하우스는 또한 수용소에서 지낼 때 쓴 글을 『새터데이 이브닝 포스트*Saturday Evening Post*』에 발표했다.

신문 기고문과 방송은 주로 우드하우스의 수용소 경험을 다루었지만 전쟁에 대한 언급도 약간 있었다. 다음은 공정한 견본이다.

> 나는 정치에 전혀 관심이 없었다. 마음속에서 어떤 호전적인 감정도 일깨울 수가 없다. 어떤 나라에 대해 호전적인 감정이 생기려고 할 때쯤 그 나라의 괜찮은 친구를 만나게 되고, 같이 어울려 다니다 보면 어떤 전투적인 생각이나 감정도 사라져 버린다.

> 얼마 전에 그들이 열병식에서 우리를 보고 제대로 파악했는지, 적어도 우리를 지역 정신 병원으로 보내 주었다. 나는 병원에서 42주를 보냈다. 수용소에 대해서는 할 말이 많다. 수용소에서 지내면 술집에 갈 수 없고, 독서에 도움

이 된다. 제일 큰 문제는 오랫동안 집에 돌아가지 못한다는 것이다. 아내를 다시 만난 다음 안전한 곳으로 갈 수 있도록 긴 소개장을 받는 게 좋겠다.

전쟁이 일어나기 전에 나는 항상 영국인인 것이 얼마간 자랑스러웠지만, 이제 이곳 영국인 정신 병원, 또는 창고 같은 곳에서 몇 개월 살다 보니 더 이상 확신이 없다. ……내가 독일에 바라는 특권은 나에게 빵을 주고, 머스킷 총을 들고 주요 출입구에 서 있는 신사들에게 시선을 피하라고 말해 주며, 나머지는 다 나에게 맡기라는 것뿐이다. 그 대가로 인도와 내 책 서명본 한 질, 얇게 썬 감자를 라디에이터로 요리하는 비법을 제공하겠다. 이 제안은 수요일까지 유효하다.

위의 첫 번째 인용문은 큰 반감을 불러일으켰다. 우드하우스는 또 (플래너리와의 인터뷰에서) 〈영국이 전쟁에서 이길지 말지〉라는 표현을 사용해서 맹렬하게 비판받았고, 또 다른 방송에서 같은 수용소에 들어갔던 몇몇 벨기에 포로의 지저분한 습관에 대해 이야기한 것도 상황을 개선시키지는 않았다. 독일 측은 방송을 녹음해서 여러 번 재방송했다. 그들은 우드하우스의 이야기를 크게 감독하지 않았던 듯하고, 우드하우스가 수용소 생활의 불편함에 대해 익살맞게 이야기하도록 허락했을 뿐 아니라, 〈트로스트 수용소에 갇힌 사람들은 다들 영국이 결국 승리할 것이라고 열렬히 믿는다〉는 말까지 하게 내버려 두었다. 그러나 우드하우스가 한 이야기의 전체적인 요지는 그가 나쁜 대접을 받지 않았고, 적개심도 없다는 것이었다.

이 방송이 나오자마자 영국에서 소동이 벌어졌다. 의회에서 질의가 오갔고, 언론에 분노 가득한 사설이 실렸으며, 동료 작가들의 편지가 쏟아졌다. 거의 다 못마땅하다는 내용이었지만 한두 명은 판단을 유보하는 게 좋지 않겠냐고 제안했고, 우드하우스가 스스로 무슨 짓을 하고 있는지 깨닫지 못하는 것 같다고 여러 작가가 호소했다. 7월 15일에 BBC 홈 서비스[2]는 우드하우스가 〈조국을 팔아넘겼다〉고 비난하는 『데일리 미러』 〈카산드라〉[3]의 아주 폭력적인 후기를 내보냈다. 후기는 〈매국노〉와 〈총통[4] 숭배〉 같은 표현을 아낌없이 썼다. 주요 혐의는 우드하우스가 수용소에서 빠져나오려고 독일 프로파간다에 참여했다는 것이었다.

〈카산드라〉의 후기는 항의도 어느 정도 받았지만, 전체적으로 우드하우스에 대한 대중의 반감을 한층 더 강화시켰던 듯하다. 수많은 도서관에서 우드하우스의 책을 빼버린 것도 그 결과 중 하나였다. 다음은 전형적인 신문 기사이다.

> 『데일리 미러』의 칼럼니스트 카산드라의 방송이 나온 지 채 24시간도 되지 않아 포터다운 (북아일랜드) 지방자치 의회는 P. G. 우드하우스의 책을 공공 도서관에 비치하

2 1939년부터 1967년까지 방송한 영국 국영 라디오 방송국이며, 지금은 BBC 라디오 4로 바뀌었다.

3 『데일리 미러』의 칼럼니스트 윌리엄 코너William Connor의 필명.

4 히틀러를 가리킨다.

지 못하도록 결정했다. 에드워드 맥캔 씨는 카산드라의 방송이 이번 결정을 매듭지었다고 말했다. 우드하우스는 이제 더 이상 웃기지 않다는 것이다(『데일리 미러』).

게다가 BBC는 우드하우스가 작사한 노래를 방송 금지했고, 몇 년이 지난 지금까지도 금지 조치는 풀리지 않았다. 가장 최근에는 1944년 12월까지도 의회에서 우드하우스를 반역자로 재판해야 한다는 요청이 나왔다.

진흙을 계속 던지면 조금이라도 묻게 되어 있다는 속담이 있는데, 우드하우스에게는 진흙이 좀 특이하게 묻었다. 우드하우스의 이야기(아무도 그가 무슨 말을 했는지 기억하지 못한다)는 그가 단순한 반역자일 뿐 아니라, 파시즘 이론의 동조자임을 드러냈다는 인상을 남겨 버린 것이다. 그 당시에도 우드하우스의 책에서 〈파시스트 경향〉을 감지할 수 있다고 주장하는 투서들이 언론에 날아들었고, 그 뒤 이 혐의는 반복적으로 제기되었다. 곧 우드하우스 작품의 정신적 분위기도 분석하겠지만, 무엇보다도 우리는 1941년 사건이 우드하우스의 멍청함을 보여 줄 뿐, 그보다 심한 죄를 증명하지 않는다는 사실을 깨달아야 한다. 정말 흥미로운 문제는 우드하우스가 어떻게 해서, 왜 그렇게 멍청한 짓을 할 수 있었냐는 것이다. 1941년 6월, 아들론 호텔에서 우드하우스를 만난 플래너리는 정치적으로 천진난만한 사람을 상대하고 있음을 바로 알아차렸고, 방송 인터뷰를 준비하면서 너무 부적절한 발언은 빼는 게 좋겠다고 주의를 주어야 했는데, 그 발언

하나는 약간 반러시아적인 말이었다. 사실 〈영국이 이길지 말지〉라는 표현은 그냥 넘어갔다. 인터뷰 직후 우드하우스는 플래너리에게 나치 라디오 방송에도 출연한다고 말했지만, 그 행동에 특별한 의미가 있다고 생각하지는 못하는 듯했다. 플래너리는 이렇게 말했다.[5]

이제 우드하우스를 이용한 계략이 무엇인지 분명해졌다. 그것은 나치 최고의 전쟁 홍보용 연출이었는데, 인간적인 측면을 부각한 것은 처음이었다. ……플랙(괴벨스의 조수)은 글라이비츠 근처의 수용소로 우드하우스를 만나러 갔고, 이 작가에게 정치적 의식이 전혀 없다는 사실을 깨닫자 좋은 생각이 떠올랐다. 그는 우드하우스에게 수용소에서 내보내 줄 테니 그의 경험을 방송 시리즈로 쓰라고 하면서, 검열도 하지 않고 직접 출연도 시켜 주겠다고 제안했다. 플랙은 이런 제안을 함으로써 그가 이 사람을 얼마나 잘 아는지 보여 주었다. 그는 우드하우스가 모든 단편에서 영국인을 조롱하고 다른 방식으로는 거의 글을 쓰지 않는다는 사실을 알았고, 그가 아직도 자기 소설에 등장하는 시대를 살고 있으며 나치즘과 그 모든 의미에 대한 개념이 없음을 알았다. 우드하우스는 그의 버티 우스터[6]였다.

5 해리 플래너리Harry Flannery의 『베를린 파견*Assignment to Berlin*』— 원주.

6 우드하우스의 지브스 시리즈에 등장하는 코믹한 인물로, 순진하고 세상 물정을 모르는 유한 계급이다.

우드하우스와 플랙 사이에 정말로 거래가 있었다는 것은 순전히 플래너리의 해석으로 보인다. 더 애매한 약속이었을지도 모른다. 방송을 듣고 판단하건대 우드하우스는 방송을 통해 대중과 소통하고 — 익살꾼의 흔한 열망이 그렇듯 — 한바탕 웃어 보자는 생각이 컸던 듯하다. 확실히 우드하우스의 이야기는 에즈라 파운드[7]나 존 애머리[8] 같은 매국노의 이야기와 달랐고, 아마 매국의 본질을 이해하는 사람의 이야기도 아니었을 것이다. 플래너리는 우드하우스에게 방송 출연이 현명하지 못한 일 같다고 경고했던 듯하지만, 아주 강력하게 피력하지는 않았다. 그는 우드하우스가 (한 방송에서 스스로 영국인이라고 칭했지만) 스스로를 미국 시민이라고 생각하는 것 같았다고 덧붙인다. 우드하우스는 귀화를 고민한 적도 있지만, 필요한 서류를 작성하지는 않았다. 그는 심지어 플래너리에게 〈우리는 독일과 전쟁 중이 아니다〉라는 말까지 했다.

7 Ezra Pound(1885~1972). 미국 태생의 시인이자 비평가로 영국에서 활동하다가 제1차 세계 대전 당시 영국에 대한 믿음을 잃고 이탈리아로 이주했으며, 그곳에서 무솔리니의 파시즘을 받아들여 히틀러를 지지했다. 제2차 세계 대전 당시 미국과 유대인을 비난하는 라디오 방송을 하다가 1945년 반역죄로 미군에게 잡혔으나 정신 질환으로 재판을 받지 않았고, 작가들의 구명 운동 끝에 1958년에 풀려났다.

8 John Amery(1912~1945). 우파 정치가. 보수파이자 애국적인 의원이었던 리오 애머리Leo Amery의 아들이다. 존 애머리는 히틀러의 열렬한 숭배자였고, 전쟁 당시 독일에서 포로로 잡힌 영국인들에게 독일을 위하여 영국과 러시아에 대항하여 싸우라는 방송을 했으며, 점령된 유럽에서 독일 정권을 대신하여 대중 연설을 했다. 그는 1945년 12월, 영국인들에 의해 반역죄로 처형당했다.

지금 내 앞에 P.G. 우드하우스의 작품 목록이 있다. 약 50개의 제목이 적혀 있지만 분명 이것이 전부는 아니다. 솔직하게 말하는 것이 좋을 테니, 우선 내가 읽지 않은 우드하우스의 책도 많다는 — 아마도 전체의 4분의 1이나 3분의 1 — 사실을 인정하면서 시작해야겠다. 보통 저렴한 판형으로 책을 내는 인기 작가의 작품을 전부 읽는 것은 사실 쉬운 일이 아니다. 그러나 나는 여덟 살이었던 1911년부터 줄곧 우드하우스의 작품을 꽤 열심히 읽었으므로 그 독특한 정신적 분위기 — 물론 변화가 전혀 없는 것은 아니지만, 1925년경 이후 거의 변함없는 분위기 — 에 아주 익숙하다. 내가 앞서 인용한 플래너리의 글에는 주의 깊은 우드하우스 독자라면 누구나에게나 즉시 와닿을 말이 두 가지 있다. 바로 우드하우스는 사실상 〈아직도 자기 소설에 등장하는 시대를 살고 있〉었다는 말과 그가 〈영국인을 조롱〉했기 때문에 나치 프로파간다부에서 그를 이용했다는 말이다. 두 번째 말은 오해 때문인데, 이에 대해서는 잠시 후에 이야기하겠다. 그러나 플래너리의 첫 번째 말은 사실이며, 우드하우스가 취한 행동의 실마리 일부가 바로 여기에 있다.

사람들이 P.G. 우드하우스의 소설에 대해서 종종 잊곤 하는 사실 하나는, 오래전 작품들이 더 유명하다는 것이다. 우리는 어떤 의미에서 우드하우스가 1920년대와 1930년대의 어리석음을 잘 보여 준다고 생각하지만, 사실 사람들이 가장 잘 기억하는 장면과 인물은 전부 1925년 이전에 등장했다. 스미스는 1909년에 처음 등장했고, 학교 배경의 초기 단편에 등장하는 다른 인물들에게서 그 전조를 찾을 수 있다. 백스터와 엠스워스 백작이 사는 블랜딩스 성은 1915년에 소개되었다. 지브스-우스터 시리즈는 1919년에 시작했는데, 두 인물 모두 그 전에 잠깐 등장한 적이 있다. 유크리지는 1924년에 등장했다. 1902년부터 우드하우스의 작품 목록을 살펴보면 세 시기로 비교적 또렷하게 구분된다. 첫 번째는 학교 이야기 시기이다. 『황금 박쥐*The Gold Bat*』, 『사냥꾼들*Pothunters*』 등이 여기에 해당되고, 절정은 『마이크*Mike*』(1909)이다. 다음 해에 나온 『도시의 스미스*Psmith in the City*』는 같은 범주에 속하지만 학교생활과 직접적인 관련이 없다. 두 번째는 미국 시기이다. 우드하우스는 1913년부터 1920년까지 미국에 살았던 것으로 보이고, 한동안 관용구나 관점에서 미국화 경향이 드러났다. 『왼발이 두 개인 사나이*The Man with Two Left Feet*』(1917)에 실린 일부 단편은 O. 헨리의 영향을 받은 것으로 보이고, 이 시기에 쓴 다른 작품들에는 영국인이라면 보통 직접 쓰지 않을 법한 미국식 어법(예를 들어 〈위스키 앤드 소다〉 대신 〈하이볼〉)이 등장한다. 그럼에도 불구하고 이 시기의 모든 책 — 『기자 스미스*Psmith, Journalist*』, 『작은 덩어리*The Little Nugget*』, 『아치의 경솔*The Indiscretions of Archie*』, 『피커딜리 짐*Piccadilly Jim*』을 비롯한 여러 작품 — 은 영국식 매너와 미국식 매너의 〈대조〉에 의지한다. 영국 인물이 미국 배경에 등장하거나 그 반대이다. 순수한 영국 이야기도 약간 있지만, 순수한 미국 이야기는 거의 없다. 세 번째 시기는 시골 저택 시기라는 명칭이 적당할 것이다. 우드하우스는 1920년 초까지 아주 큰 소득을 벌어들였음이 분명하고, 이에 따라 유크리지 시리즈만 제외하고 등장인물들의 사회적 지위 역시 상승했다. 이제 전형적인 배경은 시골의 대저택, 독신남의 호화로운 아파트, 또는 비싼 골프 클럽이다. 초기 작품에 등장하는 남학생들의 운동에 대한 열정이 식으면서 크리켓과 축구가 골프에 길을 내주었고, 소극(笑劇)과 익살스러운 풍자가 더욱 두드러진다. 분명 『여름 번개*Summer Lightning*』와 같은 후기 작품은 대부분 순전한 소극보다 가벼운 코미디에 가깝지만, 『기자 스미스』, 『작은 덩어리』, 『빌이 오다*The Coming of Bill*』, 『왼발이 두 개인 사나이』와 일부 학교 이야기에서 이따금 찾을 수 있었던 도덕적 진지함은 더 이상 등장하지 않는다. 마이크 잭슨[9]은 버티 우스터가 되었다. 그러나 크게 놀라운 변화라고 할 수는 없다. 우드하우스의 작품에서 가장 눈에 띄는 특징은 발전의 〈결여〉이다. 20세기 초에 나온 『황금 박쥐』와 『세인트 오스틴스 이야기*Tales of St Austin's*』 같은 작품들도 이미 비슷한 분위기를 가지고 있다. 우드하우스가 독일 측에 사로잡히기 전까지 16년 동안 할리우드와 르 투케에 살면서 영국이 배경인 이야기를 계속 썼다는 사실에서 우리는 그의 후기 작품들이 얼마나 정형화되었는지 알 수 있다.

이제 축약하지 않은 형태로는 구하기 어려워진 『마이크』는 영어로 쓴 〈가벼운〉 학교 이야기 중 최고의 작품이다. 그

9 우드하우스의 학교 이야기에 등장하는 믿음직한 크리켓 선수로 페어플레이 정신이 강하다.

러나 이 책에 등장하는 사건들은 대개 소극이지만 결코 퍼블릭 스쿨 체계에 대한 풍자가 아니며, 『황금 박쥐』, 『사냥꾼들』 등은 더더욱 그러하다. 우드하우스는 덜위치 칼리지를 졸업한 다음, 은행에서 일하다가 쉬운 저널리즘 쪽 일을 찾아 소설로 점차 옮겨 갔다. 당시 그가 몇 년 동안 모교에 〈집착〉하면서 흔한 직업이나 주변의 하급 중산층 환경을 혐오했던 것은 분명해 보인다. 초기 단편소설에는 퍼블릭 스쿨의 〈활기〉(하우스 경기, 상급생의 잔심부름, 학습실 난롯가에서 차를 마시는 시간 등등)가 꽤 짙게 깔려 있고, 〈정정당당하게 굴어라〉류의 도덕률은 별다른 조건 없이 받아들여진다. 우드하우스의 상상 속 퍼블릭 스쿨 리킨은 덜위치보다 상류층에 속하는데, 우리는 『황금 박쥐』(1904)와 『마이크』(1909) 사이에 리킨이 더욱 비싸지고 런던에서 더 멀어졌다는 인상을 받는다. 우드하우스 초기 작품 중 심리적인 면을 가장 많이 드러내는 것은 『도시의 스미스』이다. 마이크 잭슨의 아버지가 갑자기 돈을 잃어버리자 작가 본인과 비슷한 인물인 마이크는 약 열여덟 살부터 박봉을 받으며 은행에서 말단 직원으로 일한다. 스미스 역시 금전적으로 필요해서는 아니지만 비슷한 일을 하게 된다. 『도시의 스미스』와 『기자 스미스』(1915)는 정치의식을 어느 정도 드러낸다는 점에서 특이하다. 이때 스미스는 스스로를 사회주의자라고 칭하고 — 그의, 그리고 분명 우드하우스의 머릿속에는 사회주의자라는 말에 계급을 무시한다는 것 이상의 의미는 없다 — 스미스와 잭슨은 클래펌 공원에서 열린 야외 집회에 참가한 다음, 집회에서 연설했던 나이 많은 사회주의자와 함께 그의 집으로 가서 차를 마시는데, 그의 초라하지만 우아한 집은 거의 정확하게 묘사된다. 그러나 이 책의 가장 놀라운 특징은 마이크가 학교 분위기를 벗어나지 못한다는 것이다. 그는 새로운 일을 시작하지만 열정적인 척도 하지 않으며, 그의 소원은 우리의 예상처럼 더 흥미롭고 쓸모 있는 직업을 찾는 것이 아니라 크리켓을 하는 것이다. 마이크는 하숙집을 구해야 할 상황이 되자 덜위치에 자리를 잡기로 하는데, 학교와 가깝고 배트가 공을 때리는 기분 좋은 소리를 들을 수 있기 때문이다. 책의 절정은 마이크가 카운티 경기에서 뛸 기회가 생기자 경기에 참가하기 위해 은행에서 걸어 나오는 부분이다. 중요한 점은 이때 우드하우스가 마이크에게 동조한다는 것이다. 실제로 우드하우스는 마이크와 자신을 동일시하는데, 쥘리앵 소렐이 스탕달과 비슷한 것처럼 마이크도 분명 우드하우스와 비슷하기 때문이다. 그러나 우드하우스는 본질적으로 비슷한 주인공들을 많이 만들었다. 이 작품들과 두 번째 시기의 작품들에는 필생의 과업이 경기를 하고 〈몸을 유지〉하는 것인 젊은이들이 등장한다. 우드하우스는 바람직한 직업을 상상하지 못한다. 제일 좋은 일은 자기 재산을 갖는 것, 그렇지 않으면 한직을 구하는 것이다. 『신선한 것 *Something Fresh*』(1915)의 주인공은 위가 약한 백만장자의 운동 코치가 되어 하류층 저널리즘에서 벗어난다. 이는 금전적으로뿐만 아니라 정신적으로도 한 단계 상승한 것으로 여겨진다.

세 번째 시기의 작품들에는 나르시시즘도 진지한 촌극도 없지만 작품 속의 도덕적, 사회적 배경의 변화는 우리가 얼핏 봤을 때 생각하는 것보다 훨씬 작다. 마이크와, 심지어는 가장 초기 학교 이야기에 등장하는 럭비 선수 반장과 비교하면 버티 우스터가 더 부유하고 더 게으르다는 것 외에 진정한 차이가 없음을 깨닫게 될 것이다. 버티의 궁극적 목표는 앞서 말한 인물들의 궁극적 목표와 거의 똑같지만, 그는 목표에 따라 살지 못한다. 『아치의 경솔』(1921)에서 아치 모팸은 버티와 초기 작품 주인공들의 중간 유형이다. 그는 멍청하지만 정직하고, 친절하며, 운동을 잘하고, 용감하다. 우드하우스는 처음부터 끝까지 퍼블릭 스쿨의 행동 양식을 당연하게 여기지만, 더 세련되어진 후기에는 인물들이 그러한 행동 양식을 어기는 모습, 또는 자기 의지와 달리 행동 양식에 맞춰서 사는 모습을 보여 준다.

「버티! 친구를 실망시키지 않을 거지?」
「아니, 실망시킬 거야.」
「하지만 우린 학교도 같이 다녔잖아, 버티.」
「상관없어.」
「학교 말이야, 버티, 우리 학교!」
「아, 글쎄 — 제기랄!」

게으른 돈키호테 버티는 풍차를 창으로 찌르고 싶은 생각이 없지만, 명예가 그에게 요구하는 것을 거절할 생각도 없다. 우드하우스가 호감형으로 의도한 인물은 대부분 기생충 같은 사람이고, 일부 인물은 단순한 바보이다. 비윤리적이라고 설명할 수 있는 인물은 거의 없다. 유크리지조차도 노골적인 사기꾼이라기보다는 상상 속의 사기꾼이다. 우드하우스의 인물 중에서 가장 비도덕적인, 혹은 도덕관념이 없는 사람은 지브스인데, 그는 비교적 기품 있는 버티 우스터를 돋보이게 만드는 역할을 하며, 아마도 영국에 널리 퍼진 지력과 비양심은 거의 일치한다는 믿음을 상징하는 듯하다. 우드하우스의 작품 어디에서도 성적 농담 비슷한 것이 등장하지 않는다는 사실은 그가 전통적인 도덕을 얼마나 철저히 지키는지 잘 보여 준다. 익살스러운 작가에게 이는 엄청난 희생이다. 야한 농담이 없을 뿐 아니라 평판을 떨어뜨리는 상황도 거의 없다. 이마에 뿔 달린 호색한 목신의 모티프가 아예 없는 셈이다. 물론 장편 소설에는 대부분 〈연애〉가 등장하지만, 늘 가벼운 코미디 수준이다. 연애가 계속되고 복잡한 문제와 목가적인 장면이 등장하지만, 흔히 말하듯 〈아무 일도 일어나지 않는다〉. 타고난 소극 작가인 우드하우스가 이언 헤이 — 진지하면서 우습기도 하고, 〈반듯하게 사는 영국인〉이라는 전통을 가장 어리석은 모습으로 보여 주는 대표적인 인물(『핍 *Pip*』 등의 작품을 보라) — 와 공동 작업을 두 번 이상 할 수 있었다는 사실은 의미심장하다.

우드하우스는 『신선한 것』에서 영국 귀족 계급의 희극적 가능성을 발견했고, 그 뒤 우스꽝스럽지만 몇몇만 빼면 그렇게 경멸스럽지는 않은 남작, 백작 등을 줄줄이 등장시켰다.

이는 영국 바깥에서 우드하우스가 영국 사회를 통렬하게 풍자하는 작가로 알려지는 이상한 결과를 낳았다. 그렇게 해서 우드하우스가 〈영국인을 조롱〉한다는 플래너리의 진술이 나온 것인데, 아마 우드하우스는 독일 독자, 심지어는 미국 독자에게도 그런 인상을 줄 것이다. 베를린 방송 이후 얼마간 시간이 지났을 때 나는 우드하우스를 진심으로 옹호하는 젊은 인도 민족주의자와 논쟁을 벌였다. 그는 우드하우스가 적에게 〈이미〉 넘어갔다고 단정했는데, 그의 관점에서는 옳은 말이었다. 그러나 내가 흥미를 느꼈던 점은, 그 청년이 우드하우스를 영국 귀족 계급의 진실된 모습을 보여 줌으로써 유익한 일을 한 반영국적 작가로 생각한다는 사실이었다. 이는 오해이고, 영국인이라면 그런 오해를 하기가 무척 어려웠을 것이다. 이것은 책, 특히 익살스러운 책을 외국인 독자가 읽을 때 미묘한 뉘앙스가 어떻게 사라지는지를 잘 보여 주는 좋은 예이다. 우드하우스가 반영국적이지도, 반상류사회적이지도 않다는 사실은 충분히 명확하기 때문이다. 지적인 가톨릭 신자라면 보들레르나 제임스 조이스의 신성 모독이 가톨릭 신앙을 심하게 훼손하지 않는다는 사실을 알 수 있듯이, 영국 독자라면 우드하우스가 드리버의 12대 백작 힐드브렌드 스펜서 포인스 드 버 존 해니사이드 쿰크롬비 같은 인물을 만듦으로써 사회적 위계를 진심으로 공격하는 것이 아님을 이해할 수 있다. 작위를 진심으로 경멸하는 사람이라면 귀족에 대해서 그렇게 많이 쓰지도 않을 것이다. 영국 사회 체제에 대한 우드하우스의 태도는 퍼블릭 스쿨의 도덕률을 향한 태도와 같다. 즉 무조건적으로 수용하지만, 경박한 태도로 그 사실을 감추는 것이다. 엠스워스 백작이 웃긴 것은 백작이라면 더 위엄이 있어야 하기 때문이고, 버티 우스터가 지브스에게 힘없이 의존하는 모습이 웃긴 것은 하인이 주인보다 우월해서는 안 되기 때문이다. 미국 독자는 버티와 지브스를, 또 이와 비슷한 인물들을 적대적인 희화화로 오해할 수 있다. 미국인은 영국을 싫어하는 경향이 있는데, 이러한 인물들은 귀족 사회가 타락했다는 선입관과 상응하기 때문이다. 짧은 각반을 차고 지팡이를 든 버티 우스터는 전통적인 연극에 등장하는 영국인의 모습이다. 그러나 영국 독자라면 알겠지만, 우드하우스는 우스터를 공감할 수 있는 인물로 만들었다. 우드하우스의 진정한 죄는 영국 상류층을 실제보다 훨씬 좋은 사람들로 미화한 것이었다. 우드하우스의 모든 작품은 특정한 문제들을 꾸준히 회피한다. 우드하우스가 그리는 젊은 부자들은 거의 예외 없이 허세를 부리지 않고, 사람들과 잘 어울리며, 탐욕스럽지도 않다. 스미스가 이러한 인물들의 분위기를 잘 보여 주는데, 그는 상류층의 겉모습을 가지고 있지만 누구든지 〈동지〉라고 부름으로써 사회적 격차를 메운다.

그러나 버티 우스터의 중요한 특징이 하나 더 있다. 시대에 뒤떨어졌다는 것이다. 버티는 1917년경 만들어졌지만, 사실 그보다 앞선 시대의 인물이다. 그는 「길버트 더 필버트 Gilbert the Filbert」나 「레클리스 레지 오브 더 리전츠 팰리스 Reckless Reggie of the Regent's Palace」 같은 노래에서 칭송하는 1914년 이전 시대의 〈도시의 한량〉이다. 우드하우스가 작품에 즐겨 쓰는 삶, 〈일류 클럽 회원〉이나 〈세련된 대도시 남성〉의 삶, 겨드랑이에 지팡이를 끼고 단춧구멍에 카네이션을 달고서 오전 내내 피커딜리 거리를 어슬렁거리는 우아한 젊은이의 삶이 1920년대에는 거의 사라졌다. 우드하우스가 1936년에 『각반을 찬 청년들*Young Men in Spats*』이라는 책을 출판할 수 있었다는 사실은 의미심장하다. 그 당시 누가 각반을 차고 다녔겠는가? 각반은 벌써 10년 전에 유행이 지났다. 그러나 무언극에 등장하는 중국인이 변발을 해야 하듯, 전통적인 〈도시의 한량〉인 〈피커딜리 조니〉는 각반을 〈반드시〉 차야 한다. 익살스러운 작가는 시대에 따를 의무가 없고, 우드하우스는 괜찮은 기법을 한두 개 발견한 다음 계속 이용했는데, 분명 수용소에 갇히기 전까지 16년 동안 영국에 발을 들이지 않았기 때문에 훨씬 더 쉬웠을 것이다. 우드하우스가 그리는 영국 사회는 1914년 이전에 만들어졌고, 순박하고 전통적이며, 결국은 감탄스러운 그림이었다. 그렇다고 해서 우드하우스가 진짜 미국화된 것도 아니었다. 내가 지적했듯이 두 번째 시기의 작품들에서는 자연스러운 미국화가 드러나지만, 우드하우스는 미국 속어가 재미있고 약간 충격적이면서 새롭다고 느낄 만큼 여전히 영국인이었다. 그는 런던 워두어 스트리트[10]의 영어에 속어나 정확하지 않은 사실을 불쑥 집어넣는 것을 좋아한다. 그러나 이러한 수법은 우드하우스가 미국을 접하기 전부터 이미 있었고,

10 20세기 초 영국 영화사가 몰려 있던 소호의 거리 이름.

불분명한 인용은 헨리 필딩까지 거슬러 올라가는, 영국 작가들이 흔히 쓰는 장치이다. 존 헤이워드가 지적했듯이[11] 우드하우스는 영문학, 특히 셰익스피어에 대한 지식의 덕을 많이 보았다. 그의 책은 분명 지식인 독자가 아니라 전통적인 교육을 받은 독자를 겨냥한다. 예를 들어 우드하우스는 어떤 사람을 설명하면서 〈매가 점심을 먹으려고 급강하할 때 프로메테우스가 내쉴 법한 한숨〉을 내쉬었다고 묘사하며, 독자가 그리스 신화를 어느 정도 안다고 가정한다. 우드하우스가 초기에 존경한 작가는 아마 배리 페인, 제롬 K. 제롬, W. W. 제이콥스, 키플링, F. 앤스티였을 것이고,[12] 그는 링 라드너나 데이먼 러니언처럼 날쌘 미국의 희극 작가들보다 이들과 더 가깝다. 우드하우스는 플래너리와의 라디오 인터뷰에서 〈내 책에 등장하는 영국과 사람들이 전쟁이 끝난 후에도 살아 있을지〉 궁금하다고 말했다. 이미 유령이 되었음을 깨닫지 못했던 것이다. 플래너리는 〈그가 아직도 자기 소설에 등장하는 시대를 살고 있〉었다고 말했는데, 아마 1920년대라는 뜻이었을 것이다. 그러나 사실 우드하우스의 소설에 등장하는 시대는 에드워드 시대였고, 버티 우스터가 만약 존재했다면 1915년 즈음 이미 죽음을 당했을 것이다.

우드하우스의 정신세계에 대한 나의 분석을 받아들인다면, 그가 1941년에 나치 프로파간다 집행부를 의식적으로

11 존 헤이워드John Hayward의 「P. G. 우드하우스」(*The Saturday Book*, 1942). 내 생각에 표준적인 길이의 우드하우스 비평은 이것밖에 없다 — 원주.

12 19~20세기의 작가들로, 『정글북』의 작가 키플링을 제외하면 모두 희극적이거나 익살스러운 작품을 썼다.

도왔다는 생각은 변명할 수도 없고 심지어는 우스꽝스럽기까지 하다. 우드하우스가 정말 빨리 풀어 주겠다는 약속 때문에 방송을 했을지도 모르지만(그는 몇 달 후인 60번째 생일날 풀려날 예정이었다), 자기 행동이 영국의 국익을 해치리라고 생각했을 리는 없다. 지금까지 내가 보여 주려고 애썼듯이 그의 도덕관은 퍼블릭 스쿨 학생의 도덕관 그대로이고, 그에 따르면 전시 반역은 모든 죄 중에서도 절대 용서받지 못할 죄이다. 그러나 우드하우스는 자신의 행동이 독일에 엄청난 프로파간다의 업적이 되고, 억수 같은 비난이 쏟아지리라는 생각을 어째서 하지 못했을까? 이 질문에 답하려면 우리는 두 가지를 계산에 넣어야 한다. 첫째, 우드하우스가 발표한 작품으로 판단하자면 그는 정치적 의식이 전혀 없었다. 그의 작품에서 〈파시스트 경향〉이 드러난다는 말은 헛소리다. 우드하우스의 작품에는 1918년 이후의 경향이 아예 존재하지 않는다. 그의 작품 전체에는 계급 문제에 대한 불안한 의식이 있고, 시기와 상관없이 사회주의에 적대적이지는 않지만 무지한 언급도 등장한다. 『구프의 심장*The Heart of a Goof*』(1926)에는 러시아 소설가에 대한 우스운 이야기가 등장하는데, 당시 소련에서 맹위를 떨쳤던 당파 싸움에서 영감을 받은 것으로 보인다. 그러나 이 단편소설에서 소비에트 체제는 무척 경망스럽게 언급되지만, 시대를 고려했을 때 딱히 적대적이지는 않다. 우드하우스의 글에서 발견할 수 있는 한도 내에서 따지자면 그의 정치의식은 그 정도가 전부이다. 내가 아는 한 우드하우스가 〈파시즘〉이나 〈나치즘〉이라는 단어를 쓴 적은 한 번도 없다. 좌파 진영에서, 사실은 〈깨어 있다〉는 어느 진영에서든, 나치 라디오 방송에 출연하거나 나치와 연관된 행동을 하는 것은 전쟁 당시뿐 아니라 전쟁 전에도 충격적이었을 것이다. 그러나 그것은 파시즘과 10년 가까이 사상 투쟁을 하면서 생겨난 사고방식이다. 우리는 1940년대 후반까지 영국 국민 대다수가 그러한 사상 투쟁에 무감각했다는 사실을 기억해야 한다. 아비시니아부터 스페인, 중국, 오스트리아, 체코슬로바키아까지, 오랜 세월에 걸친 범죄와 공격은 우리의 의식을 스쳐 지나가거나 외국인들끼리의 싸움일 뿐 〈우리의 일은 아니〉라는 흐릿한 기억으로 남았다. 일반적인 영국인들은 〈파시즘〉이 이탈리아의 것이라고 생각하다가 독일에도 같은 단어가 적용되어 당황했다고 하는데, 이러한 사실에서 전반적인 무지를 가늠할 수 있다. 우드하우스의 글에 그가 일반 독자들보다 더 많이 알았다거나 정치에 대한 흥미가 더 컸음을 암시하는 내용은 하나도 없다.

또 하나 기억해야 할 것은, 전쟁이 절박한 단계에 들어선 순간 우드하우스가 포로로 잡혔다는 사실이다. 요즘 우리는 자꾸 잊어버리지만, 그 당시까지 전쟁에 대한 감정은 무척 미지근했다. 전투는 거의 없었고, 체임벌린 정부는 인기가 없었으며, 저명한 시사 평론가들은 최대한 빨리 절충된 화평을 맺어야 한다고 암시했고, 전국 노동조합과 노동당 지부들은 전쟁 반대 결의안을 통과시켰다. 물론 나중에 상황이 바뀌었다. 됭케르크에서 육군을 힘들게 구출했고, 프랑스가 무너졌으며, 영국 혼자 남았다. 런던에 폭탄이 비 오듯 쏟아졌으며, 괴벨스는 영국이 〈쇠퇴하고 빈곤한 나라로 전락〉할 것이라고 선언했다. 1941년 중반이 되자 영국인들은 자신이 무엇과 맞서고 있는지 알게 되었고, 적에 대한 감정이 예전보다 훨씬 맹렬해졌다. 그러나 우드하우스는 그사이 한 해 동안 수용소에 갇혀 있었고, 그를 가둔 자들에게서 상당히 좋은 대우를 받았던 듯하다. 우드하우스는 전쟁의 전환점을 놓쳤고, 1941년에도 여전히 1939년의 관점에서 반응하고 있었다. 우드하우스만 그랬던 것은 아니다. 비슷한 시기에 독일은 포로로 잡은 영국 군인들을 여러 번 마이크 앞에 세웠고, 일부 포로는 적어도 우드하우스만큼 수완 없는 발언을 했다. 그러나 그들은 주목을 끌지 않았다. 그리고 나중에 존 아머리처럼 노골적인 매국노가 일으킨 분노도 우드하우스가 일으킨 것보다는 훨씬 덜 맹렬했다.

왜 그랬을까? 노령의 소설가의 멍청하지만 무해한 발언이 왜 그토록 크고 격렬한 항의를 불러 일으켰을까? 우리는 프로파간다 전쟁의 비열한 요건에서 그럴듯한 답을 찾아야 한다.

우드하우스의 방송에서 무척 의미심장한 것이 하나 있다. 바로 날짜이다. 우드하우스는 소련 침공 2~3일 전에 풀려났는데, 당시 나치당 고위층은 소련 침공이 임박했음을 분명히 알았을 것이다. 독일로서는 최대한 오랫동안 미국을 끌어들이지 않을 필요성이 절대적이었고, 사실 그즈음 미국을 향한 독일의 태도는 예전보다 확실히 더 회유적이었다. 러시아, 영국, 미국이 힘을 합치면 독일이 이길 가망이 거의 없었지만 러시아를 빨리 해치우면 — 독일은 그렇게 되리라고 기대했을 것이다 — 미국은 절대 끼어들지 않을 것이었다. 우드하우스의 석방은 작은 움직임에 불과했지만, 미국 고립주의자들에게 던질 뇌물로 나쁠 것이 없었다. 그는 미국에서 유명했고, 각반을 차고 단안경을 낀 멍청한 영국인을 비웃는 풍자 작가로 영국을 싫어하는 대중에게 인기가 많았다. 적어도 독일은 그렇게 생각했다. 그를 마이크 앞에 세우면 어떤 식으로든 영국의 명성에 해가 되리라 생각할 수 있었고, 그를 석방하면 독일이 좋은 친구이고 적을 정중하게 대하는 법을 안다는 증명이 될 터였다. 아마도 그런 계산이었겠지만, 우드하우스가 일주일 정도밖에 방송을 하지 않았다는 것은 그가 기대에 못 미쳤음을 암시한다.

그러나 영국에서는 비슷하지만 정반대의 계산이 작용했다. 됭케르크 철수 이후 2년 동안, 영국의 사기는 이번 전쟁이 민주주의를 위한 전쟁일 뿐 아니라 보통 사람이 자신의 노력으로 이겨야 하는 전쟁이라는 느낌에 따라서 좌우되었다. 상류층은 유화 정책과 1940년 참사 때문에 신용을 잃었고, 사회적 평탄화 과정이 일어나고 있는 듯했다. 대중의 머릿속에서 애국주의와 좌파 정서가 연결되었고, 능력이 뛰어난 수많은 기자들이 그 연상 작용을 더욱 강화하려고 노력 중이었다. 프리스틀리의 1940년 방송과 『데일리 미러』에 실린 〈카산드라〉의 기사는 당시 활발했던 선동적 프로파간다의 좋은 예이다. 이러한 분위기에서 우드하우스는 이상적인 희생양이었다. 대중은 부자가 반역적이라고 생각했는데, 우드하우스가 — 〈카산드라〉가 방송에서 힘차게 지적했던 것처럼 — 부자였기 때문이다. 게다가 우드하우스는 사회 체제를 훼손시킬 위험 없이 마음 놓고 공격할 수 있는 부자였다. 우드하우스를 비난하는 것은 말하자면 비버브룩을 비난하는 것과 같았다. 아무리 벌이가 많아도 소설가 따위는 유산 계급에 〈속하지〉 않는다. 우드하우스는 연 소득이 5만 파운드나 되어도 백만장자와 겉보기만 비슷할 뿐이다. 그는 캘커타 더비 스테이크 경마[13]의 우승자처럼 요행으로 한 재산을 손에 넣은 운 좋은 외부인이다. 따라서 우드하우스의 경솔함이 프로파간다의 시작점으로는 더할 나위 없이 좋았다. 이는 정말 중요한 기생충 같은 인간들에게 관심을 돌리지 않으면서 부유한 기생충 하나를 〈노출시킬〉 기회였다.

절박했던 당시에는 우드하우스의 행동을 보며 화를 내는 것이 용납될 수 있는 일이었지만, 3~4년 후에도 그를 계속 비난하는 것은 — 게다가 우드하우스가 의식적으로 반역을 저질렀다는 인상을 질질 끄는 것은 — 용납할 수 없는 일이다. 이번 전쟁에서 요즘 유행하는 반역자와 매국노 사냥보다 도덕적으로 더 구역질 나는 행동은 없었다. 기껏해야 죄인이 죄인을 벌하는 꼴밖에 되지 않는다. 프랑스에서도 온갖 하찮은 쥐새끼들 — 경찰, 싸구려 원고를 팔아먹는 기자, 독일 병사와 관계한 여자 — 을 몰아대고 있지만 거물 쥐는 거의 예외 없이 도망친다. 영국에서 매국노를 가장 맹렬히 비난하는

13 캘커타에서 1930년에 열린 세계 최대 규모의 스테이크 경마. 스테이크 경마는 건 돈을 모두 승자에게 주는 대회를 말한다.

계층은 1938년에 유화 정책을 실시한 보수파와 1940년에 유화 정책을 옹호한 공산주의자들이다. 지금까지 나는 불쌍한 우드하우스가 — 성공을 거두고 해외에 거주한 덕분에 정신적으로 에드워드 시대에 남아 있었다는 이유만으로 — 어떻게 프로파간다 실험의 실험용 사체가 되었는지 보여 주려고 노력했다. 나는 이제 이 사건을 끝난 것으로 간주하자고 제안하고 싶다. 만약 에즈라 파운드가 미군에 체포된 후 사형당했다면, 앞으로 수백 년 동안 시인으로서 드높은 명성을 누렸을 것이다. 우드하우스가 우리 때문에 미국으로 물러나 영국 시민권을 포기하게 된다면, 결국 우리 스스로 끔찍할 만큼 수치심을 느끼게 될 것이다. 반대로 중대한 순간에 이 나라의 사기를 꺾은 사람들을 정말로 벌하고 싶다면, 우리가 더욱 쫓을 만한 공범들은 더 가까이 있다.

1945년

당신과 원자 폭탄

향후 5년 내에 우리 모두가 폭탄을 맞고 산산조각 날 가능성이 얼마나 높은지 생각했을 때, 원자 폭탄은 예상보다 별 논란을 일으키지 않았다. 신문은 양성자와 중성자가 어떤 작용을 하는지 수많은 도식을 실었지만 일반인들에게는 별 도움이 되지 않았고, 폭탄을 〈국제적인 감독하에 두어야 한다〉는 무의미한 성명만 반복되었다. 그러나 우리 모두에게 가장 급박한 질문에 대한 이야기는, 적어도 출판물 형식으로는 신기할 만큼 거의 없었다. 그 질문이란 바로 〈이러한 폭탄을 만드는 것이 얼마나 어려운가?〉이다.

우리가 — 즉 다수 대중이 — 이 주제에 대해서 가진 정보는 간접적인 방법으로, 즉 몇몇 비밀을 소련에 넘기지 않겠다는 트루먼 대통령의 결정을 통해서 우리에게 알려졌다. 몇 달 전 폭탄이 여전히 소문에 불과했을 때에는 원자를 쪼개는 것은 물리학자들의 문제일 뿐이고, 과학자들이 그 문제를 해결하면 이 지독한 무기가 누구의 손에든 들어갈 것이라는 믿음이 널리 퍼져 있었다(소문에 따르면, 언제든지 실험실의 외로운 광인이 불꽃놀이를 하듯 쉽게 문명을 산산조각 낼 수 있다는 것이었다).

그 믿음이 사실이었다면 역사의 동향이 갑자기 바뀌었을 것이다. 대국과 소국의 차이는 사라졌을 것이고, 개인에 대한 국가의 권력은 크게 약화되었을 것이다. 그러나 트루먼 대통령의 말과 그 말에 대한 여러 평에 비추어 보면 원자 폭탄은 터무니없이 비싸고, 폭탄을 제조하려면 엄청난 산업력이 필요하기 때문에 전 세계에서 서너 국가만이 만들 수 있는 듯하다. 이 부분이 아주 중요한데, 원자 폭탄의 발견이 역사를 되돌리기는커녕 지난 10여 년 동안 분명했던 동향을 강화할 뿐이라는 뜻일지도 모르기 때문이다.

문명의 역사는 대체로 무기의 역사라고 흔히들 말한다. 특히 화약의 발견과 부르주아의 봉건주의 전복이 어떤 관계인지 여러 번 지적된 바 있다. 분명 예외도 있겠지만, 나는 대체로 다음과 같은 규칙이 진실로 밝혀질 것이라고 생각한다. 즉 유력한 무기가 비싸거나 만들기 힘든 시대는 전제 정치 시대가 되기 쉽고, 반대로 유력한 무기가 값싸고 단순하면 보통 사람에게 기회가 있다고 말이다. 따라서 탱크, 전함, 폭격기는 본질적으로 독재적인 무기인 반면 라이플총, 머스킷총, 대궁과 수류탄은 본질적으로 민주적인 무기이다. 복잡한 무기는 힘센 자를 더 강하게 만들지만, 단순한 무기는 — 그에 대한 해결책이 없는 한 — 약한 자에게 발톱을 선사한다.

위대한 민주주의와 민족 자결의 시대는 머스킷 총과 라이플총의 시대였다. 화승총이 발명된 후 뇌관이 발명되기 전까지 머스킷 총은 꽤 효율적인 무기였고, 동시에 너무 단순해서 어디에서든 생산할 수 있었다. 이러한 특징의 조합 덕분에 미국 혁명과 프랑스 혁명이 성공할 수 있었고, 대중 반란이 우리 시대보다 더 진지한 사건이 되었다. 머스킷 총 다음으로 후장총이 나왔다. 후장총은 비교적 복잡한 무기이지만 여전히 여러 나라에서 생산할 수 있었고, 싸고 밀수도 쉬우며 경제적인 화기였다. 가장 뒤떨어진 국가도 다양한 출처를 통해서 언제든 후장총을 입수할 수 있었고, 따라서 보어인과 불가리아인, 아비시니아인, 모로코인 — 심지어는 티베트인까지 — 도 독립을 위해 싸울 수 있었으며, 때로는 성공을 거두었다. 그러나 그 이후의 모든 군사 기술의 발달은 개인보다 국가에, 뒤처진 국가보다 산업화된 국가에 유리했다. 권력의 초점은 점점 더 좁아졌다. 이미 1939년에 대규모 전쟁을 치를 수 있는 국가는 다섯 곳밖에 없었고, 지금은 세 나라밖에 없다. 궁극적으로는 아마 두 나라만 남을 것이다. 이러한 동향은 여러 해가 지나면서 뚜렷해졌고, 1914년 이전에도 몇몇 평자가 이를 지적했다. 이러한 동향을 뒤집을 한 가지 방법은 산업 공정의 고도화된 집중에 의존하지 않는 무기를 — 또는 더욱 일반적으로 말해서 싸우는 방법을 — 발명하는 것이다.

우리는 여러 가지 조짐을 바탕으로 러시아가 원자 폭탄 제조 비결을 아직 모른다고 유추할 수 있다. 그러나 여론은 러시아가 몇 년 내에 그 비밀을 손에 넣을 것이라고 생각하는 듯하다. 그러므로 앞으로 단 몇 초 만에 수백만 명을 쓸어

버릴 수 있는 무기를 가진 괴물 같은 두세 나라가 세상을 나누어 가지게 될 것이다. 사람들은 이것이 곧 더 대대적이고 더 많은 피로 얼룩진 전쟁을, 어쩌면 기계 문명의 종말을 초래할지 모른다고 성급하게 가정했다. 그러나 살아남은 대국들이 서로 원자 폭탄을 절대 사용하지 않겠다고 암묵적으로 합의한다고 생각해 보자. 사실 이것이 가장 가능성이 높은 전개이다. 대국들이 보복할 능력이 없는 이들에게만 이 무기를 사용한다고, 또는 사용하겠다고 위협한다고 생각해 보자. 그러면 우리는 예전과 같은 상태로 돌아가게 될 텐데, 차이점은 권력이 훨씬 적은 소수에게 집중되고 피지배 민족과 억압받는 계급의 전망이 훨씬 더 어두워진다는 것밖에 없다.

제임스 버넘이 『경영 혁명*The Managerial Revolution*』[1]을 썼을 당시, 많은 미국인은 독일이 유럽 전쟁에서 이길 것이라 생각했고, 따라서 러시아가 아닌 독일이 유라시아 대륙을 지배하고 일본이 동아시아의 주인으로 남으리라는 가정이 당연해 보였다. 이는 틀린 계산이었지만, 버넘의 주된 주장에 영향을 끼치지는 않았다. 버넘이 그린 새로운 세계의 지리는 옳은 것으로 판명되었다. 지구 표면은 세 개의 거대한 제국으로 점점 더 명확하게 나뉘고 있고, 각 제국은 자급자족적이고 외부 세계와의 접촉이 단절되어 있으며, 어떻게 위장했든 스스로 임명한 소수 독재 정권이 지배하고 있다. 국

1 미국의 철학자이자 정치 이론가 제임스 버넘James Burnham이 양차 대전 사이 자본주의 발전에 대한 관찰을 바탕으로 자본주의의 미래를 이론화한 책이다.

경을 어디에 그을 것인지 아직 홍정 중이고, 앞으로 몇 년 더 지속될 것이며, 세 개의 초국가 중 세 번째 — 중국이 지배하는 동아시아 — 는 현실이라기보다는 가능성이다. 그러나 전반적인 경향은 틀리지 않을 것이고, 최근의 과학적 발견은 모두 그러한 경향을 가속화했다.

한때 우리는 비행기가 〈국경을 없앴다〉라는 말을 자주 들었다. 그러나 사실상 비행기가 심각한 무기가 되자, 국경은 절대 넘을 수 없는 것이 되었다. 한때 라디오는 국제적인 이해와 협동을 증진시키리라는 기대를 받았지만, 사실은 국가와 국가를 단절시키는 수단으로 판명되었다. 원자 폭탄은 착취당하는 계급과 민족이 반란을 일으킬 힘을 모조리 빼앗음과 동시에, 폭탄을 가진 자들을 군사적으로 대등한 위치에 올려놓음으로써 이 과정을 마무리 지을지도 모른다. 그들이 서로 정복할 수 없게 되면 자기들끼리 세상을 계속 지배할 것이고, 느리고 예측 불가능한 인구 변화를 제외하면 무엇이 그 균형을 깨뜨릴 수 있을지 알기 힘들다.

40~50년 전에 H. G. 웰스를 비롯한 몇몇 사람들은 인간이 스스로 만든 무기로 인해 자멸하고 개미 같은 군집성 종이 세상을 손에 넣을지도 모른다고 우리에게 경고한 바 있다. 폐허가 된 독일의 도시들을 본 사람이라면 누구나 그들의 생각이 적어도 일고의 가치는 있음을 깨달을 것이다. 그러나 세계 전체를 하나로 보면 수십 년 동안의 경향은 무정부주의가 아니라 노예제의 부활을 향한 것이었다. 우리는 전체적인 붕괴가 아니라 고대 노예 제국처럼 끔찍할 만큼 안정적인 시

대를 향해 나아가고 있을지도 모른다. 제임스 버넘의 이론에 대한 논의는 많았지만 그 사상의 결과에 대해서, 즉 그러한 세계관과 믿음, 이웃 국가들을 〈정복할 수 없는〉 영원한 〈냉전〉 상태가 되었을 때 널리 퍼질 사회 구조에 대해서 생각해 본 사람은 거의 없다.

원자 폭탄이 자전거나 알람 시계처럼 저렴하고 손쉽게 만들 수 있는 것으로 밝혀졌다면 우리는 야만의 시대로 돌아갔겠지만, 국가의 주권과 고도로 중앙 집중화된 경찰국가의 종말을 의미했을지도 모른다. 만약 원자 폭탄이 지금 예상되는 것처럼 전함만큼이나 귀하고 값비싼 물건이라면, 대규모 전쟁을 끝내는 대신 〈평화 아닌 평화〉를 무한정 연장시킬 가능성이 더 높다.

1945년

간디에 대한 단상

성자는 항상 무죄가 증명될 때까지 유죄로 판단해야 하지만, 물론 모든 상황에서 똑같은 시험을 적용해야 하는 것은 아니다. 간디에 대해서 우리가 묻고 싶은 질문은 다음과 같다. 간디는 어느 정도까지 허영심 — 기도 매트에 앉아서 순전히 영적인 힘만으로 제국을 뒤흔드는 겸손하고 헐벗은 노인이라는 자기의식 — 때문에 움직였는가, 또 본질적으로 강요나 사기와 불가분의 관계인 정치에 입문함으로써 어느 정도까지 스스로의 원칙을 꺾었는가? 확실하게 대답하려면 간디의 행동과 글을 세세하게 연구해야 하는데, 그의 삶 전체가 일종의 순례였고 행동 하나하나가 중요했기 때문이다. 그러나 1920년대에 끝나는 간디의 부분적인 자서전은 그에게 무척 유리한 증거인데, 그가 자기 삶 중에서 죄 많은 부분이라고 부르는 시절을 다루고 있으며, 성자, 혹은 성자에 가까운 인물인 이 사람 안에 스스로 선택하기만 했다면 변호사나 행정관, 또 심지어 사업가로 빛나는 성공을 거두었을 만한 아주 빈틈없고 유능한 사람이 있었음을 알려 주기 때문이다.

간디의 자서전[1]이 처음 나올 무렵, 인쇄 상태가 좋지 않은 어느 인도 신문에서 처음 몇 장을 읽었던 기억이 난다. 자서전은 나에게 좋은 인상을 주었는데, 당시 간디는 그렇지 않았다. 우리가 간디 하면 연상하는 것들 — 직접 짠 옷감, 〈영적인 힘〉과 채식 — 은 호소력이 없었고, 시대에 뒤떨어지고 굶주림에 시달리며 인구가 지나치게 많은 나라에서 그의 중세적인 강령을 실행하는 것은 확실히 불가능했다. 또 분명 영국은 간디를 이용하거나, 혹은 적어도 이용하고 있다고 생각했다. 민족주의자인 간디는 엄밀히 말해 영국의 적이었지만, 위기 상황이 발생할 때마다 간디가 애를 써서 폭력 사태를 막았기 때문에 — 영국의 관점에서 보자면, 효과적인 저항 수단을 그가 모두 막아 준다는 뜻이었다 — 〈우리 편〉으로 여길 수 있었다. 그 역시 가끔 사적인 자리에서 이를 냉소적으로 인정하기도 했다. 인도 백만장자들의 태도도 비슷했다. 간디는 백만장자들에게 회개하라고 호소했지만, 당연히 백만장자들은 기회만 있으면 실제로 자기 재산을 빼앗을 사회주의자나 공산주의자보다 간디를 좋아했다. 그런 계산이 장기적으로 얼마나 그럴듯한지는 의심스럽다. 간디가 말했듯이 〈결국 사기꾼이 속이는 사람은 자기 자신밖에 없〉기 때문이다. 그러나 어쨌든 간디가 거의 항상 관대한 대접을 받은 것은 부분적으로 그가 쓸모 있다는 느낌 때문이었다. 영

1 간디의 『진실과 함께한 나의 실험 이야기*The Story of my Experiments with Truth*』로, 구자라트어로 쓴 것을 마하데브 데사이Mahadev Desai가 영어로 번역했다.

국 보수파가 그에게 정말 분노한 것은 1942년에 그랬던 것처럼 간디가 다른 정복자에게 비폭력을 주장할 때밖에 없었다.

그러나 그 당시 간디에 대해서 재미있으면서도 못마땅하다는 듯 말하는 영국 관리들이 어느 정도 그를 진심으로 좋아하고 존경한다는 것을 나는 알 수 있었다. 간디가 부패했다거나 천박한 야심이 있다거나, 또는 그의 행동이 두려움이나 악의 때문이었다고 넌지시 말하는 사람은 아무도 없었다. 우리는 간디 같은 사람을 판단할 때 본능적으로 높은 기준을 적용하기 때문에 그의 일부 미덕은 거의 주목받지도 못하고 넘어갔다. 예를 들어 자서전만 봐도, 간디는 태생적으로 몸을 사리지 않는 대단한 용기를 가졌음이 분명하다. 나중에 간디가 어떻게 세상을 떠났는지 생각하면 이를 더욱 잘 알 수 있는데, 스스로 중요하다고 생각하는 공인이라면 좀 더 제대로 된 경호를 받으려고 했을 것이기 때문이다. 또 E. M. 포스터가 『인도로 가는 길*A Passage to India*』에서 잘 표현했듯이, 영국의 부덕이 위선인 것처럼 인도의 떼어 놓을 수 없는 부덕은 광적인 의심이지만, 간디는 그러한 의심으로부터 자유로웠던 듯하다. 확실히 간디는 정직하지 못한 사람을 바로 알아볼 만큼 빈틈없었지만, 가능하면 타인이 선의로 행동하고 있으며 더 나은 천성이 분명 존재하므로 그것을 통해 접근할 수 있다고 믿었던 것 같다. 간디는 가난한 중산층 집안 출신이고, 불운한 환경에서 유년기를 보냈으며, 별로 인상적이지 않은 외모를 가졌지만, 시기나 열등감에 시달리지는 않았다. 그는 유색인에 대한 적대감을 남아프리카공화국에서 최악의 형태로 처음으로 겪고 무척 놀랐던 것 같다. 간디는 사실상 피부색으로 인한 싸움을 할 때에도 사람을 인종이나 지위로 판단하지 않았다. 지역 정부의 우두머리도, 면화로 돈을 번 백만장자도, 굶어 죽어 가는 드라비다인 쿨리도, 영국 병사도 그에게는 똑같은 인간이었고, 똑같이 접근해야 할 대상이었다. 남아프리카공화국에서 인도인 공동체의 대변인을 자처하며 악평을 얻었을 때처럼 최악의 환경에서도 간디에게 유럽인 친구가 부족한 적이 없었음은 주목할 만하다.

신문 연재용으로 짤막짤막하게 쓴 그의 자서전을 문학적 명작이라고 할 수는 없지만, 소재가 대부분 평범하기 때문에 더욱 인상적이다. 간디가 젊은 인도 학생으로서 평범한 야망을 가지고 출발했고, 극단적인 생각을 단계적으로, 몇몇 경우에는 마지못해 받아들였다는 사실을 상기해야 한다. 간디가 한때 실크해트를 쓰고, 춤을 배우고, 프랑스어와 라틴어를 공부하고, 에펠탑에 오르고, 바이올린까지 배우려 했다는 사실을 알면 무척 흥미롭다. 이는 전부 유럽 문명에 최대한 동화되겠다는 생각 때문이었다. 간디는 어린 시절부터 놀랄 만큼 경건해서 눈에 띄었던 성자도, 감각적인 육욕에 푹 빠졌다가 세상을 버린 성자도 아니었다. 그는 청년 시절에 저지른 나쁜 짓을 모두 고백하지만, 사실 고백할 것도 별로 없었다. 자서전 제일 앞쪽에 간디가 사망 당시 소유하고 있던 물건들을 찍은 사진이 있는데, 전부 다 합쳐서 5파운드 정도면 살 수 있을 듯하다. 간디의 죄를, 적어도 육신의 죄를 전부 모아도 비슷한 모습일 것이다. 담배 몇 개비, 고기 몇 점, 어린 시절 하녀에게서 훔친 몇 안나, 사창가에 두 번 갔던 일(두 번 다 〈아무것도 하지〉 않고 나왔다), 플리머스에서 여주인과 일탈을 저지를 뻔한 일, 성질을 한 번 부린 일 — 다 모아 봤자 이 정도이다. 간디는 어린 시절부터 아주 진지했고 종교적이라기보다 윤리적인 태도를 가지고 있었지만, 서른 살 즈음까지는 확실한 방향이 없었다. 그가 공적 삶이라고 할 만한 일을 처음 시작한 것은 채식 때문이었다. 우리는 간디의 별로 평범하지 않은 특징하에서 그의 조상이었던 견실한 중산층 사업가들의 존재를 항상 느낄 수 있다. 우리는 간디가 개인적인 야망을 버린 후에도 수완 좋고 열정적인 변호사, 신중하게 비용을 줄이는 빈틈없는 정치 조직자가 될 수 있었음을, 위원회를 능숙하게 다루고 지치는 법 없이 기부금을 모을 수 있었음을 느낀다. 그의 성격은 비범할 만큼 여러 가지가 뒤섞여 있었지만, 그중에 우리가 손가락질할 만한 것은 거의 없었다. 나는 간디의 가장 큰 적들조차 그가 살아 있는 것만으로도 세상을 풍성하게 만든 흥미롭고 드문 사람임을 인정할 것이라고 생각한다. 그러나 나는 간디가 사랑할 만한 사람이었는지, 종교적 믿음을 바탕으로 하는 그의 가르침이 종교를 받아들이지 않는 사람에게도 큰 가치를 가질 수 있는 것인지 확신할 수 없다.

최근 몇 년 동안 간디가 서구 좌파 운동에 동조했을 뿐만 아니라 빼놓을 수 없는 일부였다는 듯 이야기하는 것이 유행했다. 특히 평화주의자와 무정부주의자는 간디가 중앙 집권

주의와 국가 폭력에 반대했던 부분만 보고, 비세속적이고 반인본적인 경향을 무시하면서 그가 자기네 사람이라고 주장한다. 그러나 나는 간디의 가르침이 인간이 만물의 척도라는 믿음, 우리에게 주어진 유일한 땅인 이 지상에서 가치 있는 삶을 살아야 한다는 믿음과는 조화를 이룰 수 없다는 점을 우리가 알아야 한다고 생각한다. 간디의 가르침은 신이 정말 존재하며 견고한 물질세계는 우리가 피해야 할 환상이라는 전제하에서만 말이 된다. 간디가 스스로에게 부과했고 — 모든 추종자에게 아주 작은 부분까지 전부 지키라고 주장하지는 않았지만 — 신이나 인간을 섬기고 싶다면 반드시 필요하다고 생각했던 규율을 잘 살펴볼 필요가 있다. 우선 육식을 하지 않고, 가능하면 어떤 형태의 동물성 식품도 먹지 않는다(간디는 건강을 위해서 한발 물러나 우유를 마셨지만, 이것을 타락이라고 느꼈던 듯하다). 술을 마시거나 담배를 피우지 않고, 음식은 그 자체를 위해서가 아니라 오로지 기력을 유지하기 위해 먹는 것이므로 채소류는 먹어도 향신료나 양념은 먹지 않는다. 둘째, 가능하면 성행위를 하지 않는다. 성행위를 할 경우에는 오로지 출산을 목적으로 한 것이어야 하며, 간격이 길어야 한다. 간디는 30대 중반에 〈브라마흐카라〉 서약을 했는데, 이는 완전한 정절을 지킬 뿐 아니라 성욕을 없애겠다는 뜻이다. 특별한 식이 요법과 잦은 단식 없이는 그러한 상태에 도달하기 어려워 보인다. 우유의 위험성 중 하나는 성욕을 불러일으키기 쉽다는 것이다. 그리고 마지막으로 — 이것이 중요한 점인데 — 선을 추구하는 사람이라면 친밀한 우정도, 배타적인 사랑도 없어야 한다.

간디는 〈친구들이 서로 영향을 끼치고〉 친구에 대한 의리 때문에 나쁜 짓으로 빠질 수 있으므로 친밀한 우정은 위험하다고 말한다. 그의 말은 의문의 여지 없는 사실이다. 게다가 신을 사랑하려면, 혹은 인간 전체를 사랑하려면 어떤 한 사람도 더 좋아해서는 안 된다. 이 역시 사실이며, 바로 인본주의적 태도와 종교적 태도가 어긋나기 시작하는 지점이다. 평범한 인간에게 사랑은 어떤 이들을 다른 이들보다 더 좋아한다는 뜻이 아니라면 아무 의미도 없다. 간디가 아내와 자식들을 무심하게 대했는지 자서전에 분명히 나오지는 않지만, 어쨌든 동물성 식품을 먹으라는 의사의 처방을 따르느니 아내와 아이가 죽도록 내버려 두려고 했던 적이 세 번 있었음은 분명하다. 의사의 위협과 달리 아내와 아이가 실제로 죽지 않은 것은 사실이고, 간디가 항상 환자에게 죄를 저지르는 대신 계속 살아가는 것을 선택할 기회를 준 것도 — 그 반대를 선택하라는 도덕적 압박이 컸으리라고 추측할 수 있지만 — 사실이다. 그러나 간디가 직접 선택할 수 있었다면 어떤 위험이 있어도 육식을 금했을 것이다. 간디는 우리가 목숨을 이어 가기 위해 할 수 있는 일에 일정한 한계가 있어야 한다고 말하는데, 닭고기 육수도 그 한계를 한참 넘는다. 이러한 태도가 고귀할지도 모르지만 — 내가 생각하기에 — 대부분의 사람들은 비인간적이라고 할 것이다. 인간적이라는 것의 본질은 완벽을 추구하지 않고, 때로는 의리를 위해 기꺼이 죄를 짓고, 친밀한 교류가 불가능할 정도까지 고행을 추구하지 않고, 결국 삶에 의해 패배하고 무너질 준비를 하는 것인데, 이는 개별적인 타인에게 사랑을 쏟아붓는 불가피한 대가이다. 분명 술, 담배 등은 성인(聖人)이라면 피해야 할 것들이지만, 성인됨 또한 인간이 피해야 하는 것이다. 이에 대한 반박이 분명히 존재하지만, 주의해서 반박해야 한다. 요즘처럼 요가 수행자가 넘치는 세상에서는 〈초연함〉이 세속적 삶을 완전히 받아들이는 것보다 나을 뿐 아니라, 보통 사람이 초연함을 거부하는 것은 단지 너무 어렵기 때문이라고 너무 쉽게 생각한다. 다시 말해서 평범한 인간은 실패한 성인(聖人)이라는 것이다. 과연 그럴까 의심스럽다. 많은 사람들은 성인이 되기를 진심으로 바라지 않으며, 성인이 되었거나 되고자 하는 몇몇 사람들은 인간이 되고 싶다는 유혹을 한 번도 느껴 본 적이 없을 가능성도 높다. 내 생각에는 〈초연함〉의 심리적 근원을 따라가 보면 삶의 고통으로부터, 무엇보다 성적이든 그렇지 않든 힘겨운 사랑으로부터 달아나고 싶다는 욕구가 주된 동기임이 드러날 것이다. 그러나 여기서 비세속적 이상과 인간적 이상 중 무엇이 〈더 높은지〉 논할 필요는 없다. 요점은 두 가지가 양립 불가능하다는 것이다. 우리는 신과 인간 중에서 하나를 선택해야 하고, 가장 온건한 자유주의자부터 가장 극단적인 무정부주의자까지 모든 〈급진파〉와 〈진보파〉는 사실상 인간을 선택한다.

그러나 간디의 평화주의는 그의 다른 가르침과 어느 정도 분리할 수 있다. 그의 동기는 종교적이었지만, 간디는 또 평화주의가 정치적으로 바람직한 결과를 낳을 수 있는 확실한 방법이자 하나의 수단이라며 옹호했다. 간디는 대부분의 서구 평화주의자와 그 태도가 달랐다. 그가 남아프리카공화국에서 처음 발전시킨 〈사탸그라하〉는 일종의 비폭력 전쟁으로, 적을 해치지도 않고 증오를 느끼거나 일으키지도 않으면서 적을 무찌르는 방법이었다. 여기에는 시민 불복종, 파업, 철도에 드러눕기, 경찰의 비난을 견디면서 도망치거나 응수하지 않기 등이 포함되었다. 간디는 사탸그라하를 〈수동적 저항〉으로 번역하는 것에 반대했다. 사탸그라하는 구자라트어로 〈진리 안에서의 확고함〉을 뜻하는 듯하다. 간디는 젊은 시절 보어 전쟁 당시 영국 편에서 들것을 운반하는 일을 했고, 1914~1918년 전쟁 때도 같은 일을 할 준비가 되어 있었다. 그는 폭력을 완전히 포기한 뒤에도 보통 전쟁에서는 한쪽 편을 들어야 한다는 사실을 알 만큼 솔직했다. 간디는 무슨 전쟁이든 양쪽이 똑같고 누가 이기든 차이가 없는 척하는 쓸모없고 정직하지 못한 노선을 취하지 않았는데, 사실 그의 정치 인생의 중심이 독립 투쟁이었으므로 그럴 수도 없었다. 간디는 또한 대부분의 서구 평화주의자처럼 곤란한 질문을 피하는 특기도 없었다. 최근 전쟁과 관련해서 모든 평화주의자가 확실히 대답해야 할 질문은 〈유대인은 어떤가? 당신은 유대인이 절멸당하는 모습을 지켜볼 준비가 되어 있는가? 그렇지 않다면 전쟁에 의지하지 않고 어떻게 유대인을 구하라는 것인가?〉였다. 나는 서구의 어떤 평화주의자에게서도 솔직한 대답을 들어 본 적이 없다고 말해야 할 텐데, 대부분 〈당신도 똑같다〉는 유형의 회피는 수없이 많이 들었다. 그러나 1938년에 비슷한 질문을 받았을 때 간디가 뭐라고 대답했는지 루이스 피셔의 『간디와 스탈린*Gandhi and Stalin*』에 기록이 남아 있다. 피셔에 따르면 간디는 독일계 유대인들이 집단 자살해야 한다고 생각했는데, 그러면 〈전 세계와 독일인들이 히틀러의 폭력에 저항하여 일어났을 것〉이라는 말이었다. 전쟁이 끝난 후 간디는 어쨌든 유대인들이 죽임을 당했고, 뜻깊게 죽을 수도 있었다는 말로 자신을 정당화했다. 우리는 피셔처럼 간디에게 호의적인 추종자조차 이러한 태도에 깜짝 놀랐다는 인상을 받았지만, 간디는 솔직히 말했을 뿐이다. 다른 사람을 죽일 준비가 되어 있지 않다면, 사람들이 목숨을 잃는 것에도 어떤 식으로든 준비가 되어 있어야 한다. 1942년에 간디가 일본의 침략에 비폭력으로 맞서자고 촉구했을 때, 그는 몇백만 명이 죽음을 치러야 할 것이라고 인정할 준비가 되어 있었다.

이와 동시에 어쨌든 1869년에 태어난 간디가 전체주의의 특성을 이해하지 못했고, 영국 정부에 맞선 자기 투쟁의 관점에서 모든 것을 보았다고 생각할 만한 이유가 있다. 여기서 중요한 것은 영국이 간디에게 관대했다는 점보다 그가 언제든지 대중의 시선을 끌 수 있었다는 사실이다. 앞서 인용한 말에서 볼 수 있듯이 간디는 〈세계가 저항하여 일어나게 만드는 것〉을 믿었는데, 이는 당신이 무슨 일을 하고 있는지 세계가 알 수 있어야만 가능하다. 정권에 반대하는 이들이 한밤중에 흔적도 없이 사라져 두 번 다시 소식을 들을 수 없는 나라에서, 간디의 방법을 어떻게 적용할 수 있는지 이해하기 힘들다. 언론의 자유와 집회의 자유가 없으면 외부 여론에 호소하는 것뿐만 아니라 대규모 운동을 일으키는 것도, 적에게 당신의 의도를 알리는 것도 불가능하다. 지금 러시아에 간디 같은 인물이 있을까? 만약 그렇다면 그는 어떤 성과를 올리고 있을까? 러시아 대중이 시민 불복종을 실천하려면 모두에게 같은 생각이 동시에 우연히 떠올라야만 하는데, 우크라이나 기근이라는 역사적 사건을 기준으로 판단하자면 정말 그랬어도 아무 변화가 없었을 것이다. 그러나 일단 국내 정부나 외세의 점령과 맞설 때 비폭력 저항이 효과적이라고 가정해 보자. 그렇다 해도 비폭력 저항을 어떻게 국제적으로 실천할 수 있을까? 간디가 최근 전쟁에 대해서 했던 모순적인 말들은 그가 국제적 실천의 어려움을 절감했음을 보여 주는 듯하다. 평화주의를 외교 정치에 적용하면 더 이상 평화적이지 않거나 유화 정책이 되어 버린다. 게다가 간디가 개개인을 대할 때에는 너무나 잘 통했던 가정, 모든 인간은 어느 정도 다가갈 수 있고 관대한 제스처에 반드시 반응한다는 가정에 진지하게 의문을 제기할 필요가 있다. 예를 들어 미친 사람을 대할 때에는 반드시 그렇지 않다. 그렇다면 질문은 이렇게 바뀐다. 누가 제정신인가? 히틀러는 제정신이었을까? 그리고 다른 문화의 기준으로 보면 한 문화 전체가 제정신이 아닐 수도 있지 않을까? 그리고 우리가 모든 국가의 감정을 가늠할 수 있다고 할 때, 관대한 행동과 친밀한 반응 사이에 분명한 연관이 있을까? 감사하는 마음이 국제 정치의 한 가지 요소일까?

이와 같은 문제들은 논의가 필요하다, 그것도 다급하게 필요하다. 누군가 버튼을 눌러서 로켓들이 날아다니기 전까지 남은 몇 년 이내에 말이다. 문명이 대규모 전쟁을 또 한 차례 견딜 수 있을지 의심스러운데, 적어도 비폭력이 그 출구라는 생각을 해볼 만은 하다. 간디의 미덕은 내가 앞에서 던진 질문들을 솔직하게 고민할 준비가 되어 있었으리라는 점이다. 실제로 그는 수많은 신문 사설을 썼으니 어딘가에서 대부분의 질문에 대해 논했을지도 모른다. 간디가 이해하지 못하는 것이 많았다는 느낌은 들지만, 그가 무언가를 말하거나 생각하기를 두려워했다는 느낌은 들지 않는다. 나는 절대 간디를 대단히 좋아할 수는 없었지만, 그가 정치 사상가로서 대부분 틀렸다고 확신하지도 않으며, 그의 삶이 실패였다고 생각하지도 않는다. 간디가 암살당했을 때 인도는 권력 이양의 부산물 중 하나로 항상 예견되어 왔던 내전 중이었는데, 가장 가까웠던 숭배자들 대다수가 간디가 너무 오래 사는 바람에 그가 자신의 일생의 업적이 무너지는 것을 목격했다며 슬프게 외친 것은 무척 신기하다. 그러나 간디는 힌두교도와 이슬람교도의 경쟁 관계를 진정시키기 위해서 평생을 바친 것이 아니다. 영국의 통치를 평화롭게 끝내겠다는 간디의 주된 정치적 목적은 결국 실현되었다. 늘 그렇듯 관련된 사실들이 서로 영향을 끼쳤다. 한편, 영국은 싸움 없이 인도에서 물러났는데, 1년 전까지만 해도 거의 아무도 예측하지 못한 일이었다. 다른 한편으로, 이는 노동당 정부의 성과였는데 보수당 정부, 특히 처칠이 이끄는 정부였다면 분명 그렇게 하지 않았을 것이다. 그러나 1945년까지 영국 내에서 인도 독립에 동조하는 의견이 커졌다고 한다면, 어디까지가 간디의 개인적인 영향력 때문이었을까? 그리고 현재의 예측과 같이 결국 인도와 영국 사이에 친밀하고 적당한 관계가 자리 잡는다면, 간디가 증오 없는 운동을 고집스럽게 이어 나가면서 정치적 분위기를 정화한 것은 부분적인 이유일까? 우리가 이런 질문을 떠올린다는 사실 자체가 그의 명성을 보여 준다. 내가 그런 것처럼 우리는 간디에게 미학적 혐오를 느낄 수도 있고, 간디가 성인이라는 다른 사람들의 주장(본인은 결코 그런 주장을 하지 않았다)을 거부할 수도 있으며, 성인됨을 이상으로 받아들이길 거부하고 간디의 기본 목표가 반인간적이며 반동적이었다고 느낄 수도 있다. 그러나 간디를 정치인으로만 봤을 때, 또 우리 시대의 주요 정치인들과 비교했을 때, 그가 남긴 향기는 얼마나 깨끗한가!

1949년

즐겁고도 즐거웠던 시절

1

나는 세인트시프리언스 입학 직후(곧장은 아니고 학교생활에 적응하는 듯했던 1~2주일 뒤부터) 자다가 오줌을 싸기 시작했다. 그때 나는 여덟 살이었으므로 적어도 4년 전에 벗어난 습관으로 역행한 셈이었다.

아마 요즘이라면 그런 상황에서 오줌 싸는 것을 당연하게 여길 것이다. 억지로 집을 떠나 낯선 곳에서 살게 된 아이에게는 흔한 반응이다. 그러나 당시에는 아이들이 일부러 저지르는 나쁜 짓이며, 체벌로 고치는 것이 마땅하다고 생각했다. 내 경우에는 그것이 나쁜 짓이라고 말해 줄 필요도 없었다. 매일 밤 나는 전에 없이 간절하게 기도를 드렸다. 「하느님, 제발 오줌을 싸지 않게 해주세요! 하느님 제발, 오줌 싸지 않게 해주세요!」 그러나 달라지는 것은 정말 하나도 없었다. 어느 날 밤에는 침대를 적셨고, 어느 날 밤에는 적시지 않았다. 여기에 의지가, 의식이 끼어들 틈은 없었다. 내가 오줌을 〈쌌다〉는 말조차 적절하지 않았다. 어느 날 아침에 일어나 보면 시트가 푹 젖어 있는 것이다.

두 번인가 세 번쯤 사고를 치자 한 번만 더 그러면 매를 맞을 거라고 경고를 받았지만, 그 방법이 이상하리만치 간접적이었다. 어느 날 오후, 티타임이 끝나고 학생들이 줄지어 나갈 때 교장 선생님의 아내였던 W 부인이 식탁 상석에 앉아서 어느 부인과 잡담을 나누고 있었는데, 내가 그 부인에 대해서 아는 것이라고는 오후에 학교를 찾아온 손님이라는 것밖에 없었다. 위협적이고 남자처럼 생긴 부인으로 승마복을, 또는 내가 보기에는 승마복 같은 옷을 입고 있었다. 내가 밖으로 막 나가려는데, W 부인이 손님에게 소개라도 하려는 듯 나를 불렀다.

W 부인의 별명은 플립Flip이었으므로 여기서는 그렇게 부르겠다. 다른 이름으로는 잘 떠올릴 수 없기 때문이다(그러나 공식적인 호칭은 멈이었는데, 아마 퍼블릭 스쿨 학생들이 사감 선생님의 부인을 부르는 호칭 〈맴〉이 와전된 것이었으리라).[1] 플립은 옹골차고 어깨가 떡 벌어진 여자로, 지나치게 붉은 뺨에 상고머리, 돌출된 눈썹과 움푹 꺼지고 의심이 가득한 눈을 가지고 있었다. 그녀가 짐짓 쾌활한 척 남자 같은 속어를 쓰거나(〈기운 내, 이 녀석아!〉 등등), 심지어 성 대신 이름을 부르며 학생들의 비위를 맞출 때에도 그 눈은 대체로 불안하고 책망하는 듯한 빛을 절대 잃지 않았다. 특

1 멈*Mum*은 〈엄마〉라는 뜻, 맴*Ma'am*은 지체 높은 여성을 정중하게 부르는 말이다.

별히 잘못한 일이 없을 때에도 플립의 얼굴을 똑바로 보면서 죄책감을 느끼지 않기는 무척 어려웠다.

「여기 이 꼬맹이 말이에요.」 플립이 나를 가리키며 낯선 여인에게 말했다. 「매일 밤 이불에 오줌을 싼답니다. 다시 한 번 오줌을 싸면 어떻게 되는지 알아?」 그녀가 나를 보면서 덧붙였다. 「〈식스 폼〉한테 때리라고 할 거야.」

낯선 부인은 말문이 막힐 만큼 놀란 척하더니 〈당연히 그래야죠!〉라고 외쳤다. 바로 그때, 어린 시절에 늘 일어나는 어이없고 말도 안 되는 오해가 생겼다. 식스 폼Sixth Form은 〈품성〉이 좋다고 뽑힌 고학년들로, 손아래 학생들을 때려도 되는 권한을 부여받았다.[2] 나는 식스 폼의 존재를 아직 몰랐기 때문에 〈식스 폼〉을 〈미시스 폼*Mrs Form*〉으로 잘못 들었다. 있을 법하지 않은 이름이었지만, 아이는 그런 판단력이 없다. 그러므로 나는 체벌을 맡은 사람이 바로 그 부인이라고 생각했다. 학교와 아무 관련도 없는, 우연히 찾아온 손님에게 그런 일을 맡기는 것이 이상하다는 생각은 들지 않았다. 나는 그저 〈미시스 폼〉이 엄격하고 규율을 강조하며 체벌을 즐기는 사람이라고만 생각했고(외모에 이런 품성이 드러나는 듯했다), 승마 장비를 완전히 갖추고 사냥용 채찍을 휘두르며 나를 때리러 학교로 찾아오는 무시무시한 모습이 곧장 떠올랐다. 얼굴이 동그랗고 체구가 작은 소년이었던 내

2 식스 폼은 원래 중등학교 수료 후 대입 자격시험을 준비하는 두 학년을 이르는 말이지만, 세인트시프리언스에서는 어린 학생들의 군기를 잡는 일부 고학년을 가리키는 것으로 보인다.

가 코듀로이 반바지 차림으로 두 명의 부인 앞에 서 있던 그 때를 떠올리면 아직까지도 아찔할 만큼 수치스럽다. 나는 아무 말도 할 수 없었다. 〈미시스 폼〉한테 맞으면 죽으리라는 생각이 들었다. 그러나 가장 큰 감정은 두려움도, 분노도 아니었다. 나의 구역질 나는 잘못을 아는 사람이, 그것도 여자가 한 사람 더 늘었다는 생각에 수치스러울 뿐이었다.

얼마 후, 나는 어떻게 해서였는지는 잊었지만 체벌하는 사람이 〈미시스 폼〉이 아님을 결국 알게 되었다. 바로 그날 밤이었는지 아닌지는 기억나지 않지만, 아무튼 나는 얼마 지나지 않아서 또다시 오줌을 쌌다. 아아, 그 절망감이란, 그토록 간절하게 기도를 드리고 맹세를 했는데 또다시 축축한 이불 속에서 잠을 깼을 때의 그 무자비하고 불공평한 느낌이란! 내 잘못을 숨기는 것은 불가능했다. 마거릿이라는 이름을 가진 엄격하고 건장한 사감 선생님이 특별히 내 침대를 검사하러 기숙사에 왔던 것이다. 그녀가 이불을 젖힌 다음 몸을 펴고 똑바로 섰고, 그녀의 입에서 내가 그토록 두려워하던 불호령이 천둥처럼 떨어졌다.

「아침 식사를 마치고 교장 선생님께 〈보고해라〉!」

〈보고해라〉라는 말을 강조한 것은 내 머릿속에 바로 그렇게 떠올랐기 때문이다. 세인트시프리언스에 들어가고 처음 몇 년 동안 이 말을 얼마나 많이 들었는지 모른다. 이 말이 체벌을 뜻하지 않는 경우는 아주 드물었다. 나에게는 희미한 북소리나 사형 선고처럼 항상 불길하게 울리는 말이었다.

교장실로 찾아가자 플립이 서재에 딸린 대기실의 길고 반짝이는 탁자에 앉아서 뭔가를 하고 있었다. 그녀가 못마땅한 눈빛으로 지나가는 나를 훑어보았다. 서재에서는 샘보Sambo라는 별명을 가진 교장 선생님이 기다리고 있었다. 샘보는 등이 구부정하고 신기할 만큼 우둔해 보이는 남자로, 체구가 크지는 않았지만 발을 질질 끌며 걸었고, 얼굴은 너무 자란 아기처럼 토실토실해서 싹싹해 보이기도 했다. 물론 샘보는 내가 왜 왔는지 알고 있었기 때문에 벽장에서 상아 손잡이가 달린 승마용 회초리를 이미 꺼내 놓았지만, 무슨 잘못을 저질렀는지 자기 입으로 직접 말하는 것이 벌의 일부였다. 내가 말을 끝내자 샘보는 짧지만 과장된 설교를 읊은 다음, 내 뒷덜미를 잡고 엎드리게 하더니 승마용 회초리로 때리기 시작했다. 그는 체벌을 하면서 설교하는 버릇이 있었으므로 매질에 맞춰 들리던 〈이 지저-분한 꼬맹-이가〉라는 말이 기억난다. 매는 아프지 않았고(처음이라 세게 때리지 않았을지도 모른다), 나는 훨씬 홀가분한 기분으로 걸어 나왔다. 매가 아프지 않았다는 것은 일종의 승리였고, 그 덕에 이부자리에 오줌을 쌌다는 수치심이 어느 정도 씻겨 나갔다. 나는 경솔하게도 미소를 짓기까지 했다. 몇몇 아이들이 대기실 문 앞 복도에서 어슬렁거리고 있었다.

「회초리 맞았어?」

「안 아팠어.」 내가 자랑스럽게 말했다.

플립이 이 말을 다 들었다. 즉시 그녀의 고함 소리가 나를 붙잡았다.

「이리 와! 당장 이리 들어와! 방금 뭐라고 했지?」

「안 아팠다고 했어요.」 내가 더듬더듬 대답했다.

「어떻게 감히 그런 말을 하지? 그런 말을 해도 된다고 생각해? 들어가서 〈다시 보고해〉!」

샘보가 이번에는 진심으로 매질을 했다. 매질은 내가 겁을 먹고 질릴 만큼 오랫동안 계속되었고 — 5분 정도 되는 듯했다 — 결국 회초리가 부러지면서 끝났다. 상아 손잡이가 휙 날아갔다.

「너 때문에 어떻게 됐는지 봐라!」 샘보가 망가진 채찍을 들고 크게 화를 내며 말했다.

나는 희미하게 훌쩍이면서 의자에 쓰러졌다. 내 기억으로 어렸을 때 매질을 당해서 눈물을 흘린 적은 이때밖에 없었고, 정말 이상하지만 아파서 운 것도 아니었다. 두 번째 체벌 역시 크게 아프지는 않았다. 공포감과 수치심 때문에 감각을 잃었던 것 같다. 내가 운 것은 상대방이 그러기를 기대했기 때문이기도 하고, 진심으로 뉘우쳤기 때문이기도 하지만, 어린 시절 특유의 더욱 심오한 슬픔 때문이었는데, 이를 전달하는 일은 쉽지 않다. 쓸쓸한 외로움과 무력함, 적대적인 세계일 뿐 아니라 내가 지킬 수 없는 규칙이 지배하는 선악의 세계에 갇혔다는 느낌 말이다.

나는 오줌을 싸는 것이 (1) 나쁜 짓이고, (2) 내가 통제할 수 없는 일임을 알았다. 나는 직접적인 경험을 통해 두 번째 사실을 알았고, 첫 번째 사실에 대해서는 일말의 의심도 없었다. 따라서 죄를 짓는다는 의식도 없이, 죄를 짓고 싶지도 않은데, 어쩔 수 없이 죄를 짓는 일이 가능한 것이었다. 죄란 반드시 우리가 저지르는 것이 아니라 그냥 일어나는 일일 때도 있는 것이었다. 샘보에게 매질을 당하던 바로 그 순간에 이 참신한 생각이 불쑥 떠올랐다고 주장하려는 것은 아니다. 어린 시절이 항상 행복한 것만은 아니었으므로, 아마 집을 떠나기 전부터 얼핏얼핏 들었던 생각일 것이다. 어쨌든 이것은 내 어린 시절을 지배한 크나큰 교훈이었다. 내가 착하게 구는 것이 〈불가능한〉 세상에 살고 있다는 사실 말이다. 연이은 두 번의 체벌은 전환점이었다. 내가 내던져진 세상의 가혹함을 처음으로 깨달았기 때문이다. 삶은 내가 생각했던 것보다 끔찍했고, 나는 내 생각보다 못된 아이였다. 어쨌든 나는 샘보의 서재에서 의자에 걸터앉아 훌쩍이면서, 그가 불같이 화를 내는 동안 일어날 생각도 못 한 채, 한 번도 느껴본 적 없는 내 죄와 어리석음과 나약함을 깨달았다.

대체로 특정 시기에 대한 기억은 그 시기를 벗어나면 희미해지는 법이다. 새로운 사실을 끊임없이 배우기 때문에 예전에 알았던 사실은 그 자리를 내주어야 한다. 내가 스무 살 때는 학창 시절을 지금은 불가능할 만큼 정확하게 기록할 수 있었을 것이다. 그러나 시간이 한참 지나면서 기억이 더욱 또렷해질 수도 있다. 새로운 눈으로 과거를 보면서 예전에는 다른 일들과 뒤섞여 구분되지 않던 것을 따로 떼어 놓고 볼 수 있기 때문이다. 내가 기억은 하고 있었지만 최근에 들어와 이상하거나 흥미롭다고 생각하게 된 두 가지가 있다. 하나는 내가 두 번째 체벌을 공정하고 합리적인 처벌로 느꼈다는 점이다. 매질을 한 번 당하고 나서 어리석게도 아프지 않았다고 뽐내다가 다시 더욱 세게 매를 맞았는데, 그것이 무척 당연하게 여겨졌다. 신들은 질투가 심하므로 운이 좋을 때는 숨겨야 한다. 또 하나는 회초리가 부서진 것을 내 잘못으로 받아들였다는 점이다. 카펫에 떨어진 손잡이를 봤을 때의 감정 — 버릇없이 자라 서툴게 굴다가 비싼 물건을 망가뜨렸다는 느낌 — 이 아직도 기억난다. 〈내가〉 회초리를 망가뜨렸다. 샘보도 그렇게 말했고, 나도 그렇다고 생각했다. 이러한 죄책감은 20년인가 30년 동안 내 기억 속에 눈에 띄지 않게 묻혀 있었다.

침대에 오줌을 싼 이야기는 이쯤에서 끝내려고 한다. 그러나 말해 두어야 할 것이 하나 있다. 그 뒤로는 오줌을 싸지 않았다는 것이다. 한 번은 더 오줌을 싸고 매를 맞았지만, 그 뒤로는 문제가 사라졌다. 그러므로 이 야만적인 방법이 효과는 있을지도 모른다. 막대한 대가를 치러야 하지만 말이다.

2

세인트시프리언스는 학비가 비싸고 속물적인 학교였고, 더욱 비싸고 속물적인 학교로 변하는 중이었다. 세인트시프리언스는 퍼블릭 스쿨 중에서 해로Harrow와 특별한 관계였지만, 내가 다닐 때는 이튼으로 진학하는 학생들이 점점 더 많아지고 있었다. 대부분 부잣집 아이들이었지만 대체로 귀족 혈통이 아닌 부자, 본머스나 리치먼드의 거대한 관목으로 둘러싸인 저택에 살면서 자동차와 집사도 있지만 시골 영지는 없는 사람들이었다. 외국인도 있었다. 남미 아이들, 아르헨티나 쇠고기 갑부의 아들들, 러시아인 한두 명, 심지어는 샴의 왕자나 비슷한 아이도 하나 있었다.

샘보에게는 크나큰 야망이 두 가지 있었다. 하나는 작위를 가진 아이들을 입학시키는 것이었고, 또 다른 하나는 학생들을 가르쳐서 퍼블릭 스쿨에, 그중에서도 이튼에 장학생으로 진학시키는 것이었다. 내가 졸업할 즈음 샘보는 진짜 영국 작위를 가진 학생을 두 명 확보했다. 내 기억에 그중 하나는 콧물을 줄줄 흘리는 불쌍한 꼬마였다. 알비노에 가까운 이 아이는 흐리멍덩한 눈을 치켜뜨고 다녔고, 기다란 코끝에는 항상 콧물이 달랑거렸다. 샘보는 이 아이들에 대해 다른 사람들에게 이야기를 할 때면 항상 작위를 붙여서 말했고, 처음 며칠 동안은 아이들 면전에서 〈누구누구 경〉이라고 불렀다. 손님에게 학교를 안내할 때면 갖가지 방법으로 이 아이들을 주목하게 만들었다는 것은 말할 필요도 없다. 내 기억에 따르면, 한 번은 머리카락 색이 옅은 그 꼬마 아이가 식사를 하다가 갑자기 목이 막혀서 발작을 일으킨 적이 있었다. 코에서 콧물이 줄줄 흘러 접시에 떨어지면서 끔찍한 광경이 펼쳐졌다. 그보다 신분이 낮은 아이였다면 더러운 녀석이라며 당장 밖으로 나가라고 명령했을 것이다. 그러나 샘보와 플립은 〈남자애들이 다 그렇지 뭐〉라며 웃어넘길 뿐이었다.

아주 부유한 아이들은 대놓고 편애를 했다. 세인트시프리언스에는 〈특별 기숙생〉이 있던 빅토리아 시대의 〈사립 학교〉 느낌이 아직 희미하게 남아 있었기 때문에 나는 나중에 새커리의 책에서 그런 학교에 대한 내용을 읽자마자 비슷한 점을 바로 알아보았다. 부잣집 아이들은 오전 느지막이 우유와 비스킷을 먹었고, 일주일에 한두 번 승마 수업을 받았으며, 플립은 이 아이들을 어머니처럼 보살피며 성이 아닌 이름으로 불렀다. 무엇보다도 이 아이들은 절대 매를 맞지 않았다. 부모님이 멀리 떨어져 있기 때문에 걱정할 필요 없는 남미 아이들은 예외였지만, 아버지의 연 수입이 2천 파운드를 훌쩍 넘는 아이들은 절대 매를 맞지 않았다고 생각한다. 그러나 샘보는 가끔 학교의 명성을 위해 금전적 이익을 기꺼이 포기하기도 했다. 장학생으로 명문 학교에 진학해서 학교의 명성을 높여 줄 만한 아이들은 아주 저렴한 학비만 받고 입학시켰던 것이다. 나 역시 그러한 조건으로 세인트시프리언스에 들어갔다. 그러지 않았다면 부모님 형편에 나를 그렇게 비싼 학교에 보내지 못했을 것이다.

처음에는 내가 저렴한 학비를 내고 학교에 다닌다는 사실도 몰랐다. 열한 살이 되어서야 플립과 샘보가 대놓고 그런 말을 했다. 나는 처음 2~3년 동안 다른 아이들과 똑같은 수업을 받았다. 그러다가 그리스어를 배우기 시작한 직후 (라틴어는 여덟 살에, 그리스어는 열 살에 시작했다) 장학생 반에 들어갔는데, 고전만큼은 샘보가 장학생 반을 직접 가르쳤다. 장학생 반 학생에게는 2~3년 동안 크리스마스의 거위 요리처럼 지식을 꽉꽉 욱여넣었다. 게다가 그 지식이란! 고작 열두 살, 열세 살에 치르는 경쟁적인 시험으로 재능 있는 아이의 진로를 결정하는 것은 좋게 봐줘도 나쁜 짓이지만,

점수로 봤을 때 아이들에게 모든 것을 다 가르치지도 않고 이튼이나 윈체스터 등등에 장학생으로 보내는 사립 초등학교도 있는 듯하다. 세인트시프리언스에서는 솔직히 모든 과정이 일종의 신용 사기를 위한 준비였다. 우리가 할 일은 시험관에게 실제 아는 것보다 더 많이 안다는 인상을 줄 만한 것들을 배우고, 두뇌에 부담을 주는 다른 일은 최대한 피하는 것이었다. 지리학처럼 시험에 도움이 되지 않는 과목은 무시했고, 문과 학생은 수학도 소홀히 했으며, 과학은 어떤 형태로도 배우지 않았고 — 과학을 너무나 무시했기 때문에 자연사에 관심을 갖는 것조차 권장하지 않았다 — 여가 시간에 읽으라고 권하는 책들도 〈영어 시험〉에 도움이 될 만한 것들로 골랐다. 장학생을 선발하는 주요 과목인 라틴어와 그리스어가 중요했지만, 그마저도 부실한 겉핥기로 가르쳤다. 예를 들어 그리스어나 라틴어 저자의 책 한 권을 독파하는 일은 절대 없었다. 우리는 〈즉석 번역〉으로 선정될 가능성이 높은 짤막한 문단들만 뽑아서 읽었다. 장학생 선발 시험을 보러 가기 전까지 대략 1년 동안은 기출 시험을 푸는 데 대부분의 시간을 보냈다. 샘보는 주요 퍼블릭 스쿨의 기출 문제를 잔뜩 가지고 있었다. 그러나 가장 어이없는 것은 역사 교육이었다.

당시 〈해로 역사 대회〉라는 말도 안 되는 행사가 있었는데, 매년 수많은 사립 초등학교가 참가했다. 세인트시프리언스는 매년 우승을 거두는 전통이 있었는데, 그럴 만도 했다. 우리는 첫 회부터 모든 대회의 기출문제로 주입식 벼락치기 공부를 했고, 출제할 만한 문제가 무한한 것은 아니었기 때문이다. 이름이나 인용구를 빨리 대답해야 하는 멍청한 문제들이었다. 인도 귀부인들을 약탈한 사람은? 갑판 없는 작은 배에서 참수당한 사람은? 목욕하는 휘그당원들을 보고 옷을 훔쳐 도망친 사람은? 역사 교육은 대부분 이런 수준이었다. 역사란 서로 무관하고 난해하지만 중요한 — 그 이유는 절대 설명해 주지 않았다 — 일련의 사실들, 그리고 그와 관련된 유명한 구절들이었다. 디즈레일리는 평화와 함께 명예를 가져왔다. 클라이브는 자신의 자제심에 놀랐다. 피트는 구세계의 균형을 바로잡기 위해 신세계에 도움을 청했다. 그리고 온갖 연도와 암기법들! (예를 들어 여러분은 〈어느 흑인 여자가 우리 숙모였고, 그녀의 집은 헛간 뒤였다〉라는 문장의 머리글자가 장미 전쟁 전투들의 머리글자와 같다는 것을 알고 있었는가?) 고학년의 역사를 담당했던 플립은 이런 것들을 즐겼다. 온갖 연도에 탐닉하던 수업 시간이 아직도 기억난다. 열의가 넘치는 아이들은 답을 외치고 싶어서 자기 자리에서 펄쩍펄쩍 뛰었지만, 자기들이 내뱉는 수수께끼 같은 사건의 의미에는 조금도 관심이 없었다.

「1587년?」

「성 바돌로매 학살!」

「1707년?」

「아우랑제브 대제 사망!」

「1713년?」

「위트레흐트 조약!」

「1773년?」
「보스턴 티 사건!」
「1520년?」
「우우, 멈, 제발요, 멈…….」
「제발요, 멈, 제발요. 멈! 제가 말할게요, 멈!」
「좋아! 1520년?」
「금란평원 회담!」
이런 식이었다.

그러나 역사를 비롯한 부차적인 과목들이 그렇게 재미없는 것도 아니었다. 진짜 괴로운 과목은 〈고전〉이었다. 지금 생각하면 나는 그때보다 더 공부를 열심히 한 적이 없지만, 당시에는 우리에게 요구되는 만큼 노력하는 것이 절대로 불가능해 보였다. 우리는 아주 옅은 색의 단단한 나무로 만든 길고 반짝이는 탁자에 둘러앉았고, 샘보는 우리를 몰아대고, 위협하고, 훈계하고, 가끔은 농담을 하고, 아주 드물게 칭찬을 했다. 그러면서 꾸벅꾸벅 조는 사람을 핀으로 콕콕 찔러서 깨우듯이 우리가 집중력을 잃지 않도록 정신을 콕콕 찔렀다.

「어서 해, 이 게으른 녀석! 계속해, 이 나태하고 아무짝에도 쓸모없는 꼬맹아! 넌 게을러터진 게 문제야. 과식 때문이지. 어마어마한 양을 게걸스럽게 먹으니까 여기만 오면 졸리는 거 아니냐. 자, 정신 차리고 열심히 해. 넌 도대체가 〈생각〉을 안 하는구나. 머리를 열심히 굴리질 않는다고.」

샘보는 은색 연필로 아이들의 머리를 톡톡 치곤 했는데, 내 기억으로는 그 연필이 바나나만큼 크고 맞으면 혹이 날

정도로 무거웠다. 그렇지 않으면 귀 뒤의 짧은 머리카락을 잡아당기거나 탁자 밑으로 정강이를 걷어차기도 했다. 누가 영 제대로 못한다 싶으면 이렇게 말했다. 「그래, 좋아, 네가 뭘 원하는지 알겠다. 아침 내내 아주 졸라대고 있구나. 따라와, 이 쓸모없는 게으름뱅이야. 서재로 들어가.」 그런 다음 탁, 탁, 탁, 탁, 소리가 들렸고, 아이는 욱신욱신 쑤시는 빨간 채찍 자국을 달고 돌아와서 — 나중에 샘보는 승마용 회초리 대신 가느다란 라탄 회초리를 애용했는데, 훨씬 더 아팠다 — 다시 공부를 시작했다. 자주 있는 일은 아니었지만, 나도 라틴어 문장을 공부하다가 교실 밖으로 불려 나가 매를 맞고 돌아와서 같은 문장을 다시 공부했던 기억이 두 번 이상 있다. 이런 방법이 통하지 않는다고 생각한다면 오산이다. 이 방법은 특별한 목적에 아주 잘 통했다. 나는 과연 고전 교육이 체벌 없이 성공한 적이 있는지, 또는 성공할 수 있는지 의심스럽다. 아이들도 체벌의 효험을 믿었다. 비첨이라는 학생이 있었는데, 머리는 딱히 좋지 않았지만 장학금이 간절한 것은 분명했다. 샘보는 비틀거리는 말을 때리면서 목표를 향해 몰듯이 비첨을 때렸다. 비첨은 어핑엄Uppingham에 장학생으로 지원했지만 시험을 망치고 돌아왔고, 하루 이틀 뒤 게으름을 피운다는 이유로 심하게 매를 맞았다. 「시험을 보러 가기 전에 맞았으면 좋았을 텐데.」 비첨이 구슬프게 말했다. 나는 한심한 말이라고 생각했지만 무슨 뜻인지 충분히 이해했다.

장학생 반 학생들이 모두 같은 취급을 당한 것은 아니었다. 샘보는 학비를 아낄 필요가 없는 부잣집 아이들에게는 어느 정도 아버지 같은 태도로 농담을 하거나 갈비뼈를 찌르며 자극했고, 어쩌다가 연필로 머리를 톡톡 치기는 해도 절대 머리카락을 잡아당기거나 회초리를 들지는 않았다. 괴롭힘을 당하는 것은 가난하지만 〈똑똑한〉 아이들이었다. 말하자면 우리의 뇌는 샘보가 투자한 금광이었으므로 이윤을 짜내야 했다. 나는 샘보와 나의 금전적 관계가 어떤 종류의 것인지 파악하기 훨씬 전부터 내 처지가 대부분의 아이들과 다르다는 사실을 알았다. 사실, 학교에는 세 계급이 존재했다. 귀족이나 백만장자 집안의 아이들이 소수 있었고, 평범한 교외의 부잣집 아이들이 다수였으며, 나처럼 성직자나 인도 공무원이나 생활고와 싸우는 과부 등등의 아들인 하류층이 약간 있었다. 가난한 아이들은 사냥과 목공 같은 〈특별 활동〉을 신청하지 말라고 권유받았고, 옷이나 사소한 소지품 문제로 수치를 겪었다. 예를 들어 나는 크리켓 배트를 갖지 못했는데, 〈너희 부모님은 그럴 형편이 안 되기〉 때문이었다. 이 말은 학창 시절 내내 나를 따라다녔다. 세인트시프리언스에서는 집에서 받아 온 용돈을 소지하는 것이 금지되었기 때문에 학기 첫날 〈맡겨야〉 했고, 가끔 허락을 받아서 쓸 수 있었다. 나와 비슷한 처지의 아이들은 학교에 맡긴 돈이 충분해도 모형 비행기 같은 비싼 장난감을 사려고 하면 항상 혼이 났다. 특히 플립은 가난한 아이들에게 보잘것없는 처지를 각인시키려고 일부러 애를 쓰는 듯했다. 「너 같은 애가 그런 물건을 사도 된다고 생각하니?」 플립이 모든 아이들이 보는 앞에서 어떤 아이에게 이렇게 말했던 것이 기억난다. 「풍족하게 자랄 처지가 아니라는 거 알잖아, 응? 너희 집은 부자가 아니야. 분별 있게 구는 법을 배워야지. 분수를 지켜!」 우리는 매주 용돈을 받았다. 플립이 커다란 책상 앞에 앉아서 나눠 주는 돈을 받아서 과자를 사 먹었다. 백만장자의 아이들은 일주일에 6페니, 대부분의 아이들은 3페니를 받았다. 나를 비롯한 두세 명에게는 2페니만 허락되었다. 우리 부모님이 그렇게 해달라고 부탁한 것도 아니었고, 일주일에 1페니를 아낀다고 우리 집 형편이 크게 달라지는 것도 아니었다. 그것은 지위의 표시였다. 이보다 더 심한 것은 생일 케이크였다. 보통 아이들의 생일이 되면 아이싱을 바른 커다란 케이크에 초가 꽂혀서 나왔고, 티타임에 전교생이 케이크를 나눠 먹었다. 케이크가 당연하게 나오고 부모님에게 비용을 청구하는 방식이었다. 우리 부모님이 알았다면 기꺼이 케이크값을 냈겠지만, 나는 생일 케이크를 한 번도 받지 못했다. 나는 감히 물어보지는 못하고 해마다 올해는 케이크가 나오기를 간절하게 바랐다. 한두 번인가 경솔하게도 친구들에게 이번에는 〈반드시〉 케이크가 나오는 척한 적도 있다. 그러나 티타임이 되어도 케이크는 나오지 않았고, 따라서 내 인기에 도움이 되지도 않았다.

나는 퍼블릭 스쿨의 장학생이 되지 못하면 괜찮은 미래를 가질 가능성이 없다는 인상을 아주 일찍부터 받았다. 장학금을 받든지, 열네 살에 학업을 마치고 샘보가 즐겨 말했듯 〈연수입 40파운드짜리 사무실 심부름꾼〉이 되든지 둘 중 하나였다. 내 상황에서 이 말을 믿는 것은 당연했다. 사실 세인트 시프리언스에서는 다들 〈좋은〉 퍼블릭 스쿨(여기에 해당되는 학교는 열다섯 개 정도밖에 없었다)에 가지 못하면 인생이 끝장난다고 생각했다. 시험 날짜가 다가올수록 — 열한 살, 열두 살, 열세 살, 그리고 마침내 운명의 열네 살! — 모든 것이 달려 있는 끔찍한 전투를 앞두고 초조해지는 그 중압감을 어른에게 전달하기란 쉽지 않다. 약 2년 정도, 깨어 있는 동안에는 〈그 시험〉 — 당시 나는 그렇게 불렀다 — 이 머릿속을 떠난 적이 단 하루도 없었던 것 같다. 시험은 기도에도 빠짐없이 등장했고, 차골의 더 긴 쪽을 차지하거나[3] 편자를 주웠을 때, 초승달을 향해 일곱 번 고개 숙여 인사하거나 소원의 문을 건드리지 않고 통과할 때마다 당연히 〈그 시험〉에 대한 소원을 빌었다. 그러나 다른 한편으로, 나는 정말 이상하게도 공부를 하지 〈않으려는〉 저항할 수 없는 충동으로 괴로워했다. 이제부터 해야 할 공부를 생각하면 넌더리가 나서 아주 기초적인 난관 앞에서 짐승처럼 멍하니 서 있던 나날도 있었다. 나는 방학 때에도 공부를 할 수 없었다. 장학생 반 아이들 몇몇은 뱃첼러 씨라는 사람에게 추가 수업을 받았다. 그는 털이 덥수룩하고 호감이 가는 사람으로, 보풀이 일어난 양복을 입었고, 시내 어딘가 전형적인 독신남의 〈소굴〉 — 책이 빽빽하게 꽂힌 벽들, 압도적인 담배 냄새 — 에서 살았다. 방학이 되면 뱃첼러 씨는 라틴어 문장 번역 숙

3 새고기 요리를 먹을 때 나오는 V자 모양의 차골 양쪽 끝을 두 사람이 각각 잡아당겼을 때 긴 쪽을 차지한 사람의 소원이 이루어진다는 믿음이 있다.

제를 내주었고, 우리는 일주일에 한 번씩 숙제를 보내야 했다. 왜인지 모르지만 나는 할 수가 없었다. 나는 책상 위에 텅 빈 종이와 검은색 라틴어 사전을 올려놓은 채 당연히 해야 할 일을 회피하고 있다는 생각 때문에 여가 시간을 망치고 있었지만, 어쩐지 시작할 수가 없었다. 방학이 끝날 때까지 뱃첼러 씨에게 보낸 숙제는 겨우 50행이나 1백 행밖에 되지 않았다. 분명 샘보와 회초리가 멀리 떨어져 있다는 것도 부분적인 이유였다. 그러나 나는 학기중에도 멍하니 빈둥거릴 때가 있었는데, 그럴 때면 수치심에 점점 더 깊이 빠져들었고 희미하게 반항심마저 느껴졌다. 내 죄를 분명히 알고 있었지만 잘할 능력이나 의지가 — 어느 쪽인지 나도 몰랐다 — 없었다. 그러다 보면 샘보나 플립이 나를 불렀고, 그럴 때는 체벌조차 없었다.

플립은 악의에 찬 눈으로 나를 보았다(눈이 무슨 색이었더라? 나는 녹색으로 기억하지만, 실제로 눈동자가 녹색인 사람은 없다. 아마 적갈색이었을 것이다). 그녀는 겁을 주면서 특유의 구슬리는 말투로 이야기를 시작했는데, 그럴 때면 어김없이 상대방의 방어막을 뚫고 들어가서 더 나은 본성을 자극했다.

「네가 이런 식으로 행동하는 것은 별로 바람직하지 않은 것 같아, 안 그래? 네가 이렇게 몇 주고 몇 달이고 시간을 낭비하는 게 너희 부모님을 생각하면 정당한 일일까? 기회를 다 날리고 〈싶은〉 거니? 너희 집이 부자가 아니라는 건 너도 알잖아, 응? 다른 부모님들처럼 형편이 넉넉하지 않다는 거

알잖아. 네가 장학금을 못 받으면 부모님께서 널 어떻게 퍼블릭 스쿨에 보내시겠니? 어머니가 널 얼마나 자랑스러워하시는지 나도 알아. 어머니를 실망시키고 〈싶은〉 거니?」

「갠 이제 퍼블릭 스쿨에 가기 싫은가 봐.」 샘보는 내가 그 자리에 없다는 듯이 플립에게 말하곤 했다. 「포기한 것 같아. 연 수입 40파운드짜리 사무실 심부름꾼이 되고 싶은가 보지.」

눈물이 흐를 것 같은 끔찍한 느낌 — 벅차오르는 가슴, 간질간질한 코 — 이 나를 덮쳤다. 그러면 플립이 최후의 카드를 꺼냈다.

「지금 네 행동이 〈우리〉한테는 정당하다고 생각하니? 너한테 전부 다 해줬는데? 우리가 너한테 뭘 해줬는지 알긴 아는 거지?」 플립의 눈빛이 나를 꿰뚫었다. 그녀는 절대 단도직입적으로 말하지 않았지만 나는 알 수 있었다. 「우린 지금까지 널 맡아 줬어. 심지어 방학 때는 뱃첼러 씨에게 수업을 받을 수 있도록 일주일 동안 데리고 있기까지 했지. 우리가 널 내보내고 〈싶은〉 건 아니지만, 학기마다 음식만 축내는 아이를 여기에 둘 수는 없어. 〈내〉 생각에는 너의 행동이 옳지 않은 것 같구나. 넌 옳은 것 같니?」

나는 질문에 따라서 〈네, 멈〉이나 〈아니요, 멈〉이라고 비참하게 대꾸할 뿐 할 말이 없었다. 분명 내 행동은 옳지 않았다. 그러다 보면 어느 순간 바라지도 않던 눈물이 기어이 차올라서 코를 타고 흘러내려 뚝 떨어졌다.

플립은 내가 학비를 내지 않는다고 대놓고 말한 적이 한 번도 없었지만, 〈너한테 전부 다 해줬다〉는 애매한 말이 감정적으로 더 깊이 와닿았기 때문이었다. 그러나 학생들에게 사랑받고 싶은 생각이 별로 없는 샘보는 늘 그렇듯 오만한 말투로 더욱 잔인하게 말했다. 이런 경우에 그가 제일 즐겨 하는 말은 〈내 선심 덕분에 먹고살면서〉였다. 회초리를 맞으면서 이 말을 들은 적도 최소 한 번은 있었다. 그러나 자주 있는 일은 아니었고, 딱 한 번만 빼면 다른 아이들 앞에서 말한 적도 없다는 것은 얘기해 두어야 할 것이다. 공개적인 자리에서 가난한 아이라고, 우리 부모님은 이러저러한 것을 해 줄 〈형편이 안 된다〉고 말한 적은 있지만, 내가 그들에게 의존하는 처지임을 상기시킨 적은 없었다. 그것은 내가 유난히 공부를 하지 않을 때 고문 도구처럼 꺼내는, 반박할 수 없는 최후의 말이었다.

이러한 일들이 열 살이나 열두 살짜리에게 끼치는 영향을 이해하려면, 아이는 균형이나 개연성에 대한 감각이 거의 없음을 기억해야 한다. 아이는 자기중심적이고 반항적일지도 모르지만, 스스로의 판단을 확신할 만큼 축적된 경험이 없다. 대체로 아이는 들은 말을 그대로 받아들이고, 주변 어른들의 지식과 힘을 기상천외하게 믿어 버린다. 예를 하나 들어 보자.

앞서 말했듯이 세인트시프리언스에서는 용돈 소지가 금지되어 있었다. 그러나 1~2실링 정도는 숨길 수 있었고, 나는 가끔 운동장 벽의 담쟁이덩굴 뒤에 숨겨 놓았던 돈을 몰래 가지고 나가서 과자를 샀다. 어느 날 나는 심부름을 하러 나갔다가 학교에서 1~2킬로미터 넘게 떨어진 가게에 들어가서 초콜릿을 샀다. 내가 가게에서 나오는데, 길 건너에서 작고 얼굴이 뾰족한 남자가 내 교모를 유심히 보았다. 끔찍한 두려움이 곧장 나를 덮쳤다. 그의 정체는 의심의 여지가 없었다. 샘보가 심어 놓은 첩자임이 틀림없었다! 나는 무심하게 돌아섰지만 다리가 제멋대로 서툴게 달리기 시작했다. 그러나 모퉁이를 돌자 억지로 다리를 멈추고 다시 걸었다. 달린다는 것은 잘못을 저질렀다는 표시인데, 시내 곳곳에 첩자가 깔려 있는 것이 분명했기 때문이다. 그날과 그다음 날 나는 서재로 불려가기를 기다렸는데, 아무도 부르지 않아서 깜짝 놀랐다. 나로서는 사립 학교 교장이 정보원을 잔뜩 풀어놓는다는 생각이 전혀 이상하지 않았고, 그들에게 돈을 줘야 한다는 생각도 들지 않았다. 학교 안에서나 밖에서나 어른이라면 누구나 우리가 규칙을 어기지 않도록 자발적으로 협조할 것이라고 생각했다. 샘보는 전능했으므로 그의 정보원이 어디에나 있는 것이 당연한 일이었다. 그때 나는 적어도 열두 살이었는데도 그렇게 생각했다.

나는 샘보와 플립을 미워했지만 그러면서 부끄러움과 양심의 가책을 느꼈고, 그들의 판단을 의심한다는 것은 생각도 못 할 일이었다. 두 사람이 나에게 퍼블릭 스쿨 장학금을 타든지 열네 살에 사무실 심부름꾼이 되든지 둘 중 하나라고 말했을 때, 나는 그것이 내 앞에 놓인 피할 수 없는 선택지라고 믿었다. 그리고 무엇보다도 샘보와 플립이 나의 은인이라는 말을 믿었다. 물론 이제는 샘보의 입장에서 내가 괜찮은 투기 대상이었음을 이해한다. 그는 나에게 돈을 투자했고, 명성이라는 형태로 돌려받으려 했다. 내가 전도유망한 아이들이 가끔 그러듯 〈엇나가〉 버렸다면 샘보는 곧장 나를 쫓아냈을 것이다. 실제로 때가 오자 나는 샘보에게 두 개의 장학금을 안겨 주었고, 그는 학교 안내서에 그것을 실컷 이용해 먹었다. 그러나 학교가 본래 상업적 투기라는 사실을 아이가 깨닫기는 힘들다. 아이는 학교가 교육을 위해서 존재한다고, 교장이 학생을 훈육하는 것은 그 학생을 위해서거나 괴롭히는 게 좋아서라고 믿는다. 플립과 샘보는 나를 돌봐 주기로 했고, 거기에는 체벌과 꾸짖음, 굴욕이 포함되었는데, 다 나를 위해서, 내가 사무실 심부름꾼이 되지 않게 하기 위해서였다. 이것이 두 사람의 생각이었고, 나는 그것을 믿었다. 그러므로 나는 분명 그들에게 큰 감사의 빚을 지고 있었다. 그러나 나는 스스로 잘 알고 있었듯이 고맙지 〈않았다〉. 오히려 두 사람을 미워했다. 나는 내 감정을 마음대로 통제할 수 없었고, 스스로에게 숨길 수도 없었다. 하지만 은인을 미워하는 것은 나쁜 일이다, 그렇지 않은가? 나는 그렇게 배웠고, 그렇게 믿었다. 아이는 자신에게 주어진 행동 규칙을 받아들이는데, 그 규칙을 어길 때에도 마찬가지이다. 여덟 살부터, 혹은 그 전부터 죄의식은 결코 나를 떠나지 않았다. 내가 차갑고 반항적으로 보이려고 애썼다면, 그것은 부끄러움과 당황함을 숨기는 얇은 덮개일 뿐이었다. 나는 어린 시절 내내 내가 쓸모없는 사람이고, 시간을 낭비하며, 내 재능을 망치고 있다고, 괴물처럼 멍청하고 못되고 배은망덕하다고 굳게 믿었다. 그리고 이 모든 것에서 절대 달아날 수 없을 듯했다. 나는 중력의 법칙처럼 절대적인 규칙들 안에서 살고 있었지만, 그 규칙을 지키는 것은 불가능했기 때문이다.

3

학창 시절을 돌아보면서 단 한 번도 행복하지 않았다고 진심으로 말할 수 있는 사람은 없다.

나 역시 세인트시프리언스에서의 나쁜 기억들이 잔뜩 있지만, 이따금 좋았던 기억도 있다. 여름날 오후에 가끔 다운스를 넘어 벌링 갭이라는 마을이나 비치 헤드로 소풍을 가기도 했다. 우리는 석회암 사이에서 위험한 해수욕을 즐긴 다음 상처투성이가 되어 돌아오곤 했다. 그보다 더 신나는 한여름 밤의 특별 행사도 있었으니, 우리는 평소처럼 침실로 내몰리는 대신 기나긴 황혼 내내 운동장을 뛰어다니다가 아홉 시쯤에 수영장으로 뛰어들었다. 여름날 아침에는 일찍 일어나 모두가 잠든 기숙사에서 햇볕을 쬐며 한 시간 동안 아무런 방해 없이 책을 읽는(나는 어렸을 때 이언 헤이, 새커리, 키플링, H.G. 웰스를 좋아했다) 기쁨도 있었다. 크리켓도 재미있었는데, 나는 실력이 별로였지만 열여덟 살까지 가망 없는 짝사랑을 했다. 애벌레를 키우는 즐거움도 있었고 — 매끈한 초록색과 보라색의 퍼스 나방 유충, 흐릿한 초록색의 포플러호크 나방 유충, 가운뎃손가락만 한 프리벳호크 나방 유충을 시내 가게에서 6페니에 팔았다 — 〈산책〉을 나갔다가 교장의 눈을 오래 피할 수 있을 때면 다운스의 저수지에서 주황색 배를 가진 커다란 도롱뇽을 잡는 것도 신났다. 산

책을 나가서 매혹적이고 흥미로운 것을 발견했다가 선생님의 고함 소리에 목줄을 한 개처럼 질질 끌려 돌아오는 것은 학교생활의 중요한 특징이고, 많은 아이들에게 가장 원하는 것은 절대 얻을 수 없다는 확신을 심어 준다.

아주 가끔, 여름에 딱 한 번, 막사 같은 학교 분위기에서 아예 벗어날 때도 있었다. 교감인 브라운이 교장의 허락을 받아 학생 한두 명과 함께 몇 킬로미터 떨어진 공원으로 곤충 채집을 갈 때였다. 브라운은 머리가 허옇고 얼굴이 딸기처럼 빨간 사람으로, 자연사에 박식했고 모형과 석고본을 만들거나 환등기를 조작하는 등의 일을 잘했다. 학교와 관련된 어른들 중에서 내가 싫어하거나 무서워하지 않은 사람은 브라운 교감과 뱃첼러 씨밖에 없었다. 브라운이 나를 자기 방으로 데리고 가더니, 침대 밑 상자에 넣어 두었던 자개 손잡이가 달린 도금 리볼버 — 그는 〈6연발 권총〉이라고 불렀다 — 를 몰래 보여 준 적도 있었다. 가끔 나가는 탐험이 얼마나 즐거웠는지! 사람이 별로 없는 지선을 타고 3~4킬로미터 가서 커다란 녹색 잠자리채를 들고 이리저리 뛰어다니는 오후. 풀 위에서 날아다니는 크고 아름다운 잠자리들, 악취가 나는 지독한 살충병,[4] 그런 다음 선술집에서 희멀건 색의 조각 케이크와 함께 즐기는 차! 곤충 채집의 핵심은 학교와 마법처럼 멀리 떨어뜨려 주는 기차 여행에 있었다.

플립은 이러한 탐험을 못마땅하게 여겼지만 막지는 않았다. 「〈쪼그만 나비들〉은 잡았니?」 학생들이 돌아오면 그녀는

4 채집한 곤충을 넣어서 손상 없이 빠르게 죽이는 데 쓰는 유리병.

심술궂게 비웃으며 아기 같은 목소리로 이렇게 말했다. 그녀가 보기에 자연사(그녀는 〈벌레 사냥〉이라고 불렀던 듯하다)는 학생이 최대한 일찍 벗어날 수 있도록 주변에서 비웃어 줘야 하는 유치한 취미였다. 게다가 자연사는 어딘가 좀 서민적이었고, 전통적으로 운동을 못하는 안경잡이 아이들과 관련이 있었으며, 시험에 도움이 되지 않았고, 무엇보다도 과학 냄새를 풍겨 고전 교육을 위협했다. 브라운의 초대를 받아들이려면 상당한 정신력이 필요했다. 〈쪼그만 나비들〉이라는 비웃음이 얼마나 두려웠는지! 그러나 초창기부터 학교에서 근무했던 브라운은 어느 정도 독립성을 확보해 놓았다. 그는 샘보를 잘 다루었고, 플립을 상당히 무시했다. 두 사람이 자리를 비우면 브라운이 교장 대리 역할을 했는데, 그럴 때면 아침 예배 시간에 정해진 봉독 대신 외경의 이야기들을 읽어 주었다.

스무 살 즈음까지 내 어린 시절의 좋은 기억은 대부분 어떤 식으로든 동물과 관련이 있다. 그리고 지금 돌아보면 세인트시프리언스에 관한 좋은 기억은 전부 여름의 일이다. 겨울에는 콧물이 끊임없이 흐르고, 손가락에 감각이 없어서 셔츠 단추를 채우기 힘들고(이튼 칼라[5]를 착용하는 일요일이면 특히 괴로웠다), 매일 악몽 같은 축구 — 추위, 질퍽한 운동장, 얼굴을 향해 날아오는 끔찍하고 더러운 공, 까진 무릎과 덩치 큰 아이들에게 짓밟히는 발 — 를 했다. 내가 열 살 즈음부터 겨울 학기 내내 아프지 않을 때가 거의 없었기 때

5 원래 이튼 교복에 착용하는 칼라로, 폭이 넓은 흰 칼라를 가리킨다.

문이기도 했다. 나는 기관지가 성치 않았고 한쪽 폐에 병변이 있었지만, 여러 해 뒤에야 발견했다. 따라서 나는 만성적인 기침에 시달렸을 뿐 아니라 달리기가 크나큰 고문이었다. 그러나 당시에는 숨을 쌕쌕거리거나 가슴이 답답하다고 하면 상상일 뿐이라고 진단을 내리거나, 본질적으로 과식에 의한 정신적 문제라고 보았다. 「너는 아코디언처럼 쌕쌕거리는구나.」 샘보가 내 의자 뒤에 서서 못마땅한 듯 말하곤 했다. 「끝도 없이 먹으니까 그런 거다.」 내 기침은 〈위장 기침〉이라고 불렸기 때문에 역겹고 괘씸하게 들렸다. 치료법은 열심히 달리는 것이었고, 오랫동안 계속 달리면 〈가슴이 깨끗해진다〉고 했다.

당시 상류층 학교에서 어디까지 당연하게 여겼는지 생각하면 — 진짜 고난이 아니라 불결함과 방치에 대해서 말하려는 것이다 — 참 신기하다. 새커리의 시대처럼 여덟 살에서 열 살까지의 아이들은 당연히 더럽게 콧물을 질질 흘리는 존재로 여겨졌다. 얼굴은 늘 더럽고, 손은 거칠거칠하고, 손톱은 물어뜯기고, 손수건은 끔찍할 만큼 푹 젖고, 엉덩이는 종종 파랗게 멍드는 것이 당연한 것 같았다. 방학이 끝나기 며칠 전부터 학교로 돌아간다는 생각 때문에 납덩이가 가슴을 짓누르는 것처럼 답답한 것은, 사실 신체적인 불편함에 대한 예상 때문이기도 하다. 세인트시프리언스를 생각할 때 떠오르는 한 가지 기억은 학기 첫날 밤에 침대가 깜짝 놀랄 만큼 딱딱하게 느껴진다는 것이다. 학비가 비싼 학교였으므로 나는 세인트시프리언스에 다님으로써 사회적으로 한 단계 올라간 셈이었지만, 안락함은 모든 면에서 우리 집보다, 또 형편이 괜찮은 노동 계급 가정보다 훨씬 못했다. 예를 들어 온수 목욕은 일주일에 한 번뿐이었다. 음식은 형편없을 뿐 아니라 부족했다. 나는 그 이전에도 그 이후에도 빵에 버터나 잼을 그렇게 얇게 바른 적이 없었다. 우리가 먹을 것을 훔치려고 어떤 고생까지 감수했는지 생각나는 것을 보면 배를 곯은 기억이 내 상상 같지는 않다. 새벽 2~3시쯤 칠흑같이 깜깜한 계단과 복도를 몰래 지나서 — 맨발로 한 걸음 내디딜 때마다 멈춰 서 귀를 기울이면서, 샘보와 유령, 도둑이 똑같이 무서워서 거의 마비된 상태로 — 몇 킬로미터는 떨어진 것처럼 느껴지는 식품 저장실에서 딱딱해진 빵을 훔친 적이 여러 번 있었다. 보조 교사는 우리와 같이 식사를 했지만 음식은 약간 더 나았으므로, 약간이라도 틈이 나면 교사의 접시를 치우면서 남은 베이컨 껍질이나 감자튀김을 슬쩍하는 것은 보통이었다.

다른 경우와 마찬가지로, 나는 아이들을 제대로 먹이지 않는 것이 영리(營利) 때문이라는 생각을 하지 못했다. 아이의 식욕은 말하자면 종양과도 같아서 최대한 통제해야 한다는 샘보의 생각을 나는 대체로 받아들였다. 세인트시프리언스에서 우리는 식탁 앞에 앉을 때와 똑같이 배고픈 상태로 일어나는 것이 건강에 좋다는 금언을 반복적으로 들었다. 우리 앞 세대만 해도 감미료를 넣지 않은 수에트 푸딩 한 조각으로 학교 정찬을 시작하는 것이 일반적이었는데, 〈아이들의 입맛을 떨어뜨리기 위해서〉라고 솔직히 말했다. 그러나 아마도 아이들을 제대로 먹이지 않는 것은 학교에서 주는 것만 먹어야 하는 사립 초등학교보다 학생이 음식을 추가로 사 먹을 수 있는 — 사실 사 먹기를 바라는 — 퍼블릭 스쿨에서 더 심했을 것이다. 어떤 학교에서는 학생이 달걀, 소시지, 새끼 정어리 등등을 정기적으로 사지 않으면 말 그대로 먹을 것이 부족했고, 부모님은 아이에게 사 먹을 돈을 줘야 했다. 예를 들어 이튼 칼리지에서는 점심 정찬 이후 제대로 된 식사를 제공하지 않았다. 오후 티타임에는 차와 버터 바른 빵이 전부였고, 8시에는 초라한 저녁 식사로 물과 함께 수프나 생선 튀김이 나왔으며, 빵과 치즈만 줄 때가 더 많았다. 샘보는 이튼에 다니는 장남을 만나러 갔다가 그 학생들이 호사를 누린다며 속물처럼 즐거워했다. 「거기서는 저녁으로 생선 튀김을 준다니까!」 그가 통통한 얼굴을 환히 빛내며 외쳤다. 「세상에 그런 학교는 없지.」 생선 튀김이라니! 노동 계급 중에서도 제일 가난한 사람들의 평범한 저녁 식사가 아닌가! 학비가 싼 기숙 학교는 분명 더 심했다. 내가 아주 어렸을 때의 기억 중 하나는 중등학교 기숙생들 — 아마도 농부와 상점 주인의 아들들 — 이 삶은 허파를 먹는 모습이다.

누구나 어린 시절에 대해서 쓸 때는 과장과 자기 연민을 주의해야 한다. 나는 내가 순교자였다거나 세인트시프리언스가 두더보이즈 홀[6] 같았다고 주장하는 것이 아니다. 그러나 당시의 기억이 대체로 역겨운 것이라고 기록하지 않는다면, 내 기억을 속이는 것이리라. 지나치게 붐비고, 먹을 것도

6 디킨스의 소설 『니컬러스 니클비*Nicholas Nickleby*』에 나오는 학교.

제대로 주지 않으며, 잘 씻지도 못했던 우리의 생활은 내가 기억하는 한 실제로 역겨웠다. 눈을 감고 〈학교〉라고 말했을 때 제일 먼저 떠오르는 것은 당연히 물리적인 환경이다. 크리켓 경기장이 있는 평평한 운동장과 사격장 옆의 작은 헛간, 바람이 숭숭 통하는 기숙사, 먼지투성이에 거칠거칠한 복도, 체육관 앞 아스팔트 광장, 뒤뜰의 조야한 소나무 예배당. 그리고 무엇을 생각하든 불결한 기억이 불쑥 떠오른다. 예를 들어 우리에게 포리지[7]를 담아 주던 백랍 그릇이 있었다. 그릇 가장자리가 돌출된 모양이었는데, 그 밑에 시큼하게 변한 포리지 찌꺼기가 켜켜이 끼어 있어서 길쭉하게 벗겨낼 수 있을 정도였다. 포리지 자체에도 덩어리와 머리카락, 정체를 알 수 없는 검은 물질이 누가 일부러 넣지 않는 이상 이렇게 많이 나올 수 있을까 싶을 정도로 들어 있었다. 포리지를 먹기 전에 잘 살펴봐야 안전했다. 그리고 대욕장의 물은 걸쭉했고 — 길이 3.5미터에서 4.5미터 정도의 욕조에 매일 아침 전교생이 들어갔는데, 물을 자주 갈기나 했는지 의심스럽다 — 수건은 치즈처럼 쿰쿰한 냄새가 나는 데다 항상 축축했다. 그리고 겨울에 가끔 가던 근처 수영장은 탁한 바닷물을 바로 끌어왔는데, 사람 똥이 떠다니는 것을 본 적도 있다. 땀 냄새가 가득한 탈의실의 세면대는 기름때가 끼어 있었고, 바로 옆에 한 줄로 늘어선 더럽고 망가진 화장실은 잠금 장치가 없어서 거기 앉아 있으면 반드시 누가 불쑥 들어오곤 했다. 나로서는 학창 시절을 떠올릴 때마다 차갑고

7 오트밀에 우유나 물을 부어 걸쭉하게 끓인 음식.

악취 나는 무언가 — 땀에 젖은 양말과 더러운 수건, 복도를 따라 불어오는 똥 냄새, 음식 찌꺼기가 낀 포크, 양고기 목살 스튜, 쾅쾅 닫히는 화장실 문, 기숙사에 울리는 요강 소리를 합친 무언가 — 를 들이마시는 느낌을 받지 않기가 어렵다.

내가 천성적으로 집단생활에 맞지 않는 것은 사실이고, 수많은 인간을 좁은 공간에 몰아넣으면 화장실이나 더러운 손수건 같은 것들이 더욱 눈에 띌 수밖에 없다. 군대도 마찬가지이고, 감옥은 분명 더 심하다. 게다가 소년 시절은 역겨움에 예민한 나이이다. 분간하는 법을 배우고 나서 생각이 굳어지기 전까지 — 말하자면 일곱 살부터 열여덟 살까지 — 우리는 항상 시궁창 위에 팽팽하게 묶인 밧줄 위를 걷는 느낌이 든다. 그러나 내가 학교생활의 불결함을 과장했다고 생각하지는 않는다. 맑은 공기와 차가운 물, 맹렬한 훈련을 강조하며 법석을 떨던 학창 시절에 건강과 청결이 얼마나 경시되었는지 기억하기 때문이다. 며칠 동안 변비로 고생하는 것은 흔한 일이었다. 완하제(緩下劑)로 주는 것이라고는 피마자유나 감초 가루를 탄 똑같이 끔찍한 물밖에 없었으므로 변을 잘 보도록 딱히 도와주는 것도 아니었다. 우리는 매일 아침 대욕장에 들어가야 했지만, 어떤 아이들은 연달아 며칠씩 들어가지 않았다. 종이 울리면 모습을 감추거나 아이들 틈에 섞여 욕조 가장자리에 있다가 바닥의 더러운 물을 살짝 묻혀서 머리를 적실 뿐이었다. 여덟 살, 아홉 살짜리 아이는 누가 확실히 지켜보지 않는 한 자기 몸을 청결하게 유지하지 않는다. 내가 졸업하기 직전에 헤이즐이라는 신입생이 들어왔는데, 예쁘장하게 생겨서 어머니의 귀여움을 독차지할 듯한 아이였다. 그 아이를 처음 봤을 때 가장 눈에 띈 것은 진주처럼 희고 아름다운 치아였다. 그러나 학기가 끝날 때쯤에는 기이한 녹색으로 변해 있었다. 양치질을 하는지 확인할 만큼 그 아이에게 관심을 쏟은 사람이 한 학기 내내 아무도 없었던 것이다.

그러나 집과 학교의 차이는 물론 물리적인 것 이상이다. 학기 첫날 밤에 딱딱한 매트리스에 털썩 누우면 갑자기 정신이 드는 느낌, 〈이게 현실이야, 이게 네가 부딪쳐야 할 상대야〉라는 느낌이 들었다. 집은 완벽함과 거리가 먼 곳일 수도 있지만 적어도 두려움이 아니라 사랑이 지배하는 곳, 주변 사람들에게 끊임없이 신경을 곤두세울 필요가 없는 곳이었다. 여덟 살의 나이에 갑자기 따뜻한 둥지에서 끌려 나와, 강꼬치고기로 가득한 탱크에 던져진 금붕어처럼 무력과 속임수와 비밀이 가득한 세상에 내던져지는 것이다. 아무리 괴롭힘을 당해도 아무도 구해 주지 않았다. 자신을 지키려면 고자질을 하는 수밖에 없는데, 고자질은 엄격하게 정해진 몇몇 경우를 제외하면 용서받을 수 없는 죄였다. 집으로 편지를 써서 부모님께 데려가 달라고 말하는 것은 더더욱 생각할 수 없는 일이었을 것이다. 그러면 자신이 불행하고 인기가 없다고 인정하는 셈인데, 남자아이는 절대 그렇게 하지 않기 때문이다. 남자아이들은 에러원[8] 사람과 같아서, 불운은 수치이며 무슨 일이 있어도 숨겨야 한다고 생각한다. 부모님에게

8 새뮤얼 버틀러의 소설 『에러원*Erewhon*』에 나오는 가상의 나라.

형편없는 음식이나 불공평한 체벌, 학생이 아닌 선생님들의 괴롭힘에 대해 불평하는 것은 아마 괜찮다고 생각할 것이다. 샘보가 비교적 부유한 집 아이들은 절대 때리지 않았다는 사실은 가끔 그러한 불평을 하는 아이들이 있었다는 뜻이다. 그러나 나는 특수한 상황이었기 때문에 절대 부모님에게 끼어들어 달라고 부탁할 수 없었다. 나는 저렴한 학비를 내고 있다는 사실을 깨닫기 전부터 이미 부모님이 어떤 식으로든 샘보에게 은혜를 입었고, 따라서 그로부터 나를 보호할 수 없음을 파악하고 있었다. 앞서 세인트시프리언스에 다니는 내내 크리켓 배트를 갖지 못했다고 말한 바 있다. 〈너희 부모님은 그럴 형편이 안 되기〉 때문이라고 했다. 그런데 방학 중에 이런저런 이야기를 하다가 부모님께서 크리켓 배트 값으로 10실링을 냈다는 말이 나왔다. 하지만 나는 크리켓 배트를 받지 못했다. 나는 부모님에게 아무 말도 하지 않았고, 샘보에게도 묻지 않았다. 내가 어떻게 그럴 수 있었을까? 나는 샘보에게 신세를 지고 있었고, 10실링은 내가 진 빚의 극히 일부에 지나지 않았다. 물론 지금의 나는 샘보가 돈을 가로챘을 가능성이 거의 없음을 안다. 분명 깜빡했을 것이다. 그러나 핵심은 샘보가 돈을 가로챘을 것이라고, 또 그에게는 원한다면 그렇게 할 권리가 있다고 내가 생각했다는 사실이다.

우리 학생들이 플립을 대하는 태도를 보면 아이가 진정으로 독립적인 태도를 취하기가 얼마나 어려운지 알 수 있었다. 나는 모든 학생이 그녀를 싫어하고 무서워했다고 해도 틀린 말은 아닐 것이라고 생각한다. 그러나 우리 모두 더없이 비굴하게 플립에게 알랑거렸고, 그녀를 향한 우리 감정의 표층은 죄책감 어린 충성심 같은 것이었다. 학교의 규율을 관장하는 사람은 샘보라기보다 플립이었지만, 그녀는 엄정하게 다스리는 척하지 않았다. 플립은 대놓고 변덕스러웠다. 똑같은 행동을 해도 어떤 날은 체벌을 당하는가 하면, 또 다른 날은 남자애들의 장난이라며 웃어넘기거나 〈배짱을 보여줬다〉고 칭찬받기도 했다. 플립이 움푹 꺼진 눈으로 나무라듯이 바라보면 다들 몸을 움츠리는 날이 있는가 하면, 아첨꾼과 연인들에게 둘러싸여 시시덕거리는 여왕이라도 된 듯 웃으며 농담을 하고, 선물을 주거나 선물을 주겠다는 약속(〈해로 역사 대회에서 상을 타면 새 카메라 가방을 주지!〉)을 뿌리는 날도 있었다. 심지어는 제일 예뻐하는 아이들 서너 명을 포드 자동차에 태우고 시내 찻집에 가서 커피와 케이크를 사 먹도록 허락할 때도 가끔 있었다. 내 머릿속에서 플립은 엘리자베스 여왕과 뒤섞였는데, 나는 엘리자베스 여왕과 레스터, 에식스, 롤리의 관계에 대해서 아주 어렸을 때부터 잘 알고 있었다. 우리 모두가 플립에 대해서 말할 때 반드시 나오는 단어는 〈편애〉였다. 우리는 〈나는 편애를 받고 있어〉 또는 〈나는 편애를 못 받아〉라고 말하곤 했다. 부자나 작위를 가진 극소수의 아이들을 빼면 항상 편애를 받는 아이는 없었지만, 반대로 미운털이 박힌 아이라도 가끔은 편애를 받았다. 그러므로 플립에 대한 내 기억은 대체로 적대적이지만, 나는 그녀가 환하게 웃어 주던 날들도 기억한다. 그럴 때면 플립은 나를 〈녀석〉이라고 부르거나 성이 아닌 이름으로 불렀고, 자기 개인 서재에 드나들도록 허락해 주었는데, 『허영의 시장*Vanity Fair*』도 그곳에서 처음 보았다. 최고의 편애를 나타내는 증거는 플립과 샘보가 손님들을 초대한 일요일 만찬에 불려 가서 식탁 시중을 드는 것이었다. 물론 식탁을 치우면서 남은 음식을 먹을 기회도 있었지만, 자리에 앉은 손님들 뒤에 서 있다가 필요한 것이 있으면 공손하게 얼른 다가가는 비굴한 기쁨도 누릴 수 있었다. 모두 알랑거릴 기회가 있으면 반드시 그렇게 했고, 플립이 처음으로 미소를 지어 주면 증오는 곧 굽실거리는 애정으로 변했다. 나는 플립을 웃길 때마다 어머어마한 자부심을 느꼈다. 심지어 플립의 지시에 따라서 학교 역사상 기념할 만한 일들을 축하하는 코믹한 시를 쓴 적도 있다.

나는 어쩔 수 없는 환경만 아니면 절대 반항아가 아니었음을 분명히 밝히고 싶다. 나는 규율을 그대로 받아들였다. 한번은 졸업이 가까워 올 때쯤 브라운에게 동성애로 의심되는 사건을 고자질한 적도 있었다. 나는 동성애가 무엇인지 잘 몰랐지만 가끔 일어나는 일이며 나쁘다는 것은 알았고, 고자질을 해야 할 상황이라는 것도 알았다. 브라운은 나에게 〈좋은 아이〉라고 했고, 그러자 나는 끔찍할 만큼 수치스러웠다. 플립 앞에 서면 우리는 뱀 부리는 사람 앞의 뱀처럼 무력했다. 그녀는 칭찬을 하거나 혼을 낼 때 한정적인 어휘와 틀에 박힌 문구를 썼고, 각각의 말은 즉각 적절한 반응을 불러왔다. 〈힘을 내, 이 녀석!〉이라고 하면 갑자기 에너지가 솟았다. 〈바보같이 굴지 마!〉(또는 〈정말 한심하구나, 안 그러니?〉라고 하면 백치가 된 기분이었다. 또 〈잘한 일은 아닌 것 같구나, 그렇지?〉라고 하면 우리는 항상 눈물을 글썽거렸다. 그러나 이러는 내내 우리의 마음 한가운데에는 자신이 무엇을 하든 — 웃음을 짓든, 훌쩍거리든, 자그마한 호의에 고마워서 어쩔 줄 모르든 — 진정한 감정은 증오뿐임을 아는 꼿꼿한 내면의 자아가 서 있는 것 같았다.

4

나는 사람이 자기 의지와 다르게 잘못을 저지를 수 있음을 일찌감치 배웠고, 자신이 무슨 짓을 했는지, 그것이 왜 잘못인지도 알지 못한 채 잘못을 저지를 수 있다는 사실도 곧 알게 되었다. 설명하기에는 너무나 미묘한 죄도 있었고, 확실히 말하기에는 너무나 끔찍한 죄도 있었다. 예를 들어 성(性)이라는 문제가 있었는데, 그것은 항상 표면 바로 아래에서 부글부글 끓다가 내가 열두 살쯤 되었을 때 갑작스럽게 폭발하여 엄청난 소동을 일으켰다.

일부 사립 초등학교에는 동성애 문제가 없지만, 세인트시프리언스는 영국 아이들보다 1~2년 정도 더 성숙한 남미 아이들 때문에 〈나쁜 분위기〉가 생겼던 듯하다. 그때 나는 아무 관심이 없었으므로 무슨 일이었는지 사실 잘 모르지만, 단체 자위였던 것 같다. 아무튼 어느 날 갑자기 머리 위로 태풍이 몰아쳤다. 호출과 심문, 자백, 체벌, 참회, 엄중한 설교가 이어졌는데, 우리는 설교를 들어도 〈추잡한 짓〉이나 〈짐승 같은 짓〉이라는 구제할 길 없는 죄를 저질렀다는 것 말고는 아무것도 이해할 수 없었다. 목격자에 따르면 주동자 중 한 명이었던 혼은 15분 동안 쉬지 않고 매질을 당한 뒤 쫓겨났다. 혼의 비명이 온 학교에 울려 퍼졌다. 그러나 우리 모두 어느 정도 연루되어 있거나 연루된 느낌이 들었다. 죄책감이 음산한 연기처럼 공기 중에 떠다녔다. 엄숙하고 얼간이 같은, 나중에 국회 의원이 되는 검은 머리의 보조 교사가 고학년 아이들을 외딴 교실로 불러서 〈몸이라는 성전〉에 대해서 말했다.

「너희들의 몸이 얼마나 놀라운 것인지 모르니?」 그가 엄숙하게 말했다. 「너희는 롤스로이스니 다임러니 하는 자동차 엔진에 대해서 말하지. 그런데 그 어떤 엔진도 너희들의 몸과는 비교할 수 없다는 걸 모르는 거야? 그래서 영영 부수고 망가뜨리는 거니!」

그가 푹 꺼진 검은 눈으로 나를 보면서 무척 슬프게 덧붙였다.

「그리고 너, 난 항상 네가 나름대로 좋은 아이라고 생각했는데, 듣자 하니 제일 나쁜 애들 중에 하나라더구나.」

나는 파멸을 맞이한 느낌이 들었다. 나도 잘못을 저질렀구나. 뭔지 모르지만 내 영혼과 육신을 영영 망가뜨리고 결국 자살을 하거나 정신 병원에 갇히게 만들 끔찍한 일을 나도 저질렀구나. 그때까지 나는 무죄이기만을 바라다가 이제 죄를 지었다는 확신에 사로잡혔는데, 내가 무슨 짓을 했는지 몰랐기 때문에 확신은 더욱 강해졌다. 나는 심문과 매질을 당하지 않았고, 소동이 완전히 끝난 다음에야 사소한 사건에 내 이름이 오르내렸음을 알게 되었다. 그때에도 나는 뭐가 뭔지 몰랐다. 2년쯤 뒤에야 나는 〈몸이라는 성전〉에 대한 설교가 무슨 뜻이었는지 확실히 이해하게 되었다.

당시 나는 성적 욕망이 거의 없었는데, 그 나이대의 남자아이에게는 정상이거나 일반적인 일이다. 그러므로 나는 생명의 신비라는 것을 알기도 하고 모르기도 했다. 많은 아이들이 그렇듯 나는 대여섯 살 때 성적인 시기를 겪었다. 그때 나는 길 위쪽에 사는 배관공 집 아이들과 어울렸는데, 우리는 아주 가끔 막연하게 성적인 놀이를 했다. 그중 하나는 〈의사 놀이〉로, 내가 장난감 트럼펫으로 청진기인 척하면서 여자아이의 배에 댔을 때 막연하지만 분명히 기분 좋은 짜릿함을 느꼈던 기억이 난다. 그즈음 나는 수녀원 학교에 다니면서 엘지라는 여자애에게 깊이 빠져 있었는데, 그 뒤로도 그토록 숭배하는 사랑의 감정을 느낀 적은 한 번도 없었다. 내가 보기에 엘지는 어른 같았으니, 아마 열다섯 살은 되었을 것이다. 흔한 일이지만, 그런 다음 여러 해 동안 내 안에서 성적인 감정이 전부 사라진 것 같았다. 열두 살의 나는 어렸을 때보다 아는 것은 더 많았지만 이해하는 것은 더 적었다. 성적 행위에 어떤 즐거움이 있다는 기본적인 사실을 알지 못했기 때문이다. 대략 일곱 살부터 열네 살까지 나는 성이라는 주제 자체에 흥미가 없었고, 어떤 이유로 성에 대해 생각할 수밖에 없을 때에는 구역질이 났다. 생명의 신비에 대한 나의 지식은 동물을 보면서 얻은 것이었으므로 왜곡되어 있었고, 완전하지도 않았다. 나는 동물이 교미를 한다는 것을 알았고, 인간이 동물과 비슷한 육체를 가지고 있다는 것도 알고 있었다. 그러나 인간 역시 교미를 한다는 것은 성경 구절 같은 것 때문에 상기할 수밖에 없을 때에만 마지못해 떠올렸다. 나는 성욕이 없었기 때문에 호기심도 없었고, 대답 없는 수많은 의문을 기꺼이 그대로 내버려 두었다. 그러므로 나는 여자가 어떻게 임신을 하는지 원칙적으로는 알았지만, 아기가 어떻게 나오는지는 몰랐는데, 그 문제를 절대로 자세히 알아보지 않았기 때문이다. 나는 온갖 더러운 말을 알았고, 기분이 나쁠 때는 혼자 지껄여 보기도 했지만, 제일 나쁜 말이 정확히 무슨 뜻인지는 몰랐고 알고 싶지도 않았다. 그런 말들은 추상적으로 나쁜 것, 일종의 주문 같은 것이었다. 나는 그런 상태였으므로 주변에서 벌어지는 성적 비행을 별로 눈치채지 못했고, 사건이 일어났을 때에도 마찬가지였다. 플립과 샘보를 비롯한 어른들의 간접적이고 무시무시한 경고를 통해서 나는 우리 모두가 유죄인 그 잘못이 성기와 관련 있다는 정도만 파악했다. 나는 사람의 성기가 가끔 제멋대로 일어선다는 사실을 알았지만 별다른 흥미가 없었고(그런 일은 남자아이가 성적 욕구를 의식하기 훨씬 전부터 일어난다), 바로 〈이것〉이 그 잘못이라고 반쯤 믿었다. 아무튼 성기와 관련된 일이었다. 내가 이해한 것은 거기까지였다. 다른 아이들도 대부분 잘 몰랐던 것이 분명하다.

〈몸이라는 성전〉에 대한 설교를 들은 뒤(지금 생각하니 며칠 후의 일이었고, 소동은 며칠이나 이어졌던 것 같다), 열두 명쯤 되는 학생들이 장학생 반 수업에서 쓰는 길고 반짝이는 탁자에 앉아 있었고, 플립이 우리를 험악한 표정으로 보았다. 위층 어딘가에서 길고 쓸쓸한 울음소리가 들려왔다. 열 살밖에 안 된 로널즈라는 자그마한 아이가 어떤 식으로 이 일에 연루되어 회초리를 맞고 있었는지, 맞고 나서 회복 중이었는지 그랬다. 그 소리를 듣고 우리의 얼굴을 샅샅이 살피던 플립의 시선이 내 얼굴에 멈췄다.

「알겠지.」 그녀가 말했다.

〈네가 무슨 짓을 했는지 알겠지〉라고 말했다는 것은 아니지만, 그런 뜻이었다. 우리 모두 수치심에 고개를 숙였다. 〈우리〉의 잘못이었다. 어떤 식으로든 우리가 불쌍한 로널즈를 나쁜 길로 인도했다. 로널즈의 고통과 파멸은 우리의 책임이었다. 이제 플립이 히스라는 아이를 바라보았다. 30년이 지난 일이라 플립이 성경 구절을 인용했는지, 실제로 성경을 꺼내서 히스에게 읽혔는지 확실히 기억나지 않는다. 아무튼 이런 구절이었다. 〈그러나 나를 믿는 이 보잘것없는 사람들 가운데 누구 하나라도 죄짓게 하는 사람은 그 목에 연자맷돌을 달고 깊은 바다에 던져져 죽는 편이 오히려 나을 것이다.〉

이 역시 끔찍했다. 로널즈는 이 보잘것없는 사람들 중 하나였고, 우리는 로널즈가 죄짓게 했다. 우리 목에 연자맷돌을 달고 깊은 바다에 빠져 죽는 것이 더 나았다.

「생각해 봤니, 히스? 이게 무슨 뜻인지 생각해 봤어?」 플립이 말했다. 그러자 히스가 울음을 터뜨렸다.

앞서 언급했던 비첨 역시 〈눈가가 까맣다〉는 비난을 받고 수치스러워서 어쩔 줄을 몰랐다.

「최근에 거울 봤니, 비첨?」 플립이 말했다. 「그런 얼굴을 하고 다니면서 부끄럽지도 않아? 남자애 눈가가 그렇게 까만 게 무슨 뜻인지 다들 모를 것 같니?」

다시 한번 내 마음속에서 무거운 죄책감과 두려움이 자리를 잡았다. 〈내〉 눈가는 까맣지 않을까? 나는 몇 년 뒤에야 눈가가 시커멓다는 것이 자위의 증거로 여겨진다는 사실을 깨달았다. 그러나 나는 그 사실을 모를 때에도 거뭇한 눈가를 〈어떤〉 종류의 타락을 보여 주는 확실한 신호로 받아들였다. 그리고 나는 그 의미를 알기도 전부터 무서운 낙인의 첫 번째 흔적을 찾아서, 남몰래 죄를 저지른 죄인이 자기 얼굴에 새겨 넣은 자백을 찾아서 걱정스럽게 거울을 응시했다.

이러한 두려움은 차츰 사라져서 아주 가끔씩만 떠올랐고, 나의 공식적인 믿음에는 아무런 영향도 끼치지 않았다. 정신병원이나 자살자의 무덤에 대한 생각은 여전했지만, 이제 극도로 두렵지는 않았다. 몇 달 뒤, 나는 회초리를 맞고 쫓겨난 주동자 혼을 우연히 만났다. 가난한 중산층 집안의 아들이었던 혼은 미운털이 박혔고, 샘보가 혼을 그토록 거칠게 다룬 데에는 분명히 그런 이유도 있었다. 혼은 퇴학당한 다음 학기에 근처의 작은 퍼블릭 스쿨 이스트본 칼리지에 들어갔다. 세인트시프리언스 학생들이 끔찍하게 경멸하며 〈사실상〉 퍼블릭 스쿨도 아니라고 생각하던 곳이었다. 세인트시프리언스에서 이스트본에 진학하는 아이들은 극소수였고, 샘보는 그런 졸업생들에 대해 항상 경멸 섞인 유감을 담아 이야기했다. 그런 학교에 가면 가망이 전혀 없고, 기껏해야 사무원이 될 운명이라는 것이었다. 그래서 나는 혼을 열세 살에 이미 괜찮은 미래에 대한 모든 희망을 빼앗긴 인간으로 여겼다. 육체적으로, 도덕적으로, 사회적으로 혼은 끝장이 난 것이었다. 게다가 나는 그의 부모님이 혼을 이스트본 칼리지에 보낸 것은 그 불명예스러운 사건 이후 〈괜찮은〉 학교 어디에서도 그를 받아 주지 않았기 때문이라고 생각했다.

다음 학기에 우리는 산책을 나갔다가 거리에서 혼을 마주쳤다. 그는 아주 멀쩡해 보였다. 혼은 체격이 건장하고 꽤 잘생긴 검은 머리 소년이었다. 나는 혼이 마지막으로 봤을 때보다 좋아 보인다는 — 예전에는 좀 창백했던 안색이 더 발그레해졌다 — 사실을, 우리를 만나도 당황하는 것 같지 않다는 사실을 바로 알아차렸다. 그는 분명 쫓겨난 것도, 이스트본 칼리지에 간 것도 부끄러워하지 않았다. 우리가 무리 지어 지나칠 때 혼이 우리를 보는 태도에서 뭔가 읽어 낼 수 있었다면, 세인트시프리언스에서 탈출해 기뻐한다는 것이었다. 그러나 이 만남은 나에게 별다른 인상을 남기지 않았다. 나는 육체와 영혼이 망가진 혼이 행복하고 건강해 보인다는 사실에서 어떠한 추론도 끌어내지 않았고, 샘보와 플립이 가르친 성에 대한 신화를 여전히 믿었다. 수수께끼 같고 끔찍한 위험이 아직 남아 있었다. 어느 날 아침, 눈가가 거뭇하면 나 역시 타락했음을 알게 될 것이었다. 그러나 이제 더 이상 그것이 큰 문제 같지 않았다. 아이의 마음은 생명력이 넘치기 때문에 이러한 모순이 쉽게 공존할 수 있다. 아이는 자기보다 나이 많은 사람들의 헛소리를 받아들이지만 — 어떻게 받아들이지 않을 수 있겠는가? — 아이의 어린 육체는, 물질적 세상의 달콤함은 다른 이야기를 한다. 내가 열네 살까지 공식적으로 믿었던 지옥도 마찬가지였다. 지옥의 존재는 거의 확실했고, 때로 생생한 설교를 들으면 발작을 일으킬 만큼 무서웠다. 하지만 그것은 어쨌거나 절대 지속되지 않았다. 우리를 기다리는 지옥불은 진짜 불이고, 손가락을 데면 아프다. 그것도 〈영원히〉. 그러나 대체로 우리는 지옥을 떠올리면서도 걱정하지 않을 수 있었다.

5

세인트시프리언스에서 우리에게 제시했던 다양한 규범 — 종교적, 도덕적, 사회적, 지적 규범 — 은 그 속뜻을 다 따져 보면 서로 모순된다. 주된 것은 19세기 금욕주의 전통과 1914년 이전에 존재했던 사치와 속물주의의 충돌이다. 한쪽에는 저교회파[9]의 성서 기독교, 성(性)적 청교도주의, 근면의 강조, 학문적 우수함에 대한 존중, 방종에 대한 비난이 있고, 반대쪽에는 〈똑똑함〉에 대한 경멸, 운동 숭배, 외국인과 노동 계급에 대한 경멸, 가난에 대한 거의 신경질적인 두려움, 그리고 무엇보다도 돈과 특권이 중요할 뿐 아니라 일을 해서 얻기보다는 물려받는 것이 더 좋다는 생각이 있었다.

9 영국 성공회 중에서 성직이나 성찬보다 복음을 중시하는 교파.

말하자면 우리는 기독교인이면서 사회적 성공을 거두어야 했는데, 그것은 불가능한 일이었다. 당시 나는 우리 앞에 제시된 각종 이상(理想)이 서로 상쇄된다는 것을 인식하지 못했다. 나는 단지 그러한 이상 모두, 또는 거의 모두를 나로서는 얻기 힘들다고만 생각했다. 전부 내가 무엇을 하느냐만이 아니라 내가 〈누구〉냐에 달려 있었기 때문이다.

아주 일찌감치, 열 살인가 열한 살 때 나는 10만 파운드가 없으면 아무짝에도 쓸모가 없다는 결론을 내렸다. 누가 말해준 것도, 내 머리로 생각한 것도 아니었지만, 그저 내가 숨 쉬는 공기가 그랬다. 어쩌면 새커리를 읽었기 때문에 10만 파운드라는 금액에 집착했을지도 모른다. 10만 파운드의 연 이자는 4천 파운드인데(나는 안전하게 금리를 4퍼센트로 잡았다), 최소 그 정도는 있어야 진정한 최상층에, 시골에 저택을 가진 부류에 속할 수 있다고 생각했다. 그러나 나는 그 낙원으로 가는 길을 절대 찾을 수 없을 것이 분명했다. 그것은 타고나지 않으면 진정으로 속할 수 없는 낙원이었다. 우리는 〈도시로 간다〉는 수수께끼 같은 방식으로만 돈을 〈벌〉 수 있었고, 10만 파운드를 벌어 도시에서 빠져나올 때쯤이면 늙고 뚱뚱해졌을 터였다. 그러나 최상류층이 진정으로 부러운 점은 젊을 때 부자라는 것이었다. 나 같은 야심찬 중산층이나 시험에 통과하는 사람들에게는 쓸쓸하고 수고스러운 성공만이 가능했다. 우리는 장학금이라는 사다리를 올라 공무원이나 인도 공무원이 되었고, 아니면 변호사가 될 수도 있었다. 〈게으름을 피우〉거나 〈샛길로 빠져〉서 사다리에서 한

단이라도 떨어지면 언제든지 〈1년에 40파운드를 버는 사무실 심부름꾼〉으로 전락할 수 있었다. 그러나 우리에게 열려 있는 제일 높은 자리까지 기어 올라가도 기껏해야 정말 중요한 사람의 측근이나 부하가 될 뿐이었다.

만약 내가 이러한 사실을 샘보와 플립에게서 배우지 않았다고 해도 다른 아이들에게서 배웠을 것이다. 지금 돌아보면 우리 모두가 얼마나 스스럼없고도 총명하게 속물적이었는지, 이름과 주소를 얼마나 잘 외웠는지, 말투와 몸가짐과 재단된 옷의 미세한 차이를 얼마나 재빨리 알아차렸는지 정말 놀랍기만 하다. 춥고 비참한 겨울 학기 중간에도 땀구멍에서 돈이 뚝뚝 떨어지는 듯한 아이들이 있었다. 특히 학기초와 학기말에는 스위스에 대해서, 스코틀랜드의 사냥터 안내인과 뇌조 사냥터에 대해서, 〈삼촌의 요트〉와 〈우리 시골 영지〉와 〈내 조랑말〉과 〈우리 아버지의 관광 자동차〉에 대해서 순진하면서도 속물적인 대화가 오갔다. 세계 역사에서 1914년 이전만큼 천박하고 기름진 부가 귀족적 우아함이라는 장식조차 없이 노골적으로 드러난 적은 없었다. 당시는 정신 나간 백만장자들이 실크해트에 라벤더색 조끼를 입고 템스강의 숙박 설비가 딸린 로코코식 요트에서 샴페인 파티를 열던 시대, 저글링 장난감과 통 좁은 치마의 시대, 회색 중산모를 쓰고 앞자락이 비스듬한 상의를 입은 〈멋쟁이〉의 시대, 「즐거운 과부The Merry Widow」[10]와 풍자 작가 사키[11]의 단편

10 헝가리 태생의 오스트리아 작곡가 프란츠 레하르Franz Lehar(1870~1948)의 오페레타. 영국에서 번안되어 선풍적 인기를 누렸다.

들과 『피터 팬』과 「무지개가 끝나는 곳Where the Rainbow Ends」[12]의 시대, 사람들이 초콜릿과 궐련을 즐기고, 근사하고 뛰어나고 훌륭하다고 이야기하던 시대, 브라이튼에서 천국 같은 주말을 보내고 파리의 트로카데로 카페에서 맛있는 차를 마시던 시대였다. 1914년 이전의 10년은 더욱 천박하고 미숙한 사치의 냄새를, 머릿기름과 박하향 술과 초콜릿 푸딩의 향을 풍기는 듯하다. 푸른 잔디밭에 앉아서 이튼 스쿨 노래를 들으며 끝이 없는 딸기 아이스크림을 먹는 분위기였다. 놀라운 것은 다들 영국 상류층과 중상류층의 넘쳐나는 부가 영원히 계속되리라고, 그것이 만물의 질서라고 당연시했다는 점이다. 1918년 이후에는 완전히 달라졌다. 속물근성과 값비싼 습성이 돌아온 것은 분명했지만, 다른 사람의 시선을 신경 썼고 방어적이었다. 전쟁 전에는 돈을 숭배하면서 반성하지도, 양심의 가책에 시달리지도 않았다. 돈의 미덕은 건강이나 아름다움의 미덕만큼이나 확실했고, 사람들의 머릿속에서 번쩍이는 자동차와 작위, 하인 군단이 도덕관념과 뒤섞였다.

세인트시프리언스에서는 학기중에 생활이 전체적으로 삭막했기 때문에 민주주의가 어쩔 수 없이 강제되었지만, 방학 이야기가 나오면서 자동차와 집사, 시골 저택을 경쟁적으로 과시하기 시작하면 계급 차이가 드러났다. 학교에는 스코틀

11 Saki(1870~1916). 오 헨리나 안톤 체호프에 비견되는 단편소설의 대가. 본명은 헥터 휴 먼로Hector Hugh Munro로, 사키는 필명이다.

12 1911년 크리스마스 때 상연된 어린이 음악극.

랜드를 숭배하는 이상한 분위기가 퍼져 있었는데, 이는 우리 가치 기준의 근본적인 모순을 드러냈다. 플립은 자신이 스코틀랜드 혈통이라고 주장했고, 스코틀랜드 출신 아이들을 편애하면서 그 아이들에게 교복 대신 집안 타탄으로 만든 킬트를 입으라고 부추겼다. 심지어 막내에게는 게일어 이름을 붙여 주었다. 스코틀랜드인은 〈준엄〉하고 〈엄격〉하며(〈단호하다〉는 것이 핵심어였던 듯하다) 전장에서 압도적이기 때문에 우리는 그들을 존경해야 했다. 커다란 교실에는 워털루 전투에서 돌격하는 스코틀랜드 왕립 기마대를 그린 금속 판화가 있었는데, 다들 그 순간을 즐기는 것처럼 보였다. 우리가 상상하는 스코틀랜드는 개울과 비탈, 킬트, 스포란,[13] 양날 검, 백파이프 등등으로 이루어졌고, 이 모든 것이 포리지와 프로테스탄티즘과 추운 기후가 주는 활기와 뒤섞였다. 그러나 그 밑에는 전혀 다른 것이 숨겨져 있었다. 스코틀랜드를 숭배하는 진짜 이유는 정말 부유한 사람들만이 거기서 여름을 보낼 수 있었기 때문이다. 그곳에 사슴 숲을 만들기 위해서 고지의 농부들을 농장에서 몰아내고, 그 보상으로 그들을 하인으로 삼은 점령 영국인들의 양심의 가책을 가리기 위해서 스코틀랜드의 우월함을 믿는 척했다. 플립은 스코틀랜드에 대해서 이야기할 때마다 순수한 속물근성으로 얼굴을 빛냈다. 가끔은 스코틀랜드 억양 비슷한 것을 흉내 내기도 했다. 스코틀랜드는 소수의 내부자들끼리 그 이야기를 나누며 외부인들을 초라하게 만드는 자기들만의 낙원이었다.

13 스코틀랜드인이 정장을 할 때 킬트 앞 혁대에 차는 가죽 주머니.

「이번 방학 때 스코틀랜드 가냐?」

「그럴걸? 매년 가니까.」

「우리 아버지는 강이 5킬로미터 있어.」

「우리 아버지는 나 열두 살 생일 때 총을 새로 사 주신대. 우리가 가는 곳에 엄청 멋진 검은뇌조들이 있거든. 나가, 스미스! 뭘 듣고 있어? 넌 스코틀랜드에 한 번도 안 가봤잖아. 검은뇌조가 어떻게 생겼는지도 모르면서.」

그런 다음 검은뇌조가 우는 소리, 수사슴이 울부짖는 소리, 〈우리 사냥터 안내인〉의 억양 등등이 이어진다.

그리고 가끔 사회적 지위가 미심쩍은 신입생이 들어오면 질문을 퍼부었는데, 심문관들이 열두세 살밖에 되지 않았다는 점을 생각하면 얼마나 비열하고 깐깐한지 놀라울 정도였다.

「너희 아버지는 1년에 얼마 버시니? 런던 어디에 살아? 나이츠브리지야, 켄싱턴이야? 너희 집은 화장실이 몇 개야? 하인은 몇 명 있어? 집사 있어? 음, 그럼, 요리사는 있어? 옷은 어디서 맞춰? 방학 때 공연은 몇 편이나 봤어? 용돈은 얼마 가지고 왔어?」

나는 고작 여덟 살 정도밖에 안 된 신입생이 거짓말로 질문 공세를 헤쳐 나가려고 간절하게 애쓰는 모습도 본 적이 있다.

「너희 집에 차 있어?」

「응.」

「어떤 차야?」

「다임러.」
「몇 마력이야?」
(침묵이 흐르고, 무모하게 지른다.)「15.」
「전조등은?」
꼬마 아이가 당황한다.
「전조등은 뭐야? 전기야, 아세틸렌이야?」
(더욱 긴 침묵이 흐르고, 다시 무모하게 지른다.)「아세틸렌.」
「저런! 얘네 아버지 차는 전조등이 아세틸렌이래. 한참 전에 없어졌는데. 진짜 낡은 차인가 봐.」
「젠장! 거짓말이야. 차 없을걸. 막노동하는 집이야. 너희 아버지 막노동꾼이지?」
이런 식이다.
내 주변에 널리 퍼진 사회적 기준에 따르면 나는 하급이었고, 더 나아질 수도 없었다. 그러나 온갖 종류의 미덕은 신비롭게도 서로 연결되어 있어서 대체로 비슷한 사람들에게 속한 듯했다. 돈만 중요한 것이 아니라 힘, 아름다움, 매력, 운동 기량도 중요했다. 〈배짱〉이나 〈품성〉이라는 것도 있었는데, 사실은 타인에게 자기 의지를 관철시키는 힘을 뜻했다. 나는 이러한 특성 중에서 아무것도 없었다. 예를 들어 운동 실력의 경우, 절망적이었다. 나는 수영을 꽤 잘했고 크리켓도 완전 꽝은 아니었지만, 아이들은 힘과 용기가 필요한 운동만 중요하게 여겼기 때문에 수영이나 크리켓은 인기가 없었다. 중요한 것은 축구였는데, 나는 축구를 정말 못했다.

나는 축구 경기를 혐오했고, 내가 보기에는 즐겁지도 유용하지도 않았으므로 축구 경기에서 용기를 내기는 어려웠다. 내가 볼 때 축구는 공을 차는 게 재미있어서 하는 경기가 아니라 싸움 같았다. 축구를 좋아하는 것은 덩치가 크고 난폭하고 냉혹한 아이들이었고, 조금이라도 작은 아이들을 때려눕히고 짓밟는 것을 잘했다. 강자가 약자를 끊임없이 이기는 것이 바로 학교생활의 패턴이었다. 이기는 것이 미덕이었다. 미덕은 다른 사람보다 크고, 힘세고, 잘생기고, 돈 많고, 인기 많고, 우아하고, 비양심적인 것이었다. 즉 다른 사람들을 지배하고, 괴롭히고, 고통스럽게 만들고, 바보처럼 만들고, 모든 면에서 그들을 앞서는 것이 미덕이었다. 삶은 위계였고, 그 안에서 무슨 일이 일어나든 옳았다. 강자는 이기는 것이 당연하면서 실제로도 항상 이겼고, 약자는 지는 것이 당연하면서 항상, 언제까지나 졌다.

나는 이 일반적인 기준에 의문을 제기하지 않았다. 내가 보기에는 다른 기준이 없었기 때문이다. 부유한 자, 힘센 자, 우아한 자, 세련된 자, 강력한 자가 어떻게 틀릴 수 있을까? 그들의 세상이었으므로 그들이 만든 규칙이 옳을 수밖에 없었다. 그러나 나는 아주 어렸을 때부터 내가 〈주체적으로〉 순응할 수 없음을 알았다. 내 마음 한가운데에는 항상 깨어 있는 내적 자아가 있어서 도덕적 의무와 심리적 〈사실〉의 차이를 지적하는 듯했다. 세속적이든 그렇지 않든 모든 일에서 마찬가지였다. 예를 들어 종교를 보자. 우리는 신을 사랑해야 했고, 나는 거기에 의문을 품지 않았다. 나는 열네 살 정도까지 신을 믿었고, 신에 대한 설명이 진실이라고 믿었다. 그러나 내가 신을 사랑하지 않는다는 사실도 잘 알고 있었다. 반대로 나는 예수님과 히브리 족장들을 싫어하듯 신을 싫어했다. 내가 연민을 느끼는 구약 성서의 등장인물이 있다면 카인, 이세벨, 하만, 아각, 시스라 같은 사람들이었다. 신약에 내 친구가 있다면 아나니아, 가야파, 유다, 빌라도였다. 그러나 종교 자체에 심리적으로 불가능한 것들이 섞여 있는 듯했다. 예를 들어 기도서는 신을 사랑하고 두려워하라고 말한다. 하지만 어떻게 두려워하는 사람을 사랑할 수 있을까? 개인적인 애정도 마찬가지였다. 보통 우리가 느껴야 〈하는〉 감정은 명확하지만 그 감정을 억지로 불러일으킬 수는 없었다. 분명 나는 플립과 샘보에게 감사해야 했지만 고맙지는 않았다. 자신의 아버지를 사랑해야 하는 것 역시 명확했지만, 내가 아버지를 좋아하지 않는다는 것도 잘 알고 있었다. 나는 여덟 살까지 아버지를 거의 보지 못했고, 나에게 아버지는 〈하지 마〉라는 말밖에 안 하는 걸걸한 목소리를 가진 늙은 남자일 뿐이었다. 올바른 특성을 갖고 싶지 않거나 바른 감정을 느끼고 싶지 않은 것이 아니라, 그저 그럴 수가 없었다. 옳은 것과 가능한 것은 절대 일치하지 않는 듯했다.

내가 세인트시프리언스를 졸업하고 1~2년 뒤에 우연히 본 시 구절이 있었는데, 내 마음속에 묵직한 메아리를 울렸다. 바로 〈영원불변한 율법의 군대〉[14]였다. 나는 패배한 루시

14 조지 메러디스George Meredith의 시 「별빛 속의 루시퍼Lucifer in Starlight」의 마지막 구절이다.

퍼, 패배해야 마땅하고 복수의 가망도 전혀 없는 루시퍼가 된다는 것이 어떤 의미인지 완벽하게 이해했다. 몽둥이를 든 선생님들, 스코틀랜드에 성을 가진 백만장자들, 머리가 곱슬거리는 운동선수들 — 이들이 바로 영원불변한 율법의 군대였다. 그 당시에는 사실 그것들을 바꿀 수 〈있음〉을 깨닫기가 쉽지 않았다. 그리고 그 율법에 따르면 나는 저주받은 사람이었다. 나는 돈도 없고, 몸도 약하고, 못생기고, 인기도 없고, 만성 기침에 시달리고, 겁도 많고, 냄새를 풍기는 사람이었다. 순전히 내 생각만은 아니었다는 점을 밝혀 두어야 할 것이다. 나는 매력 없는 아이였다. 설사 그 전에는 그렇지 않았다고 해도 세인트시프리언스가 곧 나를 그렇게 만들었다. 그러나 아이가 생각하는 자신의 단점은 사실에 크게 영향을 받지 않는다. 예를 들어 나는 〈냄새를 풍긴다〉고 생각했지만, 이는 일반적인 가능성일 뿐이었다. 기분 나쁜 사람들은 냄새를 풍긴다고 악명이 높았기 때문에 나 역시 그럴 거라고 생각했던 것이다. 또한, 나는 학교를 영영 졸업할 때까지 스스로 기이할 만큼 못생겼다고 믿었다. 학교 친구들이 그렇게 말했는데, 나로서는 참고할 만한 다른 근거가 없었다. 나의 성공이 〈불가능〉하다는 확신은 어찌나 뿌리가 깊었는지, 어른이 된 후에도 한참 동안 내 행동에 영향을 끼쳤다. 나는 서른 살 정도까지 항상 큰일은 실패할 수밖에 없으며, 이제 몇 년밖에 더 살지 못할 것이라는 가정하에 삶을 계획했다.

그러나 이러한 죄책감과 실패가 불가피하다는 생각에 균형을 맞춰 주는 것이 있었으니, 바로 생존 본능이었다. 약하고, 추하고, 겁 많고, 냄새 나고, 어떤 방법으로도 정당화할 수 없는 존재조차 살기를 원하고, 자기 나름대로 행복하기를 원한다. 나는 기존 가치관을 뒤엎거나 성공한 사람이 될 수 없지만, 나의 실패를 받아들이고 그것을 최대한 활용할 수는 있었다. 내 분수를 넘지 않으면서 그러한 상황에 맞춰 살아남으려고 노력할 수는 있었다.

살아남는 것, 적어도 독립성을 유지하는 것은 범죄나 마찬가지였다. 이는 스스로 인식하는 규칙을 어긴다는 의미였기 때문이다. 몇 달 동안 나를 끔찍하게 괴롭히는 조니 헤일이라는 남자애가 있었다. 조니 헤일은 크고, 힘세고, 거칠지만 잘생긴 아이였고, 얼굴이 무척 빨갰으며 검은 머리는 곱슬곱슬했다. 그는 항상 누군가의 팔을 비틀고, 귀를 잡아당기고, 승마용 회초리로 때리고(식스 폼이었다), 축구장에서 놀라운 실력을 뽐내곤 했다. 플립은 그를 아주 좋아했고(그러므로 거의 늘 이름으로 불렀다), 샘보는 그를 〈품성〉 좋고 〈질서를 유지할 수 있는〉 아이라고 칭찬했다. 아첨꾼들이 조니 헤일을 쫓아다니면서 〈강한 남자〉라는 별명을 붙여 주었다.

어느 날 내가 탈의실에서 외투를 벗고 있는데, 무슨 이유에선지 헤일이 나를 괴롭혔다. 내가 그에게 〈말대꾸〉를 하자, 헤일이 내 손목을 잡고 팔을 비틀어서 끔찍할 만큼 아팠다. 잘생기고 벌건 얼굴에 비웃음을 띄우고 내 얼굴을 짓누르던 기억이 난다. 그는 나보다 나이가 많았던 것 같은데, 게다가 어마어마하게 힘이 셌다. 그가 나를 놓아주자 마음속에 끔찍하고 사악한 결심이 섰다. 방심할 때 때려서 복수를 하기로 한 것이었다. 아주 적절한 순간이 왔다. 〈산책〉을 갔던 선생님이 곧 돌아올 테니 싸움으로 번질 수 없을 것이었다. 1분 정도 지나자 나는 최대한 순진한 얼굴로 헤일에게 다가갔고, 온몸의 힘을 실어 주먹으로 그의 얼굴을 때렸다. 헤일은 뒤로 휘청 물러났고, 입에서 피가 흘렀다. 늘 새빨간 그의 얼굴이 분노 때문에 거의 새카맣게 변했다. 헤일이 돌아서더니 세면대에서 입을 헹궜다.

「두고 보자!」 선생님이 학생들을 데리고 갈 때 그가 잇새로 나에게 말했다.

그 후로 며칠 동안 헤일은 나를 쫓아다니면서 싸움을 걸었다. 나는 겁이 나서 미칠 지경이었지만 계속해서 싸움을 거부했다. 나는 얼굴을 한 방 먹인 것으로 됐으니 그걸로 끝이라고 말했다. 정말 이상하게도 헤일은 그 자리에서 나에게 덤벼들지 않았다. 아이들의 여론은 그가 덤비는 것을 지지했을 텐데도 말이다. 그 일은 그렇게 점차 희미해졌고, 싸움은 벌어지지 않았다.

자, 나는 그의 기준뿐 아니라 내 기준에서도 잘못된 행동을 했다. 불시에 때리는 것은 잘못이었다. 그러나 그런 다음 헤일이 싸움을 걸었을 때 응하면 맞을 것을 알았기 때문에 거부한 것이 훨씬 더 나빴다. 겁쟁이 같은 행동이었다. 내가 싸움을 싫어해서, 또는 그 일이 정말 끝났다고 생각했기 때문에 싸움을 거부했다면 괜찮았을 것이다. 그러나 나는 단지 무서웠기 때문에 거부했다. 이 사실로 인해 나의 복수조차 공허해졌다. 나는 순간적으로 감정이 격해져 제정신이 아닌 상태에서 때렸고, 일부러 멀리 내다보지도 않았으며, 결과야 어찌 됐든 일단 복수를 하겠다고 결심했던 것이다. 시간이 지나면서 잘못을 깨달을 수 있었지만, 어느 정도 만족감을 주는 잘못이었다. 하지만 모든 것이 무효로 돌아갔다. 처음 행동에는 어느 정도 용기가 있었지만, 그 뒤에 겁쟁이처럼 싸움을 피한 것으로 그것마저 없어졌다.

그러나 내가 알아차리지 못했던 것은, 헤일이 나에게 정식으로 싸움을 걸었지만 진짜로 공격하지는 않았다는 점이다. 사실 헤일은 한 방 맞은 이후 두 번 다시 나를 괴롭히지 않았다. 나는 20년이 지난 후에야 이 사실의 의미를 깨달았다. 그 당시에는 강자가 지배하는 세상에서 약자가 겪는 도덕적 딜레마 — 규칙을 어기거나 죽거나 — 밖에 보지 못했다. 이런 경우, 약자가 다른 규칙을 만들 권리가 있음을 깨닫지 못했다. 설령 그런 생각이 떠올랐다고 한들 그것을 확인해 줄 사람이 주변에 없었기 때문이다. 내가 살던 세계는 군집 동물인 남자아이들의 세계, 어떤 의문도 제기하지 않고 강자의 법칙을 받아들이고, 굴욕을 당하면 더 작은 아이들에게 굴욕을 줌으로써 보복하는 세계였다. 나는 다른 수많은 남자아이들과 똑같은 상황이었다. 내가 만약 대부분의 아이들보다 반항심이 컸다고 해도, 단지 남자아이들의 기준으로 봤을 때 내가 더 형편없었기 때문이다. 그러나 나는 감정적으로 반항할 뿐, 지적으로는 결코 반항하지 않았다. 나를 도울 수 있는 것은 내 우둔한 이기심과 무능력 — 나 자신을 경멸하지 못하는 것이 아니라 〈싫어〉하지 못하는 것 — 과 생존 본능밖에 없었다.

나는 조니 헤일의 얼굴을 때리고 1년쯤 지나 세인트시프리언스를 영영 떠났다. 겨울 학기가 끝났다. 나는 어둠에서 벗어나 햇볕을 향해 나아가는 기분으로 집으로 돌아가기 위해서 졸업생용 타이를 맸다. 새 실크 타이가 내 목을 감싸던 느낌이 생생하다. 타이가 어른이라는 상징이자 플립의 목소리와 샘보의 회초리를 물리칠 부적이라도 되는 것처럼 해방감을 느꼈다. 나는 속박을 벗어나고 있었다. 퍼블릭 스쿨에 가면 세인트시프리언스에서보다 잘 지낼 거라고 기대한 것도 아니었고, 그럴 의지도 없었다. 하지만 나는 여기서 벗어나고 있었다. 퍼블릭 스쿨에 가면 사생활도 더욱 보장되고, 간섭도 줄어들며, 태만과 방종과 타락을 즐길 기회도 많다는 것을 나는 알고 있었다. 몇 년 전부터 나는 — 처음에는 무의식적으로, 나중에는 의식적으로 — 장학생이 되면 〈느긋하게〉 지내면서 벼락치기는 더 이상 하지 않겠다고 결심했다. 나는 이 결심을 충실히 지켜 열세 살부터 스물두세 살까지 피할 수 있는 일이라면 전혀 하지 않았다.

플립이 악수를 청하더니 작별 인사를 했다. 심지어 나를 성이 아닌 이름으로 불렀다. 그러나 얼굴과 목소리에는 생색을 내는 듯한 태도가, 비웃음에 가까운 것이 있었다. 그녀가 작별 인사를 하는 말투는 〈쪼그만 나비들〉이라고 말할 때와 거의 똑같았다. 나는 장학금을 두 개나 탔지만 실패자였다. 성공을 가늠하는 것은 우리가 무엇을 했느냐가 아니라, 우리가 〈누구〉인가였기 때문이다. 나는 〈신분 높은 아이가 아니〉었고, 학교에 명성을 가져다줄 수도 없었다. 나는 성격도, 용기도, 건강도, 힘도, 돈도 없었다. 심지어는 좋은 몸가짐도, 신사처럼 보이는 능력도 없었다.

〈안녕.〉 우리가 헤어질 때 플립의 미소가 이렇게 말하는 듯했다. 〈이제 와서 이러쿵저러쿵해도 소용없지. 세인트시프리언스에서 보낸 시간이 대단히 성공적이지는 않았네, 그렇지? 퍼블릭 스쿨에서도 특별나게 잘할 것 같진 않구나. 우리의 실수야. 정말이지, 너한테 우리의 시간과 돈을 낭비하다니 말이다. 너 같은 배경과 전망을 가진 사람에게 이런 교육은 별 소용이 없단다. 아, 우리가 널 모른다고 생각하진 마! 네 머릿속 깊은 곳의 생각들도, 우리가 가르친 것을 다 믿지 않는다는 것도, 우리가 해준 것들을 전혀 고마워하지 않는다는 것도 우린 다 알아. 하지만 지금 그런 이야기를 꺼내 봐야 소용없겠지. 우린 이제 너에 대해서 아무 책임도 없고 두 번 다시 만날 일은 없을 거야. 네가 우리의 실패작이라는 사실을 인정하고 유감없이 헤어지자. 그러니까, 안녕.〉

적어도 내가 읽은 표정은 그랬다. 그러나 그 겨울 아침, 번쩍이는 새 실크 타이(내 기억이 맞는다면 짙은 녹색과 하늘색, 검은색이 섞인 것이었다)를 목에 두른 채 기차에 실려 멀리 떠날 때, 나는 얼마나 행복했는지 모른다! 회색 하늘을 쪼개는 아주 가느다란 파란색 틈새처럼, 세상이 내 앞에서 아주 약간 열리고 있었다. 퍼블릭 스쿨은 세인트시프리언스보다는 재미있겠지만, 결국 마찬가지로 낯설 것이다. 돈, 작위를 가진 친척, 운동 신경, 맞춤 의복, 깔끔하게 빗은 머리, 매력적인 미소가 제일 중요한 필수품인 세상에서 나는 아무짝에도 쓸모가 없었다. 내가 얻어 낸 것은 숨 쉴 공간이 전부였다. 자그마한 안정, 약간의 방종, 벼락치기의 일시적인 유예 — 그런 다음은 파멸. 어떤 파멸인지 나는 몰랐다. 식민지나 사무실 의자, 어쩌면 감옥이나 때 이른 죽음. 그러나 처음 1~2년 동안은 〈느긋하게〉 지내며 파우스트 박사처럼 죄를 저질러 얻은 이득을 누릴 수 있을 것이다. 나는 내 운명이 불길하다고 굳게 믿었지만, 그래도 무척 행복했다. 순간을 살 뿐 아니라 그 사실을 완벽하게 그렇게 할 수 있다는 것, 미래를 예상하지만 전혀 신경 쓰지 않을 수 있다는 것은 열세 살의 장점이다. 다음 학기에는 웰링턴으로 갈 예정이었다. 나는 이튼 장학금도 탔지만 빈자리가 날지 확실하지 않았기 때문에 우선 웰링턴에 가기로 했다. 이튼에서는 방을 혼자 썼는데, 어쩌면 방에 난로가 있을지도 몰랐다. 웰링턴에는 개인 열람석이 있고, 저녁에 코코아를 타 마실 수 있었다. 그렇게 사생활을 보장받다니! 이렇게나 어른이 된 느낌이라니! 게다가 도서관에서 어슬렁거릴 수도 있고, 여름 낮에는 운동을 빠지고 인솔 교사도 없이 혼자 시골을 어슬렁거리며 돌아다닐 수 있었다. 게다가 이제 방학이었다. 지난 방학 때 산 22구경 소총도 있었고(22파운드 6페니짜리 〈크랙샷〉이라는 총이었다), 다음 주면 크리스마스였다. 실컷 먹어도 된다는 즐거움도 있었다. 나는 우리 동네 가게에서 2페니에 파는 아주 풍성한 크림 번을 생각했다(1916년이라서 아직 식량 배급은 시작되지 않았다). 차비 계산이 약간 잘못되어 1실링이 남는 소소한 착오 — 가는 길에 예상치 못했던 커피 한 잔과 케이크 한두 개를 충분히 살 수 있었다 — 만으로도 나는 더없이 행복했다. 미래가 다가오기 전까지 약간의 행복을 즐길 시간이 있었다. 그러나 미래가 어두우리란 것은 알았다. 실패, 실패, 실패 — 뒤에도 실패, 앞에도 실패 — 이것이야말로 나의 가장 깊은 확신이었다.

6

이 모두가 30년도 더 지난 일이다. 문제는, 요즘 아이들도 학교에서 똑같은 경험을 할까?

정직한 대답은, 확실히 모른다는 것뿐이리라. 물론, 교육에 대한 현재의 〈태도〉는 과거의 태도보다 훨씬 더 인간적이고 합리적이다. 내가 받은 교육에서는 속물근성이 불가결한 부분이었지만 오늘날에는 상상도 못 할 일인데, 속물근성에 양분을 제공하던 사회가 죽었기 때문이다. 나는 세인트시프리언스를 떠나기 1년쯤 전에 나누었던 대화를 기억한다. 덩치가 크고 머리색이 옅은, 나보다 한 살 많은 러시아 아이가 나에게 질문을 퍼부었다.

「너희 아버지는 1년에 얼마나 버시니?」

나는 조금이라도 괜찮게 들리도록 내가 생각했던 금액에 몇백 파운드를 덧붙여 대답했다. 깔끔한 러시아 아이가 연필과 작은 공책을 꺼내더니 계산을 했다.

「우리 아버지 수입은 너희 아버지 수입의 2백 배가 넘어.」 그가 재미있다는 듯 경멸을 담아 말했다.

그때가 1915년이었다. 몇 년 뒤 그 돈은 어떻게 되었을까? 게다가 지금의 사립 초등학교에서도 이런 대화가 오갈까?

분명 우리의 태도에 큰 변화가 일어났고, 별 생각 없는 평범한 중산층들 사이에서도 전체적인 〈계몽〉 수준이 높아졌다. 예를 들어 종교적 믿음은 여러 가지 말도 안 되는 것들과 함께 대체로 사라졌다. 요즘 아이들에게 자위를 하면 정신병원에 들어간다고 말하는 사람은 거의 없을 것이다. 체벌도 명성을 잃어 많은 학교에서 사라졌다. 아이들의 배를 곯리는 것을 정상적이고 칭찬할 만한 행동으로 여기지도 않는다. 이제 대놓고 학생들에게 음식을 최대한 적게 주거나, 식탁 앞에 앉을 때와 똑같이 배고픈 상태로 일어나는 것이 건강에 좋다고 말하는 사람은 없을 것이다. 아이들의 전반적인 지위도 나아졌는데, 아이들의 수가 상대적으로 줄어든 탓도 있다. 그리고 심리학 지식이 조금이나마 전파됨에 따라 부모와 교사가 훈육이라는 이름으로 일탈에 빠지기도 더 힘들어졌다. 내가 직접 본 것은 아니지만 보증할 수 있는 사람이 다음과 같은 일을 보았는데, 오래전도 아니고 내가 살아 있는 동안 일어난 일이다. 어느 목사의 딸이 그럴 나이가 지났는데도 계속 침대에다 오줌을 쌌다. 아이의 아버지는 이 끔찍한 행동을 벌하기 위해서 성대한 가든파티에 딸을 데리고 가서, 그 자리의 모든 사람들에게 침대에 오줌을 싸는 아이라고 소개했다. 게다가 딸이 얼마나 못된 아이인지 강조하려고 얼굴까지 까맣게 칠한 상태였다. 플립과 샘보도 그랬으리라고 말하려는 것은 아니지만, 이 이야기를 들었다면 과연 놀랐을지 의심스럽다. 어쨌거나 상황은 변한다. 하지만 아직도!

아이들이 아직도 일요일에 이튼칼라를 매는지, 아기는 구스베리 덤불 밑에서 파내 오는 줄 아는지는 더 이상 문제가 되지 않는다. 그런 일들은 확실히 끝났다. 진정한 문제는 학생들이 비이성적인 공포와 말도 안 되는 오해 속에서 몇 년이나 보내는 것이 여전히 정상이냐는 것이다. 여기서 우리는 아이의 진정한 감정과 생각을 알기가 무척 어렵다는 문제에 부딪친다. 적당히 행복해 보이는 아이가 사실은 공포에 시달리면서 그것을 주변에 알릴 능력도, 의지도 없을지 모른다. 아이는 말하자면 이질적인 물속의 세계 같은 곳에서 살고 있고, 우리는 기억이나 직관을 통해서만 그것을 꿰뚫어 볼 수 있다. 우리의 주요 단서는 한때 우리도 아이였다는 사실인데, 많은 사람들이 어린 시절의 분위기를 깡그리 잊은 듯하다. 예를 들어 아이를 학교에 돌려보낼 때 이상한 무늬의 옷을 싸 주면서, 그것이 중요한 문제임을 인정하지 않는 부모가 가하는 불필요한 고통을 생각해 보자! 그러면 아이는 항의할 때도 가끔 있겠지만, 숨길 때가 더 많다. 일고여덟 살부터는 본능적으로 자신의 진정한 감정을 어른에게 드러내지 않는 듯하다. 심지어 아이를 향한 애정, 아이를 보호하고 아끼고 싶다는 욕망 때문에 오해가 생기기도 한다. 우리는 아마 다른 성인을 사랑하는 것보다 아이를 더 깊이 사랑할 수 있겠지만, 아이가 똑같은 사랑으로 보답하리라고 생각하는 것은 경솔하다. 어린 시절을 돌아보면 나는 유아기가 끝난 뒤 어머니를 제외한 다른 어떤 어른에게도 사랑을 느끼지 않았고, 수줍음 때문에 진정한 감정 대부분을 어머니에게 숨겼다는 점을 생각하면 어머니조차 믿지 않았던 듯하다. 그때 나에게 사랑은, 자발적이고 무조건적인 사랑이라는 감정은 어린 사람을 향해서만 느낄 수 있는 것이었다. 나는 나이 든 사람에게 — 아이에게 〈나이가 들었다〉는 것은 서른 살이나 스물다섯 살 위라는 뜻임을 기억하자 — 존경이나 존중, 감탄, 죄책감을 느낄 수는 있었지만, 신체적인 거부감에 수줍음과 두려움이 섞인 베일이 우리 사이를 갈라놓은 듯한 느낌이었다. 사람들은 아이가 어른 앞에서 〈신체적으로〉 움츠러든다는 사실을 너무 쉽게 잊는다. 성인의 거대한 크기, 꼴사납고 단단한 몸, 거칠고 주름진 피부, 크고 축 처진 눈꺼풀, 누런 이, 쉬지 않고 풍기는 케케묵은 옷 냄새와, 맥주와 땀과 담배 냄새! 아이의 눈에 어른이 흉해 보이는 한 가지 이유는, 아이는 보통 위를 올려다보는데 그렇게 봤을 때 제일 잘생겨 보이는 얼굴은 거의 없다는 것이다. 게다가 아이는 본인이 어리고 깨끗하기 때문에 피부와 치아와 안색에 대한 기준이 더없이 높다. 그러나 가장 큰 장애물은 나이에 대한 잘못된 생각이다. 아이는 서른 살 이후의 삶을 거의 상상하지 못하므로, 사람들의 나이를 판단할 때 기상천외한 실수를 저지른다. 아이는 스물다섯 살을 마흔 살로, 마흔 살을 예순다섯 살로 생각할 것이다. 내가 엘지와 사랑에 빠졌을 때 그녀를 어른이라고 생각한 것도 이 때문이다. 열세 살에 다시 만났을 때 엘지는 스물세 살이었을 텐데, 내 눈에는 전성기를 지난 중년의 여인 같았다. 또한 아이는 나이 드는 것을 끔찍한 재난처럼 여기고, 자신은 수수께끼 같은 이유로 나이를 먹지 않으리라고 생각한다. 서른 살을 넘긴 사람은 모두 즐거움도 모르는 기괴한 사람들로, 하나도 중요하지 않은 일로 야단법석을 피우고, 아이가 보기에는 삶의 낙도 없이 계속 살아 있는 존재이다. 아이의 삶만이 진짜 삶이다. 교사는 학생들의 사랑과 신뢰를 받고 있다고 생각하지만, 사실 아이들은 뒤에서 그를 흉내 내고 비웃는다. 위험해 보이지 않는 어른은 우스워 보이는 법이다.

내가 이렇게 일반화하는 근거는 내 어린 시절의 기억 때문이다. 기억은 쉽게 배신하지만, 어린이의 마음이 어떻게 작동하는지 알아낼 수 있는 수단은 기억일 것이다. 우리는 기억을 되살려야만 어린이의 눈에 비친 세계가 얼마나 왜곡되어 있는지 깨달을 수 있다. 예를 들어 이런 생각을 해보자. 내가 현재의 나이 그대로 1915년의 세인트시프리언스에 돌아간다면 어떻게 보일까? 샘보와 플립을, 그 끔찍하고 전능한 괴물들을 어떻게 생각할까? 나는 두 사람을 멍청하고 얄팍하고 무능한 부부로, 머리가 있는 사람이라면 누구나 곧 붕괴되리라고 생각하는 사회적 사다리를 열심히 기어오르는 사람으로 볼 것이다. 그들은 겨울잠쥐보다도 무섭지 않을 것이다. 게다가 당시 두 사람은 말도 안 될 정도로 나이가 많아 보였지만 — 확실하지는 않으나 — 분명 현재의 나보다 조금 어렸을 것이다. 대장장이 같은 팔뚝을 가지고 벌건 얼굴로 비웃음을 흘리는 조니 헤일은 어떻게 보일까? 지저분한 아이들 수백 명과 구분도 할 수 없는 또 한 명의 지저분한 아이일 뿐이리라. 이 두 종류의 사실이 내 머릿속에 나란히 놓일 수 있는 것은 나 자신의 기억이기 때문이다. 그러나 내가 다른 아이의 눈을 통해 보는 것은 무척 어려운 일이므로 상상을 통할 수밖에 없는데, 그러면 완전히 잘못 짚을 것이다. 아이와 어른은 서로 다른 세상에 산다. 그러므로 우리는 학교가 — 적어도 기숙 학교가 — 많은 아이들에게 예전처럼 끔찍한 경험이 아니라고 확신할 수 없다. 신, 라틴어, 회초리, 계급 차별과 성적 금기는 사라졌어도 두려움과 증오, 속물주의, 오해는 그대로 남아 있을지도 모른다. 내 어린 시절의 문제는 균형이나 개연성에 대한 감각이 부족했기 때문이었음이 이제 어느 정도 드러났을 것이다. 그 때문에 나는 폭력을 받아들이고 부조리를 믿어야 했으며, 전혀 중요하지 않은 문제들로 고통을 겪어야 했다. 내가 〈멍청했다〉고, 〈더 잘 알았어야 한다〉고 말하는 것만으로는 충분하지 않다. 각자 어린 시절을 돌아보면서 어떤 말도 안 되는 것을 믿었는지, 어떤 사소한 일 때문에 고통을 받았는지 생각해 보자. 물론 내 이야기는 나름의 변주가 있지만, 본질적으로는 수많은 아이들의 문제였다. 아이의 약점은 백지로 시작한다는 것이다. 아이는 자신이 사는 사회를 이해하지도 못하고 거기에 의문을 제기하지도 않는다. 아이는 잘 믿기 때문에 어른들의 영향을 받기 쉽고, 그래서 열등감에 물들거나 이상하고 끔찍한 규칙조차 어기는 것을 두려워할 수도 있다. 세인트시프리언스에서 나에게 일어난 모든 일은, 형태는 조금 더 미묘할지 모르지만, 제일 〈계몽된〉 학교에서도 일어날 수 있었다. 그러나 내가 꽤 확신하는 생각이 있는데, 기숙 학교보다는 통학 학교가 낫다는 것이다. 집이라는 성역이 가까이 있으면 좀 더 낫다. 내 생각에 영국 중상류층 특유의 문제들은 부분적으로 아이를 아홉 살, 여덟 살, 심지어는 일곱 살에 집에서 떠나보내는, 최근까지 널리 퍼져 있던 관습 때문이 아닐까 한다.

나는 세인트시프리언스에 한 번도 가보지 않았다. 기억이 우호적일 때에도 동창회나 졸업생 정찬 모임 같은 것에 흥미를 느끼지 못한다. 나는 비교적 행복했던 이튼에도 가보지 않았지만 1933년에 그 앞을 지나갈 일이 있었는데, 가게에서 라디오를 판다는 점만 빼면 아무것도 변한 게 없어서 흥미로웠다. 세인트시프리언스의 경우, 나는 몇 년 동안 그 이름 자체를 너무나 깊이 혐오했기 때문에 내가 그곳에서 겪은 일들의 중요성을 알아차릴 만큼 거리를 두고 보지 못했다. 세인트시프리언스의 기억은 항상 나를 생생하게 쫓아다녔지만, 어떤 면에서 나는 10년쯤 전부터 학창 시절에 대해 진지하게 생각할 수 있었다. 그 학교가 아직 존재한다고 해도, 지금 내가 다시 봐도 별다른 인상을 받지는 않을 것이다 (몇 년 전, 학교가 불타서 없어졌다는 소문을 들은 기억이 있다). 나는 이스트본을 지날 일이 생겨도 학교를 피해 일부러 둘러가지는 않을 것이다. 학교 앞을 우연히 지나간다면 가파른 둑 위에 쌓은 낮은 벽돌담 앞에서 잠시 걸음을 멈추고 평평한 운동장 너머 아스팔트 광장 뒤에 선 흉한 건물을 바라볼 것이다. 안으로 들어가서 큰 교실의 잉크와 먼지 냄새, 예배당의 송진 냄새, 수영장의 퀴퀴한 냄새와 변소의 차가운 악취를 다시 맡는다면, 어린 시절의 한 장면을 떠올릴 때 누구나 똑같이 느끼는 감정만을 느낄 것이다. 모든 것이 얼마나 작아졌는지, 내가 얼마나 약해졌는지 말이다! 그러나 내가 오랫동안 세인트시프리언스를 차마 다시 보지 못했던 것은 사실이다. 정말로 필요한 경우가 아니면 이스트본에 발도 디디지 않았을 것이다. 나는 심지어 세인트시프리언스가 위치한 카운티라는 이유만으로 서식스에 대한 편견이 있었고, 어른이 된 뒤에도 딱 한 번 잠시 방문했을 뿐이다. 그러나 이제 세인트시프리언스는 나의 우주에서 영영 사라졌다. 그곳의 마법은 더 이상 통하지 않고, 플립과 샘보가 죽었으면 좋겠다거나 학교가 불타서 없어졌다는 소문이 진실이면 좋겠다고 바랄 만큼 원한도 남아 있지 않다.

1947년

역자 해설

명징한 언어로 써 내려간 공정한 사회 비판

20세기의 중요한 영국 작가 중 한 사람으로 평가받는 조지 오웰은 우리에게 소설 『동물 농장*Animal Farm*』과 『1984년 *Nineteen Eighty-Four*』으로 가장 널리 알려져 있지만, 소설보다 많은 에세이를 남긴 것으로도 유명하다. 오웰은 「나는 왜 쓰는가Why I Write」라는 짧은 에세이에서 작가가 글을 쓰는 동기를 자기만족, 미학적 열정, 역사적 충동, 정치적 목적 네 가지로 분류하면서, 스스로 네 번째 동기보다 앞의 세 가지 동기가 더 크지만 정치적 목적이 있을 때에만 괜찮은 글을 썼다고 말한 바 있다. 1936년 이후 〈전체주의에 반대하고 민주 사회주의에 찬성하기〉 위해 모든 글을 썼다는 그의 고백처럼, 『동물 농장』은 유럽 좌파들이 친소 경향을 보이던 아직 혼란스러운 시기에 소련의 신화화를 경계하며 쓴 일종의 우화이고, 『1984년』은 빅브라더가 지배하는 미래의 디스토피아를 통해 전체주의의 위험성을 널리 경고한 작품이라는 점에서 무척 정치적이다. 이처럼 말년의 두 소설에서 정점을 이루는 그의 사상이 빚어지는 과정을 가장 잘 보여 주는 것은 분명 지난한 시대를 살았던 그의 일생과 그 과정에서 남긴 에세이들일 것이다. 〈오웰의 글은 에세이에서 시작하고, 그의 에세이는 경험에서 시작한다〉는 평이 있는 만큼, 조지 오웰의 에세이들은 그가 46년의 길지 않은 일생 동안 양차 대전이 모두 일어났던 20세기 초중반의 혼란스러운 유럽에서 어떤 삶을 살았는지, 그리고 어떤 경로를 거쳐 이데올로기와 당파성에 휘둘리지 않은 채 날카롭고 비판적인 시선으로 사회를 보는 지성을 갖게 되었는지 생생하게 보여 준다.

어린 시절과 교육, 식민지 경찰 시절

조지 오웰의 본명은 에릭 아서 블레어Eric Arthur Blair로, 1903년 식민지 아편국 관리였던 아버지와 버마에서 자란 프랑스계 어머니 사이에서 삼남매 중 둘째로 영국령 인도에서 태어났다. 그의 증조할아버지는 자메이카에 플랜테이션을 가진 부유한 신사였으나 할아버지는 시골 목사였고, 아버지는 인도 식민지의 평범한 공무원이었다. 따라서 부유한 집안이라고 할 수는 없었고, 본인은 〈상위 중산 계급 중에서 최하층〉이라고 설명했다. 에릭 블레어는 1904년에 어머니, 누나와 함께 영국으로 돌아와 잉글랜드 남동부의 옥스퍼드주에서 자랐다. 어머니는 아들을 퍼블릭 스쿨에 진학시키고 싶어 했지만 비싼 학비를 감당할 수 없었다. 그러나 외삼촌의 주선 덕분에 에릭 블레어는 여덟 살 때 장학금을 받으며 퍼블릭 스쿨 예비 학교인 세인트시프리언스에 들어갔고, 5년 동안 기숙사 생활을 하면서 퍼블릭 스쿨 입시를 준비했다. 오웰은 1947년에 쓴 「즐겁고도 즐거웠던 시절Such, Such Were the Joys」이라는 반어적인 제목의 에세이에서 이 시절을 회상한다.

블레이크의 시에서 제목을 따 온 이 에세이에서 조지 오웰은 예비 학교에서의 생활을 자세히 설명하며 자녀를 아주 어렸을 때부터 기숙 학교에 넣어 비참한 억압을 겪게 하는 중상류층의 관습을 비판한다. 예비 학교의 환경은 말도 못할 정도로 불결하고, 아이들은 세세한 보살핌을 받지 못하며, 무엇보다도 속물적인 어른들에 의해 부모의 신분에 따라 다른 대접을 받으면서 계급적 위계를 내면화한다. 말투와 복장의 미세한 차이로 서로의 계급이 다름을 확인하면서 어른들의 속물근성을 그대로 배우고, 주어진 계급에서 벗어날 수 없다는 생각을 주입받으며, 실제 지식보다 시험 기술만을 익히는 1백여 년 전 영국 사립 학교의 풍경은 현재의 우리에게도 낯설지 않다.

에릭 블레어는 1917년에 바라던 대로 이튼 스쿨 장학생이 되었고, 학교생활은 흥미롭고 행복했지만 학업 성적은 그다지 좋지 않았다. 집안 형편상 장학금을 받지 못하면 대학에 갈 수 없었기 때문에 대학 진학을 포기한 블레어는, 1921년 이튼 스쿨을 졸업한 후 은퇴한 아버지와 가족들이 지내는 사우스울드로 가서 식민지 경찰이 되기 위한 시험을 치르고 합격한다. 외가가 있는 버마를 근무지로 선택한 블레어는 1922년 만달레이의 경찰 학교에서 짧은 훈련을 받은 다음 1927년까지 버마 각지를 돌아다니며 식민지 경찰로 일했는데, 대부분의 시간을 혼자 보내는 아웃사이더였다. 아버지

역시 식민지 공무원이었고 친척들 모두 제국주의와 밀접한 관련이 있었으며 스스로 식민지 경찰에 지원했다는 사실로 미루어 볼 때, 당시 에릭 블레어에게 제국주의에 대한 비판 의식이 있었으리라고 생각하기는 어렵다. 그러나 그는 식민지 경찰로 일하는 6년 동안 식민지의 참혹한 현실을 목도하면서 대영 제국을 위해 일하는 것에 죄책감을 느꼈고, 조국과 조국의 억압에 대해 좀 더 깊이 생각하게 되었다. 형태를 막론하고 인간에 대한 인간의 모든 지배에서 벗어나야 한다는 오웰의 사상은 이때부터 싹튼 것으로 보인다.

이때의 식민지 경찰 경험을 바탕으로 쓴 에세이가 바로 초기 작품인 「코끼리를 쏘다Shooting an Elephant」와 「교수형A Hanging」이다. 약 10년 후 스페인 내전에서 부상을 당하고 요양차 프랑스령 모로코에 머물며 썼던 「마라케시Marrahkech」 역시 제국주의에 대한 단상을 담고 있다. 오웰 특유의 〈불쾌함에 직면하는 힘〉은 비슷한 주제와 경험을 담은 이 세 편의 에세이에도 생생하게 살아 있지만, 불합리함에 대한 비판보다 스스로 제국주의에 일조하고 있다는 죄책감과 부조리한 상황을 앞에 두고 이러지도 저러지도 못하는 슬픔이 더욱 크게 느껴진다. 오웰은 〈오로지 바보처럼 보이지 않기 위해서〉 더 이상 문제도 일으키지 않는 코끼리를 원하지도 않으면서 쏴야 했던 어처구니없는 경험을 통해서 〈백인이 독재자로 변할 때 그가 파괴하는 것은 자신의 자유밖에 없음〉을, 독재는 피지배자뿐 아니라 지배자까지 파괴한다는 사실을 깨달았다.

밑바닥 생활과 스페인 내전

1927년 댕기열병에 걸려서 병가를 받고 영국으로 돌아온 블레어는 전업 작가가 되기로 결심하고 1928년 경찰직에서 물러난다. 그는 잘 아는 것에 대해 쓰라는 지인의 충고에 따라서 빈곤과 밑바닥 생활을 직접 겪고 이에 대해서 쓰기로 결심했다. 블레어는 영국에서는 P. S. 버턴P. S. Burton이라는 가명으로 부랑자 생활을 하고, 프랑스 파리에서는 접시 닦이 등 힘든 육체노동을 하면서 좌익적 색채가 강한 영국 잡지 『아델피*Adelphi*』를 비롯한 몇몇 매체에 글을 발표했다. 영국에서 부랑자 생활을 했던 경험을 담은 「부랑자 임시 수용소The Spike」와 파리에서 심한 기관지염으로 의대생들의 실습을 위한 병원에 입원했던 경험을 담은 「가난한 이들은 어떻게 죽는가How the Poor Die」에서 그는 빈민을 위한 시설들의 불합리하고 무능한 체계를 간결하면서도 생생하게 고발한다.

1932년에 밑바닥 생활을 끝낸 블레어는 가정 교사와 고등학교 교사 등으로 일하면서 런던과 파리의 경험을 담은 『파리와 런던의 밑바닥 생활*Down and Out in Paris and London*』을 출판했다. 그는 부랑자 생활을 했던 경험이 가족에게 폐를 끼칠까 봐 조지 오웰이라는 가명을 썼고, 그 이후 주로 같은 이름으로 작품을 발표했다. 1933년부터 1936년까지는 이모의 주선으로 런던 햄프스테드의 헌책방에서 파트타임으로 오후 근무를 하면서 오전에는 글을 쓰고 저녁에는 사람들과 어울리는 생활을 했다. 이때의 경험은 「책방의 기억들 Bookshop Memories」에 담겨 있다. 이즈음 오웰은 스스로 사회주의자를 표방했고 좌파 잡지인 『아델피』나 『뉴 스테이츠먼*New Statesman*』, 좌파 지식인 빅터 골란츠Victor Gollancz의 출판사에서 작품을 발표했지만, 마르크스주의와 공산주의를 비판하고 이데올로기적인 좌파 지식인들의 친소 경향을 경계하며 여전히 균형을 잃지 않았다.

1936년에 오웰은 골란츠로부터 영국 북부 공업 지대의 침체된 경제적 상황에 대한 책을 써보라는 권유를 받고, 책방을 그만둔 다음 영국 북부를 2개월 동안 돌아다녔다. 도시 생활을 싫어하고 시골에서 자연에 둘러싸여 살기를 늘 꿈꾸었던 그는 같은 해 4월에 시골 월링턴Wallington으로 이사했고, 6월에는 한 해 전 하숙집 여주인의 소개로 만난 아일린 오쇼너시Eileen O'Shaughnessy와 결혼했다. 그런 다음 골란츠에게 의뢰받은 책 『위건 부두로 가는 길*The Road to Wigan Pier*』을 끝내고 스페인 내전에 참전하기 위해 12월에 스페인으로 떠났다. 오웰은 마르크스주의 통일 노동자당 POUM 소속으로 내전에 참전했고, 3개월 뒤 아내 아일린도 스페인으로 합류했다.

스페인 내전은 1936년 2월 스페인의 총선거에서 사회주의자 연합으로 구성된 인민 전선이 승리를 거두자 같은 해 7월, 프란시스코 프랑코Francisco Franco 장군이 인솔하는 군부를 주축으로 파시즘 진영이 반란을 일으키면서 일어난 내전이다. 그러나 한쪽으로는 무솔리니의 이탈리아와 히틀러의 독일이 이끄는 파시즘 세력이 점점 힘을 더해 갔고, 다른 한쪽으로는 공산주의 소련이 도사리고 있는 유럽은 앞날을 예측할 수 없는 일촉즉발의 상황이었기 때문에 이것은 단순히 스페인만의 전쟁이 아니었다. 스페인에서 일어난 독재에 대한 노동자와 좌파의 저항은 반(反)파시즘의 유일한 희망이었다. 독일과 이탈리아는 프랑코 반정부군을 공공연히 지원했지만 인민 전선 정부를 원조하는 국가는 소련밖에 없었고, 영국과 프랑스는 불간섭을 주장했다. 당시 유럽 우파 내에서는 독일과 이탈리아의 파시즘에 대한 평가가 엇갈렸고, 오히려 독일이 공산주의 소련을 견제해 주리라는 기대도 컸기 때문에 공화국 정부를 지원하기는커녕 스페인으로 무기를 보내지 못하도록 금지하는 조치까지 내렸다. 이에 따라 스페인 내전은 파시즘과 사회주의 간의 대리전이 되었다. 그러자 파시즘의 확산을 두려워한 유럽과 미국의 진보적인 민중과 지식인은 스페인 민중을 구할 뿐 아니라 자신들의 자유와 평화를 수호하기 위해 직접 전쟁에 뛰어들기도 했는데, 조지 오웰 역시 그들 중 하나였다.

그러나 공산당을 비롯한 각종 정당과 노동조합, 아나키스트가 뒤섞인 스페인 좌익은 결국 내홍을 겪으며 분열되고 만다. 마침내 스페인 정부는 1937년 7월, 오웰이 속해 있던 POUM을 비합법화하고 간부들을 체포하기에 이른다. 오웰 부부 역시 스파이로 몰릴 뻔했지만, 5월에 아라곤 전투에서 목에 관통상을 입고 후송된 조지 오웰은 아내와 함께 6월에 영국으로 무사히 빠져나온 참이었다. 스페인 내전은 결국 1939년 9월에 프랑코 반정부군이 수도 마드리드를 함락하면서 군부의 승리로 끝났다. 조지 오웰은 이때의 경험으로

『카탈루냐 찬가*Homage to Catalonia*』를 썼고, 또 파시스트보다 혁명이 두려워서 혁명 세력을 탄압한 스페인 공화국 정부는 파시즘과 다른 점보다 닮은 점이 더 많다고 비판했다. 월링턴으로 돌아온 후 건강이 악화된 오웰은 결국 1938년에 결핵으로 병원에 입원했고, 의사의 권유에 따라 아내와 함께 마라케시에서 6개월 동안 요양한 다음, 1939년 3월에 영국으로 돌아왔다. 같은 해 6월에 그의 아버지가 세상을 떠났고, 곧 제2차 세계 대전이 시작되었다.

제2차 세계 대전과 왕성한 집필 활동

「좌든 우든 나의 조국My Country Right or Left」에 잘 나와 있듯이, 원래 평화와 반전을 옹호했던 조지 오웰은 독일과 소련이 불가침 조약을 맺으면서 국제 정세가 급변하자 독일과 소련의 전체주의에 저항하기 위해 영국 역시 참전해야 한다고 주장했다. 그는 사회주의적 관점에서 보면 스페인 공화당의 저항, 일본에 대한 중국의 저항이 헛된 일로 돌아가지 않도록 파시즘에 저항해야만 한다고, 영국이 궁지에 몰리면 애국심을 발휘할 수밖에 없으며 애국심은 보수주의와 아무 관련이 없다고 역설한다. 오웰은 제2차 세계 대전 중에 쓴 「사자와 유니콘The Lion and the Unicorn」에서 영국 사회의 특질과 당시 유럽의 정세를 분석하면서 앞으로 영국이 어떤 혁명을 거쳐 민주 사회주의로 나아가야 하는지 구체적으로 제안한다. 영국에 대한 사랑과 영국 사회의 모순에 대한 날카로운 비판이 공존하는 이 글은 오웰의 비판적이고 정확한 애국심을 잘 보여 준다.

오웰은 전쟁에 협력하기 위해서 입대를 신청했지만, 결핵이 의심되어서인지 입대하라는 소식은 들려오지 않았다. 그동안 그는 영화 평론을 쓰고 『트리뷴*Tribune*』과 『호라이즌*Horizon*』에 서평과 에세이를 발표했다. 1941년에는 마침내 인도를 향한 나치의 프로파간다에 대항하는 BBC 대담 방송을 담당하면서 전쟁에 일조하게 되었다. 1943년, 오웰은 방송을 듣는 인도인이 거의 없다는 걱정이 사실로 드러나자 BBC에서 물러났는데, 『동물 농장』 집필에 전념하기 위한 생각 때문이기도 했다. 같은 해 그는 『트리뷴』의 문학 편집자를 맡았지만 다른 잡지에도 글을 계속 기고했다. 1943년에 어머니가 돌아가신 뒤 아이를 가지고 싶다는 생각이 더 간절해진 오웰은 1944년에 아내 아일린과 함께 갓 태어난 남자아이를 입양했고, 1945년에는 『업저버*Observer*』의 종군 기자로 파리와 쾰른에서 프랑스의 해방과 독일 점령을 취재했다. 그러나 같은 해 3월에 아내 아일린이 자궁 절제술을 받다가 갑작스럽게 사망하고 만다.

전쟁이 끝난 후 많은 사람들이 공감한 『동물 농장』이 세계적으로 큰 성공을 거두자, 조지 오웰을 찾는 사람들도 많아졌다. 그러나 「두꺼비에 대한 단상Some Thoughts on the Common Toad」에서 엿볼 수 있듯이, 도시에서도 자연을 사랑하고 그리워하던 오웰은 번잡한 런던을 떠나 조용한 시골에서 살기 위해 1946년에 스코틀랜드의 섬 주라로 이주했다. 그때 이미 『1984년』의 집필을 시작했지만 오웰은 1947년에

폐결핵 진단을 받은 이후 건강이 계속 악화되어 주라섬과 병원, 요양소를 오갔고, 1948년에 『1984년』을 탈고했다. 결국 조지 오웰은 1949년 10월에 런던의 병상에서 두 번째 아내 소니아 브라우넬Sonia Brownell과 결혼식을 올린 후 1950년 1월에 세상을 떠났다.

대영 제국 식민지에서 경찰로 일하고, 파리와 영국을 오가며 밑바닥 생활을 하고, 스페인 내전에 참전한 시기가 조지 오웰을 형성한 시기라면, 제2차 세계 대전부터 세상을 떠나기 전까지는 사상을 더욱 가다듬어 가장 유명하고 영향력이 큰 소설 『동물 농장』과 『1984년』을 비롯해서 1백 편이 넘는 에세이를 쓰면서 작가로서 제일 왕성하게 활동한 시기이다(이 책에서 소개하는 에세이들 역시 식민지 경험을 다룬 두 편을 제외하면 대부분 이 시절에 쓰였다). 조지 오웰은 유럽이 제국주의를 거쳐 파시즘과 공산주의를 비롯한 전체주의에 휩쓸렸던 혼란의 시기에 특유의 비판적이고 균형 잡힌 사고 능력을 유지하며 세상을 보는 눈과 살아가야 할 태도를 차분하게 정립해 나갔고, 『동물 농장』과 『1984년』을 비롯해 말년에 쏟아 낸 작품들로 〈정치적 글을 예술로 승화〉하고 싶다는 일생의 바람을 이루었다.

정확한 언어가 낳은 치우침 없는 생각

조지 오웰의 삶에서 가장 눈에 띄는 것은 두려움 없이 정치적 목소리를 높이지만 어떤 당파성에도 휘둘리지 않는 모습이다. 제국주의의 혜택을 받아 살아가는 평범한 영국 청년이었던 그는 식민지 경찰로 제국주의의 민낯을 경험하면서, 어떤 경우에도 압제자가 아닌 피압제자의 편에 서는 것이 옳다는 결론을 내렸고, 그 후 폭풍 같은 시대를 겪으면서 자신의 생각을 점차 세련(洗練)해 나간다. 오웰은 어떤 경우에도 교조주의에 생각을 맡기지 않았고, 전체주의적인 공산주의뿐만 아니라 자본주의까지 비판하며 민주 사회주의를 주장했다. 이러한 그의 사상을 잘 설명한 「사자와 유니콘」에서 영국의 반(反)군국주의 전통을 자랑스러워하지만 영국의 계급적 모순과 위선에도 눈을 감지 않고 비판하는 오웰은, 영국 요리를 사랑하고(「영국 요리를 옹호하며In Defence of English Cooking」) 차를 사랑하는(「맛있는 차 한 잔A Nice Cup of Tea」) 오웰과 겹쳐 보인다. 통렬하고 정확한 비판이야말로 사랑이 있어야 가능하기 때문이다.

오웰은 어떤 사건이나 인물을 평할 때에도 이처럼 날카롭고 균형 잡힌 사고력을 잃지 않는다. 예를 들어 영국의 인기 작가 P. G. 우드하우스가 나치의 프로파간다 방송에 이용당하자 분개한 영국인들은 선정적인 비난의 목소리를 높였고, 의회에서는 그를 반역자로 재판하라는 요청까지 나왔다. 그러나 오웰은 「P. G. 우드하우스를 변호하며In Defence of P. G. Wodehouse」에서 특유의 냉철한 판단력으로 우드하우스가 처했던 상황과 사건의 경과를 분석하면서 그가 어리석었을 뿐 의식적으로 반역을 저지른 것은 아니라는, 어쩌면 무조건적인 비난보다 더 뼈아픈 결론을 내린다.

어떤 상황에서도 격앙된 감정이나 폭압적인 이데올로기

에 휩쓸리지 않는 오웰의 태도가 어디에서 비롯되었는지 짐작하게 해주는 작품이 바로 「정치와 영어Politics and the English Language」이다. 이 글에서 오웰은 사고가 언어에 영향을 줄 수 있다면 반대로 언어도 사고에 영향을 줄 수 있다고 주장하며, 명확한 사고를 방해하는 당시 영어의 관습을 분석하고 비판한다. 죽은 은유와 과시적 말투, 무의미한 단어 등 오웰이 지적하는 당시 영어 사용자들의 문제점은 영어만의 문제도, 과거만의 문제도 아니다. 이처럼 명쾌하고 정확한 언어를 구사하려는 오웰의 노력은 명확한 사고와 명징한 글로 이어진다. 유행하는 소년 잡지의 유형에서 영국 사회의 문제를 읽어 내고(「소년 주간지Boys' Weeklies」), 영국에서 발생하는 살인 사건의 변화에서 사회의 변화를 읽어 낼(「영국 살인 사건의 쇠퇴Decline of the English Murder」) 수 있는 것도 아마 이러한 사고와 언어 때문일 것이다. 그렇기 때문에 조지 오웰의 에세이들은 다른 시대, 다른 지역의 무척 구체적인 상황에 대해서 세세하게 이야기하고 있지만 지금 이곳의 우리가 읽어도 그 빛을 잃지 않는다.

마지막으로, 이 책의 번역 원본으로는 주로 George Orwell, *George Orwell Essays*(London: Penguin Books, 1984)를 사용했음을 밝힌다.

2020년 9월
허진

조지 오웰 연보

1903년 출생 6월 25일 인도 벵골 지방의 모티하리에서, 영국 아편국 소속 인도 주재 공무원 리처드 웜슬리 블레어Richard Walmesley Blair와 아이다 메이블 블레어Ida Mabel Blair 사이에서 태어남. 본명은 에릭 아서 블레어Eric Arthur Blair.

1904년 1세 어머니는 자식들의 교육을 위해 남편을 인도에 남겨 놓고 에릭과 에릭의 누나 마저리Marjorie를 데리고 영국으로 돌아옴. 에릭의 가족은 옥스퍼드주(州)의 헨리온템스에 새 터전을 마련함.

1907년 4세 어머니가 막내 에이브릴Avril을 출산. 어머니는 1912년 남편이 귀국할 때까지 인도에서 부쳐 주는 돈으로 세 아이를 키우며 생활함.

1911년 8세 런던에서 남쪽으로 약 10킬로미터 떨어진 서식스주의 이스트본 교외에 위치한 세인트시프리언스 예비 학교에 입학. 그해 가을부터 5년 남짓 학교에 다님.

1912년 9세 헨리온템스에서 남쪽으로 3킬로미터 떨어진 조그만 마을 십레이크로 이사해 1915년까지 생활함.

1914년 11세 10월 2일 잡지 『헨리 앤드 사우스 옥스퍼드셔 스탠더드』에 「깨어라! 영국의 젊은이들이여Awake! Young Men of England」라는 시를 발표함.

1917년 14세 3월 초 이튼 스쿨 장학생으로 선발되었다는 통지를 받음. 5월 초 이튼 스쿨 국왕 장학생으로 입학함.

1918년 15세 심한 폐렴으로 고생함. 평생 동안 우정을 나누고 장차 그의 문학 활동에서 든든한 버팀목이 될 시릴 코널리Cyril Connolly를 만남.

1921년 18세 이튼 스쿨 졸업.

1922년 19세 6월 제국주의 경찰이 되기 위해 일주일 동안 시험을 치르고 합격함. 10월 27일 리버풀을 떠나 버마(미얀마)의 랑군으로 가는 기나긴 여정에 오름. 만달레이에 있는 경찰 훈련 학교를 졸업하고 인도 제국주의 경찰로 버마에서 근무를 시작함.

1924년 21세 랑군에서 16킬로미터 떨어진 시리암 지역에서 부총경으로 근무함.

1925년 22세 인세인에서 다음 해 4월까지 근무함.

1926년 23세 만달레이에서 북쪽으로 3백 킬로미터 정도 떨어진 카타에 배치됨.

1927년 24세 휴가차 귀국했다가 경찰에 사직서를 제출함. 작가의 길을 걷기로 마음먹고 런던 포토벨로 거리의 싸구려 하숙집에서 생활함. 하층민과 어울리며 뜨내기 생활을 함.

1928년 25세 1월 1일 경찰직 사직서가 수리됨. 봄에 파리로 건너가 한 허름한 호텔에 작은 방 하나를 얻어 무명작가의 길을 걷기 시작함. 10월 6일 「영국 비판La Censure en Angleterre」이 『르 몽드』에 실림. 12월 29일 『G.K. 위클리』에 「싸구려 신문A Farthing Newspaper」이라는 글을 기고해 영국에서 자신의 글을 처음으로 선보임.

1930년 27세 『파리와 런던의 밑바닥 생활*Down and Out in Paris and London*』을 집필함.

1931년 28세 8월 초 『파리와 런던의 밑바닥 생활』의 타자 원고를 조너선 케이프 출판사에 넘김.

1932년 29세 4월 런던 서쪽 헤이즈에 있는 호손스 남자 고등학교에서 교사 생활을 함.

1933년 30세 1월 9일 『파리와 런던의 밑바닥 생활』이 골란츠에서 조지 오웰George Orwell이라는 필명으로 출간됨. 『선데이 익스프레스』에 의해 금주의 베스트셀러로 선정됨. 『버마 시절*Burmese Days*』 집필을 시작함. 크리스마스를 며칠 앞두고 네 번째 폐렴 증세로 옥스브리지 카티지 병원에 입원함.

1934년 31세 『목사의 딸*A Clergyman's Daughter*』 집필을 시작함. 『버마 시절』이 미국 하퍼스에서 출간됨. 런던 햄프스테드에 있는 〈북 러버스 코너〉라는 서점에서 점원 생활을 시작함.

1935년 32세 『목사의 딸』이 골란츠에서 출간됨.

1936년 33세 1월 31일 영국 북부 지방의 실업 실태와 생활 환경에 대한 소설을 쓰기 위해 북부로 떠남. 3월 30일 북부에서의 일을 마치고 런던으로 돌아옴. 4월 30일 『엽란이여 날아라*Keep the Aspidistra Flying*』가 골란츠에서 출간됨. 5월 아일린 모드 오쇼너시Eileen Maud O'Shaughnessy와 결혼해 월링턴에서 신혼 생활을 함. 스페인 전쟁 기간 동안 마르크스주의 통일 노동자당 소속 의용군으로 참전함. 이후 115일 동안 스페인 아라곤 전방에서 복무함.

1937년 34세 3월 『위건 부두로 가는 길*The Road to Wigan Pier*』이 골란츠에서 출간됨. 5월 아라곤 전투에서 목에 치명적인 총상을 입지만 구사일생으로 살아남. 6월 아내와 함께 바르셀로나를 탈출해 프랑스를 거쳐 영국으로 돌아옴.

1938년 35세 3월 각혈이 심해 프레스턴 홀 요양원에 입원함. 1월 중순 『카탈루냐 찬가*Homage to Catalonia*』 원고를 마무리함. 4월 『카탈루냐 찬가』가 세커 앤드 워버그에서 출간됨. 여름 독립 노동당ILP에 입당함. 9월 아내와 함께 모로코로 여행을 떠남.

1939년 36세 카사블랑카에서 런던으로 돌아옴. 『숨돌리기*Coming Up*

for Air』가 골란츠에서 출간됨. 제2차 세계 대전이 발발함. 군대에 자원했으나 폐가 나빠 입대 불가 판정을 받음.

1940년 37세 3월 『고래 배 속에서*Inside the Whale*』가 골란츠에서 출간됨. 6월 신체 검사가 까다롭지 않은 민방위대에 자원해 제5런던 대대의 하사가 됨. 이후 3년간 근무. 7종 이상의 정기 간행물에 열두 편의 수필과 서평을 씀.

1941년 38세 2월 『사자와 유니콘*The Lion and the Unicorn*』이 세커 앤드 워버그에서 출간됨. BBC 방송국에서 대담 진행자, 뉴스 해설 집필자 등으로 일함.

1942년 39세 『호라이즌』, 『트리뷴』 등에 각종 글을 기고함.

1943년 40세 9월 BBC에 사직서를 제출함. 『트리뷴』의 문학 편집자로 15개월 동안 근무함. 『트리뷴』의 고정 칼럼 「나 좋을 대로As I Please」를 집필함.

1944년 41세 양자를 들이고 리처드 허레이쇼 블레어Richard Horatio Blair라고 이름 지음. 『동물 농장*Animal Farm*』을 탈고함.

1945년 42세 독일의 패망과 프랑스의 사정을 취재해 『업저버』와 『맨체스터 이브닝 뉴스』에 글을 싣기 위해 파리로 건너감. 아내 아일린이 자궁 절제 수술 중 심장 마비로 사망함. 여름, 자유 수호 위원회 부회장으로 선출됨. 8월 『동물 농장』, 여러 출판사에서 출간을 거절당하다가 세커 앤드 워버그에서 출간되고, 2주 만에 초판이 매진됨. 12월 친구 코놀리의 집에서 두 번째 아내가 될 소니아 브라우넬Sonia Brownell을 만남.

1946년 43세 2월 『비평집*Critical Essays*』이 세커 앤드 워버그에서 출간됨. 그해 여름 유모 겸 가정부인 수전 왓슨과 아들 리처드를 데리고 스코틀랜드의 섬 주라의 반힐로 향함. 8월 『1984년*Nineteen Eighty-Four*』을 50면 정도 집필함. 10월 런던으로 돌아옴.

1947년 44세 주라를 다시 방문함. 11월 주라에서 폐렴과 사투를 벌이며 『1984년』의 초고를 완성한 후 폐 전문 병원인 헤어머스 병원에 입원함. 폐결핵 양성 판정을 받음.

1948년 45세　주라를 다시 찾아 『1984년』을 탈고함. 12월 초 타이핑 작업이 끝난 원고를 세커 앤드 워버그로 보냄.

1949년 46세　6월 『1984년』이 세커 앤드 워버그에서 출간됨. 9월 초 런던 유니버시티 칼리지 병원에 입원함. 10월 13일 병실 침대 옆에서 소니아와 약식 결혼식을 올림.

1950년 47세　1월 21일 특별기를 전세 내 스위스에 있는 요양원으로 가려던 중 숨을 거둠. 템스 강변에 있는 올 세인츠 교회에 안장됨.

1968년　부인 소니아와 이언 앵거스가 공동으로 작업하여 『조지 오웰 에세이, 저널, 편지 모음집*Collected Essays, Journalism and Letters of George Orwell*』을 네 권으로 간행함.

열린책들 세계문학 256 조지 오웰 산문선

옮긴이 허진 서강대학교 영어영문학과와 이화여자대학교 통번역대학원 번역학과를 졸업했다. 옮긴 책으로 샐리 루니의 『친구들과의 대화』, 엘리너 와크텔의 인터뷰집 『작가라는 사람』(전2권), 지넷 윈터슨의 『시간의 틈』, 도나 타트의 『황금방울새』, 마틴 에이미스의 『런던 필즈』와 『누가 개를 들여놓았나』, 할레드 알하미시의 『택시』, 나기브 마푸즈의 『미라마르』, 아모스 오즈의 『지하실의 검은 표범』, 수잔 브릴랜드의 『델프트 이야기』 등이 있다.

지은이 조지 오웰 **옮긴이** 허진 **발행인** 홍예빈·홍유진
발행처 주식회사 열린책들 **주소** 경기도 파주시 문발로 253 파주출판도시
전화 031-955-4000 **팩스** 031-955-4004 **홈페이지** www.openbooks.co.kr

ISBN 978-89-329-1256-1 04840 **ISBN** 978-89-329-1499-2 (세트)
발행일 2020년 9월 30일 세계문학판 1쇄 2022년 12월 10일 세계문학판 5쇄

이 도서의 국립중앙도서관 출판예정도서목록(CIP)은 서지정보유통지원시스템 홈페이지(http://seoji.nl.go.kr)와 국가자료공동목록시스템(http://www.nl.go.kr/kolisnet)에서 이용하실 수 있습니다.(CIP제어번호 : CIP2020038530)

열린책들 세계문학
Open Books World Literature

001 **죄와 벌** 표도르 도스또예프스끼 장편소설 | 홍대화 옮김 | 전2권 | 각 408, 512면

003 **최초의 인간** 알베르 카뮈 장편소설 | 김화영 옮김 | 392면

004 **소설** 제임스 미치너 장편소설 | 윤희기 옮김 | 전2권 | 각 280, 368면

006 **개를 데리고 다니는 부인** 안똔 체호프 소설선집 | 오종우 옮김 | 368면

007 **우주 만화** 이탈로 칼비노 단편집 | 김운찬 옮김 | 416면

008 **댈러웨이 부인** 버지니아 울프 장편소설 | 최애리 옮김 | 296면

009 **어머니** 막심 고리끼 장편소설 | 최윤락 옮김 | 544면

010 **변신** 프란츠 카프카 중단편집 | 홍성광 옮김 | 464면

011 **전도서에 바치는 장미** 로저 젤라즈니 중단편집 | 김상훈 옮김 | 432면

012 **대위의 딸** 알렉산드르 뿌쉬낀 장편소설 | 석영중 옮김 | 240면

013 **바다의 침묵** 베르코르 소설선집 | 이상해 옮김 | 256면

014 **원수들, 사랑 이야기** 아이작 싱어 장편소설 | 김진준 옮김 | 320면

015 **백치** 표도르 도스또예프스끼 장편소설 | 김근식 옮김 | 전2권 | 각 504, 528면

017 **1984년** 조지 오웰 장편소설 | 박경서 옮김 | 392면

019 **이상한 나라의 앨리스** 루이스 캐럴 환상동화 | 머빈 피크 그림 | 최용준 옮김 | 336면

020 **베네치아에서의 죽음** 토마스 만 중단편집 | 홍성광 옮김 | 432면

021 **그리스인 조르바** 니코스 카잔차키스 장편소설 | 이윤기 옮김 | 488면

022 **벚꽃 동산** 안똔 체호프 희곡선집 | 오종우 옮김 | 336면

023 **연애 소설 읽는 노인** 루이스 세풀베다 장편소설 | 정창 옮김 | 192면

024 **젊은 사자들** 어윈 쇼 장편소설 | 정영문 옮김 | 전2권 | 각 416, 408면

026 **젊은 베르테르의 슬픔** 요한 볼프강 폰 괴테 장편소설 | 김인순 옮김 | 240면

027 **시라노** 에드몽 로스탕 희곡 | 이상해 옮김 | 256면

028 **전망 좋은 방** E. M. 포스터 장편소설 | 고정아 옮김 | 352면

029 **까라마조프 씨네 형제들** 표도르 도스또예프스끼 장편소설 | 이대우 옮김 | 전3권 | 각 496, 496, 460면

032 **프랑스 중위의 여자** 존 파울즈 장편소설 | 김석희 옮김 | 전2권 | 각 344면

034 **소립자** 미셸 우엘벡 장편소설 | 이세욱 옮김 | 448면

035 **영혼의 자서전** 니코스 카잔차키스 자서전 | 안정효 옮김 | 전2권 | 각 352, 408면

037 **우리들** 예브게니 자먀찐 장편소설 | 석영중 옮김 | 320면

038 **뉴욕 3부작** 폴 오스터 장편소설 | 황보석 옮김 | 480면

039 **닥터 지바고** 보리스 파스테르나크 장편소설 | 홍대화 옮김 | 전2권 | 각 480, 592면

041 **고리오 영감** 오노레 드 발자크 장편소설 | 임희근 옮김 | 456면

042 **뿌리** 알렉스 헤일리 장편소설 | 안정효 옮김 | 전2권 | 각 400, 448면

044 **백년보다 긴 하루** 친기즈 아이뜨마또프 장편소설 | 황보석 옮김 | 560면

045 **최후의 세계** 크리스토프 란스마이어 장편소설 | 장희권 옮김 | 264면

046 **추운 나라에서 돌아온 스파이** 존 르카레 장편소설 | 김석희 옮김 | 368면

047 **산도칸 – 몸프라쳄의 호랑이** 에밀리오 살가리 장편소설 | 유향란 옮김 | 428면

048 **기적의 시대** 보리슬라프 페키치 장편소설 | 이윤기 옮김 | 560면

049 **그리고 죽음** 짐 크레이스 장편소설 | 김석희 옮김 | 224면

050 **세설** 다니자키 준이치로 장편소설 | 송태욱 옮김 | 전2권 | 각 480면

052 **세상이 끝날 때까지 아직 10억 년** 스뜨루가츠끼 형제 장편소설 | 석영중 옮김 | 224면

053 **동물 농장** 조지 오웰 장편소설 | 박경서 옮김 | 208면

054 **캉디드 혹은 낙관주의** 볼테르 장편소설 | 이봉지 옮김 | 232면

055 **도적 떼** 프리드리히 폰 실러 희곡 | 김인순 옮김 | 264면

056 **플로베르의 앵무새** 줄리언 반스 장편소설 | 신재실 옮김 | 320면

057 **악령** 표도르 도스또예프스끼 장편소설 | 박혜경 옮김 | 전3권 | 각 328, 408, 528면

060 **의심스러운 싸움** 존 스타인벡 장편소설 | 윤희기 옮김 | 340면

061 **몽유병자들** 헤르만 브로흐 장편소설 | 김경연 옮김 | 전2권 | 각 568, 544면

063 **몰타의 매** 대실 해밋 장편소설 | 고정아 옮김 | 304면

064 **마야꼬프스끼 선집** 블라지미르 마야꼬프스끼 선집 | 석영중 옮김 | 384면

065 **드라큘라** 브램 스토커 장편소설 | 이세욱 옮김 | 전2권 | 각 340, 344면

067 **서부 전선 이상 없다** 에리히 마리아 레마르크 장편소설 | 홍성광 옮김 | 336면

068 **적과 흑** 스탕달 장편소설 | 임미경 옮김 | 전2권 | 각 432, 368면

070 **지상에서 영원으로** 제임스 존스 장편소설 | 이종인 옮김 | 전3권 | 각 396, 380, 496면

073 **파우스트** 요한 볼프강 폰 괴테 희곡 | 김인순 옮김 | 568면

074 **쾌걸 조로** 존스턴 매컬리 장편소설 | 김훈 옮김 | 316면

075 **거장과 마르가리따** 미하일 불가꼬프 장편소설 | 홍대화 옮김 | 전2권 | 각 364, 328면

077 **순수의 시대** 이디스 워튼 장편소설 | 고정아 옮김 | 448면

078 **검의 대가** 아르투로 페레스 레베르테 장편소설 | 김수진 옮김 | 384면

079 **예브게니 오네긴** 알렉산드르 뿌쉬낀 운문소설 | 석영중 옮김 | 328면
080 **장미의 이름** 움베르토 에코 장편소설 | 이윤기 옮김 | 전2권 | 각 440, 448면
082 **향수** 파트리크 쥐스킨트 장편소설 | 강명순 옮김 | 384면
083 **여자를 안다는 것** 아모스 오즈 장편소설 | 최창모 옮김 | 280면
084 **나는 고양이로소이다** 나쓰메 소세키 장편소설 | 김난주 옮김 | 544면
085 **웃는 남자** 빅토르 위고 장편소설 | 이형식 옮김 | 전2권 | 각 472, 496면
087 **아웃 오브 아프리카** 카렌 블릭센 장편소설 | 민승남 옮김 | 480면
088 **무엇을 할 것인가** 니꼴라이 체르니셰프스끼 장편소설 | 서정록 옮김 | 전2권 | 각 360, 404면
090 **도나 플로르와 그녀의 두 남편** 조르지 아마두 장편소설 | 오숙은 옮김 | 전2권 | 각 408, 308면
092 **미사고의 숲** 로버트 홀드스톡 장편소설 | 김상훈 옮김 | 424면
093 **신곡** 단테 알리기에리 장편서사시 | 김운찬 옮김 | 전3권 | 각 292, 296, 328면
096 **교수** 샬럿 브론테 장편소설 | 배미영 옮김 | 368면
097 **노름꾼** 표도르 도스또예프스끼 장편소설 | 이재필 옮김 | 320면
098 **하워즈 엔드** E. M. 포스터 장편소설 | 고정아 옮김 | 512면
099 **최후의 유혹** 니코스 카잔차키스 장편소설 | 안정효 옮김 | 전2권 | 각 408면
101 **키리냐가** 마이크 레스닉 장편소설 | 최용준 옮김 | 464면
102 **바스커빌가의 개** 아서 코넌 도일 장편소설 | 조영학 옮김 | 264면
103 **버마 시절** 조지 오웰 장편소설 | 박경서 옮김 | 408면
104 **10 1/2장으로 쓴 세계 역사** 줄리언 반스 장편소설 | 신재실 옮김 | 464면
105 **죽음의 집의 기록** 표도르 도스또예프스끼 장편소설 | 이덕형 옮김 | 528면
106 **소유** 앤토니어 수전 바이어트 장편소설 | 윤희기 옮김 | 전2권 | 각 440, 488면
108 **미성년** 표도르 도스또예프스끼 장편소설 | 이상룡 옮김 | 전2권 | 각 512, 544면
110 **성 앙투안느의 유혹** 귀스타브 플로베르 희곡소설 | 김용은 옮김 | 584면
111 **밤으로의 긴 여로** 유진 오닐 희곡 | 강유나 옮김 | 240면
112 **마법사** 존 파울즈 장편소설 | 정영문 옮김 | 전2권 | 각 512, 552면
114 **스쩨빤치꼬보 마을 사람들** 표도르 도스또예프스끼 장편소설 | 변현태 옮김 | 416면
115 **플랑드르 거장의 그림** 아르투로 페레스 레베르테 장편소설 | 정창 옮김 | 512면
116 **분신** 표도르 도스또예프스끼 장편소설 | 석영중 옮김 | 288면
117 **가난한 사람들** 표도르 도스또예프스끼 장편소설 | 석영중 옮김 | 256면
118 **인형의 집** 헨리크 입센 희곡 | 김창화 옮김 | 272면
119 **영원한 남편** 표도르 도스또예프스끼 장편소설 | 정명자 외 옮김 | 448면

120 **알코올** 기욤 아폴리네르 시집 | 황현산 옮김 | 352면
121 **지하로부터의 수기** 표도르 도스또예프스끼 장편소설 | 계동준 옮김 | 256면
122 **어느 작가의 오후** 페터 한트케 중편소설 | 홍성광 옮김 | 160면
123 **아저씨의 꿈** 표도르 도스또예프스끼 장편소설 | 박종소 옮김 | 312면
124 **네또츠까 네즈바노바** 표도르 도스또예프스끼 장편소설 | 박재만 옮김 | 316면
125 **곤두박질** 마이클 프레인 장편소설 | 최용준 옮김 | 528면
126 **백야 외** 표도르 도스또예프스끼 소설선집 | 석영중 외 옮김 | 408면
127 **살라미나의 병사들** 하비에르 세르카스 장편소설 | 김창민 옮김 | 304면
128 **뻬쩨르부르그 연대기 외** 표도르 도스또예프스끼 소설선집 | 이항재 옮김 | 296면
129 **상처받은 사람들** 표도르 도스또예프스끼 장편소설 | 윤우섭 옮김 | 전2권 | 각 296, 392면
131 **악어 외** 표도르 도스또예프스끼 소설선집 | 박혜경 외 옮김 | 312면
132 **허클베리 핀의 모험** 마크 트웨인 장편소설 | 윤교찬 옮김 | 416면
133 **부활** 레프 똘스또이 장편소설 | 이대우 옮김 | 전2권 | 각 308, 416면
135 **보물섬** 로버트 루이스 스티븐슨 장편소설 | 머빈 피크 그림 | 최용준 옮김 | 360면
136 **천일야화** 앙투안 갈랑 엮음 | 임호경 옮김 | 전6권 | 각 336, 328, 372, 392, 344, 320면
142 **아버지와 아들** 이반 뚜르게네프 장편소설 | 이상원 옮김 | 328면
143 **오만과 편견** 제인 오스틴 장편소설 | 원유경 옮김 | 480면
144 **천로 역정** 존 버니언 우화소설 | 이동일 옮김 | 432면
145 **대주교에게 죽음이 오다** 윌라 캐더 장편소설 | 윤명옥 옮김 | 352면
146 **권력과 영광** 그레이엄 그린 장편소설 | 김연수 옮김 | 384면
147 **80일간의 세계 일주** 쥘 베른 장편소설 | 고정아 옮김 | 352면
148 **바람과 함께 사라지다** 마거릿 미첼 장편소설 | 안정효 옮김 | 전3권 | 각 616, 640, 640면
151 **기탄잘리** 라빈드라나트 타고르 시집 | 장경렬 옮김 | 224면
152 **도리언 그레이의 초상** 오스카 와일드 장편소설 | 윤희기 옮김 | 384면
153 **레우코와의 대화** 체사레 파베세 희곡소설 | 김운찬 옮김 | 280면
154 **햄릿** 윌리엄 셰익스피어 희곡 | 박우수 옮김 | 256면
155 **맥베스** 윌리엄 셰익스피어 희곡 | 권오숙 옮김 | 176면
156 **아들과 연인** 데이비드 허버트 로런스 장편소설 | 최희섭 옮김 | 전2권 | 각 464, 432면
158 **그리고 아무 말도 하지 않았다** 하인리히 뵐 장편소설 | 홍성광 옮김 | 272면
159 **미덕의 불운** 싸드 장편소설 | 이형식 옮김 | 248면
160 **프랑켄슈타인** 메리 W. 셸리 장편소설 | 오숙은 옮김 | 320면

161 **위대한 개츠비** 프랜시스 스콧 피츠제럴드 장편소설 | 한애경 옮김 | 280면

162 **아Q정전** 루쉰 중단편집 | 김태성 옮김 | 320면

163 **로빈슨 크루소** 대니얼 디포 장편소설 | 류경희 옮김 | 456면

164 **타임머신** 허버트 조지 웰스 소설선집 | 김석희 옮김 | 304면

165 **제인 에어** 샬럿 브론테 장편소설 | 이미선 옮김 | 전2권 | 각 392, 384면

167 **풀잎** 월트 휘트먼 시집 | 허현숙 옮김 | 280면

168 **표류자들의 집** 기예르모 로살레스 장편소설 | 최유정 옮김 | 216면

169 **배빗** 싱클레어 루이스 장편소설 | 이종인 옮김 | 520면

170 **이토록 긴 편지** 마리아마 바 장편소설 | 백선희 옮김 | 192면

171 **느릅나무 아래 욕망** 유진 오닐 희곡 | 손동호 옮김 | 168면

172 **이방인** 알베르 카뮈 장편소설 | 김예령 옮김 | 208면

173 **미라마르** 나기브 마푸즈 장편소설 | 허진 옮김 | 288면

174 **지킬 박사와 하이드 씨** 로버트 루이스 스티븐슨 소설선집 | 조영학 옮김 | 320면

175 **루진** 이반 뚜르게네프 장편소설 | 이항재 옮김 | 264면

176 **피그말리온** 조지 버나드 쇼 희곡 | 김소임 옮김 | 256면

177 **목로주점** 에밀 졸라 장편소설 | 유기환 옮김 | 전2권 | 각 336면

179 **엠마** 제인 오스틴 장편소설 | 이미애 옮김 | 전2권 | 각 336, 360면

181 **비숍 살인 사건** S. S. 밴 다인 장편소설 | 최인자 옮김 | 464면

182 **우신예찬** 에라스무스 풍자문 | 김남우 옮김 | 296면

183 **하자르 사전** 밀로라드 파비치 장편소설 | 신현철 옮김 | 488면

184 **테스** 토머스 하디 장편소설 | 김문숙 옮김 | 전2권 | 각 392, 336면

186 **투명 인간** 허버트 조지 웰스 장편소설 | 김석희 옮김 | 288면

187 **93년** 빅토르 위고 장편소설 | 이형식 옮김 | 전2권 | 각 288, 360면

189 **젊은 예술가의 초상** 제임스 조이스 장편소설 | 성은애 옮김 | 384면

190 **소네트집** 윌리엄 셰익스피어 연작시집 | 박우수 옮김 | 200면

191 **메뚜기의 날** 너새니얼 웨스트 장편소설 | 김진준 옮김 | 280면

192 **나사의 회전** 헨리 제임스 중편소설 | 이승은 옮김 | 256면

193 **오셀로** 윌리엄 셰익스피어 희곡 | 권오숙 옮김 | 216면

194 **소송** 프란츠 카프카 장편소설 | 김재혁 옮김 | 376면

195 **나의 안토니아** 윌라 캐더 장편소설 | 전경자 옮김 | 368면

196 **자성록** 마르쿠스 아우렐리우스 명상록 | 박민수 옮김 | 240면

197 **오레스테이아** 아이스킬로스 비극 | 두행숙 옮김 | 336면
198 **노인과 바다** 어니스트 헤밍웨이 소설선집 | 이종인 옮김 | 320면
199 **무기여 잘 있거라** 어니스트 헤밍웨이 장편소설 | 이종인 옮김 | 464면
200 **서푼짜리 오페라** 베르톨트 브레히트 희곡선집 | 이은희 옮김 | 320면
201 **리어 왕** 윌리엄 셰익스피어 희곡 | 박우수 옮김 | 224면
202 **주홍 글자** 너새니얼 호손 장편소설 | 곽영미 옮김 | 360면
203 **모히칸족의 최후** 제임스 페니모어 쿠퍼 장편소설 | 이나경 옮김 | 512면
204 **곤충 극장** 카렐 차페크 희곡선집 | 김선형 옮김 | 360면
205 **누구를 위하여 종은 울리나** 어니스트 헤밍웨이 장편소설 | 이종인 옮김 | 전2권 | 각 416, 400면
207 **타르튀프** 몰리에르 희곡선집 | 신은영 옮김 | 416면
208 **유토피아** 토머스 모어 소설 | 전경자 옮김 | 288면
209 **인간과 초인** 조지 버나드 쇼 희곡 | 이후지 옮김 | 320면
210 **페드르와 이폴리트** 장 라신 희곡 | 신정아 옮김 | 200면
211 **말테의 수기** 라이너 마리아 릴케 장편소설 | 안문영 옮김 | 320면
212 **등대로** 버지니아 울프 장편소설 | 최애리 옮김 | 328면
213 **개의 심장** 미하일 불가꼬프 중편소설집 | 정연호 옮김 | 352면
214 **모비 딕** 허먼 멜빌 장편소설 | 강수정 옮김 | 전2권 | 각 464, 488면
216 **더블린 사람들** 제임스 조이스 단편소설집 | 이강훈 옮김 | 336면
217 **마의 산** 토마스 만 장편소설 | 윤순식 옮김 | 전3권 | 각 496, 488, 512면
220 **비극의 탄생** 프리드리히 니체 | 김남우 옮김 | 320면
221 **위대한 유산** 찰스 디킨스 장편소설 | 류경희 옮김 | 전2권 | 각 432, 448면
223 **사람은 무엇으로 사는가** 레프 똘스또이 소설선집 | 윤새라 옮김 | 464면
224 **자살 클럽** 로버트 루이스 스티븐슨 소설선집 | 임종기 옮김 | 272면
225 **채털리 부인의 연인** 데이비드 허버트 로런스 장편소설 | 이미선 옮김 | 전2권 | 각 336, 328면
227 **데미안** 헤르만 헤세 장편소설 | 김인순 옮김 | 264면
228 **두이노의 비가** 라이너 마리아 릴케 시선집 | 손재준 옮김 | 504면
229 **페스트** 알베르 카뮈 장편소설 | 최윤주 옮김 | 432면
230 **여인의 초상** 헨리 제임스 장편소설 | 정상준 옮김 | 전2권 | 각 520, 544면
232 **성** 프란츠 카프카 장편소설 | 이재황 옮김 | 560면
233 **차라투스트라는 이렇게 말했다** 프리드리히 니체 산문시 | 김인순 옮김 | 464면
234 **노래의 책** 하인리히 하이네 시집 | 이재영 옮김 | 384면

235 **변신 이야기** 오비디우스 서사시 | 이종인 옮김 | 632면
236 **안나 까레니나** 레프 똘스또이 장편소설 | 이명현 옮김 | 전2권 | 각 800, 736면
238 **이반 일리치의 죽음·광인의 수기** 레프 똘스또이 중단편집 | 석영중 · 정지원 옮김 | 232면
239 **수레바퀴 아래서** 헤르만 헤세 장편소설 | 강명순 옮김 | 272면
240 **피터 팬** J. M. 배리 장편소설 | 최용준 옮김 | 272면
241 **정글 북** 러디어드 키플링 중단편집 | 오숙은 옮김 | 272면
242 **한여름 밤의 꿈** 윌리엄 셰익스피어 희곡 | 박우수 옮김 | 160면
243 **좁은 문** 앙드레 지드 장편소설 | 김화영 옮김 | 264면
244 **모리스** E. M. 포스터 장편소설 | 고정아 옮김 | 408면
245 **브라운 신부의 순진** 길버트 키스 체스터턴 단편집 | 이상원 옮김 | 336면
246 **각성** 케이트 쇼팽 장편소설 | 한애경 옮김 | 272면
247 **뷔히너 전집** 게오르크 뷔히너 지음 | 박종대 옮김 | 400면
248 **디미트리오스의 가면** 에릭 앰블러 장편소설 | 최용준 옮김 | 424면
249 **베르가모의 페스트 외** 옌스 페테르 야콥센 중단편 전집 | 박종대 옮김 | 208면
250 **폭풍우** 윌리엄 셰익스피어 희곡 | 박우수 옮김 | 176면
251 **어셴든, 영국 정보부 요원** 서머싯 몸 연작 소설집 | 이민아 옮김 | 416면
252 **기나긴 이별** 레이먼드 챈들러 장편소설 | 김진준 옮김 | 600면
253 **인도로 가는 길** E. M. 포스터 장편소설 | 민승남 옮김 | 552면
254 **올랜도** 버지니아 울프 장편소설 | 이미애 옮김 | 376면
255 **시지프 신화** 알베르 카뮈 지음 | 박언주 옮김 | 264면
256 **조지 오웰 산문선** 조지 오웰 지음 | 허진 옮김 | 424면
257 **로미오와 줄리엣** 윌리엄 셰익스피어 희곡 | 도해자 옮김 | 200면
258 **수용소군도** 알렉산드르 솔제니찐 기록문학 | 김학수 옮김 | 전6권 | 각 460면 내외
264 **스웨덴 기사** 레오 페루츠 장편소설 | 강명순 옮김 | 336면
265 **유리 열쇠** 대실 해밋 장편소설 | 홍성영 옮김 | 328면
266 **로드 짐** 조지프 콘래드 장편소설 | 최용준 옮김 | 608면
267 **푸코의 진자** 움베르토 에코 장편소설 | 이윤기 옮김 | 전3권 | 각 392, 384, 416면
270 **공포로의 여행** 에릭 앰블러 장편소설 | 최용준 옮김 | 376면
271 **심판의 날의 거장** 레오 페루츠 장편소설 | 신동화 옮김 | 264면
272 **에드거 앨런 포 단편선** 에드거 앨런 포 지음 | 김석희 옮김 | 392면
273 **수전노 외** 몰리에르 희곡선집 | 신정아 옮김 | 424면

274 **모파상 단편선** 기 드 모파상 지음 | 임미경 옮김 | 400면

275 **평범한 인생** 카렐 차페크 장편소설 | 송순섭 옮김 | 280면

276 **마음** 나쓰메 소세키 장편소설 | 양윤옥 옮김 | 344면

277 **인간 실격·사양** 다자이 오사무 소설집 | 김난주 옮김 | 336면

278 **작은 아씨들** 루이자 메이 올컷 장편소설 | 허진 옮김 | 전2권 | 각 408, 464면

280 **고함과 분노** 윌리엄 포크너 장편소설 | 윤교찬 옮김 | 520면

281 **신화의 시대** 토머스 불핀치 신화집 | 박중서 옮김 | 664면

282 **셜록 홈스의 모험** 아서 코넌 도일 단편집 | 오숙은 옮김 | 456면

283 **자기만의 방** 버지니아 울프 지음 | 공경희 옮김 | 216면